都是我们小楼喜欢的、
熊猫、雪
还有不言思带雪的男人、

U0815257

欣梦享
ENJOY LIVING

梦河夜航

严雪芥 著

江苏凤凰文艺出版社
JIANGSU PHOENIX LITERATURE AND ART PUBLISHING

图书在版编目（CIP）数据

梦河夜航 / 严雪芥著 . -- 南京 : 江苏凤凰文艺出版社 ,2024.2
ISBN 978-7-5594-8065-1

Ⅰ . ①梦… Ⅱ . ①严… Ⅲ . ①长篇小说 – 中国 – 当代 Ⅳ . ① I247.5

中国国家版本馆 CIP 数据核字 (2023) 第 199001 号

梦河夜航

严雪芥 著

责任编辑 王昕宁
特约编辑 孙一民
装帧设计 木南君
责任印制 刘 巍
特约监制 杨 琴
出版发行 江苏凤凰文艺出版社
南京市中央路 165 号，邮编：210009
网 址 http://www.jswenyi.com
印 刷 三河市兴博印务有限公司
开 本 880 毫米 ×1230 毫米 1/32 插页 8
印 张 10
字 数 342 千字
版 次 2024 年 2 月第 1 版
印 次 2024 年 2 月第 1 次印刷
书 号 ISBN 978-7-5594-8065-1
定 价 49.80 元

你看见昨日的我们了吗?
片名：昨日之诗
次数：
场号：
日期：

梦河夜航
13:14
弹

在人生的前半段，
他们曾肩并肩地一起撑着随时会倾翻的小船，
共同漂泊在看不到尽头的梦河里。

目录

CONTENTS

他看着她，
轻声细语：
“First Love，初恋。”

第一章 狭路

还没到晚上六点，麦田视频的首页就已经打开了直播通道，观看人数在几秒之内就超过五千万。今天，是麦田视频一年一度的发布会现场直播。每年年末，麦田都会举办一场发布会，公布明年准备播放的影视作品名单和综艺企划，相关的演艺人员纷纷到场宣传助阵，声势浩大。但这么快就超过五千万观看人数的情况，这几年来还是头一遭。即便麦田已经是视频平台的龙头企业，播放的电视剧、综艺节目都是 S 级项目，也从未引起过这么大的关注度。

这一切，都要从昨天深夜的一个匿名爆料帖说起：

搬，明天麦田会公布的节目资讯！

楼主：天啊……这个综艺是真实的吗？

1L：前排等。

楼主：明天会官宣一个直播综艺，三对曾经的“最佳搭档”共同搭乘一艘游轮，从京崎港出发，在海上航行七天！

楼主：这三对曾经的“最佳搭档”具体是谁我不能说。我只能告诉你们，全是曾经出演过最让观众意难平的角色，但已经很久没有同框过的“最佳搭档”。

这几个关键词吸引了网友的关注。随后，页面被这档综艺节目的消息霸屏，所有人都在猜，麦田到底敲定了哪几对“最佳搭档”。其中，呼声最高的一组，名叫“七楼”组合。

——姚子戚和娄语。

两个人在五年前合拍过一部民国题材的电视剧，收视率特别高。然而遗憾的是，这部电视剧播出几个月后，姚子戚就在一次广告拍摄中发生了意外。他当即宣布，暂时退出娱乐圈，疗养身体，自此淡出了公众的视线。至于娄语，则继续活跃在荧幕上，从籍籍无名的小演员，慢慢提升到现如今家喻户晓的知名演员。其中的努力，是路人看了都要夸一句“这个女孩真努力”的程度。

这几年，网络上票选出来的最具事业心的女演员榜单上，荣登榜首的必定是娄语。

“我没觉得累。比起现实，剧本才更像是我真实所处的世界，我只是遵循着人物的设定，自然而然地生活。”这是娄语接受采访时说出的金句。似乎除了工作以外，没有其他任何事情能够影响到她，就是这样一个“工作狂”，偏偏在姚子戚出现意外的时候，足足消失了一周的时间，那可是连休息五天都觉得是在浪费生命的娄姐啊！

“七楼”组合的呼声很高，另一个组合的呼声也不相上下。

那就是“雪花”组合。

——闻雪时和黄茵花。

闻雪时和黄茵花主演了一部电影《樱花》，恰好也是在五年前上映的，原本是一部无人在意的小成本动作片，排片少，最后却靠着口碑逆袭。这部影片之所以能被大家关注，是因为微博上被大家转发的一个电影片段。

电影结束时，男人捂着伤口无声地倒下，活脱脱得就像一条被鲜血浸湿的小狗。在生命的最后一刻，他笑着拔出刀子，指尖沾了黏稠的鲜血，在自己的脸上草草画了一朵血色的樱花。而女主角在电影中的名字，就叫樱花。他知道她听不见，便画出来给她看。

“从臭水沟里滋生的，一生只绽放这么一次的告白。”博主配上这么一句文案，这个短视频即刻就被网友疯狂转发。

这次，“最佳搭档再聚首”的综艺消息一传出来，无论是粉丝，还是观众，都来凑热闹。当镜头一晃而过扫过嘉宾席时，眼尖的网友发现，那四个人的名字就在其中。此刻的发布会后台，化妆师手忙脚乱地给艺人们做登场造型。工作人员四处奔走，核对接下来的直播流程，助理飞奔着给自家艺人取物品。一句话，后台忙成一锅粥。

娄语已经做完造型，刚从单人化妆间出来，差点被一个冒失的小助理撞上，险些被对方手里拿的咖啡泼湿裙子。她没有第一时间去确认裙子是否被弄脏，而是迅速伸手扶了一下对方：“小心！”

小助理愣了一下，说：“对不起！谢谢！我没事的！”

娄语看了一眼泼到地上的咖啡，扭头对自家助理说：“栗子，帮忙去买两杯咖啡还给人家。再向人家解释一下，就说是我不小心弄的。”

“好的，姐！”闻言，叫栗子的助理拉着闯了祸的小助理的胳膊，很自来熟地说："走，我陪你一起去买，免得你耽搁了时间不好交差。说起来，你的老板是谁呀？"

小助理原以为"在劫难逃"了，没想到对方居然没责怪，甚至连她回去交差的事儿都被考虑到了，顿时感动得不知道该说什么好。

两个人走后，娄语的手机震动了一下，收到了栗子发来的微信消息：

姐，这个人是杨玲珊老师新招的助理。

原来是杨玲珊新招的人。杨玲珊不是知名度很高的演员，但娄语将其视作前辈，因为之前拍一部戏时，对方帮助过娄语。

娄语思忖着回复道：那额外再多买些小点心送到她的化妆间，直播的时间长，让大家都能吃点。

身后传来匆忙的脚步声，娄语收起手机转身。闻讯赶来的工作人员气喘吁吁地道歉："娄老师，我听说刚才发生了点小意外，真是对不起啊！距发布会还有点儿时间，我先带您去单人休息室吧，等发布会开始了，我再来叫您。"

娄语微笑着点头道："那麻烦你了。"

"应该的。"工作人员笑着说。听闻娄语的脾气很好，看来果真如此。他带着娄语七拐八拐地，用员工卡刷开一道电子门，身后的兵荒马乱顷刻间被隔绝在外。

门后，是一条长长的金色走廊，铺着柔软的地毯，高跟鞋踩在上面也悄无声息。走廊尽头的休息室半敞着门，小半个房间一览无余，已经有人坐在里面。落地窗外，夕阳是深红色的，将房间照得半明半暗。先进去的那个人正好坐在暗处，被敞开的门挡着，只露出一点交叠的黑色西装裤，还有锃亮的黑色皮鞋，鞋尖随着某个规律在轻轻点地。

反光的雪白墙面，这双笔直的腿被夕阳拉得斜长，上半身的影子也显得很宽，脖颈处还有蝴蝶领结的轮廓，如同喉结处真的悬了一只蝴蝶。即便只是黑黢黢的影子，却像"上帝"入夜前的素描，在昏暗的天色下，这个人的下颌线、肩线、腰线，每根线条都是雅致的。娄语快走到门口，影子的指尖一抬，过分安静的房间里传来了微不可闻的，火机拨动的声音。

咔嚓——

墙面上，烟雾冉冉晕开，似一团小小的云朵。

工作人员"咦"了一声，小心翼翼地探头张望："好像是闻老师在里面抽烟。"

闻老师，听到这个称呼，娄语停下脚步，盯着那团云状的阴影，不露情绪地问："请问还有别的休息室吗？"

“啊……有，但另外一间休息室的空调坏了。”

“没关系。”娄语示意他继续带路，“我不太能接受烟味。”

不是讨厌，而是忍不住。虽然她戒烟已经三年了，但房间里飘出来的味道，是她最上瘾的那个香烟品牌。记得那个时候他们都没什么钱，买烟只能买最便宜的，可意外地适合那个闷热的夏夜，两个人汗津津地挤在一起分享。而和她共抽一根烟的人，会在冷不丁地抽一口烟后，突然捏住她的下巴，将气味分享给她。此刻，这个行为恶劣的人就坐在休息室内，抽着跟当年同一品牌的烟，就是这位在外人眼里风度翩翩的闻雪时老师。

娄语没有想到，这么多年过去了，他居然还没有更换香烟的品牌。以致她闻到这个味道，竟然还有些恍惚。她和工作人员的交谈，休息室里能听得清清楚楚。在她抬脚要走时，休息室内突兀地传来一个彬彬有礼的声音：“我已经把烟掐了，请进。”

娄语的脚步一顿。负责领路的工作人员看了一下，总觉得这两个人的气氛从开始就很古怪，仿佛是两团高压气流狭路相逢，明明说话都很客气，却颇有风起云涌的架势。娄语和闻雪时，看着不像传闻中那么不熟，反倒好似存在着……一种说不清道不明的东西。

就在工作人员准备开口打破这种古怪的僵持时，娄语抢先一步。她一边在敞开的门上叩了两声，一边说：“谢谢！那我进来了。”

休息室内，闻雪时已经从沙发上起身，正倚在窗边，注视着他们走进来。他没有穿西装，白衬衫挽起袖口，露出一截精瘦的手臂，手腕上戴着一块新代言的名表，修长的手指托着金色的烟灰缸，里面躺着一截烟蒂，烟身很长，刚被点燃就被掐灭了，还闪着零星的火光。

窗户应该是刚被打开，烟味散了一些之后，闻雪时身上的香水味便显得清晰起来。

娄语轻轻地抽动了一下鼻子——香水味倒是和以前不同了。她移开视线，坐到了沙发的角落。

两个人都没有出声，工作人员硬着头皮打破尴尬：“两位老师喝点什么？”

“柠檬水，谢谢！”

“柠檬水，谢谢！”

俩人异口同声地回答。接着，又同时看了对方一眼。

工作人员有点蒙，“哦”了一声。这两个人突如其来的默契是怎么回事？就在他捉摸不透的时候，闻雪时出声道：“不好意思，我以为这间休息室暂时不会有人来，没忍住就抽了一支。”

娄语微笑着说：“没关系，是我打扰了。”说完，两个人各自移开视线，结束了这场寒暄。他们之间的暗流涌动让工作人员不敢再停留，匆匆将两杯泡好的柠檬水递过去，便逃之夭夭。

休息室里只剩下闻雪时和娄语，安静得能听到高楼外的车水马龙声。

娄语在沙发上抽出手机，迅速给栗子发了一条微信：快点来休息室找我。

虽然她早就知道今晚会见到闻雪时，自认为做好了心理准备，但等真的见了面，又是另一回事了。自从五年前他们分手后，在公开场合碰面的次数用一只手就能数得过来。最开始，娄语根本没想到闻雪时也会接这档综艺。毕竟这些年他几乎不怎么参加综艺。也许，对方也没想过她会参加吧。

这档综艺的创意本身相当新颖，区别于其他以吃喝玩乐为主的旅行综艺，它是主打暴风雪山庄模式的竞技之旅，将游轮打造成一艘“诺亚方舟”，一群人被困在里面，录制时间设定为七天，也是对应了创世纪的七日。

每一日，“上帝”都会创造出新的事物，以对应他们的挑战。直到第七日，“上帝”创造完万物，六位嘉宾们也通过各种挑战得以角逐出胜利者，成为被“上帝”眷顾的神之子顺利下船。其他五个人只能灰溜溜地乘坐逃生筏离场，最后一名还会有惩罚。这个创意很新奇，娄语觉得挺有意思，对自己的事业也有帮助，于是同意邀约。可闻雪时为什么会接这个综艺呢？

在娄语看来，他完全不需要通过综艺给自己增加噱头，他的演技一直都被专业人士所认可，只是他的运气不好，离金寰奖最佳男主角这个头衔，总是差了一步。当然，运气不好这件事并不仅仅体现在他是否拿奖上……

娄语突然就想起从前在一起时度过的那些艰难岁月，喉头不自觉地滚动了一下。她的思绪飘到过去时，沉默的两个人中，终于有一个人先开口了。

闻雪时用指节叩了叩烟灰缸的边缘，不着痕迹地问：“你已经戒烟了？”

娄语微微一愣，继而淡淡地点头：“三年前就戒了。”

“挺好。”闻雪时说。

娄语的嘴唇微动，最后什么都没说，对话就这么不咸不淡地中断了。短暂又普通得让人不敢相信这是他们阔别已久的第一次对话。

过了不久，休息室的门被叩响，娄语以为是栗子来了，连忙出声让人进来。

门外之人的动作顿了一下，接着，他缓缓地走了进来。

娄语抬头一看，微微一愣，来人竟然是姚子戚。

“好久不见了，”姚子戚的眉眼弯弯，“陆锦欣。”他叫她的名字，是当年他们一起主演的电视剧中娄语所扮演的角色名字。

娄语迅速起身，笑着招手："好久不见。我刚才还在想，要不要过去和你打个招呼呢。"

姚子戚摆了摆手："怎么能让你来找我呢？"他侧过头，视线落到窗边，对着闻雪时点头，随意地打了个招呼，"久仰大名了。"

闻雪时也冲姚子戚点了点头，语气很礼貌："不敢当，要是真算起来，您是我的前辈。"

"哈哈，什么前辈啊，我都退出演艺圈那么久了……接下来，咱们要一起录制节目一周的时间，如果有什么得罪的地方，我先在这里说声抱歉。毕竟我太久没参加综艺了，还真是挺不习惯的。"

娄语关心地问："你的身体现在没大碍吧？"

姚子戚开玩笑地说："别担心，能和当年一样把你公主抱起来，现在还能多加十个深蹲。"

话音一落，娄语鬼使神差地用眼角的余光去看闻雪时的反应。理所当然地，什么反应都没有捕捉到。

闻雪时的表情就像是发胶抹好的背头一般纹丝不动，打完招呼后就继续低头看手机，没有丝毫在意，哪怕他才是那位真正的旧情人，但姚子戚并不知道。应该说，他们曾经的关系，根本就没几个人知道。

门口再次传来的叩门声让娄语微微松了口气，她以为是栗子来了，结果来人却是闻雪时的小助理。他拿着黑西装探头探脑，轻声问："闻老师，您的西装外套刚熨好，现在穿吗？"

"好，辛苦了。"闻雪时终于从倚着窗边的沙发上站起身，朝门口走来。

休息室那么大，但他偏偏选择从娄语和姚子戚之间的缝隙穿过，两个人不得不因此而拉开一点距离。

姚子戚忍不住皱眉，闻雪时却毫不在意，目不斜视地走过去。小助理见状，连忙将西装递过去。他伸手套上，刚才只穿着衬衫的那份随意顷刻间便消失了，看上去气场很强大。他整理了一下衣领，回过身对另外两个人笑道："那我就先走一步，不打扰二位叙旧了。"

姚子戚立刻露出笑容，对闻雪时说："好，那一会儿见。"

娄语也随口附和了一句。

可闻雪时却定定地看着她，一动不动。

娄语不明所以地看向他，只见闻雪时朝她伸出手，说："有句话，还没对娄老师说。”

她觉得自己的心跳都顿了一拍，只听闻雪时慢条斯理地说：“我们也是好久不见。”

娄语之前就觉得闻雪时的表情像是一个谜团。他的嘴角天生有点翘，哪怕是看着一个厌恶到极点的东西，似乎也在笑，所以很难看出他藏在假面下的真实情绪。她索性以最妥帖的方式回应，微笑着伸出手，和他轻轻一握，又立刻放开。

时隔五年的第一次肢体接触，快得令她无法感知到他的指腹是否又长出新茧。这个体验很新奇。因为在从前，他和她的手永远是紧握着的。哪怕是她想抽离，他的手指也会得寸进尺，覆盖住她的手背，再慢慢地、一根一根地插进她的指缝。接着，他会俯下身，吻一下她的手心。当时的那份触感，竟和这一秒他同她握手又分离，奇异地重叠了。指尖轻飘飘地划过手心，和他嘴唇的温度一样，偏冷。

第二章
起航

闻雪时离开后，姚子戚这才反应过来，恍然大悟道："差点忘了，其实你们俩也合作过，是不是你拍的第一部剧？"

娄语用不太在意的口吻说："嗯。没什么人气的网剧，我自己都没再看过第二遍。"

"正常啊，我拍的第一部剧自己都恨不得把它烧掉，演技太青涩了。"他随口又问，"那之后，你和他就没再合作过了吗？"

"嗯，没什么合适的机会。"

闻言，姚子戚感叹道："那你们确实是好久没见了。哎，你那部剧都是七八年前拍的了吧……"

"九年前。"娄语脱口而出。九年前，她二十三岁，闻雪时也是二十三岁，都是一个美好的年纪。原本想闯出一片天地的他们却都还一事无成，剩下的除了时间就是时间。如果说命运还有什么温柔相待，那就是让他们相遇、相爱。

时间到了傍晚六点整，发布会正式开始。

嘉宾们逐一入座，会场大厅星光熠熠，堪比颁奖典礼的现场。网友都在弹幕上感叹着麦田果然是财大气粗，这场宴会的场景布置属实豪华炫目。

娄语自然是看不到那些飞快闪过的弹幕，她的眼中只有白晃晃的顶灯，虽然不是在走红毯，但每一个镜头都在对着她，所以她必须得走出最漂亮的步伐，又不能显得用力过猛。

娄语说不清是怕自己和闻雪时同坐一桌时会被观众看出什么端倪而紧张，还是单纯地因为要和他同坐一桌这件事本身而紧张。她不着痕迹地掐了下手心，表面上毫无异样地款款落座。

姚子戚已经快她一步坐下，因为等会儿要一起上台的缘故，他们六个人被安排在同一桌。节目组特意划分了位置，姚子戚就在她的旁边。

娄语坐下后，姚子戚便探头过来和她讲悄悄话："怎么办？我有点紧张。"

现在综艺节目组请来的第三对最佳搭档——邓婧和周永安也已经做到了指定位置。现在就差黄茵花和闻雪时这对搭档了。

黄茵花姗姗来迟，终于现身在直播镜头中，她穿着吊带礼服，身上还披着一件熨得一丝褶皱都没有的黑色西装。这件外套，娄语觉得非常眼熟，十五分钟前还穿在闻雪时的身上。

黄茵花走到他们这一桌，跟他们点头打了声招呼，然后坐下。

邓婧立刻八卦地旁敲侧击："茵茵，你今天的造型好独特啊。"

黄茵花掀开西装一角，她的礼服裙摆上有一块明显的咖啡污渍。

娄语一愣，想起刚才栗子急急忙忙地赶来，她问对方怎么来得那么迟，栗子连连摇头，吐槽道："我真是服了那个小助理了！刚在走廊上，居然又打翻了一杯咖啡！这回真的泼到人了！"

原来，那个被波及的人居然是黄茵花。

黄茵花的话证实了娄语的猜想，她对邓婧小声解释："快开场时被别人家的小助理不小心泼到了咖啡，刚好雪时经过，就把外套脱下来借给我应急。"

过了一会儿，八卦中心的男主角也终于登场，大家一起往通道口看去，没穿外套的闻雪时单手插着西装裤现身。或许是没找到合适的西装，他干脆把领结也摘掉了，领口解开了两粒扣子，可是配上那张脸，并不让人觉得怠慢。

娄语不带情绪地瞥了一眼，便看向舞台。

舞台上正在开场预热，选秀出道的偶像团体排成一列鞠躬，继而开始了唱跳表演。观众席上专门为他们而来的粉丝们正在为偶像们呐喊。

表演结束后，第一个开场官宣的便是他们的综艺节目。

主持人郭笑激情澎湃地介绍道："这一季，我们平台推出了一档全新的旅游竞技综艺节目，叫《夜航船》。将有六位嘉宾和我一起踏上星辰大海的征途！现在，有请我们的六位嘉宾上台……"

导播把镜头切换到娄语坐的这一桌，六个人依次起身，走上舞台。

打头阵的是那两位大前辈——邓婧和周永安，两个人简单地表达了对节目的期许后，轮到了闻雪时和黄茵花发言。

郭笑当然不会错过她身上多出来的外套，立刻追问原因。

黄茵花便又重复了一遍，并当众感谢了闻雪时。

闻雪时言简意赅地说："举手之劳。"

郭笑对着台下娇滴滴地起哄："谁现在来泼我一下，我也想被闻 sir 举手一把！"

闻雪时主演的新电影刚刚上映没多久，票房又大爆，他在电影里饰演一位双面警督，因为演得太好，大家都戏称他为闻 sir。

闻雪时笑着打哈哈："可别，再脱一件我就不能参加活动了。"

众人哄笑起来。

最后，麦克风被递到娄语和姚子戚的手上。

娄语有些担心，怕姚子戚最后一个发言会有压力，便示意让他先说。

已经很久没有直面镜头了，姚子戚有些生疏，只是说了点场面话，停顿了一下，他又补充道："我知道大家都很担心我的身体，不过你们放心，我是真的康复了。刚才我在后台还和娄语开玩笑，说可以公主抱外加十个深蹲都没有问题。"

此话一出，果然，郭笑立刻附和道："哇！光说不练假把式，快证明一下！"

姚子戚也不废话，把麦克风一收，面向娄语，用眼神向她释放信号。娄语心照不宣地冲着姚子戚张开双臂，歪头轻笑："深蹲就不必了，抱一下？"

她刚伸出手的瞬间，姚子戚就上前一步，将娄语整个人打横高高抱起。被抱住的女人发出一声惊呼，梅子色的指甲揪住西装的衣领，平整的后背被揪出一串痕迹。

大家起哄地笑起来，闻雪时却盯着那块痕迹。

黄茵花注意到他的表情，轻声问："怎么了？"

"没事。"闻雪时这才跟着笑起来，"强迫症犯了，看不得衣服起褶皱。"

娄语在综艺节目官宣后没待多久便离开了，闻雪时也是。但娄语离开前，他还坐在那里。不知道是为了陪黄茵花，还是故意和她错开。但这都不是她该关心的事。

娄语关心的，是今晚自己表现的反馈。她一边刷手机一边匆匆上了保姆车，看到观众对节目的反响还不错，终于可以合眼休息一下了。

栗子自从三年前跟着娄语，还是第一次看见她出席活动之后露出如此明显的疲倦，拿不定主意地问："姐，还去会所吗？要不直接送你回家？"

娄语不假思索地说："会所。"

她们口中的会所是一家会员制的高端美容院，娄语时不时就过去保养皮肤。像这种出席典礼必须要化浓妆的日子，活动结束后她必定要去一趟。

车子在夜色中疾驰着，半小时后，驶入会所的地下车库。

娄语用口罩遮住未卸妆的脸，换了一套休闲运动服，下车后直奔顶楼。

美容师早已在电梯门口等候，将娄语引至她的专用房间。这里和其他房间都不同，是按照娄语的喜好专门重新装修过的。一个巨大的冰蓝色水族箱正对着美容床，娄语最喜欢做美容时盯着那片蓝色，放空思绪，搭配美容师的按摩手法，能得片刻安睡。然而这次，她不仅没有半点睡意，甚至连这片安静的蓝色落在眼里都觉得刺眼。

娄语烦躁地闭上眼睛，耳边响着美容师走动的脚步声和打开瓶瓶罐罐的动静。

少顷，脚步声来到床头的正后方。她感觉到自己额边的碎发被轻轻地挽了一下，这绝对不是美容师的手。指节宽大，没有温度，带着一股夜露的寒意。

娄语立刻睁开眼，迎上一双垂着的眼睛，在金丝镜框下，审视的意味格外明显。

“直播我看了，你今晚的表现……”男人的语气意味不明，“有点让我想起刚带你的那个时候了。”

来人正是娄语的经纪人——周向明。他是圈子里数一数二的王牌经纪，二十岁入行，以善于发现优质演员而著称，但这位王牌经纪人的脾气和喜好令人难以捉摸，唯一知道的规律只有一条：他只签那些初出茅庐的、有潜力的新人。

五年前，周向明签下她之后就提出，让娄语和姚子戚合作，并借着这次合作的契机一连帮她拿下好几个不错的项目。娄语也争气，用作品证明了自己的实力。就是从那个时候起，娄语正式开始了走红之路，如果不包括她和闻雪时分道扬镳的事情，那应该算得上是她人生中的美好时光了。

周向明猛地提起往事，娄语不禁愣了一下，又很快清醒过来。很明显，他是在责备，娄语今天失态了，尽管她觉得自己隐藏得特别好……

娄语重新闭上眼睛，沉入黑暗，敷衍地反驳道：“有吗？我明明比五年前更游刃有余了。”

周向明的声音再次响起：“是太游刃有余了。过犹不及，一样是漏洞。”

娄语选择用沉默对抗他的说教。

周向明早就摸透了她，轻描淡写地扔下一颗重磅炸弹，逼得她不得不给出反应。只听他说：“我突然回来，是通知你一件事。”他的指骨叩了叩一旁的茶几桌面，“这次的《夜航船》综艺，我打算帮你推了。”

娄语沉默片刻，认真地说：“如果你是担心闻雪时，我以为就这个问题，我们之前已经达成了共识。”

“我也记得接这个综艺的前提，是你说过你已经放下了。”周向明意有所指地说，“但我看直播，好像不是这样……”

娄语干脆换了个角度说服他：“现在想要推掉已经晚了。咱们先不说是不是违约的问题，刚刚官宣，出了直播间就闹着要退出，你想让我被别人说毫无敬业精神吗？”

周向明从沙发上起身，走到床边，弯下腰，和她对视：“你是真的出于敬业，还是想和闻雪时重新在一起？”

娄语无动于衷，挺直脊背和他僵持着。其间，水族箱的射灯光线的颜色换了好几轮，令她的脸蒙上了最好的保护色。

周向明看着眼前的娄语，她的头发短了，脸上的婴儿肥已经褪去，眼睛里隐藏的情绪也多得他无法再一眼看透。但这一刻，他仿佛看到了当年的娄语，不禁想起了第一次见到她的情景。

那是九年前的一次晚会后台，散场后的地下车库冷冷清清，他的车旁站着一个很瘦的女人，宝贝般地捧着什么东西。她长长的头发挽起来，露出一截白得可以看见青色血管的脖颈，显得整个人柔柔弱弱。可是一开口，却与这种感觉截然相反。

“周老师好！我知道在这里等您很冒昧，但能碰到您实在是太难得的机会了，所以再三考虑，我还是唐突地过来了。”她一边鞠躬一边说，“您应该不认识我，我姓娄，叫娄语。是一个小演员，目前只出演过一部网剧《白色吊桥》。”

周向明连眉头都没动一下。这种情况他见多了，也打发多了，公事公办地说：“有事找我的助理预约，私下一律免谈。”

女孩忙说：“我没别的事，只是很敬佩您，想来认识您。”她一边说话一边将刚才一直小心捧在怀中的陶瓷罐子递过来，“这是送您的见面礼。”

周向明毫不关心那份礼物是什么，更不会投去目光。

“听说您喜欢斗蛐蛐，”娄语更执着地将罐子往前伸，“这里面是一只我亲手抓来的蛐蛐。”

周向明的神色微微一动，知道他喜欢蛐蛐的人并不多，能专门投其所好送蛐蛐的人就更少了。一个女演员，亲自捉蛐蛐来送给他。周向明混迹圈子这么多年，却是第一次遇到的稀奇事，但女孩言语里的那份无知还是让他觉得过分可笑了。

周向明瞥了一眼罐子，嗤笑道：“既然你知道我斗蛐蛐，居然就这么送过来吗？外行人亲手抓的蛐蛐，还不如街上五角钱从小摊上买的。”他的视线从陶罐子悠悠地扫到娄语的身上，“蛐蛐呢，得精挑细选，才能在战斗中获胜。我喜欢从无名之辈里挑选有资质的，但不代表我什么样的都喜欢。”

娄语并不笨，当然能听出他在含沙射影。她有点尴尬，却还是硬着头皮继续说：“我特意去了淮山，那里容易出大虫。原本想跟农民手里买，但那批蛐蛐里面的好虫去年就已经被南方的富商预定了，想必您也预定了一批吧？我待了大半个月才学了点怎么下田抓好蛐蛐的门道，肯定不如您专业，但说不定它就能打赢别的蛐蛐成为将军呢？”

娄语坚持伸着手，手臂因为长久保持一个姿势而微微地颤抖着。

周向明终于正眼瞧了她一眼，问：“你叫什么名字？”

娄语面露喜色，重复了一遍：“娄语。”

周向明伸手接下陶罐子：“我记住了。只不过，最近我没心情带新人，如果哪天心情好了，还记得你，我会去找你的。”

娄语却丝毫没有离开的意思。

“怎么，还有事？”周向明问道。

“周老师，您误会了，我有经纪人……我来不是为了向您毛遂自荐的，您记不记得我的名字不要紧……”娄语终于说出了自己的真正意图，“我其实是想向您推荐一个朋友，他目前没有经纪人。但如果您能破格给他一个机会……”她看向他手中的陶罐，“他也会是未来胜出的‘将军’。”

短短几分钟之内，周向明已经是第二次对这个女孩感到诧异了。迄今为止，他第一次遇到有艺人跑来，费了那么大劲儿，却不是为自己谋前途，难免会让人感到好奇。

周向明问道：“哦？是谁？”

娄语：“也是《白色吊桥》的演员，叫闻雪时。”

周向明看到女孩边说眼睛里边闪着光，这个名字仿佛按动了嵌在里面的开关，她的整张脸都变得明亮起来。这是聊到现在，她说话时唯一露出生动表情的地方。

周向明叩了叩陶罐，生出一点兴趣，似笑非笑地问道：“只是朋友吗？”

“当然只是朋友！”娄语嘴硬地回答。

那是二十三岁的娄语怎么藏都藏不住的喜欢，而三十二岁的娄语，却可以做到真假难辨了……

这场博弈最终因为娄语的坚持而胜出，《夜航船》仍旧继续按原计划进行拍摄。

开始录制的当天，节目组派专车将嘉宾们接到港口登船。车子还未靠近码头，海岸边停靠的巨大游轮便已经映入眼帘。这是节目组花巨资包下的“绮梦号”，是一艘很有名的游轮，营销主题是在船上度过的日子一定会变成一场海上的绮梦。

船舱内部被打造成一座海上王国，酒吧、电影院、音乐厅、游戏厅、泳池、日光浴场……应有尽有。

第一个集合地，就定在了节目组特意布置的游戏区内。

节目组给的台本里，第一天将以纸牌游戏来决定，在未来的七天里，六名嘉宾各自的住所和基础分值。

游轮一共有五种不同的房间类型，最豪华的是总统套房，最差的是内舱房。他们将根据名次从上到下被分配到不同的房间。至于第六名，也就是排名垫底的人，连客房都无法享受，只能住到底舱的员工间。同时，基础分也是最低的，只有五十分。而入住总统套房的嘉宾能获得一百分。

因此，第一战非常重要。

六个人的行李已经先主人一步进入游戏区，在背景板上，显示出六张暂时无主的房间门卡，亟待着分配。而他们的主人，此时都还在化妆间里做准备。

娄语一边进行最后的定妆，一边应付着微信群里的寒暄。节目主持人郭笑组建了一个嘉宾的微信群，大家在里面发着各种各样的表情包。

娄语盯着其中发言的闻雪时，两个人互删好友已经五年了，这是她再次看见他的微信头像，果然已经换了，和他的微博头像一样，是他最新上映的电影海报。

闻雪时曾经的微信头像是一只大熊猫的背影，低着脑袋吃竹子，软乎乎得像个饭团子。

那张图其实是娄语从某个视频里截的。在她乏善可陈的爱好中，特别固定的一项是看大熊猫的视频解压。而他那时的头像，就是她看熊猫吃竹子时截下来的，做成表情包，配着文字：**吃饭不积极，思想有问题**。

当时她看到那个头像，笑着打趣：“记得给我版权费。”

闻雪时一本正经地问：“除了版权费之外，不要肖像费？”说着，他捏了捏她脸颊上残存的婴儿肥，“这只熊猫和你一样，背着我吃东西的时候一副六亲不认的样子。”

娄语拍掉他的手："我怎么能和熊猫比？那可是国宝，不费吹灰之力就能让所有人都觉得它可爱。我充其量只是躲在玩偶服里的替身，没有可比性的。"

闻雪时并未在这个问题上和她纠缠，说了句"是吗"，这个话题就这么过去了。

只是隔了几天，娄语无意中瞥到他的微信，发现自己的备注被他不声不响地改掉了。她在闻雪时的手机里，叫作"我的国宝"。那一刻，好像她被轻轻地摘下了头套，躲在头套里满头大汗的自己被看见了，她也看见了闻雪时，同样藏在人偶套装里，所以互相暴露也不会被讨厌。于是，他们一起结伴躲进世界的缝隙。那个时候，他们都以为拥有了最珍贵的，绝对不会舍弃的宝藏……

造型师又花了二十分钟收尾，毕竟是综艺节目的首次登场，第一期直播必定是观看人数最多的，亮相可马虎不得。

娄语在造型师给的选择里挑了法式黑丝绒西装裙，搭配及膝的黑色长筒靴，再将头发拉直，配上烟熏妆，一袭黑色衬得唇上的红分外扎眼。一切准备就绪，娄语深吸一口气，前往游戏大厅，按照台本顺序，她是第二个出场。

自动玻璃门在娄语面前打开，此时的大厅无比安静，《G 大调第一大提琴组曲》在悠悠回荡，金碧辉煌的吊顶垂下万花筒般的水晶灯。

灯下，有人倚在桌子旁，手指捻着几张扑克牌来回把玩。黑色的西装被另一只手钩在肩头挂着，好似一个百无聊赖的等待猎物入席的荷官。

第一个已经入场的嘉宾竟然是闻雪时。

娄语微微一愣，又变成了二人独处……而且和上次在休息室不同。她的眼光不自觉地飘向各个角度的摄像头，直播已经开始了。

第三章
湿热

娄语微怔的表情转瞬即逝，一回生二回熟，上次是阔别太久的乍然突见，这次她已经能轻松驾驭心里泛起的涟漪。她当然不会忘记，这里看上去只有他们两个人，但在空旷的场地外，其实有无数双眼睛透过屏幕盯着他们的一举一动。恐怖程度堪比“楚门的世界”。

娄语走到牌桌旁，闻雪时微微转过头，突然停住了手上的动作，两指夹着一张纸牌，贴着桌面将它飞到了娄语面前。他仿佛是随口一问：“娄老师之前玩过扑克吗？”

哼，明知故问！但在眼下这种境地，除了这种问题，也没有什么别的可问了。

娄语描摹着纸牌的形状，回答道：“当然！闻老师没玩过吗？”

闻雪时：“我也玩过，只是很少。”

在直播间的观众们的期待中，其他几位嘉宾很快便陆续进场。所有人都到齐后，游戏大厅的大屏幕上，出现了他们接下来要玩的扑克牌游戏：抽鬼王。

规则很简单，谁最先把牌全部打光，谁就能住最豪华的套房，依次走掉的人按照顺序分到不同规格的房间，而最后一个手中有鬼牌出不掉的人，就只能去住底舱的员工间了。这是一个考验演技和心理博弈的游戏。

按照节目组布置的位置来看，娄语顺时针方向的位置是姚子戚，而她要从坐在右手边的人手里抽牌，是周永安。至于闻雪时，他的位置和娄语之间还隔着姚子戚和黄茵花，几乎没有对上的可能。娄语对这个安排很满意，只要不直面闻雪时抽牌，那这个游戏对她而言就没什么压力。

等所有人都就位后，牌桌开始自动发牌。

娄语扫了一眼发到手里的扑克牌，运气不赖，没有鬼牌。这样的话，只需要防着周永安，别从他手里抽到鬼牌就能顺利离场了。

姚子戚一直留意着发牌的顺序，最后他看着坐在娄语旁边的周永安，笃定地说："鬼牌在他的手上，他的牌比我们多了一张。"

真是越怕什么，越来什么。

大家都注意到了这一点，视线都集中到周永安和娄语的身上，观察着鬼牌的走向。

娄语立刻绷紧神经，她必须得谨慎地看好目标再下手。即便起始牌很多，抽中鬼牌的概率并不高，她还是很小心地抽牌。

果然，她还没倒霉到那个份儿上，来个开门红，抽到了一张红心2。

周永安的脸上闪过一丝明显的懊恼。

就这样过了好几轮，大家都顺利地出对子，唯独周永安露出苦大仇深的表情。

这个局面直到黄茵花率先把手中的牌都出完才被打破，她惊喜地起身离开，感慨说"今天的手气真不错"。

周永安的脸色变得更难看了，他哀怨地瞄着娄语，暗自祈祷着她下一轮赶紧把自己手里的鬼牌抽走！刚这么想，手中的鬼牌忽然不见了。

竟然真的被娄语抽走了！

周永安的眼睛一亮，脸上的喜色过于明显。于是，大家都看出来鬼牌已经易主。

相比之下，娄语脸上的表情则淡定很多，但还是透出些许的僵硬。她就知道，鬼牌出现在上家的手里，自己一定会中招，能熬到这一轮才抽到已经很幸运了。她拿着牌转向姚子戚，在他要抽牌时，突然说："不要抽最左边的，那是我刚抽到的。"

然而，姚子戚偏偏去抽了最左边的那张。

"不是不相信你。"他解释道，"我相信你说的，但怎么能让你一个女孩子去住底舱呢，所以鬼牌给我就好了。"

黄茵花安全离场后，姚子戚的抽牌人就顺延成闻雪时了。姚子戚故意给他施压，试图将鬼牌脱手："鬼牌现在就在我的手上，你小心一点抽。"

闻雪时却不假思索，丝毫不在意自己会不会抽到"烫手山芋"，和其他人的谨慎截然相反，潇洒地抽走了一张。

姚子戚的表情立刻放松下来。

接着，这张鬼牌纹丝不动地在闻雪时的手里握了好几轮，当姚子戚成为第二个胜出者时，局面终于有了变化。

鬼牌落到了邓婧的手里，她的表情陡然变得焦虑起来。现在已经到了最后时刻，大家手里都只剩下两三张牌，握着鬼牌几乎等于完蛋。她冲着周永安挤眉弄眼，示意他把鬼牌抽走。周永安别无他法，毕竟有姚子戚的榜样在先，他总不能输给别人。

邓婧喜笑颜开，她也胜出了。

周永安微微叹了口气，满脸写着“当男人好难”的表情。鬼牌又落到了他的手上。

娄语得到这个讯息后，表情也是一愣。这就意味着，她也有很大的概率抽到鬼牌。现在她只想尽快打完手上的牌，毕竟就她现在这个睡眠状态来说，住底仓真的算是煎熬了。然而极为不幸的是，娄语还是抽到了周永安手中的鬼牌。没办法，二选一，抽到的概率太大了。

此时，场上只剩下她、闻雪时和周永安三个人。邓婧已经在刚才那一轮中抽到单牌脱身。

娄语只好面不改色地洗着牌，摊到闻雪时的面前，他们还是不可避免地交锋了。

闻雪时一改之前的抽牌速度，手指伸过来，在她的牌上方游移。他的眼睛紧紧盯着娄语，而娄语不敢有任何表情，只能板着脸，看着天花板。

周永安的鬼牌被娄语抽走后，手里只有一张单牌。他也很紧张那两个人的抽牌结果，当他看到闻雪时抽完牌后的表情，猜测鬼牌应该还在娄语的手上，心里大大地松了口气。结果再差，最多就是手里变成两张单牌，总不至于再抽到鬼牌了。他干脆闭上眼睛从闻雪时的手里二选一，睁开眼睛，看到牌差点激动到落泪，甚至想高歌一曲！他把手中最后两张牌组成对子打出去，露出八颗大白牙嘿嘿一笑：“抱歉，两位。”

娄语伤脑筋地看着手里的鬼牌，动作极慢地洗着牌，想要拖延再次和闻雪时交锋的时间。在娄语对上闻雪时的眼神的瞬间，她仿佛又回到了那间出租屋里，年轻时的闻雪时坐在她触手可及的地方，微笑着凝视着自己，目光轻柔得像在触碰一块琥珀。

娄语轻轻一眨眼睛，旧房间消失不见，随着那道目光一起。眼前只剩下豪华的桌子，还有他看向自己时，那个不带任何情绪的笑容。

娄语西装裙上的胸针在这一刻莫名地穿透薄薄的布料，刺进了胸口，传来了轻微的阵痛。她和闻雪时说了一模一样的话：“如果我说，我还是把鬼牌放在了左边，你相信吗？”

闻雪时的嘴角轻轻扬了一下，他没说信还是不信，甚至都没花时间判断这句话的真伪，直接伸出指尖，捻住左边的那张牌，抽了出来。

刹那间，娄语的心思千回百转。最后，她的视线落在自己手中被留下的孤零零的、艳丽的、不知道是在嘲笑谁的鬼牌上。这场交锋转眼间便结束了，没有观众期待的屏息以待，她输得干脆。她骗了他，鬼牌不在左边，被他识穿了。

娄语耸了耸肩膀，用很遗憾的语气说：“好可惜啊！没骗到闻老师。”

闻雪时翻开自己手中仅剩的黑桃Q，加上从她那儿刚抽到的牌，凑成一对，扔到桌子上。

他冷不丁关掉麦克风，用只有她能听见的声音回答：“你怎么知道你没骗到我呢？”闻雪时的语气轻飘飘的，“如果我是因为相信你才去抽了那张牌，你又相不相信呢？”

娄语还没反应过来，闻雪时已经重新开麦克风，很绅士地说：“对不起了。如果娄老师住不惯底舱，我们可以交换。”

“不用了，我愿赌服输。”娄语径直走向行李置放区，拿走剩下来的钥匙中的一串，那是底舱员工间的钥匙。钥匙环套进她纤细的手指上，娄语垂下眼睛，自嘲地勾了一下嘴角。

她当然不会相信。恐怕在她还没说出口的时候，他就已经猜到鬼牌被她藏到右边去了。

如果闻雪时真的以为鬼牌在左边还去抽，目的是什么？总不可能是因为不想让她住底舱吧。他们之间不该存在这种名为怜惜的温情。

抽牌游戏的直播告一段落，大家各自回到房间休息。今天晚上还有一场直播，既是为大家举行的接风晚宴，也是节目拉开战斗号角的第一夜。

娄语来到底舱，推开门看了一眼环境，没有想象中那么差，毕竟也是豪华游轮上的一个房间，只是空间小得可怜。天花板压得很低，一张上下铺就占了大部分空间。栗子跟着她进入房间后，都没办法摊开行李。

栗子有点看不下去了，提议道：“姐，这个房间太小了，要不我去和节目组商量一下，给你开一间套房。”

“不用。谁让我输了呢。”娄语一边说一边自觉地爬到上铺，她从上铺探出一个脑袋，对栗子故作轻松地说：“我先休息一下，辛苦你先收拾着，到了化妆时间再叫我。”

下铺收拾东西的动静立刻变轻了，但依然有窸窸窣窣的声音传来。

娄语并不觉得这个声音吵，甚至是很喜欢听这种声音，这会让她联想到遥远的高中时期。晚自习时，整个班级都是静悄悄的，只有书页翻动和笔头落纸的沙沙声，夹杂着整理课桌的乒乒乓乓。这些声音都是她最好的催眠剂。

娄语闭上眼睛，仿佛梦到自己穿着高中时那身蓝白色的校服，坐在靠窗的位置，玻璃窗上映出教室的白炽灯和自己十几岁时的青涩脸庞。今天的晚自习不像往常那么安静，教室里闹哄哄的，每个人被分到一张填写大学专业的表格，大家交头接耳地讨论着，头一次觉得他们的未来就像拿到手的纸张一样，逐渐有了真实感。

娄语的手肘被同桌碰了一下，对方兴奋地问："你想上什么学校？"

她迟疑片刻，一笔一画地写下电影学院的名字，说："我想学表演。"

"你知道那个专业多难考吗？"同桌随口说，"我劝你还是现实一点，考个普通大学，别做这种不切实际的梦。"

别做梦。这个评价掷地有声，击碎了教室里的白炽灯。

梦里的环境再次亮起来时，她依然坐在靠窗的位置，只不过眼前的志愿表变成了一碗热气腾腾的牛肉面。窗外的天是亮着的，车水马龙的街景在浮动。

桌子对面坐着一个和娄语的外貌有几分相似的女人，正在埋头吃面，吃得满头大汗，抽空看她一眼，含糊地问："你怎么不吃？"

她摇了摇头："没什么胃口。"

"不是都快高考了吗？这个时候就别逞强，快吃。"女人打了个嗝，擦着嘴说，"对了，志愿想好没有？"

娄语正想开口，女人截住她的话，完全不关心她的想法："我和你爸通过电话了，商量了一下，觉得女孩子去读师范类大学挺好的。读个英语专业什么的，别去读小语种，不好找工作。能当个老师最好了，安稳。你知道的，我和你爸现在都各有家庭，很难再照顾你，你爷爷奶奶年纪也大了，以后的路得靠自己啊，千万不要任性。"

一口没动的牛肉面冒着袅袅热气，飘散到空中，把女人的嘴脸都遮盖住，整片街景都模糊成光晕，光晕的尽头，有个声音远远地传来："姐，你该起来去化妆了——"

娄语一下子从梦中惊醒。身下窄小的底舱床铺在轻轻摇晃着，原来是游轮已经起航，所以才会有轻微的摇晃感。她睁开眼睛，注意到床头再往上有一个小小的圆形舷窗，大概是因为睡前随意瞥到，就被潜意识记了下来。这么一想，人的潜意识真像是一个未知的宇宙，藏着太多自以为已经忘记的碎片。而梦境则是一架天文望远镜，让人能够偶尔窥探到遗忘在记忆深处的东西。

但娄语对那些没有任何探究的欲望，在她的认知中，舍弃的部分就不应该再冒出来。如果可以，她甚至希望自己能永远不要做梦。

栗子以为娄语还没睡醒，又轻轻地叫了她一声。

“来了。”娄语翻身下床，神色中带着几分疲倦。

趁着第二次换造型的间隙，娄语又短暂地小憩了片刻，加上腮红的修饰，上完妆后整个人再次焕发着熠熠神采。她的形象和上午录制时已经截然不同，换了一身月白色的礼服，头发松松地挽起来，脖颈间戴了一串珍珠项链。

娄语慢条斯理地戴上蕾丝手套，准备起身前往宴会地点，化妆室的门口却插了一张卡片。

卡片上写着一行字：**第一日：神说，要有光。**

娄语把卡片翻过来，卡片的背面写着：**这是夜航船启程的第一夜，谁会是你今夜的命定之人？**

规则：请在空白栏写下你心中期望的名字，并在宴会开始前先一步到达红宝石的主餐厅里躲藏，等待你的舞伴。如果期望相符，双方都会拿到五十分值。

这张卡片上的内容是台本里未出现过的，为了确保他们不能事先通气，节目组在竞技环节上都进行了保密。这不就是捉迷藏吗？娄语没有任何犹豫，唰唰几笔写下了“姚子戚”三个字，写完后，将卡片展示给跟拍摄影师。她在心里盘算着，有没有机会能给姚子戚通风报信。不过，跟拍摄影师会一直跟着她去餐厅，杜绝路上作弊的可能。

娄语来到红宝石主餐厅时，黄茵花和邓婧也正好到达。三个人站在偌大的餐厅内，都有点茫然，不知道应该藏在哪儿。作为游轮内的主餐厅，它总共有三层楼高，节目组以防她们藏得太深，规定了躲藏的区域只能在一楼。

一楼的大厅空荡荡的，撤掉了桌椅，可供隐藏的地方并不多。

娄语扫视一圈，看中了摆放在角落的柜式时钟，它上面的部分是走动的钟盘，下面的部分是可以拉开的柜子，她觉得那里是个躲藏的好地方，便朝时钟走了过去，不料在躲藏的过程中不慎崴了脚。

躲在镜头外的工作人员看到娄语踉跄了一下，都有点慌张，栗子更是赶紧冲上去扶住她，询问她有没有扭到脚。

她轻轻避开栗子的搀扶，打开麦克风说了句“没有大碍”。栗子“嗯”了一声，还是坚持要去拿药膏给她涂。娄语摆了摆手，拒绝了。就在娄语想继续往钟表的方向走时，却发现在她磨蹭的过程中，有个人快了一步，已经拉开了钟表的柜门钻了进去，是黄茵花。

娄语心仪的藏身地点被别人抢占，心里有些不知所措。工作人员已经在镜头外打手势，希望她尽快藏起来。她现在只有一个想法，躲到闻雪时不会去找的地方，别成为他的舞伴。

娄语看了一圈，视线落在右侧角落里的黑色钢琴上。没有任何犹豫，她直奔那里，缩进钢琴键盘下方的小空间。这一侧正好对着墙壁，需要走到钢琴附近查看才能发现她。没等多久，餐厅里传来了男士们进来的动静。娄语所在的位置什么都看不见，只能靠声音猜测他们的位置。

脚步声一直都很遥远，果然没人朝这架钢琴走过来。

娄语在钢琴下面蹲得腿都要麻了，终于听到皮鞋踩在大理石上的声音朝这里靠近。悬着的心仿佛突然停止跳动，她紧张得甚至能听到自己的心脏跳动的声音。

会是谁呢？大概率是周永安。娄语双手环抱着自己，仿佛在等待中灵魂脱壳，飘回到二十二岁那一年，夏天快要结束的时候。

那时，她刚从电影学院毕业，同学中有人早早就已经进组拍戏，有大主演，有小配角，也有人识时务地转行做直播，日进斗金。而她呢，夹杂在两者中间，既接不到角色，又持续固执地碰壁。就在她即将坚持不下去的时候，有幸进了一个大导演的电影剧组——《昨日之诗》。不过，她只是去做女主角的光替。

光替，即灯光替身，是指正式开机前，在打光布灯时帮演员走位的替身。因为调试灯光的时间很长，主演们并没那么多的档期可以配合，就需要像她这样报价低的新人顶上来。只要身形相似就可以了，根本不需要演技，反正也不会出现在正式的镜头中。

当时，男主角的光替就是闻雪时。

虽然见到他的第一面，娄语就认错人了——实在是因为他长了一双非常漂亮的眼睛。这种漂亮具有一种偷走时间的魔力。看到的人会为那双眼睛所震惊，会停留几秒或者更长的时间，时间就不可抗地被偷走了。看到他的外貌，娄语下意识地以为他必定是参演电影的某位新人演员，小心翼翼地观察他，内心充满了羡慕。

同样是新面孔，别人可以站在镜头前，她却只能在过场的时候成为主演的影子，老天爷真的是不公平。但是这个新演员真的很努力，即使没有他的戏份，也一直在旁边看着，加上底子好，以后一定会成名的，娄语在心里暗暗地想。

直到执行导演把闻雪时叫到关机的摄像机前，让他走到某个位置测试灯光，她这才震惊地后知后觉，这个人居然和自己是一样的。

紧接着，执行导演把她也叫了过去，让她在他的面前站定。

周遭是嘈杂的片场，场工在忙活着调整灯光，摄影师助理跟着调整机位，美术布置道具，大家各司其职。只有他们两个似乎是工具人，保持一个姿势站着，连头都不能随意动，否则会影响到灯光的调试。

夏末的天气还是炎热的，摄影棚里没有空调，娄语的站位需要离灯光很近，被高瓦数的灯从各个角度长时间地烤着。她好像变成了一颗被扔进微波炉的奶油蛋糕，背上很快冒出细密的汗，接着是额头。

娄语略显狼狈的样子尽收闻雪时的眼底。可他的目光依旧很冷淡，像攀上极寒的山顶时，头顶蓦然吹来的一阵冷风。然而，这股风却将她吹得更热了。娄语悄悄摸了一下口袋，尴尬地发现自己没带纸巾，只能任由汗水流到眼睛处。

其实，开口向工作人员要一张纸巾是很简单的事，但那时候的她刚刚步入社会，对剧组非常陌生，还学不会自来熟，生怕打扰别人的工作，只能默默地忍着。因此，她更不想以这种姿态和那双漂亮的眼睛对视，视线就停留在他的喉尖处。那里长着一颗小痣。

很奇怪，今时今日回想起十年前他们第一次见面时的情景，首先想起来的，居然是他喉尖上的那颗小小的痣。大概是因为当时他们都没跟彼此搭腔，她就一直盯着那颗小痣，直到灯光调试结束。而那个从头至尾沉默着的青年，第二天在片场，依旧没有跟她说过话。

闻雪时只是在面对面地站位时突然对她伸出手，手心里有一包纸巾。牌子是舞月花，紫色的老版包装，她记得格外清晰。因为那包纸巾，她后来一张都没舍得用。

第四章
褶皱

灯光璀璨的红宝石主餐厅，娄语缩在钢琴下面的角落，听着脚步声越来越近。她做好准备，对方也走到了钢琴的附近，俯下身来。

“是娄语啊！”周永安的脸出现在她的面前。

如她所预料，钢琴是闻雪时最后才会来的地方，周永安肯定会在闻雪时之前。

娄语露出惊讶的表情：“被你找到了。”

周永安哈哈一笑：“你不会感到失望吧？”

两个人客套一番，娄语从钢琴下出来，暗自松了口气。

大厅中央，姚子威和黄茵花已经站在那里，过了片刻，在另一处的角落里找到邓婧的闻雪时也过来了。主持人郭笑看准时机现身，从二楼走下来，遗憾地表示，大家全都没能拿到那五十分值。

竞技彩蛋告一段落，晚宴随之开始。

站在娄语身边的周永安做出邀请的手势。她把一只手放上去，随后腰被他轻轻揽住。

华尔兹的舞曲在大厅里流淌着，灯光暗下来，墙边的金色的灯亮起，女人们的裙摆晃动着翻飞。他们不是专业的舞者，跳起舞来不成章法，但都有点底子在，还算看得过去。然而，观看直播的人数还是有所下降，毕竟没看到喜欢的演员合作，多少有点失望。

实时观察着直播数据的导演万进立刻改变计划，这也是直播节目的一个优势。郭笑被万进招呼到角落里交代了几句，在舞曲即将结束之际，返场回来的她开口说：“为了让大家尽快熟悉起来，我们来交换舞伴，怎么样？每个人都交换两次舞伴！已经一起跳过的人不能再换回来哦。”

编导的想法很明显，让所有人都轮流合作跳一遍。皆大欢喜。

这个规则一公布，观看直播的人数立刻飙升，网友们发弹幕表示非常期待。

娄语不自然地垂下眼睛。之所以故意藏到钢琴底下，除了好胜心作祟之外，还有一个不想承认的原因，她不愿意和闻雪时面对面地跳舞。

但她已经没有时间再去思量，脚步从沉重变得轻快，她已经转到了姚子戚的身边。

姚子戚握住娄语的手，脸上带着笑意，轻声说："还记不记得我们拍过的那场跳舞戏，你那时候完全没有跳舞基础，踩了我的脚好几次。"他回忆着，"我记得你当时穿的还是旗袍，不过这身打扮一样好看。"

娄语笑着说："我这次肯定不会踩到你的脚了。"

就在他们俩说话的时候，直播的镜头又切换到闻雪时和黄茵花那边。他们的舞步不是很统一，黄茵花意外地踩到了闻雪时，整个人也趔趄着倒向一边，脚实实在在地"扭"了一下。

闻雪时单手将人揽回来，问她"伤到没有"。

几乎同时，黄茵花也问他"有没有踩痛你"。

闻雪时却关切地问："你有没有扭到脚？"

舞池里的众人自然也注意到了这个突发状况，娄语跟着看过去。黄茵花的脚踝应该没什么事，闻雪时没等黄茵花回答，做了一个暂停的手势："我带茵花去看一下，她刚才可能扭到了。"

舞池里，这个小小的状况被郭笑圆滑地掩饰过去，跳舞的情节也就此告一段落。毕竟少了两个人，舞伴也没法儿再交换了。

这是娄语想要的结果，应该也是闻雪时想要的，所以他更快一步地付出了行动。又或许是她想多了，闻雪时的离场根本不是逃避跟她一起跳舞，而是在意黄茵花是不是真的受伤了。

随着音乐声停下，娄语走出舞池，到餐桌边拿了一杯香槟。酒送到嘴边，她才想起来，上船前吃了两粒防止晕船的药，不能喝酒。

娄语将手中的香槟放下，重新取了一杯矿泉水。

之后，直播暂停了一会儿，等着闻雪时和黄茵花回来。

借着这个时间，有工作人员上来问："娄老师，您刚才在捉迷藏环节时不是也扭到了吗？我看镜头里您的表情好像挺疼的，您也赶紧去看看吧！真是对不起啊！"

闻言，其他几个人纷纷看过来。

姚子戚惊讶地说："你也扭到了？怎么不说一声，还跳了这么久！"

"真的没事。"说罢，娄语还踩着又高又细的高跟鞋在原地蹦了两下。

姚子戚还是不放心，说："我带你去看看吧，扭到脚这种事情可说不好。"

"我真的没事，先把今晚的录制完成吧。"娄语转头看见闻雪时和黄茵花回来，迅速结束了这个话题。

黄茵花的脚没有什么问题，喷了点药用喷雾，说自己可以继续录制。工作人员见状也不再继续坚持，直播进入到重头戏。

郭笑给每个人分发了一张跟刚才相同的卡片，只是背面的文字不一样了：

我们在黑暗的迷宫中游走，迷宫的尽头有光，那是神的指引。

规则：六位嘉宾分别抽签从六个入口进入迷宫，迷宫为冰场，需穿溜冰鞋进入。当中没有照明设备，唯一的光源来自迷宫中心。最先抵达的人获得五十分值，之后依次递减。

六个人来到游轮的冰场内，冰场此刻已被节目组大刀阔斧地装饰了一番。四周竖起六边形的隔板。每块隔板各开了一道门，分别标着数字，对应着他们抽签上的数字。

可是在抽签前，姚子戚忽然提出了要求："我能和娄语一起进吗？"

郭笑一愣。

"这个分值我不要了。"姚子戚解释说，"她刚刚也扭到脚，没处理过，我怕里面漆黑一片，她会出意外。有个人跟她在一起会比较好。"

错过这一幕的闻雪时不着痕迹地瞥了一眼她的脚。

郭笑跟镜头外的万进商量了一下，最后说："鉴于有两位嘉宾的脚都有点小扭伤，我们可以两两一组进入迷宫。但不能让你们擅自决定谁和谁一组，还是需要抽签来决定。1 和 6、2 和 5、3 和 4，两两组队，分值也按小组计算。"

姚子戚顿了一下，妥协道："好吧，只要她不是一个人进去就行。"

娄语的脸上也满是真诚的感激，小声对他说："谢谢姚哥。"

然而几分钟后，抽签结果一公布，娄语真想把这句谢谢收回。她抽到了"3"，至于"4"……

闻雪时摊开了手中的抽签纸，赫然写着这个数字。

逃避了一个晚上，由于这个环节节外生枝，最后他们又被迫组在了一起。

闻雪时没什么特别的反应，把纸条揉了一下放进口袋。

姚子戚抽到的纸条上的数字是"1"，和邓婧抽到的"6"对上。剩下的，就是周永安和黄茵花被分为一组。

大家纷纷坐下来换鞋，娄语随手拿了双码数差不多的。她低头换鞋时，闻雪时一直侧头看着她旁边的鞋柜，仿佛选择恐惧症犯了，不知道该选哪一双。

过了好一会儿，才慢吞吞地挑好鞋，最后一个换完。

所有人都准备好，两个人一组站到对应的门口。其他人都是并排站着，只有娄语和闻雪时保持着一段距离，中间的空隙大得可以塞下第三个人。

很快，导演组下达了出发的指令，大家纷纷进入迷宫。

娄语没有和闻雪时交流，一马当先地推门进去。生怕慢别人一步就会落后，丝毫没有要等闻雪时的意思。反观另外两组，虽然大家都不熟，但都是并肩走，周永安甚至还主动把胳膊伸过去让黄茵花搭着。

娄语自顾自地一直往前走，直到遇到第一个岔路口。她不得不停下来，等着身后的人出现。这个时候不能我行我素，既然是小组合作，还是要考虑对方的。

闻雪时慢悠悠地滑过来。娄语心里十分庆幸迷宫里面很黑，不用去思考应该用什么表情去面对闻雪时，反正都是一个模糊的轮廓。

因此，她淡定地问："闻老师想选哪边？"

闻雪时无所谓地说："你决定吧。"

娄语"哦"了一声，选了左边，又开始一直往前滑，把闻雪时甩到身后。之后又是重复了几次，她的运气不错，居然一直顺利地找到岔路。但这一次，似乎是好运气用完了。再遇到岔路时，她拐来拐去，眼前突然横出一块挡住去路的隔板。

她赶紧转头，而身后，闻雪时却刚好准备拐进这条死胡同。他一无所知地往前，也在向她逼近。娄语并不知道转身后更是一条"死路"。

她撞进闻雪时的怀里时，脑子都是蒙的。黑暗模糊了时间，今夕是何夕？竟让她产生了一种和二十几岁的闻雪时拥抱的错觉。尤其是他还条件反射地揽住自己的腰，就像以往他们无数次拥抱时那样。心慌的感觉转瞬即逝，娄语迅速抬手一推，整个人往后弹开，她甚至忘了现在脚上穿的是溜冰鞋，身体失控地往后趔趄了一下。眼看就要摔倒的瞬间，她被一双手准确地拉住了胳膊。

闻雪时将她拉回来，说了句"抱歉"。

娄语回答了一句"没事"。

观众的视角是一个夜视摄像头拍摄的画面，根本看不清两个人脸上的表情，自然也看不到闻雪时当时拉住了娄语的手，只看见他们撞到一起。弹幕上都在调侃，这两位真的很没有默契，这都能撞上。

闻雪时和娄语看不见对方的表情，更看不见自己的。

那一晚，隔了五年突兀地抱在一起的他们心里在想什么，无人知晓。

第一个走出迷宫的人是娄语，但她没拿到第一，原因是组成小组的两个人必须都到达终点才可以。在等待闻雪时的过程中，其他两个小组的人都是一起到达的。于是，垫底的变成了娄语和闻雪时，他们互相不配合的样子看起来就是在拖彼此的后腿。

今晚的录制全部结束，娄语因为原始积分最少，目前排名垫底。

郭笑给娄语发了一个警告牌："如果明晚你继续垫底，就得从惩罚箱里抽签进行惩罚了。加油啊！"

娄语笑了笑，轻松地说："放心，明天一定能翻盘！"

直播结束后，摄像机关机，郭笑问："要不要一起去顶层的酒吧喝一杯？"

参加综艺节目的录制也像一个小剧组，就和"开机仪式"一样，为了接下来能够顺利进行，这个提议倒是合情合理。但不凑巧的是，娄语今天喝不了酒。于是，她婉言回绝道："上船前吃了防晕药，看来是不能陪你们了，下次一定。"

姚子戚看了她一眼，跟着说："我也不去了，你们玩吧。"

周永安调侃道："怎么，你们俩这是要单独约会啊？"

姚子戚哈哈一笑："别胡说，我的身体刚好，烟酒这些都戒了。"

"哦……行吧。"周永安意识到自己提了不该提的，惋惜地拍了拍姚子戚的背，以示歉意。

一行人往顶层的酒吧走，闻雪时走在最后。进电梯时，他无意地转过身，视线顺势瞥向还停留在原地的娄语和姚子戚。

两个人说着话，并肩朝化妆间的方向走去，背影消失在逐渐合上的电梯门缝里。

娄语虽然在和姚子戚聊天，却一直留意着电梯那边的动静。听到电梯门关闭的声音，知道他们已经离开了，整个人的精神也随之放松下来。

姚子戚叫了她两声："你在听吗？"

娄语回过神，不好意思地说："啊，我刚走神了，想到别的事情上去了。抱歉，抱歉，你说的是……"

姚子戚无奈地笑了笑："没什么，我是说咱们俩已经很久没这样单独聊过天了。"

确实，自从姚子戚复出后，他们只在决定在参加综艺时和彼此的团队见过面，在那场饭局上短暂地叙过旧，然后就是发布会上再见，但全都有其他人在场。

"有些话，只有在我们单独的时候才能和你当面说……"姚子戚斟酌着用词，小心翼翼地说，"我是想说，我对你绝对没有当年的想法了。所以，咱们这次……你别有顾虑，也别误会。”

娄语听他如此坦然地把一切摊开来讲，诧异过后，神色坦然地回答：“我知道你当年就是入戏太深了，需要一点时间走出来而已。现在都已经过了那么久，当然更没什么了。”她朝他伸出手，“我们还是很好的伙伴。”

姚子戚“嗯”了一声，伸出手握了上去。

“你真是和当年一样，一心只想着工作。”姚子戚调侃道，“应该说是比当年更投入了，难怪会有今天的成绩，很了不起。”

娄语谦虚地摇了摇头：“还是姚哥照顾我，教了我很多，到今天都很受用。”

姚子戚移开视线：“三十年河东，三十年河西，现在该轮到你教我了。”

次日，众人刚醒来，就收到了节目组插在房门上的卡片：第二日：“上帝”说：“诸水之向要有空气隔开。”

规则：分早、晚两场录制。早场为“水”。请于九点整来餐厅集合。每位嘉宾轮流喝一杯饮料，有柠檬水，但也有可能会喝到纯醋汁。其余嘉宾需要通过面部表情来猜测对方喝的是什么饮料。每猜中一轮加十分。

又是一个考验演技的游戏。

去化妆间做造型的途中，娄语遇到了黄茵花。对方主动和她打了个招呼，突然问：“娄老师，你那里有消肿仪吗？我昨晚好像喝得有点多，感觉脸有点水肿。”

除了这个综艺，两个人之前根本没有合作过。当年，闻雪时和黄茵花宣传电影时，避开了一切和娄语发生交集的机会，就连微博也是因为要参加这个综艺才互相关注的。但她招呼的语气，仿佛两个人私下有很深的交情，不过娄语也习惯了这种突如其来的自来熟，端详着黄茵花的脸：“好像是有点肿。我那里有个对消肿很管用的小东西，一会儿让助理拿给你。”

“好！谢谢了。”黄茵花回道。

娄语摆着手说“不客气”，话锋一转：“看样子，昨晚你们玩得挺开心的？”

“是啊，大家一个比一个能喝。”黄茵花轻轻皱了下鼻子，“要不是雪时帮我挡了很多，估计今天我的脸都没办法上镜了。”

娄语一愣，然后耸了耸肩，笑着说：“幸好我没去，我的酒量可差了。”

化妆完成后，直播准时开始，先是直播了几段嘉宾们正常吃早餐的画面。

娄语只要了一碗最简单的小米粥，是在座的嘉宾里吃得最少的，引起的关注也最多。

姚子戚端着一碗牛肉面坐到她身边，两个人昨晚说开之后，关系明显缓和了许多。他瞅着她那份小米粥，皱眉道："你怎么吃得这么少？要不要我再去帮你拿两个菜包？"从鬼门关走过一遭的他像兄长似的语重心长地说，"在减肥？身体最要紧啊。"

娄语："不是减肥，我习惯这个饭量了。"

姚子戚："你这是欺负我的记忆力差吗？我还记得咱们拍戏的时候，就数你吃得最多。"

娄语愣了一下，对方说的是事实。她舀了一勺小米粥放入口中，含糊地笑道："那是好几年前的事了，我现在是真的不爱吃。"

两个人聊天时，闻雪时端着一杯咖啡从他们背后经过，似是不经意地瞥了一眼放在娄语面前两三口就见底的小碗。大家都吃得差不多之后，郭笑便出现了。她推着餐车走过来，上面摆放着六杯外形相同的饮料，杯子是密闭的，完全无法分辨哪杯是柠檬水，哪杯是纯醋汁。

按照抽签的顺序，黄茵花是第一个上去试喝的人。她挑了最边上的杯子，第一口喝下去后，就露出了一个酸得夸张的表情。喝一口还不够，按照规定，必须喝完整杯饮料。第二口之后的表情稍微好了一些，但还是肉眼可见地觉得痛苦。等黄茵花喝完，郭笑示意他们举牌，桌边分别有柠檬水和纯醋汁两个牌子。

大家都举棋不定，喝到纯醋汁至于露出那样的表情吗？还是她演得太好？

最后，娄语还是相信自己的直觉，并不信任黄茵花的表情，应该是一种伪装吧。

娄语举起了写着柠檬水的牌子，视线快速瞥过时，余光看见了闻雪时举起的牌子，是和她相反的答案。他认为黄茵花喝的是纯醋汁。

和娄语举起同样牌子的还有姚子戚和邓婧，但这并不是多数压倒少数的游戏，最后结果揭晓，是他们这些举柠檬汁牌子的人输了。

第二个上去的是姚子戚，上去前便于她能和他达成默契，两个人偷偷商量了暗号：如果是柠檬水他就摸鼻子，没有其他动作就是纯醋汁。

娄语观察着他的动作，还故意犹豫了一下，最后举起了纯醋汁的牌子。

回到座位后，姚子戚对娄语低声说："那个醋汁真的太酸了，我竭力忍了，还是没忍住，你可千万别抽到。"

娄语笑着说："听你这么一说，我反而更好奇那个味道了。"

第三、第四个上去的人是周永安和邓婧，但娄语一个都没猜对。倒是闻雪时，目前为止的成绩是全部正确。

接下来，就轮到娄语了。

她在剩下的两杯饮料中随便拿起一杯，抿了一口，接着一饮而尽。

全程娄语都面无表情，台下坐着的众人纷纷举牌，觉得她喝的必定是柠檬水。或许也有人觉得她喝的是纯醋汁，这么淡定是为了迷惑众人的、但是尝过醋汁的味道的几个人，都不相信娄语能在喝到醋之后还如此不动声色。

唯独有一个人亮出了纯醋汁的牌子。

大家看向举牌的闻雪时，黄茵花在他的身边小声说："你还没上去喝过，不知道那纯醋汁真的是特别特别酸，就算想隐藏，也不可能根本没反应。"

"是吗？"闻雪时笑着随口反问，但语气并不是疑惑，而是隐隐藏着一种笃定。

发送弹幕的网友们反倒疑惑起来。他们和黄茵花的观点一致，直播间里成千上万双眼睛都盯着呢，总不会输给闻雪时一双眼睛吧。

黄茵花看闻雪时不打算更改答案，悻悻地扭过头。紧接着，众人听郭笑宣布答案："娄语喝的这杯是纯醋汁。"

大家都愣住了，弹幕也一片沉默。

有人把刚才娄语品尝饮料的那一段录屏了，大家不信邪地往前一帧一帧地仔细观看，这才发现原来，在刚喝下第一口的时候，她曾很轻很轻地皱了下眉头。这个动作快得几乎看不见，难道闻雪时看见了？这让发现了细节的观众们觉得不可思议。

第五章
惩罚

娄语看见闻雪时举起纯醋汁的牌子，成为在场唯一猜对的人，不知道他是不是真的从自己的脸上发现了什么端倪，至少她认为，自己掩藏得天衣无缝。

早在姚子戚叮嘱她“纯醋汁很酸，要做好心理准备”时，她就在心里打了预防针。只是没想到会真的抽到了纯醋汁，酸的程度也超过预料。但她还是稳住了，面不改色地喝完，她的演技相比五年前应该进步了很多吧，不至于让他一眼戳穿，结果还是……

最后一个轮到闻雪时上场了。

周永安开始起哄：“雪时，要不你喝完直接告诉我们是什么吧，都大满贯了，送我们每人十分吧啊！”

没料到，闻雪时点头说：“好啊。”他拿起仅剩的最后一杯，抿了一口。

娄语正在认真地观察他的表情，猝不及防地撞上他看过来的视线。

闻雪时的视线掠过她，说：“是柠檬水。”

周永安听见后一笑：“真的假的？真说啊？”

闻雪时的语气十分诚恳：“当然是真的，这十分送给你们。”

众人面面相觑，黄茵花第一个举起柠檬水的牌子。提议的周永安反倒是举棋不定了，不知道该不该信他。

接着，有第二个人果断地举起了牌子，只不过举的是截然相反的纯醋汁。

娄语举着牌子，轻描淡写地说：“谁说赢得多的人就不会想赢得更多？也许这是闻老师欺骗我们的战术。”让人听不出她语气里有任何刻意的味道。她当然看出来了，闻雪时毫无伪装，那杯真的是柠檬水。要掩饰曾经的亲密，比伪装陌生更高明的方法就是针锋相对。要是真的泄漏出一点在意，包裹在这层情绪之下就不会让人觉得奇怪。

姚子戚不管娄语的话有没有道理，也跟着举了纯醋汁的牌子。

答案揭晓，闻雪时喝的就是柠檬水。

早上的直播到此为止，统计分值公布结果，闻雪时最高，拿了五十分。总积分跃居第一。而娄语垫底，拿了零分。

娄语淡定地安慰自己，还有晚上，她一定可以翻盘。

姚子戚过来给她打气："没多大事，录制才刚开始，接下来多拿分数，来个绝地反击。"

娄语打趣道："那我连你也一起反击了？你现在分数排名第三呢。"

姚子戚摇摇头："你赶超我不叫反击，叫如愿。我可盼着呢。"

距离下午的录制还有一段时间，这段时间里，他们可以自由活动，但并不是真正意义上的"自由"。

直播镜头会开着，但不会向大众播放，观看通道只提供给平台会员。

娄语约姚子戚在健身房见面，既可以聊一聊接下来在节目里的合作，也可以顺便运动一下，但娄语忘了一点，去健身房的还会有别人。因此，当她换好运动服来到健身房时，已经有两个人在里面了。而且是娄语最不想碰见的两个人。

——闻雪时和黄茵花。

两个人并排在跑步机上慢跑，一边跑步一边交谈着，听到有人进来，闻雪时微微侧过头，视线瞥向门口。

闻雪时看到了娄语，黄茵花跟着看过来，热情地打招呼："娄语，你也来了啊。"

娄语应道："是啊，没想到你们也在，我不会打扰你们吧？"

闻雪时接过话头，笑着答道，却是并不客气的语气："如果我说有一点呢？"

此话一出，其余两个人的表情都是一愣。娄语顿了片刻，不知道该怎么接话。她扯了扯嘴角，抱歉地说："那我去别的地方吧，不好意思。"说完，她立刻走出了健身房，不过，一时间也不知道该去哪里，或者说能去哪里。

和姚子戚约定的地点就是这儿，她想，闻雪时他们应该也不会一直在健身房里待着，便拐到没有安装摄像头的二楼甲板。

娄语从自动贩卖机里买了一罐无糖的乌龙茶，看着午后的海面一边发呆一边等着姚子戚。

姚子戚进入到健身房时，没看到躲在二楼甲板的娄语，只在健身房里看见正在跑步的闻雪时和黄茵花，不过他也没多想，还以为是娄语迟到了。

闻雪时没有像刚才对娄语那样表现得很无礼，而是礼貌地向姚子戚点头致意，接着，他若有所思地按下了跑步机的开关键。

黄茵花看了他一眼，问："要休息了吗？"

闻雪时"嗯"了一声："你接着跑吧，回见。"他又和姚子戚打了个招呼，扭头离开了健身房。

此时，娄语已经喝完了一罐乌龙茶，觉得也时间差不多了，便掂着手里的空罐子往甲板下面走。然而，就在下一秒，她从陡峭的木质台阶的缝隙中看见了浑身汗津津的闻雪时。

闻雪时从健身房里走出来，忽然若有所感地停下脚步，抬起头，看向阶梯上露出来的一截纤细的脚踝。在瞄到那截脚踝的瞬间，他脚尖的走向就微妙地变了，拐弯往二楼的甲板上走。两个人在这段没有摄像头的狭窄阶梯上相遇，面对面地堵住了对方的去路。

娄语一言未发，侧过身，勉强留出可以让他通过的空间。

闻雪时没有停顿，一步一步地走上来，走到她身边时，已经将她倚仗阶梯的居高临下的优势反客为主。在擦身而过之际，他停了下来，眼睛并不看她，而是不咸不淡地问："你约了姚子戚在健身房见面？"

娄语也不看他，盯着下面的阶梯："现在去健身房的话，总不会打扰到你了吧？"语气里藏着连她自己都察觉不到的某种情绪。

两个人的肩头处于相靠的临界值，却始终悬着并不触碰的缝隙。可就在她抬脚要拉开距离时，缝隙消失。他突然拉住了她的手腕，冰凉的手指关节就像是手铐的锯齿，"咔嗒"一下，锁住了她细瘦的腕骨。

他们的肩头终于碰了一下，剧烈地，沉默地。

娄语惊讶地看向他，他则是迅速松开了手，也不解释为什么唐突地拉住她。闻雪时冷不丁地半蹲下去，手指去摸索她的脚踝，微凉的指尖在她突出的骨头上游移。他的身体矮了下去，她再次变得居高临下。然而，五指山仍牢牢地抓住她的脚踝，她跨不过去。无论是他的手，还是他蹲着时仰头瞥向她的眼神，都能轻而易举地将她定固在原地。

闻雪时很快收回手，站起身："脚好像没事了。"又顿了一下，"但你最好别折腾，健身房不合适。三十二岁的人了，你以为伤筋动骨很容易好吗？哪怕只是崴脚……"

这一刻，她心里已经休眠的火山短暂地苏醒了一下。她突然理解了他刚才说的那句"会被打扰"隐藏的到底是什么意图了……他是在担心她的脚？

娄语的嘴唇颤抖了两下，扭头继续往楼下走，仿佛将他的话当作耳旁风。

这份关心只是过去在她身上残留的惯性罢了，若是太当真的话，不好！

娄语走得很急，走到刚才她在阶梯上看到他所在的位置时，才放慢脚步，抬眼看去。闻雪时并没有走，仍然站在那个台阶上。

娄语深吸了口气，故作平淡地开口："你说我三十二岁了，别忘了，你也一样。你知道你也不年轻了吗？"这个角度，她看不见他的脸，她的视线停在他笔直的腿上，就好像重逢那日看着半掩的门后的他一样。

"所以，少抽点烟吧。"这是她重逢时就想对他说的一句话。然而那一天，这句话就像只恼人的大雁，在她的脑海里盘旋，投下无数的阴影，到最后都未能飞离嘴边。这一刻，这句话终于飞出来，向他降落。也只有借着这个礼尚往来的时刻才可以。已经没有正式关心他的资格了，但还可以假借着成年人时过境迁的体面。娄语最后并没有听从闻雪时的建议，依旧去了健身房，和姚子戚假装偶遇，把预定的流程走完。

到了晚上，节目组送来了录制卡片：**当身处两个世界，空气无法传播言语，心灵是否还能相通？**

规则：此为第二日晚场，主题是"空气"。请大家于晚上九整到室内泳池集合。嘉宾们抽签分为两组，每组自行选择一人下水，另一人猜测对方在水中比画的词语。每猜中一词得十分，下水者可额外得十分。另：若无法憋气，也可在规定时间未满前放弃。

原来是憋气版的"你比我猜"。娄语暗自祈祷着，千万不要再和闻雪时抽到一组，抱着这个不确定的念头，抽签时她特别谨慎。幸好，她这次抽到的人是邓婧。男士那边也有两个人抽到了一组，是周永安和姚子戚。剩下被分到一组的，是黄茵花和闻雪时。

闻雪时看到分组的结果后，立刻做了决定："我下水。"

下水的人虽然可以额外获得积分，但会非常辛苦。于是，他理所当然地包揽了这个艰巨的任务，把轻松的任务留给了黄茵花。对比他们快速且直接的分工，其余两组都是同性，就显得有些难办了。为了公平起见，干脆采取石头剪刀布，输的人下水。

娄语的运气不错，她赢了。但这份运气来得似乎有点不合时宜。她察觉到邓婧的脸色不太好，隐藏着一种对下水的抗拒。

"婧姐，"她出声叫住准备去更衣室换衣服的邓婧，"我现在分数垫底，能多赚一分是一分。不如请婧姐帮个忙，把这个赚分的机会让给我吧？"

邓婧微微一愣，然后点了点头："那我可得好好猜，让咱们女子组拿满分！"

弹幕被这个称呼启发，将三组分别喊为女子组、男子组，还有一对情侣组。

男子组率先出场，下水的人是周永安，他穿着泳裤下水，让弹幕小小地沸腾了一次。全靠同行的衬托，在一众过了三十就放任身材走样的男明星中，周永安凭借着毫无肚腩的好身材就已经赢了。他戴上眼罩，长长地吸了口气，沉入水中。

另一个房间内，监视器上出现了周永安在水下的画面。猜词的人需要在这个房间内进行观察猜词。

男子组开始时，娄语正在更换泳装。等她换好衣服出来时，姚子戚他们已经猜完了。周永安没有坚持到节目组给的规定时间，姚子戚又看不懂周永安的姿势，两个人居然一个词都没猜中。

周永安垂头丧气地和第二棒的闻雪时交接，排在最后的娄语回到监控室里继续等待，正好看到闻雪时入水的画面。

"嘭——"

监视器故意切断了声音，可娄语分明听到了水面被打破的巨大声响。

娄语盯着画面，双手不自觉地裹紧外套。

画面里的人上身一览无余，似乎和几年前没什么差别，或者说保持得比几年前更好了。闻雪时当年还有年轻人的纤瘦，而现在，每一条肌理都彰显着这是一个男人，宽阔、沉稳、有力量。经过岁月的捶打后，肌肉线条显得越发漂亮。

而那些岁月，都是她缺席的时间。她找不到这具身体曾经和自己有过任何纠缠过的痕迹。其实，本来是可以留下些什么的。

有一次，两个人在那个小出租屋里吃着外卖，他突然提到要不要去文个情侣文身。

娄语只想了短短几秒钟，便拒绝了。她觉得，大家都是演员，如果去文身的话，以后拍戏得遮瑕，哪怕只是很小很小的痕迹，遮不好会连累镜头重拍，或者需要特效去遮。

闻雪时听到这个理由后点了点头，也没露出什么失望的表情，仿佛就是随口一提，夹了一筷子菜到她的碗里，让她别想了，继续吃。

但是后来有一次大扫除，娄语在整理东西时，翻到了一本压在箱底的文身图案选集，好几页认认真真地折过对角，小黑字标注着：**会喜欢吗？**翻到其他几页，又写着：**或许会更喜欢这个？**

娄语没买过这本书，是谁买的显而易见。虽然知道了迟来的事实，却始终没让她改变决定。于是，记忆里那个闷热的下午，娄语只是原封不动地把书放了回去，徒留满手的汗。

这段跨度长达两年的事，她只用二十秒的时间就回忆完了。而这二十秒内，黄茵花已经猜出了三个词语，她和闻雪时之间的默契程度超乎娄语的想象。

娄语按捺不住想要与之较劲的念头，把自己也放在猜词人的位置，在心里暗自比较她和黄茵花猜出来的速度。当她发现自己每个词都猜得比黄茵花更快时，无用又别扭的开心悄悄地滋生。不过，这份开心迅速地戛然而止，下一个词，黄茵花猜出来了，但她没有。

“想念。”黄茵花犹豫了一会儿，说出了这个答案。

娄语看着屏幕里闻雪时还未收回的动作，他只是两手交叠，拇指轻轻摩挲着另一个骨节。如此简单的动作，黄茵花竟然就看出了他想传递的讯息。这是他们之间独特的、用来传递思念的暗号吗？到了这一刻，娄语完全笃定了他们之间的关系，那她确实猜不出来。

这个瞬间，娄语清晰地意识到五年的时间有多久，因为从前和他一起度过的五年，像一阵风似的，一下子就刮过去了，而她总希望那些时间可以走得再慢一点。但是五年时间真的很长，长到足以和另一个人构建新的默契，编织新的回忆，圈起一块其他人都别想踏入的天地。哪怕这个人是曾经最亲密无间的。

姚子戚转头看见娄语难看的脸色，小声地安慰道：“没关系，他们这组虽然厉害，但还有我帮你垫底呢。你别有压力。”

娄语回过神，笑了笑：“这组的默契好得令人惊讶，不可能没有压力啊。”她把失态就这么轻巧地推给了竞争者，天衣无缝。

娄语在水里憋气坚持到节目组规定的时间，但因为和邓婧之前的交流并不多，两个人的默契度很一般，只猜中了两个词。她湿漉漉地从泳池上来时，看到邓婧拿着浴巾一路小跑着过来迎接她。

邓婧没带麦克风，将浴巾递给她时说：“谢了，我知道你下水的真正目的是替我解围。”

娄语擦着头发笑道：“没多大事儿。之后婧姐有什么不方便和节目组提的，可以试着告诉我。”

邓婧分得清哪些话是客套，哪些话是真心。她知道，娄语这句话没有半点掺假的意思。邓婧很认真地看了娄语一眼，笑着点头说：“好。谢谢娄妹子。”

休整完毕后，节目组公布了今日的积分排名。虽然娄语这次增加了四十分，但因为之前的分数太低，依旧是垫底，但和前面一位的周永安只有十分之差了。

郭笑兴致勃勃地推来惩罚箱，让娄语从里面抽。

娄语想，无非是一些无聊的模仿秀之类的吧，结果抽出来一看，她的脸色瞬间就变得不太好。纸上写着：**积分垫底的人将给当日积分最高的人当一天的助理，任凭对方差遣哦！**

目前积分最高的人，娄语看向电子屏，赫然是“闻雪时”三个字。最怕什么偏偏来什么，难道是墨非定律吗？娄语现在很想连夜坐救生筏逃走。

节目组的直播非常巧妙地在这里结束，不让观众知道娄语抽到的是什么惩罚内容，预告后事如何，请明天继续收看。

娄语知道，自己不能太明显地表现出自己不想和闻雪时扯上关系，也不能让节目组为了她一人修改规则。思忖再三，她对闻雪时说：“明天起，我暂时给闻老师当一天的助理，做得肯定不如你的助理好，别介意。”

闻雪时将她的抵触看得明明白白，他笑了笑，扭头招呼助理出来：“那就辛苦娄老师了，具体的事宜就和小川对接吧。”

小川就是那天在休息室里为闻雪时拿外套的小助理，被闻雪时推出来和娄语交接时，感到万分惶恐，结结巴巴地说：“娄……娄语姐好！”

“你好。”娄语捏了两下太阳穴，“明天我要代你的班，具体需要负责什么呢？”眼神里暗含着你最好少给我点任务。

“负责的不……”话还没说完，小川的手机忽然振了一下，他扫了一眼，赶紧低头认真地看，然后脸色变得古怪。

娄语催促道：“怎么了？”

“没……没什么！”小川把手机放回兜里，咽了下口水，“负责的工作可不轻松呢！一大早就得开始忙了。”他小心地看着她的脸色，“您一早要叫闻老师起床。”

第六章
坠落

《夜航船》第三天的直播通道刚打开，就已经有无数的观众蜂拥而至。

此时是清晨七点，冬季海上的日出很晚，娄语刚从底舱上来时看了一眼海面，还泛着灰蒙蒙的蓝色。今天并不是个好天气。娄语拐进一层的内舱客房通道，找到了闻雪时的房间，抬手敲了敲房间门。娄语想起闻雪时之前的睡眠质量就很好，不会轻易被吵醒。看来这几年过去了，他的睡眠质量还是很好。娄语拿出小川给她的房门钥匙，他昨晚说过，光敲房门可能叫不醒闻雪时，得进门去叫醒他。她深吸了一口气，打开门锁，像打开了潘多拉的魔盒。

娄语假借着不熟练的为难姿态，在房门口安静地站了一会儿。不过她没有停留太久，快速走到床尾，想开口叫他起床，又觉得这种情况实在令人尴尬，干脆咳嗽了两声，想借着制造噪音让闻雪时自己醒过来。然而，闻雪时没有任何反应。

娄语感到有点无奈，只好很轻地推了一下他的被子。被子几乎没什么变化，里面的人轻微动了一下，但很快又安静下来。看到此景，娄语觉得太阳穴又是猛地一跳，手上的力度也更大了。

“起来了，闻老师！”她俯身靠近他的耳朵更大声地催他起床。

还是起了点作用。闻雪时埋在被子里的手动了一下，然后摸索着从被子里伸出来，精准地抓住了她作乱的手。就像是按掉闹铃那样，捉住她的手就可以让世界安静下来。

娄语也的确安静下来了，准确地说是僵住了。闻雪时的掌心被焐得很热，抓得又紧，只需片刻，她的手心就出了汗。

闻雪时嘟囔着：“再让我睡五分钟，好吗？”带着困意的鼻音，语气中透露着对“助理”的熟稔。

娄语心里一惊，这是睡迷糊了？以为还是小川来叫他起床吗？她立刻甩开他的手，提高声音说：“我是娄语，来代你助理的班的，闻老师没忘吧？该起床了。”

床上的人没动静，空气凝固了十几秒钟之后，他从床上迷迷糊糊地坐起来，声音已经恢复如常。

“抱歉，我睡糊涂了，这就起床。”闻雪时从床上下来。

娄语用公事公办的语气说：“闻老师，今早的录制时间是九点，八点开始化妆。现在距离化妆还有一个小时，其间我都待命。”当然，她的弦外之音是，这一个小时的时间里我们最好是井水不犯河水。

没想到闻雪时偏偏跟她唱反调：“好，那一起去吃早饭吧。”似乎是怕她多想，他又补充道，“助理一般都和我一起吃。”

娄语很想撒谎说自己吃过早餐了，但在七点前，餐厅都还没开始营业呢，谎言一戳就破。最后，她只能跟着他到了刚开餐的自助餐厅。娄语平时就吃得很少，现在要和前男友一起吃早饭，更没什么胃口了。

闻雪时看她在餐台处磨蹭半天，端回来的战果居然比昨天还少。但他没问，瞥了一眼就收回视线，专注地做到“食不言”。只是此时两个人生疏的场景竟让娄语有一种时光倒流的错觉，好像回到了十年前。

当时，距离闻雪时递出那包纸巾已经过了一个月了。她逐渐摸索出在剧组待人接物的一套法则，不再显得呆头呆脑的，和很多人都能聊上几句，但神奇的是，对那个最开始就向自己抛出善意的青年，她却一直没能再交谈过。哪怕那一个月里，他们总是面对面地看着彼此，一站就是好久，也从未向对方搭腔。大概是因为他们从骨子里就不是自来熟的人，错过了最开始的契机，就很难再找到下个交错点。

时间就这么不紧不慢地过去，剧组的拍摄任务也逐渐变得繁重起来，开始熬夜拍大戏。众人都忙得像陀螺一样团团转，全场只有灯光替身没有任何安排且不能离开，因为要等着换场。这么一等，就是大把流逝的、没有尽头的时间。那一晚，娄语打着哈欠，玩着手机里的消消乐游戏，把手机都玩得没电了。她等着，等着，等到肚子饿得实在是受不了了，预估了一下他们的拍摄进度，一时半会儿不需要自己，娄语决定，偷偷溜走去买点吃的。

摄影棚外隔一条街就有家二十四小时便利店，地处偏僻，又是凌晨，店内空无一人，关东煮却还满满地挤在格子里，在初秋的深夜冒着无人问津的热气。

你也是不被需要的吗？娄语在心里傻乎乎地念叨着，心想：没关系，你很快就会被需要了。她叫醒正在打盹的店员，放纵自己点了扇贝、竹笋、鸡蛋、蟹粉包……除了她绝对不会吃的白萝卜，装了满满一碗，再多加两勺汤，完美。

娄语捧着关东煮坐到玻璃窗前，拆开一次性筷子，认真地打磨了半分钟木刺，确保筷子不会扎手，她夹起鸡蛋，忽然听到自动门的开关，“叮咚”一声。她就用夹着鸡蛋的姿势瞥了一眼门口，进来的人是闻雪时。

这个时间，除了剧组的人也不会有别人，闻雪时过来买东西并不奇怪。

理所当然地，两个人的视线又对上，谁都没主动开口，就互相点了下头。

娄语收回视线，把鸡蛋送进嘴中，嘴巴鼓鼓囊囊地偷看他走到收银台边，用食指叩了叩台面，要了货架上的一包烟。接着自动门又是“叮咚”一声，他买完东西出去了。

娄语假装自己是在欣赏窗外的景色。窗外立着一棵银杏树，树叶在初秋里显得青青黄黄的。那些还在苦苦支撑的绿色，在街灯的笼罩下也透出萧瑟的昏黄。穿着一身黑衣的闻雪时走到了昏黄里，摸出刚买的烟点燃。

火光照亮他的半张脸，显出淡淡的疲惫，看起来也是熬得困倦了。

娄语咀嚼着关东煮，隔着玻璃看他抽完了一支烟，把烟盒揣进兜里，但他并没有离开。外面突然下起雨来，细密的水珠扑在玻璃窗上，又洒下蜿蜒的痕迹。这场雨来得很急，银杏树下的人愣了片刻，三两步跨到对面的廊下。雨依然在下，偶尔有车辆驶过，除此之外，四周显得空荡荡的，马路盛满了雨水，淌成一条浅浅的夜河。

娄语吃完了最后一串关东煮，掏出纸巾擦嘴。纸巾的是舞月花牌的，自从那天起，她下意识地就开始只买这个牌子了。而他送给自己的那一包，被她放进了行李箱的最里层，没再用过。

娄语摩挲着纸巾的包装，起身向便利店门口的伞架走去，她抽出一把雨伞准备结账，在转身的瞬间，又转了回来，抽出另一把伞，虚虚地握在手心。

此刻，手中的伞已经不是伞了，而是渡河的船桨。她小心翼翼地握着它，划开湿漉漉的雨幕，后来她总是在想，如果没有那场雨，他们到底还会不会有后来。可偏偏命运在那个夜晚落下丝线，缠在两个不会主动寒暄的人身上。那样的碰撞，和随便都能对谁说的“嗨”是不一样的，完全不一样。

娄语推开便利店的门，穿过这条夜河，走到了闻雪时的面前。

闻雪时抬起眼，诧异地看着她将透明的雨伞递过来。

“那天……谢谢你。这下就不欠你了。”刚说完，词不达意的懊恼就涌上娄语的心头。她其实是想说，他的好意自己一直记着，这下终于能帮回去，她觉得很开心。

闻雪时听到这句话后，嘴角扬了一下，那点突然露出来的笑意就像刚才在黑暗里抽烟亮起的星火，很快便隐下去。他回了句“谢谢”，接过她的伞。

就这样，在回摄影棚的路上，两个人一路无话，只有雨滴打在透明伞面上的声音。她特别想说话，一路都在盘算着说点什么，还没决定好时，这段短短的路就已经走到了终点。

娄语沮丧地想，自己没能抓住这个机会。之后的几天都是连续的夜戏，有一天晚上她又没忍住，溜去便利店买关东煮。坐在玻璃窗边时，再次撞见来买烟的闻雪时，他依旧站在店外抽完了一支烟，依旧没离开。但那天夜空晴朗，他只是站着发呆，毕竟在摄影棚里也是发呆，都是一样的。

娄语没再看他，埋头喝完碗底里的汤，准备返回摄影棚。她走出便利店，闻雪时忽然看了过来，问：“要回去了吗？”

娄语一愣，身体快于意识，点了点头。

“正好，我也要回去。”他没说一起走吧，但行动已经暗示了这一点，走到她的身后，示意她走在前面。

他们还是和上回一样没有交流，一前一后的影子在街灯下时不时地叠在一起，走到一半时，闻雪时突然说：“下次你再来买吃的，最好找个伴儿一起。”他又补充道，“虽然挺近的，但女孩子半夜一个人走，还是要注意安全。”

娄语再一次愣住，模糊的猜想占据了所有的思绪。这一回，她决心要好好地表达出来。尽管她说得非常小声：“所以，刚刚，你其实是在等我吗？”

沉默了几秒钟，她听到身后一声很轻的“嗯”。那滴没抓住的雨又了落下来。没有落到街头，今夜的马路根本就是一条干涸的河流。那它去哪里了呢？她用手心贴住胸口。好像……涨到这里来了。

这顿沉默又尴尬的早餐吃到一半时，闻雪时又起身去餐台端了很多吃的回来，其中还有一碗关东煮。闻雪时是吃不胖的体质，娄语很忌妒他这一点，他却偏偏不在乎。因为他对“吃”实在不怎么讲究。吃不吃得看有没有空，吃得多不多得看胃口，吃得好与坏就更无所谓了。老天爷在这一点上真是不公平，对于爱吃的人它给予了一个轻轻松松就发胖的体质，而享有纤瘦体质的人却对食物提不起什么兴趣。两个人在一起的时候，她就尽情开发他这份优势满足自己的口腹欲，叫外卖时总会点一堆，自己每样只尝几口，剩下的都留给他。如今看他主动吃那么多，而她除了小米粥，对其他食物都不感兴趣，时间将两个人潜移默化地颠倒过来了。

娄语觉得好笑，说："闻老师早上吃得还挺多。"

闻雪时信誓旦旦地说"不多"，结果吃到最后，他还是露出伤脑筋的表情："我好像预估错误，果然拿太多了。"

娄语扫了一眼桌上，还有那碗他拿的关东煮没吃。

闻雪时看向她："不能浪费啊。"

娄语微微睁大眼睛："你的意思是让我帮你吃掉？"

"我看你没吃多少，应该还能吃得下吧。"

"可是我已经吃饱了。"

"娄老师，别忘了你现在是助理，可是要帮忙善后的。"他带着不容拒绝的语气。

娄语没说什么，只好答应下来："看来我没得选。"

"那娄老师慢慢吃，不着急，接下来我没别的事了。"

闻雪时甩下这句话便离开了，只剩下娄语独自坐在餐桌边。她将那碗关东煮拉到自己跟前，用筷子不经意地拨了拨。

娄语看着碗里那些似曾相识的食物，就像胸口突然被打了一记重拳。她扭头看向餐厅门口，闻雪时已经不见了。

八点开始化妆时，娄语想强迫自己补眠休息会儿，脑子却被刚才那碗关东煮给搅乱了，她机械地拿起刚才已经看过的录制卡片，又念经似的读了一遍。

卡片上的内容是钓鱼，嘉宾们要搭乘一艘快艇从游轮上离开，驶到了某个海域。

比赛钓鱼，就是各自为政，截至十点，按钓到鱼的数量排序积分。但同时，节目组也安排了一个小彩蛋，快艇驶到的海域是鲸鱼经常出没的地点，能不能观赏到鲸鱼要看运气。需要嘉宾们下注，猜测鲸鱼会不会出现。猜中的人能加五十分，猜错则要倒扣五十分。这个环节设置得很刺激，毕竟运气是最难琢磨的。当然，如果不想被扣分也可以选择不参与。

录制开始时，娄语在三个看板上犹豫了一会儿，分别是会、不会、我不知道。

娄语完全没考虑"我不知道"这个选项，不参与就太无聊了，宁可被扣光分数也要参与。这就是综艺的精髓，输不可怕，可怕的是没故事。她在两个选项中举棋不定。最后，她选了"会"。

所有人都选好后，主持人郭笑喊"三二一"，嘉宾们一起亮题板。娄语看了一圈，分数排名靠前的姚子戚和黄茵花都干脆不参加，举了"我不知道"，哦，除了第一名的闻雪时。

娄语瞥到闻雪时的题板，他选择了“不会”。

郭笑颇感兴趣地问：“怎么，闻 sir 不相信能看到鲸鱼吗？”

闻雪时用轻松的玩笑口吻道：“用现在流行的话讲，我就是非酋（常被网友代指运气最不好的人，脸特别黑以至于成为最倒霉的那一个，多用来自嘲。）。”

郭笑适时地接话：“那闻 sir 有什么倒霉的经历可以和我们分享分享？”

闻雪时失笑：“嗯……说个类似的吧。十年前，我和一个朋友去看流星，专家预告说那次的流星雨是近几年最大的一次，随随便便就能看到。”

邓婧插了一嘴：“我记得，我记得，我那次也去看了。”

闻雪时问：“那你看到了吗？”

邓婧：“看到了啊，真的很多。”

闻雪时：“挺好的。然而，我们蹲了很久，没看到。因为我们那天所在的地点，偏偏被流星绕过了。”

“那确实挺遗憾的……”邓婧咋舌，“不过，你会想去看流星雨我还蛮意外的，你不像会对这种事情感兴趣的人。”

闻雪时顿了一下，说：“我那个朋友很想看，所以我就陪着去了。”

郭笑转移话题，看向娄语：“那小语呢？”

娄语上一秒正在走神，听到主持人的提问，随口道：“我的运气还好吧。再说人总是要怀抱希望往前走，哪怕最终没有到来……被扣分也无所谓，我愿意为这份希望埋单。”

郭笑又接着问了其他几位嘉宾，邓靖和周永安都参与了，两个人都保守地选择了“不会”。

此时，海面十分平静，无风无浪。可娄语突然觉得有些恶心，她猛然想起来，今早起来因为代班助理去叫闻雪时起床，居然把栗子准备好的晕船药给忘了。

娄语掐住掌心，循着节奏缓慢地深呼吸，压住涌上来的不适，后背瞬间就出了一身冷汗。

冬天的海上很冷，可为了节目录制好看，她穿得不多，此刻冷汗一出，让她觉得更冷了。大家下注完毕，纷纷去拿钓鱼工具，娄语跟着众人走了两步，尽力掩饰着不舒服。所有人都在四处张望，挑选着钓鱼地点，唯独一个人回过头，问她：“你怎么了？”

娄语听到闻雪时的声音，不假思索地说：“我没事。”然而，说话的语气和内容完全背道而驰。

闻雪时总是挂着微笑的脸轻轻皱起了眉。

娄语拎着桶走到最角落的位置，一边深呼吸，一边注意着海面下饵。时间一分一秒地过去，海面上起了风浪，快艇的体积小，加剧了晃动。她勉强钓上一条鱼之后，感觉手都已经开始发软了。忽然之间，她听到背后传来叽叽喳喳的讨论：“快看，真的有鲸鱼。”

众人激动不已，纷纷拿出手机对准海面。娄语也跟着看过去，只见海面和天空仿佛黏在一起，像个陀螺似的在眼球上旋转。只一眼，她就觉得自己随时都能吐出来，哪怕在观众的眼里，娄语只是看上去反应慢了点。她很小幅度地晃了一下，倚住栏杆站稳。在混乱里，竟然还能清晰地听到黄茵花的声音——她在拜托闻雪时帮她和鲸鱼抓拍合影。

知道自己再勉强下去肯定会在镜头前失态，娄语没坚持到鲸鱼跃出海面，一言不发地转身走出了镜头，往快艇船舱的方向疾步走去，没有惊动任何人。

离开前，在眼角的余光里，娄语看到闻雪时的手心里被黄茵花塞进了手机，他对准她在拍照。

娄语冲到卫生间，关上麦克风，把胃里所剩不多的东西吐了个干净。不敢耽搁太久，吐完之后，娄语匆匆收拾了一下，没事人似的从卫生间出来。脚步却顿住了。刚才还在帮黄茵花拍照的人，此时却迎面走进无人的船舱。

娄语来不及多想，礼貌地打了个招呼：“闻老师也来上厕所吗？”

闻雪时摇了摇头：“鲸鱼刚游走，录制已经进入尾声，大家都在找你。”

娄语不好意思地说：“抱歉，我刚才有点着急，就没和你们打招呼。”

闻雪时突然也关上了别在身上的麦克风，随即看了一眼她的麦克风：“你的麦克风先别打开。”

娄语一头雾水，心想：难道节目组发了什么指令？然而，闻雪时已经把手机递到她的跟前。

屏幕上放着一段视频，正好是鲸鱼跃出海面的那一幕，也是她没坚持住而错过的一幕。由于太过在意鲸鱼，导致黄茵花只露出了黑黑的半个头顶，画面显得非常滑稽。这应该就是他刚才给黄茵花拍的吧，娄语不懂，他为什么要拿给自己看呢？

娄语斟酌着说：“闻老师的拍摄技术……可能需要精进一下了。”

闻雪时却问：“看到鲸鱼了吗？”

“这不满屏幕都是吗？”娄语不解道。

“那就行了。”闻雪时盯着她，又仿佛是在看其他什么，眼神有点虚，“那年没能让那个朋友看到流星，至少这次，得让她看到鲸鱼。”都是可遇不可求的东西，错过了就是错过了。但至少这一次，他不想再让她错过。

娄语久久地看着手机屏幕，直到屏幕暗下去了，照出自己那张无法用语言描述表情的脸，她通过手机屏幕，精准地将快要失控的表情复原，轻描淡写地说："那个朋友肯定想不到，闻老师竟然还会惦记这些。"

"惦记这个词，我觉得不太准确。毕竟很久都没想起来了，今天郭笑一提才突然想到的。大概算是……"他将手机收回掌心，"心血来潮吧。"

两个人从船舱内一前一后地返回甲板，还特意隔了几分钟。此时，已经快到截止时间十点钟了，娄语进行最后的收尾工作。虽然只钓到了一条鱼，但她今天猜中鲸鱼会出现的五十分已经足够她位居本轮第一。总体排名也将会大洗牌，她上升到了第三名，第一名是黄茵花，闻雪时因为被倒扣分的缘故落到了第四。

散场后，姚子戚来到娄语的身边，感叹道："你这卫生间去得可真不是时候，刚好是鲸鱼出来那会儿，我找你没找着，还纳闷你去哪儿了呢……"

那股恶心劲儿还没过去，娄语强打起精神回应道："是啊！太遗憾了。"

其实也没那么遗憾，托黄茵花的福，她也算看到第一手鲸鱼了。虽然那个心血来潮的视频并不专属于她，或者说，是她不小心瓜分了别人的专属。

因为两个小时之后，娄语刷手机，就刷到了一条黄茵花新发的微博。

@茵发发v：感谢某人圆了我（的头顶）和鲸鱼的合影梦（微笑.jpg）

配的图就是从视频里截下来的，鲸鱼跃到最高处，画面右下角隐约还有半个脑袋。

录制结束后，娄语蜷缩进上铺，想小睡一会儿，结果不知不觉地就睡沉了。

在那张摇摇晃晃的小床上，她又开始做起了混乱的梦。起先是鲸鱼从巨大的海面跃起，升到最顶点时，庞大的鲸鱼喷出一串水柱，海面溅满了流星。

是十年前他们没能看成的那场流星雨。闻雪时的用词没有错误，那个时候，他们的确还是朋友。或者说，可能连朋友都算不上，只是刷大夜时会一起结伴去便利店买东西的伙伴儿。还是她先主动的。因为他那样叮嘱过，她在下次去便利店时鼓起勇气又装作漫不经心地问他。

当然，娄语没有直接说"你能陪我一起去便利店吗"，或者"要不要一起去"之类的话，而是拐弯抹角地问："你要不要带烟？我正打算去一趟便利店。"

闻雪时定定地看了她几秒钟，仿佛看穿了她拙劣的演技，摇了摇头："不用。"

娄语"哦"了一声，失望地转身要走。身后传来外套摩挲的声响。夜露浓重，她回过头，看见闻雪时动作急促地披上牛仔服。见她回头，他的动作慢下来，不急不缓地。

“一起去吧。”他说，“你不抽烟，万一买错了呢……”

娄语又“哦”了一声，只不过，这次语气轻微上扬，像是檐下被微风撞了一下的风铃。然后，他们就默不作声地一起去了便利店，冷清的店里依旧只有那个无精打采的店员，他外放着手机新闻，里面正在播放几天之后将有一场双子座流星雨的新闻。

娄语低头一刷微博，双子座流星雨居然都上了热搜榜。

“说是很大概率能看到……”她看向闻雪时，“你之前有看过流星吗？”

“没有。”

“我也没有。那……”

“一次性筷子需要吗？”店员的声音响了起来，就像是看电视剧正看到兴头上突然插播进来的广告，让人的情绪毫无防备地断开了。

娄语收住话头，抿着嘴唇点点头。

两个人走出了便利店，娄语用眼角的余光注意着闻雪时。他低头在看手机，她找不到可以再次搭话的时机，抬头看了一眼漆黑的夜空。城市里已经很久没有星星出现了，更别说是流星。她还是很期待看到流星的，哪怕只能一个人看。

第二天，就是传说中极大值的双子座流星雨来临的日子。剧组仍然在拍摄，但是其中一位主演请了假，只好补拍其他配角的戏。不过，对于娄语和闻雪时而言，他们今天的工作就到此结束了。

娄语打定主意要去看流星雨，走到摄影棚门口，看见了刚才比她更快一步走出摄影棚的闻雪时。她犹豫了两秒钟，向他扬了扬手：“是不是没车？我捎你吧。我叫了网约顺风车。”

拍摄期间，他们统一住在剧组租下来的宾馆里，往返是由剧组统一安排车辆。不过，今天他们提前收工，如果想回宾馆需要提前和车管打招呼，还不一定有车，得等着。以他们两个人在剧组的地位，车管不可能单独派一辆车来接他。

闻雪时看向她，问：“你不回去？”

“我要去环球中心，会路过宾馆，顺路。”

“跑那么远干什么？”

闻雪时的追问让她一愣。

“今天有流星雨。”她老实地回答，“网上都说环球中心是最佳的观星地点。反正今晚也是闲着，不如去看看。”

"网上推荐的，我估计到那儿了也是人挤人。"他边说边指着不远处被搁置许久的烂尾楼，"如果你要看流星，不如去那里。"

乍听之下，娄语不知道他是认真的，还是在开玩笑，应该不会有人如此煞风景地提议，去烂尾楼观赏流星吧？可在闻雪时的脸上，她找不到半分开玩笑的神色。于是，她也认真思考了一下在烂尾楼看流星的可能性："确实也挺适合……但那栋楼还没装电梯吧？"

闻雪时点了点头："它还没装玻璃，视野更好。"他顿了一下，补充问，"要一起去看看吗？"这句话，和昨晚她想说的话不谋而合。

于是，娄语毫不犹豫地抛弃了环球中心，改成荒郊的烂尾楼。

他们朝着夜幕里那座拔地而起的灰色长方块出发。它还保持着建筑最本质的模样，楼内空荡荡的。两个人攀爬着简陋的楼梯，伴随着长长的回响，安静得让人想说点什么。

"你有做过类似的梦吗？"她打破了这份沉默，"我有时候会梦到类似的场景，在一个没有尽头的楼梯里，我不断地走，没有尽头，四周黑漆漆的。你不觉得那种梦很可怕吗？"

梦中的场景和现在非常相似，都是在没有标志也没有灯光的大楼里。不一样的是，梦里弥漫着令人不安的惶恐。而现在，这种黑暗给了她恰到好处的安全感——因为这样，走在她身边的人就不会发现她的紧张了。

闻雪时说："我也梦到过。"他稀松平常地说，"我们现在每天经历的日子，不都是一场梦吗？"

可惜的是，他们选择徒步爬上三十层的顶楼，只为了蹲守一场最大的流星雨，但等到凌晨三点多，还是什么都没看到，两个人都困得不行。早上六点开工，熬到现在换作是谁都吃不消。早上六点，他们又得跟着剧组的大部队出发，开始新一天的等待和工作。

两个人对望了一眼，娄语颇感遗憾地说："看来新闻也不太准……只能回去了。"

闻雪时点了点头。这次下楼时，他们没再聊天。两个人都没什么精力了，还有一种征兆似的困顿压在心头：仿佛没能看到这场流星雨，也意味着某种星光璀璨的未来就此绝迹。走到一半时，四面透风的烂尾楼里刮进一阵夜风。

"冷吗？"闻雪时沉吟片刻，"我很抱歉。如果你去了环球中心，也许今晚能看到流星。"

娄语没想到他在沉默时，居然还在纠结这个。

“没事啊！又不是你的错！就算看到了，许了愿望，也不一定会成真的。流星只是一种美好的祈愿而已。”娄语没说是什么愿望，但他一定知道，因为他们有着相同的愿望。

“会成真的。”闻雪时一向随意的语气变了，变得很严肃，“我虽然没见过和你同届的毕业生都是什么样，但我可以肯定地告诉你，你比你自以为的更优秀。”

娄语听完后，很长一段时间没说话，忽然驴唇不对马嘴地说：“我想我看到了……”

“什么？”闻雪时问道。

娄语指着闻雪时为她开路时亮起的手电光：“流星。”

无边的黑夜里，照亮她下楼的那个一丁点的光源，是照亮她那一刻人生的流星，渺小又温暖地亮着。可惜那个时候的她还太年轻，并没有懂得一个道理。

——流星的出现，就是为了坠落。

第七章
入戏

娄语再醒来的时候，已经不太记得自己具体做了什么梦。她只知道，久违的，自己又梦到了那段没有尽头的黑色阶梯，她快步走着，在踏空的刹那间从梦中惊醒。她缓了缓神起床，对着镜子一看，脸色居然比休息前还要难看。不过，粉底一盖，腮红一遮，又什么都看不出来了。

入圈的这些年，娄语鲜少对外露出倦容。她是别人眼里永远积极工作的娄语，永远精神饱满，散发着正能量。至于真实的娄语，没必要让任何人看见。

晚上八点钟，众人的化妆完毕后，录制卡片如期而至，上面写道：

第三日，“上帝”说：普天之下的水要聚在一处，使旱地露出来。

规则：本轮为车轮对抗赛，抽签分成“陆地组”和“海洋组”，两组挑战游戏为不倒翁。两个人面对面，脚不能动，互相用手去推对方，谁的脚先移动就算输，换下一个人上。最后留下来的组全员加分。

这不就是推手掌游戏吗？

往下看到最后的集合地点，娄语就知道了，游戏不是那么简单的。

——请大家前往高空索道处集合。

果不其然，众人来到现场才发现，这次比赛的地点……居然是高空索道起始处的那一小块甲板上。这就意味着，如果被推倒，立刻会跌出去，被迫滑一次高空索道。

这个高空索道是“绮梦号”上一个特别刺激的项目，体验过的游客都被吓坏了。若是在毫无防备的情况下被推着滑过长长的索道，刺激指数难以想象……

娄语起初还觉得自己能够接受，然而越靠近索道，那股摇摇欲坠的荡落感就越强烈。

郭笑在入口处等着他们，递出抽签筒，用幸灾乐祸的语气说：“来吧！欢迎大家，我在这里恭候多时了！”

周永安哭丧着脸说：“我是真的恐高了，能不能不抽？”

“不抽可不行啊。”郭笑认真地给出建议，“但你可以和组员商量最后一个上场，如果你的组员很厉害，能一打三，说不定你就可以躺赢了。”

周永安松了口气，抱着侥幸能分配到靠谱队友的愿望伸手去抽签。然而，事与愿违，他抽到的另两位队友，一位是黄茵花，另一位是娄语。再怎么害怕也不能让两位女士打头阵吧，周永安一脸悲壮地穿上了防护装备，无奈地说了句：“我先冲了！”

黄茵花替他打气：“周哥加油！争取一打三！”

娄语没抱希望，做好了一会儿可能得接棒的准备。

另一组是陆地组，分别是闻雪时、姚子戚和邓婧。

周永安已经确定第一个出战，弹幕都是“让邓婧上”的消息。

邓婧也在权衡，最后还是恐惧占据了上风，战战兢兢地表示：“我能晚点上吗……”

姚子戚拍了拍她的肩膀：“我先来好了。”他换好衣服，和周永安两个人同时登上了起始台。两个男人的身形几乎快贴在一起，画面实在很滑稽。短暂的几个来回，周永安惨叫了一声，整个人顺着索道向远处滑去。

娄语忍俊不禁地目送队友渐行渐远，联想到小时候看过的动画片：反派好像都是这么被炸飞的……

“现在陆地组暂时领先，咱们海洋组得接着上第二位选手了。”

郭笑实时播报战况。娄语没有任何犹豫，举起了手：“这次我来吧。”

她穿上防护装备，戴上装有运动相机的头盔，从围观的安全地带向起始台迈出第一步，短短几步，小腿肚子已经微微地颤抖起来。

湛蓝的颜色在几十米的高度下铺开，阳光从云间洒下来，涌动着绸缎般的金色光芒，显得极其壮阔，如果她不是站在这个摇摇欲坠的地方欣赏，一定会感到很幸福。娄语深吸了口气，尽量不让自己往下看，直直地对上姚子戚的眼睛。

姚子戚一直注视着她走过来的动作，出声安抚她：“别怕，很安全的。”音量小得仿佛再大一点就会把她震下去。

娄语点了点头，小心翼翼地走到起始台边上，和姚子戚面对面地站好。

姚子戚的行动和刚才对上周永安时截然不同。在娄语面前，他几乎根本没往前推掌发力，而是左右闪躲着对方的进攻，迅速败下阵来。

邓婧叹气道：“他要送分也得做做样子啊，这也太明显了吧。”

闻雪时对此不发表意见，只问："下轮谁去？"

邓婧不想和娄语对抗，毕竟上一轮刚刚欠过她的人情。她为难地说："我……"

闻雪时会意地点了点头："那我来吧。"他走到刚才掉下安全装备的工作人员面前，微笑着示意她把防护装备递过来。

工作人员看见闻雪时嘴角扬起的弧度，有些奇怪对方的心情怎么这么好，但在这种情况下也来不及想太多，忙把装备递过去。在起始台上，已经赢过一轮的娄语扭过头看向正在穿戴安全装备的闻雪时，脸上的表情十分淡定。

她就已经预料到这个局面了。她知道姚子戚一定会让着自己，也预料到闻雪时会是下一个接棒人。她瞥了一眼就扭回头，转动的间隙望到海面，居然不觉得那有什么可怕了。比起现下风平浪静的海面，那个慢慢朝自己走近的人仿佛才是深海，不经意就能掀起将船只倾翻的巨浪。

娄语紧绷着全身，摊开双手，找准时机，骤然出手，准备来个一击即中。

推手掌游戏获胜的技巧不在力气有多大，而是要把握住自身的平衡和出手的时机，一定要出其不意，反向打乱对方的注意力。然而，娄语自己却分心了。

太近了。

近得彼此呼出的气息混在一起，分不清谁是谁的，就像当年每一次接吻的前兆。

娄语难堪地收回手，发出了一个无效攻击。谁能想到，她明明摆出最凶狠的攻击姿态，脑海中出现的却是另一种被侵入的记忆。

就在她恍惚的这一秒，闻雪时精准地出手了。他伸手做了个虚晃的假动作，缩短了他和她之间本就残存不多的距离。她下意识地往后仰，想要拉开距离，在微微后仰的一刹那，他的掌心贴住她的手，结结实实地一推。

胜负已定了吧？

台下围观的邓婧都在感叹，闻雪时竟然毫不留情，但又暗自庆幸，或许自己可以不用上场了。然而，她惊讶地目睹了娄语奇迹般地撑下来的全过程。她像只不倒翁似的，顽强地摇晃了两下，趁着所有人都觉得她必须得先稳住平衡的空档，突然发力，朝闻雪时推去。剑走偏锋，攻势凶猛，她几乎是还没收势就朝前扑去，实打实地做到了出其不意。

闻雪时被推个正着，脚步踉跄着后退。身上的装置带也跟着一提，索道开始运作。

赢了！

娄语还没来得及露出笑容，便感受到一股措手不及的失重感——身体正随着刚才的作用力朝闻雪时的方向跌出去，那一下的攻势确实狠狠地击中了对方，但她自己也没能幸免，被惯性带倒了，可是下一秒，她没有继续下坠。

刚刚跌出去的那个人张开了双臂，用刚才还想推她下去的那双手……接住了她。

闻雪时用自己的身体做了缓冲，环住她的腰往自己身上一带。所以她背后的安全绳很正常地施放，不至于像他的绳子那样剧烈地抽放，整个人完全是被甩出去的。面临危险之际，潜意识出卖了她，娄语遵循了本能和习惯，反手攀住了熟悉的、宽阔的肩头。

海上高空的风刮过面颊，绳子摇摇晃晃地，载着他们滑了出去，像是一对飞翔在金蓝色缎面上的海鸥。

娄语在几秒钟的天旋地转中终于回过神，不敢置信地意识到现在是什么状况。

——刚才还在起始台上对抗的他们，却在坠落的瞬间，互相拥抱在了一起。那些下意识的亲密动作，全都原原本本地、毫无保留地直播了出去，被所有观众看到。

一落到平台上，娄语就强装镇定地拉开距离，说："刚才真是谢谢闻老师了，幸亏你的反应快，要是那个姿势滑下来又扭到，我的脚伤肯定会加重的。"她微微露出苦笑的表情，仿佛真的是在庆幸，她自认为这是最尽力的收场，话都让她说满了，他甚至都不用再解释什么，只需要配合着说两句场面话就好。

然而，闻雪时并没有顺着她的话茬儿说。这场意外的始作俑者，反而露出一个复杂的表情。

"不客气。友谊第一，比赛第二。"他边说边解下安全装备，扔掉带子，先一步离开了索道台，独留娄语愣在原地。

明明才对她不假思索地伸出手，最后收尾时却又毫不在意地离开。截然相反的态度，出自同一个人。

索道的起始台上正在进行最后一场对决，黄茵花和邓婧两个人推了好几个来回，结果双双跌落下去。

节目组突然宣布要加一场附加赛——因为不倒翁游戏未分出胜负，将由预备的附加比赛分出输赢。

和高空索道作为惩罚的推手掌游戏相比，附加赛就显得温和多了，叫作吹便利贴。

规则是两组各派出一个人将便利贴黏在身上的各个部位，再由派出的组员去吹对方的便利贴，用时最短的队伍胜出。

队伍里的三个人分工明确：一个负责贴，一个负责当被贴的，另一个就是出击方，负责去吹另一个队伍。

周永安挠头道："你们两个都是女士，身上被便利贴的任务就交给我来吧？"

他的想法是，为了不让便利贴轻易被对方吹走，一般都会选择贴在比较"敏感"的部位，所以男士来做比较合适。

显然，对面肯定也是这么想的。

娄语观察到，陆地组推选的被贴人是闻雪时，邓婧已经拿过便利贴开始往他身上贴，她心思一动，意识到自己力挽狂澜的机会来了。

"等一下——"娄语突然提议，"我想当被贴的，可以吗？"

黄茵花和周永安不约而同地露出诧异的神色。

娄语解释道："因为所有人都觉得是男士更适合，那咱们就反向去做，换成女生来，对方反而会有所顾忌，劣势不就成优势了吗？"

两个人听后都觉得有道理，于是，最后定下娄语当被贴者，黄茵花负责往她身上贴便利贴，周永安去吹。

刚开始，黄茵花还很有顾虑，贴的地方都是头发、额头之类的地方。

娄语制止道："这些地方太容易被吹走了。你别有顾虑，尽管贴。刚刚在索道台上的那一局，我们现在得赢回来。"

黄茵花笑道："你还真如传闻中那般要强呢。"

当娄语贴着便利贴小心翼翼地出场时，观看直播的粉丝都激动起来。

计时开始。

娄语的身体在姚子戚靠过来的瞬间就紧绷起来，感受到对方呼出的热气喷向耳朵——他第一个瞄准的位置是贴在她耳后的一张便利贴。

然而，当娄语不经意间瞥到闻雪时的眼神时，脖子冷不丁地缩了一下。

闻雪时的目光其实很平常，但她久违的萌生出……第一次在众人面前表演亲密的窘迫感。而她第一次表演亲密感的体验，就来自这个注视着她的人。

其实，说起来很不值得一提，第一次的亲密体验依然是以替身的身份去完成的，还是在《昨日之诗》的剧组里。拍摄到一半时，出品方因为要先行发布片单，给了紧急的时限要求，让宣发团队抓紧制作概念海报。那些抽象的海报方案，出品方都不满意，要求必须得带上两位主演，不然没有宣传重点。

但是由于临时决定更换概念海报，两位演员都有其他工作，实在走不开。毕竟概念海报最后派上用场的次数屈指可数，导演那边更希望两位演员可以抓紧时间把戏拍完。这件事儿就一直僵持不下，最后还是制片人出面调解。

作为大组的制片人，随机应变的能力是毋庸置疑的。他立即让两位主演的灯光替身以背影的方式出现在海报上，既宣传了电影，也不影响两位主演的工作。

副导将他们带到化妆间，说："服装都准备好了，换好衣服再弄头发，咱们这个海报的拍摄时间很紧张，你们动作快一点啊！"

副导演准备的是电影里两位主演穿过的服装，女主演穿的是一件紫色的丝绒套裙。娄语摸着布料，涌上来的雀跃压过了那份若有若无的无可奈何，前途渺茫，不敢断言明天，她只能把每一次机会都看作是最后一次。换好裙子，她偷偷地在试衣镜前多看了两眼，将这样的自己牢牢记住。

妆发组的姐姐已经加热了卷发棒，等着要给她做造型。娄语和这位姐姐并不熟，很拘谨地鞠了一躬，客气地说："麻烦妆发老师了。"

对方一愣，不好意思地笑着说："哎哟，别客气。来这边坐下。"她拍了拍椅背，又上下打量着娄语，"你穿这套裙子也很好看，完全不逊色女主演。"

半个小时之后，娄语的鬈发造型做完了，化妆师忍不住又念叨了一遍，这回是不加掩饰地赞叹："你看吧……是真的不逊色！"

娄语局促地审视着镜中人，似乎确实不太一样了，但还是没什么信心自认为算是好看？她礼貌地起身说"谢谢"。正要往外面走时，化妆师拉住她，快速从化妆包里掏出一只梅子色的口红，说："你的脸也太素了，涂上去会好一点。"

娄语觉得很不好意思："谢谢，不用了吧……也拍不到正面。"

"这是为了让你更入戏。万一拍不好，程哥可是会骂人的。"化妆师笑着说。

娄语顿了一下，接过对方好心递来的口红，凑近化妆镜，在炽白色的镜灯下将自己的嘴唇涂上一抹艳色。

一旁的化妆师看着娄语将嘴唇上的口红轻轻抿开，脸上的表情却逐渐变冷，反差形成一种极为冷漠的艳丽。仿佛站在这里的，真的是电影中那个摇曳生姿的女人。甚至比那个女人更美艳、更冷漠。

娄语准备就绪，又说了一声"谢谢"，推开了化妆间的门。

门外，闻雪时已经站着等了一会儿。两个人的视线对上，都是一愣。他穿着男主演那身经典的黑色长风衣，头发吹得蓬蓬的，用发胶别到耳后，衬得没有任何修饰的五官愈发鲜明，就像昂贵的风衣上的立领那般挺括。

其实，两个人面对面地走位时，娄语也曾想象过，如果闻雪时穿上男主演的衣服会是什么样子，结果真实看到的，远比想象中更有视觉冲击力。

摄影棚搭的是老式台球馆的样子，正中间放着一张台球桌，绿丝绒的桌布上摆放的却不是台球，而是一簇雪粉色的夹竹桃。摄影棚边沿立着一块透明的玻璃墙，蓄好的水管垂在边上，摄影师正在墙后摆弄着镜头，远远地指导他们。

“一会儿我就从玻璃后面拍你们，女生拿着台球杆，瞄准桌上那朵花，做出击打的姿势。男生俯下身去指导她，记得要贴着肩，手也得扣住。”

摄影师将动作要求说得很详细，可越是这样详细，越让娄语觉得不好意思。她和闻雪时之间的亲密程度，只是接过一包纸巾、躲过一场雨、看过一次流星雨的关系。虽然平时也会聊上几句，但连朋友都算不上。如此突破安全距离的贴近，还是在那么多双眼睛的注视下，不觉得别扭是不可能的。她偷偷瞄了一眼站在身旁的闻雪时，他的表情没变，认真地点头说“好”。这份专业精神让她立刻回过神。

深吸了一口气，娄语打起十二分精神走到台球桌边，拿起杆子。按照摄影师说的，她摆好姿势，闻雪时也跟了上来。

娄语不自觉地更往下塌了一点腰，台球桌面即便铺着绒毯却还是很硬，撑着的手肘因为向下陷的动作结实地硌到骨头。疼得她微微皱眉时，他的手从她的背后伸过来，手指松松地贴住她的肘关节，她抬起手肘露出一点空隙，他的整个手掌便趁势钻了进来，垫在她的手肘下，她因为瘦而显得格外突出的骨头落在他柔软的掌心里。

远处，摄影师大声喊：“不错，不错，这个垫手掌的细节不错！”

娄语立刻紧绷住神经，避嫌地将身体的重心移到了另一只握杆的手上。然而，闻雪时的另一只手贴住了她握杆的手背。

“这只手的感觉还差那么一点儿……”摄影师在背后端详了一下，“亲密感不够，手指得扣进去。”

随着摄影师的命令，娄语的呼吸一滞，指尖的缝隙被慢慢地撬开。闻雪时的手指上有陈年的老茧，像是常年练习某种乐器留下来的……

娄语慌乱地盯着桌球中心的夹竹桃。这是一种漂亮又带着剧毒的花朵，尽管已经开始枯萎了，花蕊的颜色却依然炫目。

快门声响起来的刹那，娄语产生了一种错觉，闻雪时就是一朵巨大的夹竹桃。他的黑色的风衣是张开的花瓣，从天而落，将她裹住。她不知道摄影师从背后投射过来的视角里，两个人的姿势是否亲密，即便闻雪时非常绅士，除了手臂的纠缠，他身体的其余部分都避免碰到她。可那种似有若无的触碰更难挨，她的后颈能感受到他呼出来的气息，有一点点紊乱的、带着灼热的温度，这直接导致娄语的心跳失控。

隔着洁净的玻璃窗，摄影师“咔嚓咔嚓”地拍了好几张。接着，一旁的水管派上用场，挂在最上面往下溅，营造出雨幕，镜头和好几双眼睛隔着蜿蜒的水流正在观察他们。

“保持住，不要动啊！再来几张！”水声里夹杂着摄影师的声音，还有微不可闻的、贴在她背后的呼吸声，反复扑在耳朵上。

在镜头看不见的背后，闻雪时对着她呢喃了一句：“别紧张。”

耳朵敏感地微微颤抖着，娄语缩起脖子，此刻没有水流声，也没有乱糟糟的摄影棚，唯有甲板上围着的一圈人的目光依然包围着她。就像当年在摄影棚里投过来的那些目光，只是现在闻雪时也变成了围观的看客之一。最后，这场游戏是娄语所在的陆地组胜出，她的大胆果然拖延了时间，但众人已经对这个结果并不太关心了。

第八章
烈酒

直播结束之后，娄语刚回到底舱房间，就给他的经纪人周向明拨打了电话。

对方倒是不急不缓，任由电话响了半天才接通。周向明不急着开口，仿佛正在看什么东西，传到娄语耳边的是波澜不惊的视频旁白：“蟒蛇在袭击中喷出毒液，紧紧地缠住对手，大树蛇极力反抗，但为时已晚……”

娄语只好先出声，故意轻松地调侃道：“你是想让我陪你云看《动物世界》吗？现在你看的是第几期我都能给你报出来。”

周向明实在是个很古怪的人，签下她之后的第一个要求，居然是观看《动物世界》全集。他把一整套刻录好的光盘快递到她的住所，附着一段留言：什么时候全部看完，什么时候再来我这里报到。

“你是应该重新温习一遍了。”周向明终于开口，“我教过你的，娱乐圈就是原始森林，你绝不能暴露自己的弱点。”

娄语在心里嘀咕着他又在说教，也想起曾经她根本就没告诉过闻雪时，她去找过周向明。后来，闻雪时也有了新的经纪人，她就更没必要多此一举再提这件事。毕竟那时她以为，她和周向明唯一的交集只有那一次了。可就在两年之后，也是她和闻雪时在一起的第四年，其间她陆续拍了几部戏，只是小有些名气的时候，周向明居然真的来找她了。

“如果我哪天心情好了，还记得你，我会去找你的。”听上去那么随意的、敷衍的一个承诺，娄语完全想不到居然会有被兑现的一天。

娄语不敢置信地问：“您是认真的吗？”

“你觉得我的时间很多吗？特地来和你开个玩笑？还是你依然打算向我推荐你的那位‘朋友’？如果是这样，我们的谈话就到此为止。”

他作势要起身，娄语比他更快一步，起身拦住他：“不是的……他已经有经纪人了。我是对您的到来感到太惊喜了……有点没反应过来。”

周向明仰头打量她：“老实说，我已经忘记你了。只不过前段时间打开电视看到了《罄然传》，又让我想起有你这么一号人。”周向明饶有兴趣地问，“据说，那个小配角是你自己要接下的。你的经纪人明明能帮你接女三号，你却坚持自己的主张。我想听听理由。”

娄语猜测着这个问题背后的真正动机，最后还是选择实话实说：“不为别的，只因为这个角色能在第一集就出现。而女三号一直活在人物的台词里，到电视剧的中后段才会正式出现。”她注视着周向明，“所以，您打开电视才看到了我，或许这是一个必然。”

周向明的手指轻轻点着桌子，不置可否。

娄语继续说：“既然都是配角，戏份长短就不是我挑选的关键。如果占尽先机出场，又在最光彩的时候完美落幕，能诠释好的话，就不应该叫炮灰。”

周向明：“那叫什么？”

“遗憾。”娄语毫不犹豫地脱口而出，“遗憾总是能令人念念不忘。所以，您看到了，又想起了我，这就是我坚持的理由。”

周向明没再提问，将一份合同留在了桌上，然后扬长而去。

娄语想，命运真的很奇妙。原本以为不会再有交集的人，能一直陪伴她到现在，而原本以为一直会陪伴她走下去的人，早就走散了。她摇了摇头不再深想，熟练地登录微博小号查看现下的舆情，看见了刷新出来的第一条微博。

闻雪时居然转发了黄茵花中午发的那条微博，还配了一张黄茵花和鲸鱼的合照图。不是从视频里截的，而是他亲自拍下来的一张照片。应该是赶在拍视频之前抓拍的一张，视频里黄茵花完全没有露脸，照片里她好歹有全身，举着小树杈，身后的鲸鱼才刚刚跃起，天空碧蓝。美中不足的就是，照片里还有好几个嘉宾也入镜了。微博下最引人注目的一条回复，是来自黄茵花本人。

@黄茵花：什么？你居然拍了照片不告诉我？还说当时只录了视频！

娄语从看见微博的那一刻起，就躺在窄小的下铺忘了动弹。没开灯的底舱里，手机屏幕的微光白晃晃地映着她没有表情的脸。过了许久，她把手机扔到一边，慢吞吞地坐起来，像睡了很久才睡醒，带着一种茫然的迟钝，不知道下一步应该做什么似的。

她扫视了一下昏暗的房间，最后取下挂着的羽绒服外套，走出了房门。阴差阳错，今天忘记吃晕船药，恰好给了自己可以放任喝酒的机会。她直奔第一天没能去成的临廊酒吧。船上原本人就少，此时除了吧台的调酒师和侍者外空无一人。在这种情况下，就没必要去包房了。娄语走到可以俯瞰海面的位置，向侍者要了一杯高浓度的鸡尾酒。

酒刚端上来，走廊深处的包房门忽然被人从里面打开，漏出一点光。居然已经有人在里面喝酒了。

娄语侧头望去，女人的纤细的小腿映入眼帘。她惊讶地抬头，从里面走出来的女人是邓婧。

邓婧看见娄语也很诧异，朝她这边走过来，问："你怎么来喝酒不在群里说一声？"

"群？"娄语这才后知后觉地打开微信一看，发现群里刚才已经热热闹闹地聊了很久。周永安在问有没有人要去喝一杯，只有姚子戚说不去，而她根本没看到，也没有回复。

"是啊！你一直没说话，我们还以为你又不来呢。怎么自己跑过来喝酒了？"

娄语讪讪地关掉手机屏幕："我没看到消息。"是啊，一直对着微博发呆，什么消息都没看就跑来了。当时，她的脑子里只剩下四个字——"急需酒精"。

"那过来跟我们一起啊。"邓婧亲近地上前拉住她，不给她推拒的机会，径直往包房走去。

娄语很想甩开胳膊上的手臂，冷冷地说一句"不好意思，我只想一个人喝酒"。但这种举动只能存在于幻想里。她把手搭上邓婧的胳膊，脸上带着笑容："好啊，上次还说了下回一定呢。"

包房里的人诧异地看着突然加入的娄语，不过大家都是体面人，当即表示欢迎她的到来，除了在角落里静坐的闻雪时。众人都察觉到这两个人之间似乎有点微妙，从索道台那个拥抱就开始了。

娄语在郭笑的身边坐下，邓婧把她送进来，又出去上卫生间，嘴里还嚷嚷着"等回来一起玩游戏"。

娄语避免冷场，看向郭笑，主动开口询问："你们刚才在玩什么？"

"刚开了一局时间炸弹。"郭笑举着手机示意，看到娄语的表情有点蒙，解释道，"就是设了个闹钟，然后大家轮流传手机，到谁手里响了，谁就得喝酒。"

娄语恍然大悟："哦……类似于击鼓传花？"

"不是那么小儿科的。"周永安插话道，"传递手机的时候得问问题，接手机的人得回答，要是想让炸弹在别人的手中引爆，最好问点难回答的，有点出格的那种也行。"

门在这时又被推开，邓婧风风火火地回来，一坐下就眼疾手快地倒满了两杯表示惩罚的烈酒，嚷嚷着："第二轮得加倍！不能比我上一轮喝得少啊！"

黄茵花打趣道："下手这么狠，当心再坑到自己头上。"

邓婧换到娄语身边的位置："那我要坐在娄妹子旁边，她肯定不会刁难我的。"

娄语听到她这么说，原本想表示不玩的话在舌尖上滚了两圈，最终还是咽了回去。她想给合作者留下一个好印象，以后说不准又会在哪个剧组或综艺节目上碰到呢。在尽可能配合的前提下，她会暗中把握那个平衡。比如，自己中招被惩罚个一两次后，差不多就能收手提前离场，这样才不会被人诟病。

闻雪时在他们说话时一直在默不作声地喝酒。他和娄语之间隔了好几个人，这个游戏他们不会有交集。娄语确认了这一点，微微定了神。

郭笑打开闹钟的设置界面，闭着眼睛选了一个计时数字，然后按灭屏幕，说着"开始了"，然后，将手机顺时针递到娄语的手中。

郭笑问："在座的你最喜欢谁？"她自认为，这个问题已经是手下留情了，不然就会问"讨厌的人是谁"，那就很难回答了。

娄语毫不犹豫地回答了邓婧的名字，并转向邓婧："你相信我刚才说的话吗？"

邓婧哈哈大笑："当然相信，我也喜欢你。"邓婧冲娄语抛了个媚眼，接着又转向周永安："如果这轮还是我输，你帮不帮我喝？"

周永安："那还用说？"他赶紧将手机传给黄茵花，"如果……"

"叮铃铃——"手机铃声完美地打断了他的提问。

周永安无语地按停手机铃声，认命地取过那两杯酒喝下去，嘟囔道："下次要加码到三杯！"

下一轮游戏从周永安开始，他对着黄茵花问出一个很犀利但又在分寸之内的问题："说一个圈内你最看不惯的女演员。"

黄茵花苦笑片刻，迟疑着说出了一个名字："翁何灵吧。"

这个人似乎和黄茵花一起拍过戏，还是那部剧的女主角，难道是两个人在拍摄时发生过不愉快？娄语暗自猜测着，注意力随即被黄茵花抛给闻雪时的问题所吸引。

黄茵花问闻雪时："除我之外，这里的女生当中选一个人喝交杯酒，你选谁？"

闻雪时的眉头一挑，似乎并不满意她问的这个问题，随手一指旁边坐着的郭笑："她。"

被指到的郭笑夸张地笑道：“可以，闻 sir 要说到做到哦，一会儿要是炸弹在我手上爆了，你可得陪着我喝酒。”

“不会让你爆的。”闻雪时言简意赅地问她，“平常爱喝酒吗？”

“还行吧。”郭笑回答完，又吐槽了一句，“这个问题也太烂了！这个游戏这么玩儿就没意思了啊，看我的。”说着，她扭头面对娄语，脸上带着不怀好意的笑容。

“如果你今晚要拍吻戏，对象只能是这艘船上的嘉宾，你选哪个？”为了防止娄语再说出邓婧的名字，她迅速补充了一句，“只能从异性里选一个！”

手机同时递到娄语手中，所有人的目光跟着聚到她身上。这个问题太“露骨”了，娄语无法回答。她干脆等着手机自爆，反正她就是来喝酒的。

“我选……”她故作为难地扫过众人，视线从闻雪时的身上轻轻飘地扫过，毫不停留。

“叮铃铃——”手机在她的拖延下响了起来，郭笑讨好地上来搂住她：“抱歉呀，我刚才问得有点狠了。谁让他们问的问题都太容易了，我就想问个厉害的给他们做个示范！”

“没什么，都是游戏。”娄语痛快地揽过桌子上倒满的三杯烈酒，像喝汽水似的一口气喝完，还打了个酒嗝。

其余几个人被娄语的豪爽所震惊了，尤其是黄茵花，有些哭笑不得：“上次你还说酒量很差……看来还是我垫底啊。”

娄语笑了一下，没说什么，表面上看起来还挺正常。然而，她的脑子里已经盛满了醺醺然的气泡。整个人仿佛被这坨气泡托着，连呼吸都变得轻盈。这种感觉真好。后来的几轮游戏，娄语是输多赢少。她觉得差不多了，就摇摇晃晃地站起来，说：“我喝得有点多，你们好好玩，我先走了。”

已经被罚了七杯烈酒，自然没人再拦她。娄语顺利地走出了包房，来到走廊时，迎面有个人手上拿着一样东西走过来，看见她立刻紧张地和她打招呼。

娄语的脚步顿了一下，勉强辨认出那是闻雪时的助理小川，点了点头继续往前。她的脚步有些摇晃，但好歹顺利到达电梯前。

娄语按开门键，电梯门缓慢地打开，进入电梯，又缓慢地合上。就在电梯门即将关上的刹那，一只手从旁伸过来。闻雪时一言不发地走进电梯，按亮底舱上一层的楼层号。

娄语往他的身后一看，没发现助理小川的身影。她有些奇怪地往角落里躲了两步，头靠在冰凉的玻璃上，没有半点要和他搭话的打算。就在她以为这种沉默会一直持续下去时，闻雪时偏过头看向她："酒量还是那么差，怎么敢喝这么多？"

娄语的反应慢了半拍，懒洋洋地看回去，嗤笑了一声："我又没喝多，再说了，就算酒量差又怎么样？毕竟规则摆在那里，我必须得喝。"

"是吗？"闻雪时勾起嘴角，仿佛觉得她这句话很好笑，"我看你是故意想喝酒。你被问的那些问题根本不难回答，不是吗？"

"这么多年拍的戏，光在脑子里罗列出来都要想好久，要挑出一部来就更难了。难道闻老师能立刻讲出来最中意的是哪一部吗？"娄语又笑了一下，说，"果然吧，你也说不出来……"

闻雪时没有说话。

娄语看着他调侃道："那我来猜一猜，是《樱花》？"她的心脏在酒精的作用下狂跳，一个答案从嘴里莽撞地跑出来。

娄语对上他黑漆漆的眼睛，像在眺望下行电梯外的黑色海面，什么都看不清，只感到一片黑乎乎的。

还没等闻雪时回答，电梯就到了闻雪时按住的楼层。

娄语长出了一口气，扬起下巴，轻飘飘地摇了摇手："闻老师，晚安。"

闻雪时干脆地往电梯外走，却停在了电梯的门口，伸手按住关闭键，让刚打开的电梯门再次合上。他也没有再按其他楼层，唯一亮着的红色按键，显示的正是通往她住的底舱的楼层。

闻雪时回过身，一只手插在口袋里，另一只手在把玩火机。过了几秒，他一个收势，停住动作，开口说："既然你猜了我的，那我也来猜猜你的。就猜那个吻戏的对象好了。"他的脸隐在月光背面，盯着角落里的她，脸上没有任何表情，"你会选谁？姚子戚吗？"

电梯在这时滑入底舱，空间显得更加逼仄，像是一个长方形的囚笼，或者说是一个小小的斗兽场更加贴切。他们俩是被放进去的困兽，在电梯里的对角线处对峙，跃跃欲试地盘算着如何用语言杀死对方。

娄语抿紧嘴唇，看着闻雪时："你好像还没回答，我猜得对不对。是我先猜的。"

闻雪时又笑了起来："你这样追问，是在逃避你的问题，还是在乎我的答案？"

娄语立刻否认："都不是，只是正常的好奇心。谁被吊了胃口都会不高兴的。"

“你先回答我，礼尚往来，我会告诉你猜没猜对。”

娄语盯着电梯面板上的数字，冷冷地说：“对，我会选姚子戚。”

闻雪时的眉头微微一皱，很快就调整好表情笑着说：“骗人是不对的。”

娄语也跟着笑：“我没骗你。现在该你说我有没有猜对了。”

闻雪时转过脸，严肃地说：“你猜错了。”

娄语抬眼望见电梯的数字跳到底，心脏也随着他说出口的答案猛地一跳。她低声喃喃着：“你也不要骗人了。”怎么可能不是《樱花》？无论是他的事业，还是他现在的情感，都和这部电影有关。

“叮——”电梯到达。

斗兽场终于打开了紧闭的银色铁门，两匹困兽的战争就此落幕，表面上看是毫发无伤，但在互相看不见的地方有没有渗着血呢？娄语自嘲地一弯嘴角，头也不回地跨出电梯。可就在踏出去的瞬间，她的手臂从身后一把被拽住，毫无防备地，她被重新拉进了电梯，拉进了那个黑色的斗兽场。

娄语这一晚又没有睡好，都说酒量是可以练出来的，但估计她天生和酒精不对付，喝多少次酒都会喝醉。果然，睡了不到两个小时，剧烈的头疼就把她疼醒了。她赤着脚冲下床，抱着马桶直接吐出来。

娄语偏过头，吐得大脑也跟着死机了，退化成一台只会重复播放记忆幻灯片的旧机器。第一次喝到吐的记忆出现在《昨日之诗》的剧组。当时，负责演员的副导演过生日，叫上了她和闻雪时。但他们在生日宴会上就像两个闷葫芦，完全融入不进去。

直到一首歌被切换掉后，某个女演员扔下麦克风朝他们所在的方向走来，特别强势地挤到她和闻雪时之间，带来一股浓重的香水和尼古丁混合的味道。

“你们怎么不坐过去？一起玩游戏啊。”她虽然用着“你们”这个称呼，眼神却只盯着闻雪时一人。

这个女演员是剧组的女三号，平时为人热情大方，很吃得开。这不是她第一次主动过来跟娄语和闻雪时搭话，但娄语明显能感觉到，她对待闻雪时的态度似乎有别于其他人，暗含着一种不动声色的试探。

闻雪时却像是感觉不出来似的，礼貌地回答：“我们不太会玩。”

女三号不以为然地上前拉他：“走吧！不太会玩我教你。”她又转向娄语，“你也来啊？”

闻雪时跟着看向娄语：“要去吗？”他的问话让女三号微妙地看了她一眼。

娄语没想到他会问自己，愣了一下，点了点头。

三个人坐到玩骰子的主桌，依旧是女三号横插在中间。娄语用余光往桌子下面扫了一眼，她正跷着二郎腿，高跟鞋一甩一甩的，都快贴到闻雪时的裤腿了。

闻雪时不着痕迹地往旁边挪了半寸。他们加入后，骰子游戏换成了捉手指。

在娄语看来，这个游戏非常无聊，一个人当“鬼”，伸出手心摊开朝下，其他人伸出一根手指放在“鬼”的手心下方。“一二三”开始后，手指赶紧撤离，谁没来得及逃，就要喝酒。如果全都逃了，就轮到“鬼”喝。最先被选中当鬼的是剧里的男四号，他夸下海口：“就我这大手，你们每人一打龙舌兰！”

副导演笑着说：“小子，口气挺大啊！”边说还边用大拇指朝下，喝了个倒彩。

众人哄笑起来：“哥，干得漂亮！”之后，一个个都有模有样地学着副导演的动作。

男四号气急败坏，却发现在一群喝倒彩的人里，还有一根老实的食指。他找着食指的主人，和娄语四目相对。

“可以啊！妹子，一会儿我谁都不放过，就给你放水。”

娄语不知道应该说什么，笑着点了点头。其实，闻雪时也伸着食指，但估计同为男人，就被男四号忽视了。然而，男四号嘴上说的和行动完全不同。“三二一”过后，他谁都没管，就逮着娄语抓，她的手指被他准确地捏在手里。他兴致勃勃地说：“妹子，喝吧！”

大家都看着娄语。她不想被这些人看扁，什么都没说，一口气把那一打酒全喝了。后来输得多了，酒也越喝越多。于是，她的反应一局比一局迟钝，被抓住是轻而易举的事情。听力都开始逐渐变得模糊了，她却还是辨认出来闻雪时的声音。从开局以来一直很沉默的他居然主动举起手，说要当鬼。

女三号撑着下巴歪头看他：“没见过这么帅的鬼。”

闻雪时笑了笑，没搭腔。男四号插嘴道：“你这话我可不爱听了，我不帅吗？”

下一局再开始时，娄语抬起手指，视线里的手指已经开始出现重影了，但她这次不再担心被抓住，甚至有一种，如果借此能被抓住就好了的想法。然而，闻雪时没给她这个机会，开始的口令一发出，他就快狠准地去抓了男四号的手指。

男四号用开玩笑的口吻不满地说：“好啊，这是嫌我前几局都没喝酒，开始狙我了？”

“我已经给你放水了。”闻雪时的语气带着歉意，“但是，你也得快点逃啊。”

男四号的表情肉眼可见地变得有点不爽。之后的几轮游戏，两个人明显较着劲，但局势几乎都被闻雪时全盘掌控。眼见战况就要升级，副导演站了出来，对着闻雪时说：“小闻啊，去楼下再去买点啤酒吧，回头找我报销。”

闻雪时顿了一下，起身说好，硝烟散去。

娄语趁机也跟着站起来：“我也去吧，他一个人拿不过来。”她讲话时，口齿还很清晰，一点儿都看不出来喝醉的样子。谁知刚推开包厢门，闻雪时便猝不及防地目睹了她撑着走廊的墙猛地吐出来的崩溃场面。

吐完之后，娄语呆呆地望着满地呕吐物，突然拔腿就往外跑。直到跑出KTV，整个人被街边的冷风一吹才清醒了些。

闻雪时赶紧追出来，啼笑皆非地把一瓶矿泉水扔到她的手里，问道：“你跑什么？”

娄语答道：“逃离案发现场，还有谢谢你。”

“不客气，刚才从包厢里顺的。”闻雪时笑道。

“我不单是指这个。”娄语忐忑不安地捏着瓶身，“你刚刚当鬼的时候，是在故意针对他吧？”

闻雪时点头。

娄语捏着瓶身的手更紧了：“今天副导过生日，你没必为了我这么做。”

“我不是为了你。”闻雪时打断她，“再说了，你的酒量差就别逞强了，才喝这点儿就吐成这样。”

娄语下意识地点点头，又摇摇头。“我很会喝的。”娄语比画着，“我一口气能喝好几坛阿公酿的杨梅酒，特别好喝！”

闻雪时听后笑了出来：“小朋友。”

娄语不服气地反驳道：“那个酒的度数也很高的。”

“好好好。”闻雪时安抚道，“以后，不是杨梅酒就别乱喝了，也别他们让你喝你就喝。”

“没事儿！这不是为了和剧组的人搞好关系吗？很多东西都是必要的。”娄语认真地说。

闻雪时忽然不说话了，盯着她看了半晌，说：“我去买啤酒，你在原地等我。”

娄语拉住他的衣袖说：“我说了，我帮你拿！”

“我是担心你吐在便利店里。”闻雪时没见过她这副模样，只好依了这个醉鬼，语气也软下来，“你要是又吐了，一定要跑得比在KTV还快，知道吗？”

KTV的隔壁就是一家便利店，闻雪时瞥到门口放置的伞架，伸手拿了一把。

娄语奇怪地看着他："你不会也喝大了吧？外面没下雨！"

"这把是准备还给你的。"闻雪时说道。

娄语的表情一僵："干什么啊？一把伞而已。"突然，她意识到闻雪时刚才为什么沉默了。一定是她说的那句"为了和剧组的人搞好关系"让他误会了。她突然有些庆幸自己今天喝酒了，还喝了不少。这样一来，有些平常绝对不敢说的话，此时居然也能冲动地脱口而出。

"你和他们又不一样。"娄语夺过他手中的伞，挂回伞架，又开始像那天一样词不达意，"跟你没想过要不要搞好关系，只是那天不想看到你淋雨。"这句语气暧昧的话最终以她跑出去呕吐作为结尾。

闻雪时独自扛了一箱啤酒出来，无奈地笑着看她蹲在门外呕吐，一副"又被我说中了"的模样。

娄语不好意思地赶紧擦嘴起身，他对她扬了扬下巴，示意自己腾不出手，让她从他的口袋里拿一样东西。

娄语乖乖地照着做，从他的口袋里摸出了一板解酒药。

十年后，这板解酒药再次出现在她的手心里，就在她被闻雪时重新拉回电梯、以为他还要说些什的紧张时刻，他沉默地将药塞了过来。娄语想起来了，在走廊上和他的助理擦肩而过时，对方手里拿的就是这个东西。

她浑浑噩噩地捏着它回到了房间，放到了行李箱的角落，用好几件衣服盖住，一片都没吃。因此，活该她在凌晨三点钟醒过来，剧烈地呕吐。

娄语艰难地从厕所里出来，再无睡意，索性躺在下铺看起了剧本。下一部戏的档期早就定了，录制完这档综艺后就要飞过去开始拍摄。她现在挑的是以后的剧本。制作公司递过来很多剧本，只是娄语一直没碰到喜欢的。她烦躁地把剧本往床边一甩，其中一页纸因为单薄而掉了出来。

《往事若无其事》，娄语看见这个名字，不可避免地愣住。

第一页是人物小传和剧本梗概，男、女主角是一对交往六年的情侣，分开后再也没见过面，再次重逢是在共同的朋友婚宴前一晚的蒙面派对上。而此时，女人已经结婚了，男人的身边也有了新的女友。两个人对彼此都十分疏远，交谈都很少。变故发生在午夜十二点，大家把各自戴的面具摘下来，男人一反常态，在人群里看到她，满脸雀跃地穿过衣香鬓影的人群抓住她的手。他的灵魂变成了九年前和她相爱的那个。

故事梗概写得很有悬念，娄语正准备往下看，才发现竟然没了下文……怎么是一张只有单页的剧本？她立刻在微信上询问这个剧本是怎么回事？这个时间点显然不会收到回复，娄语把手机一扔，继续翻阅其他剧本。看了一会儿，头又开始痛了。好在综艺已经录制过半，她还能撑住！

娄语给自己打气，起身洗澡，清爽地换上运动服，凌晨五点朝着健身房走去。她以为，这个时间健身房里不会有别人，所以一打开门，就被里面正在跑步机上大汗淋漓的人吓了一跳。

姚子戚取下耳机，回过头，脸上也闪过诧异之色："起得这么早？你们昨晚不是去喝酒了吗？"

娄语微微一愣："你怎么知道我去喝酒了？"

"不是你们在群里说的吗？"看到她面露疑惑之色，姚子戚赶紧解释，"是周永安告诉我的，他昨晚私聊说你也来了，问我怎么不来，就差我了。要不下回我也破例陪你们去喝点。"姚子戚开玩笑说，"不然，我一个人在房间里待着也很无聊。本来我昨晚想去的，但你和闻雪时都提前走了，他们也差不多就散了。"

娄语的心头一跳，赶紧转移话题，笑了笑说："还是身体要紧。"

姚子戚突然提起闻雪时和她提前离场，大概是做贼心虚吧，她生怕自己和闻雪时的真实关系被察觉。

第九章 珍重

清晨的游轮上，朝阳从船头慢慢地升起，在游轮上洒满金光，除了已经起来的姚子戚和娄语，其他人也陆续起床了。

底舱上的房间内，闻雪时从卫生间里洗澡出来，瞥了一眼放在床头不停振动的手机。此时，摄像头还没打开，他表情疲惫地打开手机一看，全是来自经纪人丁文山的未接来电，从昨晚打到现在。

刚消停下来的电话铃声又响起来，他擦着头发，终于接通电话：“喂。”

“祖宗，你终于接电话了！”丁文山咬牙切齿地说，“你昨晚发的那条微博是怎么回事？你再这样，我就要管控你的微博了！”

他发完牢骚后就挂断电话。闻雪时在床边坐下，透过舷窗看着太阳，他顺势点开了微博，看着昨晚发的那张照片。其实，闻雪时一点也不想赋予这张照片任何其他的含义。就像他在微博里说的那两个字——独吞。

事实上，这只是一张他私心想拍下来、时隔多年再次重逢的照片。虽然照片里有别人，时机也不算好，但也许是在这条船上唯一能拍下的照片了，不需要别人来围观，不需要别人来评判。他用两根手指放大照片，角落里，娄语裹紧外套往船舱方向快步离开，似乎注意到他在拍别人的镜头，有点蒙地看了过来。就是那个瞬间，被他定格住了。

上午的直播准时开始，娄语按照录制卡片的要求来到了游轮上的电影院，卡片上写着要让大家一人一排就座，不能坐到一起。也不知道节目组在卖什么关子，看样子是要六位嘉宾一起看什么东西。所有人按照规则就座后，屏幕亮起，出现了一行文字：**第四日，“上帝”说：天上要有光体，可以分管昼夜，作记号，定节令、日子、年岁，并要发光普照全地。漫漫长河里，还记得你们创造的星光吗？**

接着，郭笑走到台前，对大家宣布今天比赛的规则：“这次比赛分两轮。

在座的各位都参演过很多优秀作品，第一轮我们会放出作品中的原声台词，都是各位参演过的，知道答案后可以按下座位上的按键抢答。猜中一道题得十分，猜错扣分。看直播的观众也可以参与这个环节，把答案发在弹幕上！我们会随机抽取答对的幸运观众送出礼品。”

郭笑下了台，环绕着影厅的音响开始响起来，居然没有台词，只有窸窸窣窣的环境音。

娄语悬在按键上的手指突然动了一下。她垂下眼睛，却没有按。

大概三十秒钟之后，传来一声东西倒下的巨响。按键终于被黄茵花按了下去。

娄语在心中和她一起说出答案："是《樱花》！"

屏幕随之亮起来，黑沉沉的放映厅里，闻雪时的脸出现在屏幕上。他穿着一身花衬衫，花瓣原本是黄的，因为溅上了血，混合出一种十分肮脏的颜色，就像是这条命的底色。他原本要带给女主角的樱花也在斗殴中被踩烂了，此刻只能赤手徘徊在筒子楼前。刚刚的环境音就是他的脚步声。接着，三楼的窗户打开，黄茵花探出半张脸，楼底下的闻雪时仓皇逃跑，绊到了角落的杂物，发出“嘭”的一声巨响。

这是影片三分之一的一个片段，不算什么经典片段，也没有台词，黄茵花能够在三十秒钟内猜出来已经不容易了。而娄语却在开始播放这个片段的三秒内已经确定了答案。

在闻雪时拿到《樱花》这部电影的剧本后，她就陪着他排练过无数次。更何况这是他参演的第一部电影，为了支持他，她独自偷偷买票去看了很多次，每个细节都记得很清晰，但她不能表现出丝毫的熟悉。

娄语仰头看着屏幕上的电影，专注得仿佛是第一次看。

第一个片段播放之后，接二连三的影视片段被抢答，基本都是谁参演的谁猜得最快，一道道题刷过去，直到最后一个片段的声音播放出来。

“你哪儿来的车？”女人的声音仿佛在打颤。

一个男人的声音回答："别问了，过来。”

脚踩在积雪上发出“嘎吱”的声响，生锈的车门被拉开，破旧的引擎在风声中启动。

一直没有人抢答，影片的片段就一直播放下去，直到结束都无人猜出。

郭笑打着圆场，道："这是很早的剧了，不记得也正常。那让我们来揭晓答案。”

屏幕幽幽亮起，二十三岁的娄语和二十三的闻雪时搭乘时光机出现了。

三十二岁的娄语抱着手臂，在黑暗中抱紧了自己。

大屏幕上是一片白茫茫的雪地，年轻的闻雪时开着一辆敞篷破车，嘴上叼着一根劣质香烟。她哈着白气跳上车，接过他扔向自己的外套，在他回答“不冷”之后，劈手夺走了他的烟……

大部分看直播的人没看过《白色吊桥》，甚至都没听说过。他们不了解剧中的人物关系，也不了解故事的前因后果，只这么一个短短的片段，却感觉到了流动在两个人之间的情愫。拍摄《白色吊桥》的那一年，是他们在一起的第二年，也是他们以自己的面貌奋斗的第二年。

当时，他们已经一年没有任何工作了，全靠之前做替身的那点积蓄支撑着。能接到《白色吊桥》的角色，完全是凭借着好运气。导演是娄语上学时的师兄，大一时还邀请过她当自己毕业作品的女主角。

娄语忐忑地给对方发了信息，没想到对方不仅记得她，还主动邀请她来试镜。他说，虽然男女主角已经确定了，但有个戏份不多的女配角可以给她，算是还她大一时的人情。

试镜那天，是闻雪时陪她一起去的，帮她搭戏。可搭了一场戏之后，师哥指着闻雪时说，另外一个角色就你来演吧。

那是娄语第一次体会到什么叫“撞大运”。比起得到人生中第一个角色的雀跃，这个角色能和闻雪时搭戏，能和他一起手牵手走过摇晃的吊桥，更让她觉得无比珍贵。

雪地敞篷车的那场戏是他们进组后拍的第一场，因为正好赶上初雪，统筹临时把后面带雪景的戏一股脑地往前挪。还没完全做好准备的闻雪时紧张得不行。

开拍前的深夜，娄语收到闻雪时发来的消息，说是让她出来一下，穿暖和点。

她也没问为什么，乖乖地把自己塞进军大衣里，戴上毛线帽子和口罩，只露出一双眼睛，避开人群来到楼下。

为了节约开支，剧组租的酒店在特别偏僻的郊区，方圆五公里都看不到什么高大的建筑，只有一条马路，两排街灯，还有被初雪覆盖的无垠宽广的平原。娄语搓了搓胳膊，哆嗦着掏出手机，想问闻雪时在哪儿。暗夜里一双昏黄的车灯斜着打过来，照在她的身上。娄语抬眼一看，某人按了下喇叭让她上车，做派俨然有了剧中人的影子。

娄语也问出了和剧本里一样的问题："你的车哪儿来的？这么晚我们去哪儿？"

"你不是一直想兜风吗？"闻雪时一本正经地说，"今晚带你去看雪景。"

这个闻雪时，明明是他紧张得睡不着，还找借口！娄语故意逗他："是吗？下雪天可不适合兜风。"

"那就慢慢开。"闻雪时侧过头来说，"这个时候……我很希望你能在我的身边。"

车子在雪原上夜奔。下过雪的夜晚，即便是在黑暗中，却还是透着一种洁净的明亮。远处的河道冰封着，世界安静得连水流都静默下来，路况好得一眼能望出很远。他干脆单手开车，腾出一只手来握住她的。

娄语很珍惜地看向窗外，她喜欢看雪，不仅是因为从小长大的故乡几乎不下雪，更是因为它和闻雪时的名字有关。他们在一起的那天，闻雪时突然告诉她，他其实并不姓闻，因为比起他的姓，他的父亲更希望他的作品能传承下去。

"作品？是什么？"娄语问。

"一张他最出名的钢琴演奏专辑。"闻雪时下意识地摸着指腹上的老茧，"叫《听闻落雪时》。"

娄语喃喃地念着这个名字，感叹道："原来你爸爸是钢琴家啊……好厉害，也很浪漫！"

"是吗？"闻雪时不咸不淡地附和。

娄语专注地看着窗外的雪景，不知不觉中，又下雪了。鹅毛大雪在寂静中飞舞，数片雪花贴在挡风玻璃上。为了安全起见，闻雪时越开越慢，最后干脆把车子停在路边。

娄语突然解开安全带，指着不远处有家貌似已经关门的小卖部，说："我去看看小卖部开没开门，买样东西，很快回来。"

"你要买什么？我去。"

娄语没回答，飞快地下了车。

闻雪时也赶紧解开安全带，想追上去。娄语却在车边没有走，弯下腰，在贴满雪花的车窗上用指尖描摹，雾蒙蒙的窗子，雪花被擦掉，写着"加油"两个字，露出她站在雪中冻得通红的脸。

闻雪时透过这两个字凝视着她。待他回过神时，她已经跑开了，像一片雪花融入这场雪中，飘到路灯下。她在昏黄的灯光下，是那么漂亮……

二十三岁的他们还不知道，爱这个东西，连同人的心肠，就像当时脚下的那片雪地。无论开始时多么洁净、松软，多被世事踩上几脚，就会变得坚硬如冰了。

三十二岁的他们看着这个电影片段结束，回忆跟着淡下去，纷纷扬扬的大雪渐渐变成漆黑的放映厅。

直播仍在继续，又过了半个小时，郭笑再次上台讲了下第二轮的规则："第二轮我们加大难度，大家请看屏幕。"

屏幕上出现了一个老虎机的画面，分为三个格子。一格对应片名，另外两格对应的是人名。

"机器自动抽选片子的段落，都是过去的经典影视作品，但不是大家参演过的。然后再随机抽取两位嘉宾上台重新演绎。然后由观众来打分，直播间右下角有点赞键，根据实时点赞数进行排名！"

邓婧举手提问："可这样不是有人会抽不到吗？"

郭笑解释道："放心吧，已经抽到过的人会自动从数据库里删除，确保每个人都能参演。"

老虎机开始跳动，先跳出的是邓婧和周永安，然后出现了他们抽到的电影，是一部经典的黑色喜剧。播放完他们即将表演的经典片段之后，两个人拿着台本下去开始对词。

郭笑继续说："很期待稍后第一组嘉宾为我们带来的全新演绎！那么，我们来看看第二组会是谁和谁呢……"

然后，大屏幕先跳出了娄语的名字，紧接着出现了另一个名字——闻雪时。

底下坐着的二人都愣住了，娄语尤其感到震惊。笑也有点意外，但她还是按照流程示意娄语和闻雪时上台。此时此刻的娄语非常艰难地保持平静，她不敢想象，接下来的即兴表演应该怎么做。和闻雪时一起演戏已经是九年前的事儿了，哪怕现在只是一个综艺舞台上用来逗乐子的小桥段，都让她紧张得手心开始出汗。然而，这份平静比预想中坍塌得更快，堪比滑坡的山体，砸得她眼冒金星。

因为，就在娄语死死地盯着屏幕时，片名跳出了四个字。

——《昨日之诗》。

大屏幕上开始播放经典的段落，毫不意外，是地下台球室的那一场。多可笑啊，他们两个人当年只是幕后的光替，居然有朝一日真的来到台前，拿着男女主角的剧本，在千万人面前演绎。受宠若惊吗？她只觉得这一种被命运捉弄的滑稽感。当年的他们无比渴望被人发现，如今却在祈祷千万别被人发现。

娄语定了定神，不管节目组打的是什么主意，事已至此，只有装作全然不知地进行下去，她看向闻雪时说："闻老师，我们先各自背一下台词，然后再对，两分钟够吗？"

闻雪时捏着薄薄的纸张，点头说"好"。

两个人走到台下，背过身去，毫无交流地各自背台词。

其实，这些台词根本就不需要背诵。娄语扫了两眼，那些镌刻在回忆里的熟稔就破土而出，哪怕中间已经隔了这么多年。

当年，尽管她只是一个并不需要开口的光替，却也认认真真地背下了全部台词。那时背台词，更像是给自己的一种心理慰藉，否则那漫长的六个月的拍摄周期，没有任何念想就太难熬了。但也许正是这份虔诚也打动了上天吧！在电影拍到尾声时，她居然有幸被分到了一个龙套角色，台词是一句"I don't know"。

当时，整个剧组已经到国外进行拍摄工作，原本预计的拍摄周期只有四个月，硬生生地超期了两个月，预算严重超支。为了节省开支，导演干脆改了剧本，原本是女主角向外国人问路的一场戏改为向街头的留学生问路。那个留学生，就是她拿到的龙套角色。纵然只有一句台词，她在短短的几天时间内练习了上千次。

正式拍摄那天，她什么都没吃，连前一天也只吃了一点点，就怕上镜时会水肿。她不知道摄像机会不会拍到她的正脸，也不知道如果拍到了会不会能停留一秒以上的时间，但她必须要保持最完美的状态。这场戏是当天最后一场拍的，拍完女主角后收工，导演又让她留下单独补拍了几个镜头。听到这句话，娄语的心跳都快停止跳动了。

这几个镜头，她铆足了劲儿，打光灯全部暗下来的那一刻，已经过了晚上十点。工作人员开始收拾场地，她激动地来到片场外，避开人群打了一个国际长途。

电话能打通，只是无人接听。响了几声，她对着嘟嘟的忙音开口，兴奋地说："阿公、阿嬷，我今天拍完第一场戏了！终于可以和你们说了，不然没拍成怕你们白高兴。对了，还是和很有名的女演员搭戏哦！这个人你们也认识，有一次我陪你们看电视时，你们还说她很好看呢。"她笑了两声，"不过我也不差，毕竟你们老说，我们家小娄才是最漂亮的……"

深夜的街头，外国人寥寥无几，也没人能听懂她奇怪的自言自语，她干脆放大嗓门，尽兴地絮叨着。关于第一次站到镜头前的紧张，第一次来到欧洲的新奇，第一次快要结束剧组生活的莫名不舍……

娄语没想到会有人在听，挂断电话转身看到闻雪时的瞬间，吓得她差点把手机扔出去。她立刻回忆起自己挂掉电话前的那句话："跟组真的很辛苦，但又有点习惯了。包括习惯每天站在面前的那个人，如果不在了，我应该会觉得有点失落吧。"

上天保佑，他一定没听到才好。娄语结结巴巴地说："我以为你已经回去了……"

最后一场戏只有女主角，男主角下午就收工了，不需要他进行走位。

闻雪时"哦"了一声："因为没车，我就干脆等大家一起回去。"

"哦，现在可以走了吗？"娄语问道。

闻雪时刚点完头，她的肚子就"咕噜噜"地叫了好大一声。

娄语尴尬地捂住肚子，仿佛这样就能把叫声捂回去。

闻雪时看着她的动作忍俊不禁："我看你饿一天了，走吧，我带你去吃点东西再回去。"闻雪时笑起来，把一直背着的手伸出来，藏着一束并不起眼却很别致的花束，"送给你，刚才在街角的花店买的，杀青快乐！"

娄语盯着那束花，突然觉得鼻子有点酸。电影拍到了尾声，很多配角都杀青了，娄语目睹他们获得剧组准备好的杀青花束，还有人会接二连三地跑过去求合影，离开时无比热闹。可谁会想到给一个只有一句台词的龙套演员准备一束美丽的杀青花束呢？眼前的人想到了，他带来的不仅是一束花，也是她人生中第一个圆满的仪式。

娄语无比珍重地捧过鲜花，笑得眼睛都眯了起来，开口道谢时带着掩饰不住的哽咽："好啊！我们去吃点东西再回去！反正已经拍完了，我可以敞开吃了！"她的兴致高昂，"我请你！"

闻雪时开玩笑地说："好，那我要点个贵的。"

阿维佤翁只是座欧洲小镇，餐厅在深夜几乎都关门了，现在还开着的就是一些酒吧。她并不死心，想要再找找，闻雪时却指着街对面的二十四小时营业的麦当劳说："要不就吃这个吧？"

娄语瞪大眼睛："我们好不容易来这里……就吃这个？"

闻雪时失笑："就这里吧，我也挺饿的。"

就这样，娄语人生中第一次出国吃的大餐，除了剧组提供的盒饭，吃的居然是麦当劳。

闻雪时说着想吃，但在点单时又说既然是她请客，那她说了算。

娄语摸不准他想吃什么，干脆点了一套跟自己一样的套餐。两个单层汉堡、两个中杯可乐和两包薯条。她没敢多点，在深夜吃热量这么高的食物，已经是很奢侈的事情了。但六个月以来就奢侈一回，也无所谓吧？

从闻雪时的表情上根本看不出来他对点的餐是否满意。他很自然地接过餐盘，端到窗边坐下。

窗口的视野很好，能眺望到阿维伲翁著名的断桥，只不过在夜色下并不清晰。不过，能见到这份景色就已经很难得了。要知道，他们来到阿维伲翁市已经大半个月，见得最多的，只有被车窗框住的、在片场和住所之间一闪而逝的街景。

娄语饿得狠了，扯开汉堡的包装纸就迅速地咬了一大口，她鼓着腮帮子抬眼，在玻璃窗上看见闻雪时发笑的表情，他在她没察觉的时候看着玻璃窗，上面映出了她毫不收敛的吃相。

娄语顿时愣住，嘴里的食物咀嚼也不是，咽又咽不下。

“你吃东西的时候怎么还会皱鼻子？”闻雪时以为她被噎住了，伸过手来替她拍背，“像小狗。”

从开始到现在，娄语就像是一只想要亲近人但很害羞的小狗。嘴上说得别别扭扭的，尾巴却显而易见地摇摆着。

没一会儿，闻雪时吃完了汉堡，笑着说：“多谢款待。”

娄语被他刚才突如其来的形容晃了神，回过神来不好意思地支吾道：“客气了。”她掩饰地拿过已经喝空的可乐狂吸了两口，空杯子发出了噪音，又慌张地咬住吸管，“等我们再一起拍戏的时候，那种正式的，我们再一起吃一顿吧，点个双吉汉堡。”

当时，她根本就没想到能和对方吃上一顿双吉汉堡，他们居然真的一起参演了一部作品。娄语开始贪心地盼望着能二搭、三搭，可以和闻雪时约定着再点双吉汉堡来吃。然而，再也没有下一顿了，他们再也没能二搭。

两分钟的时间一到，娄语将台词页倒扣，转向闻雪时：“你可以了吗？”

“来吧。”

娄语开口说着台词：“给我开个桌。”

闻雪时接道：“这里不适合你，赶紧出去！”

“我今天不会走的。”娄语停顿了一下，“我好不容易才找到了你。”

闻雪时盯着她，脸上浮现出自嘲的笑意：“这些年，你有想过我吗？”

娄语的心脏不禁收缩——他错词了。

原来的台词是这三年，你还有在想我啊？

闻雪时微妙地错了几个字，听上去就像是他本人在对她发问：娄语，这些年，你有想过我吗？

闻雪时一眨不眨地盯着面前的女人，短短的几秒钟时间后，她回答：“没有。一次也没有。”

闻雪时笑了，那个笑容像极了在阿维侃翁的深夜，他在玻璃窗的影子里看见她吃相时露出的表情。只不过，当年的小狗已经成长了，小狗的尾巴也藏了起来，他看不见了。

闻雪时抬手结束了对词，说：“娄老师，你错词了。”

娄语回答：“你也是。”

第十章
闪耀

对完词，台上的周永安和邓婧已经表演结束了。郭笑请闻雪时和娄语上来，两个人这才打开麦克风，一前一后地走上去。待郭笑走下来，舞台上只剩他们，白色的聚光灯亮起，仿佛一场舞台剧开幕。

节目组已经准备好了一张台球桌，还找出了电影里的音乐进行还原。

娄语调整了一下表情，看着闻雪时说：“给我开个桌。”

他们按照刚才对词的内容顺利地进行下去，到了那句“这三年……”时，闻雪时微微顿了一下，说出了原本的台词：“这三年，你还有在想我啊？”

娄语被揪起的心在这个瞬间骤然放松下来，也顺着原本的台词说下去：“你不相信我会想你吗？”她却不敢看他的眼睛了，“我想你。时时刻刻。”

闻雪时擦着球杆的拇指下意识地摩挲着食指的指节，他诠释着电影里男主原本该有的情绪，克制自己听到这句话时的动容；“不要想我，好好过你的日子。”

娄语倔强地说：“那你陪我打一局台球，如果你赢了我，我就再也不来找你了。”

闻雪时和她对峙着，过了半晌才点头：“一言为定。”他靠在球桌边，姿态随意地伏下身，眼神犀利地盯着中央的白球，“嘭”的一下，将自己刚才码得整齐的球撞开。回过头，他将手中的球杆递给她：“你先来，让你一球。”

娄语弯下腰，感觉到闻雪时靠了过来，就像当年拍摄概念海报时的动作一样。娄语在心里默默地倒数，在她的手即将被闻雪时握住的一瞬间，她直接出手击打白球。“嘭”的一声，击中黑球，黑球落袋，闻雪时也停在离她半寸的位置，没有再靠近。

娄语把球杆推给他，似笑非笑地改了台词：“我好像运气还不错。”

闻雪时没接话，深深地看她一眼，也即兴跟着修改台词，道：“这是必输的局。就算你全部击中，我们也回不到过去了。”

两个人的表情都是微微一愣，接着同时伸手："辛苦了，合作愉快！"他们又一同看向郭笑："我们的表演完成了。"

上午的录制结束后，回到房间的娄语刚坐下，手机又开始振动起来，原来是清晨向策划询问剧本的那件事儿有了回复：姐，不好意思，那一页是被刷掉的本子，团队的小朋友没拿干净才漏下来的。

娄语直接拨了一个语音电话："被刷掉了？为什么？那个剧本我看着还挺有意思的啊……"

"那是网剧的剧本，咱们都不用看，直接就回绝了。"

娄语无语地揉了揉太阳穴："我最开始就是从网剧演起来的。如果你们帮我挑本子都是这样先入为主进行的，难怪找不到好剧本。"

策划嗫嚅着说："不是啊！姐，您现在怎么可能去演网剧……"看了也白看，这不是浪费时间吗？当然，后面半句的抱怨她可不敢说出口。

"要注重内容本身。"娄语言简意赅地表达了自己的想法。

二十几岁咬着牙向前冲的时候，制作班底确实是最重要的衡量指标，但现在不是了，至少在她的心里已经逐渐觉得不该再这样了。她越来越明白，演员是投射欲望的容器。谁都可以投一点私心进来，演过的角色越多，被投放得越满，就越容不下自己。当有一个角色出现，能承载如今已经无处安放的真心，就已经是无比珍贵的事了。哪怕这个角色师出无名，这样她就可以把自己留在那里，没有遗憾地继续往前了。

策划试探着问："那我把剧本发给您？我们也赶紧评估一份报告给您看看？"

"好，辛苦了。"语音电话挂断不久，一份电子档的剧本就发到了她的手机上。那个下午，娄语连饭都没吃，眼巴巴地就接着上次断掉的地方读下去，还差点忘了化妆时间，被栗子提醒之后才挪步到化妆间。读到剧本的结尾时，娄语无法形容自己的感受。她只知道，自己游魂似的拿起手机，给策划留言："联系一下递本子的人，我想见一面。"

最后一天将不再有竞争环节的录制，中午直播下船。因此，即将结束的前一晚，大家的心情都非常愉快。为了庆祝马上可以下船，郭笑再一次提议去酒吧喝一杯，所有人都答应了，除了闻雪时。他说自己头晕，想先回去休息，大概就是随便找的借口吧。娄语心里清楚，因为这个酒局有自己在。如果他再晚开口一会儿，那提出不去的人将会是她。

真好笑啊……时间将人改头换面，他们的默契也被磨得所剩无几，唯独还剩了一点点，居然是在躲避彼此的这件事上。但郭笑不同意，坚持说这是最后一次了，闻雪时被她磨得没辙，答应回房间休息一会儿再过去。娄语心里盘算着，这样正好，等他来了，自己也差不多可以找借口离开了。

于是，除了闻雪时之外，其他人一同去了顶层的酒吧。之前，姚子戚总是因为身体原因而缺席酒局，今天还没坐稳，就被周永安逮过去猛喝。邓婧坐到娄语的身边，春风满面地同她碰杯："娄妹子，咱们加个微信好友？"

娄语当然不会拒绝，拿出手机和邓婧互加了好友，说："以后咱们有空私下单约。"

邓婧笑了起来："那你也得有空啊。"她这句话并没有阴阳怪气的意思，单纯是因为娄语的日程排得满满当当的这事儿，已经是大家的共识了，"你不会下船之后又要无缝进组了吧？"

娄语回道："是啊，有个戏在怀南拍，录制一结束就进组了。"

黄茵花正好端着酒从两个人的身后路过，听到她们的对话突然插话道："我年后也要去怀南拍个广告，有机会咱们可以相互探个班，我请你们吃饭！"

娄语愣了一下，扯出笑容，道："好啊。"

周永安和姚子戚两个人勾肩搭背地凑过来，嚷着大家一起玩游戏助兴。

这一次，输了的人不仅得喝酒，还得做惩罚游戏。那些游戏一个赛着一个没有下限。也许是最后一次聚会了，大家都很放得开。娄语的运气还不错，一直没中招，便放松下来，谁承想，她正笑得开心呢，惩罚却突然落到了自己的头上。

"好啊！终于轮到我们娄姐了！"周永安兴奋地指着角落里的一台按摩椅，"来个简单的吧！坐到椅子上，调成振动模式，然后给手机里最近通话人打过去，但不能告诉对方你在做什么，更不能说是惩罚游戏。对了，得开免提啊！要撑够一分钟。"其他两个人也开始跟着起哄。姚子戚和邓婧是站在她这一边的，说"要不然换一个吧，这个有点过分了"。

娄语倒是很坦然地坐到按摩椅上，愿赌服输。她掏出了手机，点开最近通话，和周向明的通话记录赫然排在第一，是上次她主动负荆请罪时打过去的。

周永安好奇地问："最近通话的人是谁？如果不方便也可以顺延到下一个，我们还没那么丧心病狂，哈哈哈！"

"没关系，这是我的经纪人。"娄语按下拨出键等待接听，按摩椅已经开始"嗡嗡嗡"地振动起来，门外还有脚步声传来。

"咔嚓"一声，就在电话接通的瞬间，唯一晚来的某人推门而入，目睹娄语的声音微微颤抖着，问候着电话那头的男人："周生，你还……没睡吗？"

房间在座的众人都被勒令不得出声，怕扰乱被惩罚的人。因此，闻雪时刚推门进来时，最靠近门口的郭笑就赶紧冲他比了个"嘘"的手势。

闻雪时扫视了一圈，立刻皱起眉头，也不坐下，就站在门口。

娄语在他推门而入的一刹那，嗓子一紧，直接岔了气，猛地咳嗽出声。

电话那头，周向明听到她的咳嗽，稍微顿了一下，问："感冒了？"

"没。"她尽量让声音恢复如常，"我是来和你确认一下，怀南那个组……是这个综艺结束后就进组……对吗？"

周向明沉吟了一下："你确定你可以吗？我听你的说话声音，状态不太对劲啊……栗子跟我说，你前两天晕船晕得很厉害，晚两天再进组吧，休息一下。"

娄语立刻回绝道："不用！我没有不舒服。"

周向明不悦地说："还以为自己是二十几岁？切掉半个胃……"

娄语的神色一变，直接从按摩椅上起身，迅速打断他："真的没事！"说话声音急促地变了调，吓了众人一跳。

靠着门的人表情一愣，随后视线落在娄语的肚子上。

娄语的脑子里乱成一团，再也顾不上什么惩罚游戏了，仓促地挂断电话。包房里依旧鸦雀无声，大家还在消化那句冷不丁听到的半句话里所包含的信息量。

周永安有些不好意思地捧过酒："我自罚三杯！娄语，你放心，我们绝对不会往外说的。"

邓婧拍了他的胳膊一下："你在说什么啊？刚才我可什么都没听到。"

娄语收起手机，压下心头的不快，粉饰地摆了摆手："只是游戏而已，好像身体真的有点不舒服，我先回去休息了。不好意思，搅了大家的兴。"她以为一分钟的对话翻不了车。事实上，如果不是闻雪时在场，就算是说出切胃这件事，她也觉得也没什么。但问题是，让她最不愿意知道的那个人听到了，并且这个人还堵在门口，站在她离开的必经之路上。

娄语向他走过去，却觉得自己仿佛还坐在开着振动模式的按摩椅上，手脚都在发抖。她也不知道自己为什么要发抖，就像她不知道他得知了这件事后会有什么样的反应。她站到他的跟前，说："闻老师，让一下？"

于是，闻雪时挪开了挡住门的腿，沉默地放行了。

娄语的颤抖在他远离的瞬间突然就恢复正常。她在原地愣了一秒钟，平静地打开门走了出去。

“等等！”有人喊着追了出来。

娄语回过头，就看见姚子戚喝多了酒的大红脸。

姚子戚看见娄语盯着自己忽然笑了一下，说：“我送你回底舱？看你走得急，说身体不舒服，是不是喝多了？”

娄语笑着说：“怎么会？还没上次喝得多。不用送。”

但姚子戚很坚持，娄语只好随他去了。

电梯达到顶层，门打开后，娄语看见玻璃窗外飘起了雪了。纷纷扬扬的鹅毛大雪，闪烁在冬日的海面上，静寂无声。

站在一旁的姚子戚不由得感叹起来：“海上的雪可真漂亮啊！”这句话没得到回应，他侧头一看，娄语似乎出了神，愣愣地盯着窗外。姚子戚自觉无趣，便收住话头，不再多言。

电梯先到了他住的这一层，他开口说了句“晚安”。娄语这才反应过来，连忙也对他回了句“晚安”。等姚子戚离开后，她转手按下了一层的电梯，从船舱来到甲板。甲板上的雪还是零星的，积得很薄，应该是刚开始下的缘故吧。娄语走到狭长的船尾的尽头，这里很隐蔽，但视野极好，能看清扑簌簌的雪花落进深海。她裹紧大衣，在只有自己的这个雪夜角落里哼起不成调的歌。

“来吧，来吧，再来一杯吧。去吧，去吧，都离我而去吧。”没唱两句，娄语就收了声，笑着自言自语道，“唱得真难听。”她不再开口，沉默地盯着水晶球一般的世界。可为什么一摸脸，却摸到一片潮湿。除了拍戏之外，娄语已经很少流眼泪了。那些眼泪都应该留到拍戏时，作为娄语本人，她觉得自己已经足够坚强，还有什么东西能够让她流泪呢？可是今晚，看着这么美好的雪夜，她居然流泪了。

娄语垂下头，终于放任眼眶里蓄着的眼泪掉下去，转瞬间就消失不见，像融进海里的纯白色细雪，被黑色的海面毫无声息地吞没。她伸手拍了拍脸，转过身，却无法再踏出一步。因为在她身后的几米处，闻雪时正不声不响地站在那里。不知道他来了多久，肩头和头顶已经积了薄薄的一层白雪。

看到她终于发现自己了，闻雪时慢慢地走过来，肩头上的雪在走动的时候随着步伐而抖落。他最终停在她的面前：“娄老师怎么一个人在这里看雪？”

娄语回过神，拍了拍身上的雪花，笑着说：“船上的雪景不怎么常见。”

“虽然景色漂亮，但还是要注意别感冒，明天是最后一天直播了。”闻雪时说。

“这话应该送给你才是，我已经看得差不多了。闻老师也记得早点回去。”娄语客气地回答，越过他就要走。

闻雪时却伸手按住她胃的位置，就像突然在她的身体上按下暂停键："就是因为那个原因，所以现在早餐只能吃那么点儿？"

娄语不吭声，算是默认。

"其实这也不是什么大事吧？毕竟能为我扫尾的人已经不在了。"或许是被这场雪蛊惑，她头脑发晕，有些不受控制地说出这句话，已经干涸的眼睛又轻而易举地泛着酸意，她立刻又补充了一句，"当然，我也不再需要了。"

闻雪时停下脚步。他并未回头，轻声道："所以你要更加爱护自己，不是吗？"

娄语的心又剧烈地抽痛起来，泪水充满了眼眶。她狼狈地想：幸好，幸好他没转过身。她趁机背过身去，潦草地"嗯"了一声，却带着微微的鼻音。

脚步声再次响起，踩在积雪上，"嘎吱"作响，却是朝着她的方向。

闻雪时的声音在她的背后响起来："哭了？"

娄语脊背僵硬地摇了摇头。

闻雪时："那你转过来，转向我。"

娄语不动，嘴巴却在听到他的这句话后噘得高高的，努力控制着脸上的表情。

闻雪时突然揽住她的肩头，强迫她转过身，看到了她泛红的眼睛。他同样脸色紧绷地看着她，双手扣着她肩头，像在极力控制着什么，扣得她骨节发痛。下一秒，他又突然松开了手，脱了大衣。

娄语还没反应过来，劈头盖脸地，整个人都被他的大衣盖住了。世界变得一片漆黑。然后，她连人带衣服被往前一带，裹进他带着酒气的怀抱。闻雪时隔着一层大衣，用力地抱住了她。隔着白茫茫的雪，这个拥抱被框进某个隐秘的手机摄像头中。大雪无声，快门亦无声。

第二天的旭日升起时，游轮上的积雪都已经被工作人员打扫干净了，包括半夜她和闻雪时脚下踩的那一片，也被打扫得一干二净。明明有两个人曾经在那里拥抱过，留下过两双深陷的脚印，但天一亮，就不存在了。这是他们重逢之后发生在这艘船上的第三个拥抱。

第一次是在滑雪场，因为意外。第二次是在高空滑翔游戏时，因为危险。第三次是因为什么，说不清。这是个称不上温柔地拥抱。娄语想，就当作再次分别的礼节吧。就此之后，他们将继续沿着各自的人生轨迹前行，不必回头。

《夜航船》节目录制的最后一天，早上是各自的单独采访，下午才开启直播。

娄语是最后一名，却排在了第一个接受采访。娄语全程公事公办地回答完，节目组关闭了摄像机，告诉她采访结束。娄语正准备起身去吃早餐，却被工作人员拦了下来：“娄老师，因为您是最后一名，所以节目组有惩罚，您还记得吧？除了第一名之外，其他几个人是中途被赶下船，坐救生艇靠岸。最后一名和其他人也不一样。您得更早一点下船，至于搭乘的船……”

当时，娄语还不理解对方为何会吞吞吐吐，等看到实物后，她终于沉默了。那是一艘没有发动机，纯靠船桨划动的小木船。更准确地说，连木船都不是，只是一个制作非常粗糙的木筏子，给人一种划不了几米就会散架的错觉。

“我们会在距离岸边十公里的时候放您下船，到时候就靠您自己划过去了。不过您放心，如果您支撑不住的话，可以向摄像机求助，我们会派救援船过去。现在马上就到靠近岸边十公里的地方，您得准备准备了。”

娄语没说什么，默默地走到一边开始热身。既然是惩罚，当然是不可能轻轻松松就能完成的，她没有异议。其余五个人则陆续进行单独采访，中午时来到餐厅进行直播。直播间里没看到娄语的身影，其他几位嘉宾也不知道她去哪里了。而此时的娄语，早已坐进小木船，穿着救生衣开始划船了。

起初，娄语划得还是挺得心应手的，毕竟她平常经常健身，划船机就是其中一项。但划船机的模拟划船和真正划船完全不是一回事，仅过了十分钟，手臂就开始泛酸。到了中午时，双手像绑了铅球，让她觉得快要失去知觉。

节目组终于开放了娄语这边的直播窗口。大家迅速点开，看见平常在屏幕前光鲜亮丽的大明星此时套在橙黄色的救生衣里，汗流浃背地划着简陋的木筏。其他五个人无法看到直播，只能听郭笑转述，因为娄语排名最末，所以最先惩罚下船，具体的细节一概不知。他们在那边还在尽情吃喝，衣香鬓影和荒野求生，分框看起来，对比显得尤为强烈。

娄语对直播间的喧闹一无所知。她从没觉得世界如此清静过，除了海面就是海面。回头时，连游轮都不见踪影，这一个小时的时间里，她已经划出很远了，但岸边更遥远，看不到尽头。好在这些年拍戏，演员锻炼的一项就是体能，尽管觉得吃力，她还能坚持。此刻，在绮梦号游轮上，除了排在第一名的黄茵花，其余四个人也被带离了主餐厅，坐上了窄小的救生艇。除了娄语的粉丝，其他观众因为木筏这边的画面太单调，都切换画面去看游艇或者游轮，就只剩娄语孤零零地划着。

划到距离过半时，娄语有点快撑不下去了。她暂时休息了一小会儿，查看自己的手心。一只手已经肿了，另一只手直接磨破了皮。怪不得刚才划起来那么疼呢，娄语拉长毛衣的袖子，勉强盖住一半的手掌，重新拿起船桨，缓慢地继续向前。没过多久，她听到一阵轰鸣声，身后的海面随即掀起波浪。

娄语转过头，看见那艘载着其余四个人的小救生艇正从后面赶超她。

船上的人也诧异地探出脑袋，神色各异。姚子戚挥舞着手臂大喊："娄语！"

邓婧和周永安也跟着呼喊她，只有闻雪时没出声，静静地看着这一幕。

娄语冲他们回应地挥手，模糊地听到姚子戚发问："你要一直这么划过去吗？"

"是啊！"娄语喊回去，"我们岸上见！"她望着残留余波的海面，身体的倦怠一扫而空。心里那股不想输的劲儿被勾了起来，她表情振奋地重新握紧船桨，默默地在心里喊着节拍，保持一定的频率继续往前划。

终点的港口，救生艇最先到达，他们被请下船，等待着绮梦号到达。一直等到黄昏时分，绮梦号也到达了。现在还在海面上漂着的人就剩下娄语了。天色越来越暗，海面上的太阳西沉，冬日总是天色暗得很快。姚子戚忧心忡忡地找到节目组，道："我还是放心不下，想返回去帮助她。"

旁边的邓婧听到提议，举手说："算我一个。"

邓婧都开口了，周永安当然也凑上来："我也去！"

黄茵花见大家都开口，也说："还有我！"

大家又一起坐上救生艇，准备出发去帮助娄语，只有闻雪时还是站在岸边不动。

开船前，黄茵花朝闻雪时喊了一句："你不去吗？"

闻雪时什么都没说，只是笑着摇了摇头。救生艇再次驶向远方，不一会儿，搜寻到了还在努力划行向前的那艘小木筏。娄语整个人已经快脱水了。从天亮划到天黑，没补充体力，这已经是凭借非人的毅力了。她看见他们的救生艇时感到非常惊讶，虽然连抬手都费劲，但还是努力伸手朝他们挥了挥。也就是这个动作，所有人，包括屏幕前观看直播的观众都看见了她已经破皮出血的手掌。

姚子戚不忍心地说："别划了，上来吧！"

娄语抹了把汗，却问道："还差多远啊？"

"还有一公里，但已经天黑了，你再划下去很危险的！"

娄语点了点头，她的视线搜寻了一下救生艇上的人，突然笑了起来，还是说出那句话："岸上见！"

姚子戚等人注视着娄语再次抬起船桨，仿佛又得到了某种前进的动力。

蹲守在直播间的人以为会看到互相帮助的完美结局，然而娄语摆了摆手，拒绝了特地赶来帮助她的众人。她咬着牙关，固执地凭借着自己的力量继续向前。屏幕前的观众全都惊讶了，明眼人都看得出来，她已经是筋疲力尽了。

偌大的海面，这艘渺小的木筏依然一点一点地向前，龟速却坚定地朝着终点迈进。没有人苛责她的不自量力，反而都揪着心，观众聚集到她的直播窗口，满屏的弹幕刷着“加油”。终于，黑沉沉的海岸线变得清晰起来，不再是遥不可及了。岸上灯火的色块逐渐填满视野。灯火下，有人站在海岸边，落日后涨潮的海水早已没过他的裤腿。

娄语望着那个黑黢黢的轮廓，仿佛是把那个影子当成终点的浮标，直直地驶向他。木筏划过最后一道水波，接触到坚实的海滩之后，娄语把船桨一扔，整个人泄力地从船上下来。视线被汗水模糊，还没能完全上岸，她突然浑身脱力地跪了下去，膝盖磕到石头，身体没入冰凉的海水里。

一双干燥的手猛地将她捞上来，紧紧抓住她磨破的手。娄语已经被海水模糊了双眼，什么都看不清，却能知道来人是谁。靠着他的牵引，她跌跌撞撞地登上海岸。从救生艇上唯独没看见闻雪时的那一刻起，她就知道，这个人在岸边等她。分开五年，闻雪时还是第一时间领会了她说的“我们岸上见”，意味着她不依靠任何人，决心凭借自己的力量到达终点。他不认为她会放弃，也丝毫不担心她无法到达。因为在人生的一段旅途中，他们曾肩并肩地撑着随时会倾翻的小船，共同漂泊在看不到尽头的梦河里。那是一条更加无望，更加深邃和汹涌的旅程。每一步……他看过她拼尽全力的样子，所以他确信在终点等待她，伸出迎接的双手。

第十一章
纪念

直播镜头记录了娄语从下船到上岸的全过程，屏幕前的观众已经快疯了，这大概是《夜航船》开播以来最热血的一个片段了。

十公里的距离听上去只是一个不起眼的数字，但经过时间的换算，从天亮到天黑，众人都对这段旅程的艰难程度有了真实感。彼时的娄语已经累得够呛，躺在节目组预订的酒店里昏睡过去。栗子怕她今天消耗太大，半夜会难受，或者有其他需求，便干脆在房间里守着她。

娄语睡得很沉，没有说梦话，没有翻身，手还保持着被人牵住的姿势，悄悄地攥着被子。

栗子刷着手机，时不时地抬头确认一下娄语的状况，却在看到她的脸上露出来的无意识的表情后陷入怔忪。那是一个很普通的微笑，却让栗子觉得很陌生。

这两年，她唯一一次看到娄语有了些许的情绪，是发生在刚入职不久，误打误撞地在颁奖结束的后台化妆间里撞见过娄语的反常。

栗子推门而入时，娄语正低头翻来覆去地看着手机，冷不丁地抬起头，露出微微发红的眼眶。明明这个人刚获得了大奖，光环加身，但脸上的表情显得是那么寂寞。

娄语看见她进来，立刻取过卸妆棉片轻轻擦了一下眼角，自言自语，又像是说给栗子听："这个卸妆油有点刺激。"

栗子不懂，怎么有人要这样控制自己的情绪。但后来跟着娄语去了一次片场，她就明白了，因为娄语在拍戏时真的消耗太大了。

一条情绪崩溃的戏反复拍摄好几遍，喊开机就得落泪，声嘶力竭地喊到嗓子嘶哑。补完妆后开始拍摄下一条，又开心得眼角眉梢都飞了起来。

栗子试想：如果让我的情绪这么剧烈地来回切换，没准得精神分裂。

因此，娄语私下里都是"省电模式"，几乎只在片场流露出各种情绪。

栗子这才明白，虽然见过无数次娄语露出喜悦的表情，可那都是属于各个角色的。而娄语本人的笑容呢？她没见过，所以才觉得陌生。

原来真正的娄语笑起来是这副样子啊，平静到让人觉得有点难过。可能是多年控制情绪的习惯吧，连喜悦都是安静的。

睡梦中的娄语之所以会觉得开心，是因为她梦到了十年前。

当时，她还在《昨日之诗》的剧组当着替身，远赴一个叫阿维伲翁的小镇拍戏。那是她第一次出国，拍摄的间隙能偷溜到路边买个冰激凌吃就让她满足不已，幸福的阈值因为新鲜感变得很低。在阿维伲翁的每一天都过得很开心，除了最后一天。

剧组在这里的拍摄是最后一站，听上去周期很长的拍摄竟然转眼就要结束了。看着通告单上的“杀青大吉”四个字，娄语产生了即将结束又不想结束的复杂情绪。就像是迎来了结束学生时代的毕业仪式，在“毕业仪式”上，有她分外不舍的人，那个和她面对面走位了几个月的“同桌”。

上一次产生这种不舍的感觉，还是在初中时代的毕业典礼。那个时候，她暗恋着坐在斜前方的男生，但对方可能都不记得有她这个同学了。这不怪对方。初中时，除了周一有升旗仪式，会要求学生必须穿校服，其余时间都可以穿自己的衣服。于是，很多女生都穿得很漂亮，唯独娄语几乎是每天都穿着校服。她也想穿得漂亮些，可父母闹离婚，她被迫搬去和阿公、阿嬷一起生活。阿公是农民，养活她的方式还是过去的老一套，不会给她太多的零花钱，更别说买新衣服了。到了不得不换洗校服时，她只好穿上阿嬷给她织的毛衣，花纹织得很精细，颜色却是老气横秋的酒红色。她穿着毛衣走进学校后，立刻被其他同学起哄说“是土了吧唧的小老太太”。而在当时，替她解围的就是那个男生。

娄语早就忘了他的样子，却还清楚地记得他拍着篮球过来，把球砸到起哄的人群中，嘴里嚷着：“你们才土呢，这叫复古！”她偷偷喜欢上谁的瞬间，总是这样的，即便对方只是随手帮她解围。

后来，娄语见到过他和他喜欢的女生在小卖部，他非常紧张地要请女生吃东西，压根没有替她解围时那样游刃有余。而他喜欢的女生穿着娄语只在橱窗里见过的荷叶裙、鹅黄色的针织衫，真的很漂亮。从那天起，她再也没穿过那件酒红色的款式老土的毛衣，把它塞到衣柜的最里面。

阿嬷大概是看出来她的嫌弃，也没有再张罗着要给她织毛衣。只是某天早晨去上学时，阿嬷送她出来，顺手在她的校服口袋里塞了厚厚的一沓钱，摸了摸她的脑袋，用方言说：“小娄，去买件自己喜欢的衣服吧。”

娄语后来才知道，那笔钱虽然不多，却是阿嬷织了很多条围巾，趁她上学时去街头摆摊挣到的。那时候哪有什么二维码啊，要不断地拿钱找钱。为了方便，阿嬷戴着露指头的手套。那个冬天，老人家的手指上全是冻疮，而娄语就是看到那些冻疮后才发现了这件事。那笔钱她没舍得花，便干脆给阿嬷买了一双更保暖的毛线手套。收到后，阿嬷嘴上一直嘟囔着浪费钱，但一到冬天，阿嬷就会宝贝似的把手套拿出来戴上。至于她，也重新把那件酒红色的毛衣从衣柜里找出来，穿着它和校服交替着上学，那就是她黯淡青春的全部了。

没有跌宕起伏的初恋故事，就像是一本粗糙的、写着流水账的日记，在结尾处她竭力为自己制造了点情节——拍毕业照的那天，她偷偷将自己的位置换到和那个男生更靠近的地方。

因此，《昨日之诗》杀青这天拍大合影时，不太擅于表达喜欢的她如法炮制，偷偷将位置换到了闻雪时的身边。

闻雪时的个子很高，被安排到最后一排最靠边的位置，如果要挨着他，以娄语的个头，一定会被前排的人挡住。但她哪儿管得了这些，一门心思地想站到他的旁边。果然，合影洗出来后，闻雪时立刻笑话她：“往哪儿站呢？连脑袋都看不见了。”

娄语心满意足地偷笑：“没关系啊。”单纯的她还没意识到，为什么他会在第一时间察觉到她被挡住这个细节。

剧组没有办杀青宴，一是因为预算已经超支了，二是因为国外预订餐厅太贵了。制片人干脆给剧组的每个工作人员都发了个红包。

闻雪时看着她，问她“要不要出去吃一顿属于他们两个人的杀青饭”。她自然是求之不得，但表面上还是很镇定地点头说“好”。

闻雪时看了娄语一眼，眼里莫名其妙地带上笑意。

这次时间尚早，两个人不会再沦落到去吃麦当劳了。经过一番精挑细选，他们找了一家离酒店很近的餐厅。餐厅的环境很好，正对着一间小教堂，旁边还有旋转木马。他们用制片人发的红包点了一份牛排和香蕉挞，分着吃了，除此之外，还点了两杯酒。她看不懂菜单上的酒名，蒙着瞎点的，侍者将酒呈上来之后她装模作样地浅酌了一小口，脸顿时皱成一团。

闻雪时看着她的表情又笑了起来：“点的什么？”

娄语支支吾吾地说：“我也不知道。”

闻雪时随口一问：“你介意吗？”但不等她回答，便伸手拿过她的酒杯，喝了一口。他嘴唇接触酒杯的位置，就在她刚抿过的那里，有少许的重叠。

“是辣味杜松子。”闻雪时把自己还没动的那杯酒推到她的面前，“你记着，以后别点这款酒，度数有点高。你喝我的吧。”

娄语愣了一下：“你对酒很了解啊？”可看上去他不像是喜欢喝酒的人，那次副导演过生日时他也没喝多少。

闻雪时稀松平常地说：“我还会调酒呢。”他做了个调酒的手势，“大学时在酒吧打过工，赚生活费。”

“时薪高吗？我也兼职打过工，不过是帮别人拍平面广告，不太稳定。”

他们顺着这个话题聊到各自的大学时代。娄语托着下巴说：“说起来，我当时有机会考上一本，但我想学表演，有一天，老师把我叫到办公室，我进去一看，除了她之外，还有其他科的任课老师。他们一起围着我，要给我做思想工作……”娄语回忆着往事笑了出声，“那场面有点像一群健身教练过来往你手里塞传单。”

闻雪时也忍不住跟着笑起来。

“老师见我油盐不进，最后干脆打电话给我妈。”娄语还是笑着，只是嘴角不自觉地垂了下去，“我和她久违的吃了顿饭，在饭桌上，她也表示反对。”

“久违？”闻雪时不解。

娄语用无所谓的语气说：“她和我爸离婚了，两个人也都各自成了家。我是和我阿公、阿嬷一起住的。”看着闻雪时因为说错话而愧疚的样子，她摆了摆手，继续说，“我吃完那顿饭，也怀疑自己是不是真的错了。因为全世界的人都在反对我。于是那一年，我没去参加艺考。”

闻雪时微微皱眉：“那就太可惜了。”

娄语挠了挠头：“当时是我妈说动我了。她说，我应该为阿公、阿嬷考虑一下，毕业之后能有份稳定的工作，给他们养老。最后填志愿的时候，我填了个他们希望我填的师范大学。但我特别不甘心。”

“这确实很难选。”闻雪时是个很好的倾听者，他不插话，也不敷衍，会给予情绪上的共鸣和反馈。这让她原本只想讲一点点自己的过往，却不自觉地讲了很多。

“是吧……后来，阿公、阿嬷知道了这件事，还是阿嬷把我叫过去的。她没什么文化，只是和我说，小娄啊，去你想去的地方，不然阿嬷怎么闭得上眼睛呢？”她将阿嬷的语气模仿得惟妙惟肖，仿佛坐在闻雪时面前的真是那个小老太婆，大字不识一个，信任也很盲目，支持着孙女不知道天高地厚的梦想。

“所以那一年我复读了，重新参加艺考，填了最想填的志愿，才走上现在的道路。虽然现在……但当年我知道自己考上了，真的是人生中最开心的一天。不光是我觉得自己离梦想更近了一步，还有，我没有让支持我的两个人失望。”

闻雪时举起酒杯，在她的酒杯上轻轻碰了一下：“你上次就是给他们在打电话吧？他们知道你出演影视作品了，一定会更高兴的。”

娄语垂下眼睛，轻轻地“嗯”了一声。

这顿饭吃得很慢，他们继续聊过去、聊食物、聊阿维伲翁，就是绝口不聊杀青之后的事情。仿佛就是日常拍摄的一天，第二天起来，他们依旧能够见面。他们就这样，一直聊到了餐馆打烊。两个人走出餐厅，应该原路返回的。但闻雪时走错了方向。娄语意识到了这一点，看向别处，并没提醒他。

闻雪时领着她走出一段距离，发现四周突然多出来的喷泉和古旧的大教堂，似乎这才反应过来自己走错了方向，懊恼地说：“糟了，我们走反了！”

娄语有些心虚地垂下头，摸了摸脖子：“嗯……好像是。”

连撒谎都很明显，闻雪时盯着她的发旋无声地笑了笑。他们想找回原路，却彻底迷失在错综复杂的小道中。走了好久终于看见了开阔的广场。广场中央传来手风琴的曲子，等他们走近时，那位演奏的街头艺人已经开始收摊了。

娄语侧目而过，用蹩脚的法语和对方说了句话，对方立刻笑着挥手。

闻雪时有些吃惊：“你还会法语？”

“我不会啊！刚才那句是我这两天跟谷歌翻译现学的。”娄语不好意思地说，“前天咱们在街边拍了一整天的戏，我也没事干，稍微走远了一点，发现街头有很多这样无人问津的歌手。我就想着如果有机会能给他们一声鼓励就好了。所以学会了这个单词，是好听的意思。”

闻雪时微微一愣，然后笑着扭过头。两个人又漫无边际地绕了一大圈，最后，居然绕到了阿维伲翁的旧车站。

几近午夜，火车站已经是空无一人了。闻雪时探头朝里看了一眼，提议说：“我们进去看看吧。”

欧洲小镇的火车站小而别致，门口还放置着一架钢琴。闻雪时拉开椅子坐下来。在娄语还在探头探脑地往别处张望时，她听到了悠扬的钢琴声。闻雪时竟然还原了刚才那一小段手风琴演奏的旋律。

娄语瞠目结舌地问道：“你还会弹钢琴啊？”

“嗯，也是现学的。”闻雪时故意模仿她刚才的语气。

闻雪时笑着说：“不和你开玩笑了，我很小的时候就开始学了，不过很久没弹了。以前弹得最多的是一张专辑里的曲子……”闻雪时说完，竟然沉默了片刻，忽然问，“你想听吗？”

娄语连连点头，做出洗耳恭听的姿势。

闻雪时将指尖放在琴键上：“那你听好了，这是为你弹的。”

第一个音符按下，音乐如水流般灌满了这座古老的午夜车站。娄语暗想：闻雪时的手指敲打的哪是琴键啊，那些美妙的音符分明一下下地敲击在她的心上。一曲完毕，闻雪时起身，倚着钢琴问她：“好听吗？”

娄语很想说些华丽的辞藻，但最后只是朴实地向他竖起大拇指。在动人的音乐面前，什么词语都失色了。她想：以他的钢琴水平，就算不去当演员，也完全可以去当音乐家。

“其实……”闻雪时拉长语调，“我刚刚弹的不是专辑里的曲子，是我的即兴表演。”

娄语瞪大了眼睛：“那你也太厉害了……我是说真的！”

“是吗？那就没白弹。”闻雪时听到夸奖，眯着眼睛笑起来，“弹的时候还没想好名字。不过，现在想好了。”月光顺着镂空的琉璃窗铺满他的脸。闻雪时看着她，轻声细语地说：“First Love，初恋。”

娄语醒过来的时候，唯一记得的是被闻雪时牵着的手，靠着那份支撑，她才能在浑身发抖的情况下顺利上岸。如果说，娄语的心里有一座为闻雪时打造的伊甸园，那么在那一刻，它一定经历了一场久违的地震。人在年轻时会不管不顾地坠落到底。可她已经三十二岁了，还是同一个人。坠落过一次，知道了结果，她已经能很好地控制自己去飞行，知道应该在哪儿降落。

身体依旧很疲惫，娄语摸出手机看了一眼，晚上十一点，原来也没睡多久。她记得，在睡着之前，栗子还在房间里，现在已经不在了。她打消了让栗子帮自己准备晚饭的心思。若是在平常，这个时间她肯定不会吃东西，但今天的体力消耗太大了，她不得不补充点能量，直接叫了个客房服务。

很快，门外传来了敲门声。娄语以为是点的餐到了，毫无防备地开门，却被门外站着的人吓了一跳。她吃惊地问：“你怎么过来了？”

周向明越过她，直接走进去，将手里拎着的一袋外卖放到桌上。那是她之前吃过的，还不吝啬地夸奖“特别正宗”的小面。在娄语诧异的眼神中，周向明很讲究地把小面和几个凉菜倒出来装盘，亲自为她布好，下巴一扬：“还不过来吃东西？”

娄语拉开椅子坐下："你跑这么大老远，就是为了给我送外卖？"

"来确认一下你还活着。"周向明开玩笑地说。

娄语微微一愣，过了一会儿才反应过来："你以为我是真的不舒服啊？"她失笑，"那通电话是惩罚游戏，当时忘记和你解释了。"

周向明"嗯"了一声："后来猜到了。"他的话锋一转，"但不代表我和你说的不算数。你今天的直播做得不错，接下来，片方那边我已经打过招呼了，推迟三天，过完除夕再进组吧。"

娄语顿时没了吃饭的胃口："你好歹和我商量一下吧……"

"看，这不就是商量的结果吗？"周向明打断她，"没有意义的讨论，你一定会说不用。"

"因为真的用不着啊！我现在都已经恢复过来了。再说了，现在我都习惯了在剧组过年。"除夕是一年中娄语最不知道应该去哪儿的日子。她很喜欢现在的这份工作，因为除夕对剧组而言并不特殊，照常开工。当天，她会给大家都发个红包，一起热热闹闹地迎接新年。比起回家和关系不怎么样的亲人寒暄，还得分头回两个家，倒不如和相熟的陌生人搭伙。

娄语叹了口气："那我们各退一步吧。我最近看上了一个本子，但是是个网剧，我想接，你别急着否定……"

周向明挑着眉问道："谁说我要否定了？能让你有想接冲动的网剧，我也挺有兴趣的，把剧本发来给我看看，说不定能改成电影。只要本子好，其他的都不是问题。"

娄语耸了耸肩："行吧，那我们这次就愉快地达成一致了，我也给自己放个假。"

栗子听到今年可以回家过年的消息后高兴得不行，心急火燎地去抢火车票。然而，她很快就意识到火车票早卖光了，正准备咬牙去买飞机票，手机里就出现了一条订票信息。谁给她买的？还是头等舱！栗子目瞪口呆地打开微信，收到一条来自娄语的消息：**这次轮到我给你当一回助理了。新年快乐！**

娄语给栗子买了送她回家的机票，但对自己要去哪里心生茫然。这是第一个没有被工作填满的新年，她捧着手机，思绪在不知不觉中飘得很远。

二十岁之前，她都是和阿公、阿嬷一起过年。二十岁之后，到还没红起来的那几年，是和闻雪时一起过年。还记得他们在一起的第一年，临到除夕，两个人刚从阿维促翁回来没几天，闻雪时问她买了几号的车票回家，她含糊地说

“大年三十早上走，只有那天才买得到票”。闻雪时又追问时间。他过年不回去，可以送她去火车站，又被她含糊地带过了。那一天，她一早就拖着行李箱出门，去市场买了年货，然后敲响了闻雪时的家门。

闻雪时正在冰箱里寻找昨晚吃剩下的生鲜面，脸上还有没来得及刮干净的胡茬。打开门看到她，第一次露出有些像傻瓜的、不太像他的表情：“你……你不是今天早晨出发吗？”

娄语还带着些拘谨，不太好意思地捏着拉杆点头：“是啊，出发来你家。”

闻雪时的名字源自《听闻落雪时》，回国后她想做的第一件事就是买到这张老 CD。但那已经是二十八年前发行的专辑了，她在二手货交易网站里搜了半天都没找到，相关的新闻却看了个遍，其中有一条，差点让她的心脏骤停。

——钢琴家龙炳君溺水身亡，警方初步断定为自杀。

两三行的短新闻，描述了《听闻落雪时》的演奏家龙炳君先生不幸离世，尸体在云城郊外的河沟里被发现，死因为溺水。其中还提到，他留下了他的妻子和十六岁的儿子。看完那则新闻，她呆呆地按灭了手机，心里浮现的第一个念头是：原来他原本该姓龙的。

“龙。”她看着闻雪时，下意识地念出了这个姓，不想向他掩饰自己已经看过新闻的事实。

闻雪时只是愣了一下，然后笑着说：“这个姓是不是还挺酷的？”一副早就做好了她会知道的准备，或者说是希望她知道，他没有任何悲伤的情绪，甚至还能调侃着说，“也多亏了我的姓名和我爸无关，不然我妈改嫁的时候，我还得去改姓。”

其实，娄语也猜到闻雪时的妈妈再婚了，不然他不会不回家过年。因此，她在这一天义无反顾地来到他的身边，她果然没猜错，没有人会比自己更理解再婚家庭的孩子的境遇了。他们就像被放到最后一个陈列柜里的蛋糕，没有被丢弃，但总有人排在你前面，或许是另一个孩子，另一个丈夫，另一个妻子。久而久之，就那么一直待在后排，没有被丢弃，只不过慢慢地过了最需要被关注的保质期。

娄语笑了笑：“是啊！万一后爸的姓不好听就亏大了！”

“你是在担心我吗？”闻雪时摸了摸她急着赶路还带着寒意的脸，“不要担心，我一个人完全没问题。你回去陪阿公、阿嬷吧。”

“你想得倒美。阿公、阿嬷和你之间，我肯定选阿公、阿嬷！”娄语轻轻吸了一下鼻子，“你那天问我是不是打电话给他们，没错，但那个电话已经不会再有人接听了……”她每个月都给那个手机号充值，才没有被停机。

闻雪时愣了一下，反应过来是什么意思，连人带箱子，一把将她拉过去抱在怀里。他靠着她的脑袋，呼唤她的昵称：“小娄。”

好笨拙的安慰方式啊，却令人受用。娄语闷在他的胸口，故作嫌弃地说：“搞什么啊？只有阿公、阿嬷才会这么叫我。”

娄语将脸埋得更深，自己也被他抱得更紧了，楼道的风也穿不过他们。她想：自己至少还有阿公、阿嬷，那他呢，十六岁时，遭遇那样的变故，母亲又改嫁了……曾有什么人保护过他吗？她不知道。

娄语突然觉得很难过，伸手更紧地拥住他。

“我可以问你一个问题吗？”

“什么？”

“你爸爸他为什么……”

闻雪时松开她：“先进来吧。”

娄语这才傻乎乎地意识到，两个人居然在门口腻歪了好一阵子。

闻雪时将她领进门，让她坐下。这是娄语第一次来他家，房子很小，是个大开间，床摆在最里面，床头旁摆着一排整齐的影碟架。她意外地发现，闻雪时竟然是个非常老派的人，居然还在用影碟机看电影？她指着影碟机，问：“这个不会很麻烦吗？现在连影像店都越来越少了。”

闻雪时正在倒水，不置可否地回答：“还行吧，以前在云城街边还是有不少可以租借光盘的店，来京崎上学后确实没怎么看见了。用起来是有些麻烦，但我觉得，恰恰是这种麻烦才让它变得迷人。不像视频网站随手点开几秒钟又马上关掉，把它买来或者租来，观看它的过程不容易，我就会想要用心地看。”

娄语听过他的解释，立刻推翻了刚才对于他很老派的形容，或许用一根筋来形容会更合适，又认真又执拗。不会太过随意的闻雪时，就像他自己形容的那样，这些麻烦也使他看上去显得迷人。

娄语嘴里说着“那下回我也试试用影碟机”，目光又被最显眼的一架钢琴所吸引。这架钢琴一看也有些年头了，应该也不怎么使用了，盖着一块黑色的布，上面还摆放着一株仙人掌。

闻雪时端着一杯柠檬水走了过来，看到她的视线，主动说：“我从三岁开始学弹琴，一直到十六岁。之后就不再弹了，就一直这么盖着。”

娄语原本要接过杯子的动作停住了，这句话背后的意义——在阿维侃翁的最后一夜，他在火车站即兴为她弹奏的音乐……

闻雪时看着她的表情笑了出来："和你想得一样。"

"我在想什么这么明显吗？"

闻雪时没回答，趁着递杯子的姿势凑近，轻轻碰了下她的唇，就好像在啄一只小狗。这是他们之间的第一个亲吻，没有什么浪漫的情节和场景，在他的出租屋里，趁着一个再普通不过的递水杯的动作，就被他偷走了。

之后，两个人一起做了年夜饭。说是两个人一起，但娄语最后还是被闻雪时撵出了厨房，因为她的厨艺实在是不敢恭维

闻雪时做了简单的三菜一汤，一边吃饭一边看着春节联欢晚会，虽然他们都不觉得节目好笑，但还是觉得快乐。快到十二点时，两个人挤到窗户前，听着从很远的地方传来的此起彼伏的爆竹声，那个声音听起来模模糊糊的，就像是从另一个世界传来的。而这个世界里，只有他和她。

闻雪时转过头来说："新年快乐。"

娄语仰起脸回应他："新年快乐！"房间里又安静下来，娄语看着闻雪时一副欲言又止的样子，她想问一问他关于钢琴的故事，却不知该如何开口。

"小娄，我知道你想问什么。其实也没什么，毕竟过去好多年了。是我刚上高中那会儿。"闻雪时近乎梦呓般地说着，"他患有抑郁症，已经很长时间都写不出满意的曲子了。越写不出来，他的病就越严重。那天晚上他刚吃完晚饭，说要去散步，就一直没有回来。三天后，他的尸体从河里捞上来，两边的口袋鼓鼓的，塞满了他的作品。在那之后，只要坐在钢琴前，我就会想起那一天……"

娄语望着漆黑的天花板，嘴唇一直微微颤抖着。很难想象，那幅画面给一个十六岁的少年带来的是怎样的阴影。可现在已经二十一岁的青年只是若无其事地继续说："我开始讨厌钢琴，可是在阿维侬的时候，我不知道还能不能再和你见面，便还是弹了。"不善言辞，也从来没对谁告白过的他，选择用练习了十几年的、最拿手的"武器"捕获他的小狗。

娄语这才后知后觉地意识到，那看似信手拈来的一场弹奏，对他而言需要克服的是什么，自己值得成为这个意外吗？在彻底了解他的决心后，娄语被巨大的喜悦和更多的不安包裹住。情绪碰撞得太厉害了，她想立刻拥抱他。她也这么做了。

闻雪时将人抱进怀里，抵着她的脑袋轻轻叹道："不要有负担，我那一刻就是有一种想为你弹琴的冲动。不会再有第二个人让我有这样的冲动了。"他说得平静又笃定，以致这么多年过去，虽然很多东西都变了，除夕的搭档也不再是他了，可她对这句话仍然深信不疑。

漫长的回忆在手指刷新航班界面时，不经意地流过了。微博小号忽然跳出一则特别关注的推送，显示闻雪时发微博了。她想：会不会是新年快乐之类的贺语？但点进去一看，居然是一段视频。封面是一架钢琴，那架钢琴很眼熟，是十年前就出现在他出租屋里的老古董，如今放置在明净的落地窗前，娄语难以置信地点开这条微博，看见闻雪时入了镜。看样子，似乎是之前拍的，头发比现在短了很多。这个曾经说再也不会为别人弹琴的人，竟然再次坐到钢琴前，抬起手。

娄语立刻关上了微博视频，连闻雪时弹的是什么都没有听。整个世界仿佛瞬间安静，只有她持续地耳鸣，发出尖锐的啸响。

娄语呆呆地看着这条微博配的文字：纪念日。娄语想，自己该替他感到开心的，但还是想说“骗子”！她平静地将手指移到取消关注的按钮，点了一下。闻雪时从她微博小号的关注列表中消失，那句珍藏在怀的誓言也被随之清空。刚才的迷茫一扫而空，娄语迅速定好了明早去山城的机票。她从手机通讯录里找出相识许久的中介，委托他把自己名下的一套老房子卖掉。

发出这条消息后，压在胸口的那块大石头才有了切实落地的感受。她要卖掉的房子是和闻雪时同居了近四年的地方。分手后，闻雪时搬了出去，她依旧住在那儿。直到租期结束，她也搬了出去。却把那套房子买下来，就这么空置着放到现在。是时候该结束这种无意义的浪费了。

隔天一早，中介兴高采烈地回复了她，表示一定会帮她好好处理，但老房子不好脱手，也不是学区房，估计得挂一阵子。

娄语疲惫地回复道：无所谓，价格我不在意。尽快处理吧！

第二天飞往山城，那里有全国最大的熊猫基地，她是这里的常客。每逢有为数不多的假期时，她大都会选择来这里，盯着大熊猫们一看就是一整天。娄语全副武装地把自己裹好，她找了一个距离熊猫偏远的位置。若是离得太近，她怕控制不住自己冲上去抱熊猫，远远地观望就很好。这时，手机打进来一个电话，她一看，是自家经纪人。

“周生，新年快乐呀！”娄语说。

周向明“嗯”了一声：“去哪里过年了？”

“你知道的，就在老地方。我一会儿给你发高清直拍，范范和小果真能把我可爱死……”她口中的范范和小果就是今天营业的熊猫昵称。

周向明当然清楚，除此之外还知道她有很多喜欢熊猫，每只熊猫的名字都能如数家珍地对应上。可惜他从来都分不清，最多认识某一只，按他的话来说，那只熊猫的颜色很淡：“生出来的时候打印机没墨了吧。”他说出这句评价时，还被娄语翻着白眼鄙视了。周向明接过她的话：“是吗？那两只打印机做了什么？”

“是范范和小果。”娄语纠正他，“你不是很喜欢动物吗？为什么对大熊猫不感兴趣？”她替这么可爱的生物感到不忿。

周向明轻笑道：“野外的大熊猫还可以，养在动物园里的，还是算了吧！”

“好吧……”娄语撇撇嘴，“现在它们在抢东西吃！你知道吗？它抢东西的时候小爪子会踮起来，然后显得脑袋更大了。”娄语也不在意他是不是想听，开始兴致勃勃地给他进行实况转播：“现在范范抢到了。”

周向明“哦”了一声，跟着说：“但又被另一只抢回去了。”

娄语惊讶极了：“居然被你猜中了。”

“不是猜中的。”周向明的口吻颇为无奈，“你能不能把眼神稍微从那两只打印机上面挪开？”

娄语诧异地抬起头，人流之中，周向明举着手机，正站在她的对面。

第十二章
往事

对于突然出现的周向明，娄语自然是被吓了一大跳。

周向明仿佛对她被捉弄之后的反应感到有趣，慢悠悠地晃过来："还看我呢？你那两只打印机又打起来了。"

"不是打印机，是范范和小果。"娄语又耐心地纠正了一遍，"反倒是你，你怎么突然出现在这里？"

周向明波澜不惊地说："今年发现没有需要慰问的人了，突然觉得没事做。"

"那怪我喽？"娄语反问道。

"和自己玩了个打赌游戏，猜你在不在这里？"周向明略带傲慢地表示，"赢得没什么成就感。"

闻言，娄语很是不爽，呛了回去："陪老板过节，我可是要加班费的。"

周向明："那我们就地解散？"

娄语："真抠门。"

两个人面面相觑，娄语先绷不住笑起来，掏出手机："那我搜搜餐厅，估计今晚很难找到好馆子了。你就将就一下吧。"

周向明："你原本打算怎么过？餐厅都没定？"

"客房服务。"娄语实话实说。

周向明果然露出一副嫌弃的表情，压住她滑动手机屏幕的手指："别找了，我定了。"

不愧是运筹帷幄的周先生，娄语顺势而为："那你请客！"

周向明定到的餐厅是山城数一数二的大馆子，包厢的视野极好，可以俯瞰江流和大桥。

两个人边吃边漫无边际地聊着天，都是工作上的事情。她很关心那个网剧的剧本他有没有看？觉得怎么样？

他说："正在看，觉得还可以，考虑拿去上会。"

这话听得娄语心花怒放，说："如果能定下来，我就去见见写这个本子的人。"

十二点了，窗外的爆竹响起来。他在爆竹的声音里非常笃定地说："你还可以去更高的地方。我很期待这一天的到来。"

次日，周向明有别的安排，给她发了条微信说明，就离开了山城。

娄语原本预计再在山城待一天，之后直接飞怀南进组。但中介给她发的消息，打乱了计划。事关那套老房子，没有价格的限制，房子相当抢手。娄语一大清早就收到了中介发来的消息，说是之前因为钥匙还在娄语那儿的缘故，他手上只有房子的平面结构图，连内景都没拍，所以平台还没挂上去。但他发朋友圈只过了两个小时，居然就有人在微信上找他咨询。

中介发来微信说：对方就等房主回来签约了，您看您方便吗？我还没和对方说房主是您，您不方便的话，我们可以走委托手续。

娄语思索片刻，回复道：那样有点麻烦，审核会拖很久，我直接飞回来和对方签吧。

中介连忙回复：好嘞！姐。

娄语赶紧买了当天中午飞京崎的航班，签约的时间临时定在晚上，约在老房子里见。

老实说，娄语有点害怕靠近那里，那里充斥着太多她和闻雪时的回忆。

航班准时落地京崎，娄语拎着箱子回到住处，简单地收拾了一下，全副武装地戴好口罩、帽子，拿上钥匙出了门。

车子七拐八弯驶进老小区，最后一段路太窄了，车子开不进去。娄语从车上下来，往里面慢慢地走，沿着记忆里的路线，居然毫无偏差地走到了那栋老楼下。

路灯黯淡，绿植的叶子在冬日里都已经掉光了。单元大门上倒贴着福字，贴得很潦草，边缘都翘起来了，在风里发出窸窸窣窣的声音。

娄语站住，抬头仰望顶楼的窗户，脸上看不出任何表情，她就这么一直站着，站了很久很久。

中介和买房者一起过来时，娄语已经离开了。她把钥匙留在了门口的信箱里，始终没有踏入那间屋子。

中介看着娄语发过来的微信消息，脸上露出尴尬的神色。

我突然有点急事，钥匙放在门口的信箱里，你先带对方看房，看完后钥匙就留在你那里吧！别着急签，让人看完房了再好好想想，我也好好想想。

买房者是一个中年男人，左右环顾地问："房主人呢？在里面吗？"

中介挠了挠头："那个，房主今天来不了了。但是没事，这个房子还是可以看的。咱们先进去看看，正好您之前也没看过房子，看了再签更稳妥！"

男人摇了摇头："不用看，我都说了我要买。"

中介察觉到男人打量楼道的目光，似乎算不上满意，觉得很是奇怪。明明瞧不上，为什么还笃定要买呢？就算是投资房产，也得瞧一瞧看一看吧。

男人顿了一下，对中介说了句"你等等"，走开两步，开始打电话。挂断电话后，又对中介说："那进去看看吧！"

中介连忙打开门，屋子里一片漆黑，但按下墙上的开关，电灯闪烁着亮了起来。房子里居然还通着电？连中介都感到诧异，毕竟这套房子一看就长时间无人居住，墙角都落着厚厚的灰尘，室内弥漫着沉闷的感觉，仿佛早已被人遗忘，却依然笼罩在昏黄的光晕里。明明是毫无人气的屋子，居然还会有种温馨的矛盾感。

中介明白过来，搁置很久的房屋一般都没有电，所以这里才会显得矛盾，仿佛被遗忘了，又好像没全忘。

那个男人并没进来，而是在门口处掏出手机，似乎是在跟谁通视频电话，说："房子里什么都没有，没什么好看的吧？"

手机那头传来指示："去房间里看一下。"

男人听话地走向唯一的房间，中介也赶紧跟过去，好奇地瞥了一眼手机屏幕，屏幕上的男人竟然是闻雪时！那一刻，他没忍住，发出了抽气声。

那个男人迅速回头看了他一眼。中介急中生智，打了个喷嚏，揉揉鼻子干笑道："这里的空气不太好，我去开窗通个风……"他走回客厅，猛然记起，自己好像有这位大明星的微信。应该是在九年前，娄语推了他的微信过来，说这个人会帮忙看房。就这样，他加了闻雪时为好友，后来，租房合同是两个人一起签的，他自然明白了他们是什么关系。直到租房合同不再续签，他也了然，这段关系到此为止。但他从未对任何人提过。

哪些话该说，哪些话应该当作不知道，他心里门儿清，不然他也不可能有今天的成绩。直到这时，他才明白，为什么朋友圈才发了两个小时，就有人加他为好友要咨询买房——因为闻雪时看见了。这就更令人觉得诧异了……他还以为，已经成了大明星的闻雪时，早在八百年就应该把他删了呢。

事实上，中介差不多都猜对了。

闻雪时的确是在朋友圈里刷到了这条售房信息，但他还有工作赶不过来，便委托经纪人丁文山去联系，务必帮他买下来。

丁文山是七年前开始带闻雪时的，亲眼看着他和娄语如何分手的。在他心里，他压根不愿意闻雪时买下这套房子，这是一个非常不妙的信号。

不，应该说，从闻雪时接这个综艺开始，这个信号就已经开始释放了。

可谁叫闻雪时是他手上的王牌艺人呢？他只能顺闻雪时着，继续举着手机让对方看了一下卧室。

卧室里什么都没有，能带走的都带走了，除了已经牢牢贴在墙上带不走的。

丁文山靠近墙面，看见上面黏着一张已经泛黄的白纸，但它的面积不够大，只露出下面某个似乎想挡住的东西。

屏幕里的闻雪时微微眯起眼睛，立刻就认出了被挡住的是什么。

"把白纸撕下来看看。"闻雪时有条不紊地指挥着，语气中却有种无法再维持平静的情绪。

丁文山耸了耸肩，伸手扯下白纸，下面被盖住的是一张海报。

旧日的台球厅，低饱和度的霓虹灯下，男人正在教女人打台球。他揽着她的腰和手，教她瞄准球桌中央一朵开到荼蘼的夹竹桃。两个人的背影隔着玻璃水雾，水汽凝成四个字：《昨日之诗》。

这是两个人当年一起亲手贴上去的。如果中间房子换过主人，一定不会留到现在，更不会以这样的方式保留着，似乎不舍得扔，却不愿意再看见。

闻雪时看着海报沉默着，推测出一个事实，今晚未露面的房主就是娄语。他以为她一定早就搬走了，这套房子与他们都再也没有关系。然后，在这几年的时间里，它或许几经转手，才巧合地再次出现在自己面前。可这世界上哪有如此巧的巧合呢？看见中介发的信息时，他就应该察觉到的，但是他没有。在没看到海报之前，他都不觉得她会是买下这套老房子的人。

"这是什么？"闻雪时还陷入在沉思中，丁文山突然出声，因为他发现那张扯下来的白纸的背面居然有字，"这怎么是一张手术记录单啊？"他瞠目结舌，把单子凑近摄像头，好让闻雪时看清楚。

那是一张记录了切胃手术的单子，患者的名字被撕掉了，但时间清晰地记录着是五年前的秋天，九月的最后一周。

切胃。这个关键词也完全和娄语对上了。闻雪时几乎确认，这就是她的手术单。他在游轮上已经知道这件事了，但他不知道的是，原来手术就发生在他们分手一个月后的那一周。

那一周，在沸沸扬扬的传闻中，她撂下所有工作一直在医院陪着姚子戚。就像是两个安然存在的平行时空。她打造出一个分手后潇洒的幻象世界，在那个世界里，她陪着姚子戚，无论是出于宣传，还是出于关心。总有新桃换旧符，她大步地往前走，绝不回头。

可现实世界里只有一条时间线，答案已经昭然若揭。曾经属于他的、词不达意的、只会偷偷摇晃尾巴的小狗，偷偷买下了他们共同生活过的房子，孤零零地失去了半个胃，再也不能乐呵呵地吃完一整碗关东煮了。

娄语在深夜时接到了中介的微信：**已经带客户看完房子了，客户问什么时候能签？**

娄语没有回复。一直到后半夜，她才回复：**得看情况，明天要进组，恐怕短时间内都没空。**事实上，明明今晚就能签合同，但她临时变卦，连自己都说不清是为了什么。微信那头，中介的对话框一直显示着“**对方正在输入中……**”的字样，最后只是收到公事公办的话回复：**没问题，我和客户说！**

次日，娄语飞往怀南，开始进组拍摄，因为她推迟进组，原本的剧本围读会往后推迟了几天。剧组先安排拍摄了一些其他配角的并不重要的戏份，等娄语到达后，准备进行为期三天的围读环节。

围读会的地点是在剧组包下的宾馆二层会议室，娄语照例让栗子买了咖啡、甜点，还额外给工作人员准备了开工红包。她提前半个小时到达会议室，在围读开始前先习惯性地翻阅剧本。不知不觉中，其他主创人员也陆续到了。然而，约定的时间已经过去了十分钟，居然还有一个位置是空的。

娄语看向那个位置，微微皱眉。

制片人向她解释道：“你这两天没来，咱们拍的是女三号的戏份，但是我们觉得拍出来的效果不好，所以把女三号换了。代替她的演员是昨晚刚飞过来的，咱们体谅一下。”

娄语点了点头，问：“新来的是谁？”

制片人答道：“杨欣美。”

娄语没说话，突然提议道：“先不等了吧，咱们开始吧？”娄语一般都会等一等合作演员，她不是那么斤斤计较的人。但杨欣美是例外。

娄语记得，和杨欣美第一次合作是七年前，当时她们两个的身份正好相反。杨欣美是女主演，而她是女三号。第一天剧本围读，娄语提前半小时到达，发现桌上放着一份新的飞页，说是编剧听了女主演的意见临时调整的。这样一来，她提早背的台词就派不上用场了，但这也是没办法的事，围读就是有可能发生演员觉得台词不合适随时修改剧本的情况。她赶紧拿起飞页仔细阅读，等她几乎可以把新台词背下来的时候，杨欣美才现身。

杨欣美是一个飞扬跋扈的人，她嫌弃摄影师把自己拍得不够美，拍到一半非要把整个摄影团队换掉。这么一折腾，导演也恼了，制片人反复协调，剧组的拍摄进度硬是被拖了一个月。虽然这些和娄语没有直接关系，但也会被影响到。她原本计划好要给闻雪时过二十五岁的生日，还暗自策划了一场旅行作为礼物，却因为剧组的拍摄进度拖慢而面临取消。无奈之下，娄语找到统筹，拜托他能不能把她的戏份往前挪。

统筹告诉她，“可以是可以，但这样会非常累”。

娄语松了一口气。她不怕累，就怕统筹会拒绝。于是，她拼命三郎似的把自己的戏份压缩在一周内拍完了，眼圈下面是每天敷眼膜都消不下去的乌黑。拍杀青照时，她甚至怀疑自己站着都能睡着。

可是第二天，娄语没能离组。原因非常可笑，杨欣美昨晚去临时机房回看了一些已经粗剪好的素材，觉得自己的造型不好看，要重拍几段。而被她指责的片段中，娄语必须充当背景板站在那儿，间或有几句台词给杨欣美接戏。娄语被留在组里继续拍摄，之前做的所有努力都付诸东流，只因为杨欣美轻飘飘的一句“我不满意”。

生日那天的零点到来时，娄语甚至腾不出手去给男朋友发一句“生日快乐”。

镜头追着她面前的杨欣美，对方总是说错台词，而她徒劳地站在焦点之外，一遍又一遍地陪着女主角重新来过。等拍摄结束收工，终于能抽出时间给他庆祝生日时，已经是凌晨一点二十八分，她记得很清楚。不知道闻雪时是不是已经休息了，她握着手机小心翼翼地发了张探头的表情包。

闻雪时却立刻回复道：拍完了？

娄语知道，他一定在等她，心里觉得不是滋味，她在对话框里打下“生日快乐”四个字，又打下“对不起！让你久等了”，最后统统删去，回了一句：嗯，拍完了。硬邦邦的文字，明明不该是这样的，可那一刻，她无法控制地跟自己生气。对付出努力却得不到想要的结果而生气。

闻雪时没有责怪她是不是把自己的生日给忘了，反而迅速结束了话题：快去睡觉，应该很累了吧？末了，他还发了那个微信自带的绿色小人的拥抱表情，显得笨笨的。

娄语紧紧握住手机，鼻子一酸，如果说有些人想爬到高处，是为了享受摆布众人的快感。在那个无能为力的夜晚，她也无比渴望能爬到高处，只为了能在自己想见到一个人的时候就能去见他，抱住他，对他亲口说一句“生日快乐”。可是那些年，她没能做到。闻雪时会有多失望呢？她不知道。那些在她的心头扎根的往事，在杨欣美这儿可能只会换来一句：“啊，有这回事吗？”

围读会之后，就开始正式的拍摄，进行得还算顺利。就是刚开拍没两天，居然有人来摄影棚探班。娄语刚拍完一场重头戏，栗子跑上房车，急匆匆地说：“姐，黄老师和闻老师一起来探班了。”

黄老师和闻老师？难道是黄茵花和闻雪时？

娄语待在沙发里，模糊地想起来确实有这么一回事。《夜航船》临结束的那一晚，黄茵花说自己要去怀南拍广告，还和她自来熟地约了饭。但闻雪时是怎么回事？心里大概有了猜测，她面无表情地说：“请他们上房车吧。”

不一会儿，房车外响起敲门声，娄语浅浅地呼出一口气，满面笑容地打开门。

“茵花，闻老师。”娄语跟两个人招呼，示意他们上车，寒暄道，“闻老师怎么也突然过来了？”

黄茵花插嘴，替闻雪时回答：“他来探我的班，我说要来找你，就正好一起过来了。”

娄语点了点头，果然和自己想的一样，就是顺便。

黄茵花用手往旁边一指：“我的摄影棚就在你们剧组隔壁，所以我就直接杀过来找你了。”

进门后就一言不发的闻雪时举起手中的袋子，递到她面前：“来之前就听说你也在怀南，给你带了慰问品。”

就在这时，黄茵花的手机响了。她掏出手机看了一眼，语速极快地说：“坏了，他们叫我去补拍一个镜头，你们等我一下，我马上回来。”说完，就急匆匆地下了房车，只剩她和闻雪时两个人。

娄语愕然地看着被关上的房车门，沉默了片刻，出声问：“你不跟过去看看吗？”

闻雪时却指了一下袋子：“你不看下我带给你的东西吗？”

“我等会儿会看。上次综艺的事我还没谢谢你呢。”娄语说。

闻雪时微笑着说：“是吗？不是扔进垃圾桶就好。要感谢我的话，现在打开看看吧。”

娄语的脑海里突然产生了很不可思议却貌似合理的念头：闻雪时最近在平台上发了纪念日的信号，今天又跟着现任到自己眼前晃，还非要强调这个不起眼的“慰问品”。给前任的慰问品，难道是标榜着收获幸福的结婚请帖？

娄语冷静地盯着那个平常的纸袋子，迟迟没有上前。

闻雪时也不催她。他原本站在房车门口，此时悄悄后退两步，抵着门，手伸到背后，摸到了房车门的门锁，不动声色地转动了一下。

“咔嚓”一声，门从房车里面被锁上了。

娄语没发现他的举动，所有的注意力都在那个袋子上。做足了心理建设后，她竭力保持镇静地伸出手，打开袋子，里面是一杯普通得不能再普通的咖啡。

娄语在原地愣了片刻，不知不觉地松了口气，从刚才就紧绷的手指因为突然脱力而微微颤抖着，若无其事地拿出了咖啡。

“一杯咖啡也值得……”刚说到一半，她就停住了，因为她看见了咖啡被取走而垫在下面的一张手术单。

房车里无比安静，谁都没有出声。就好像他们都站在冰面上，谁先开口说话，冰面底下的暗涌就会翻滚着冲破冰面，将他们卷入其中。

最终，娄语放下咖啡，故作平静地发问：“去看房的客户是你？”

“算是吧。”他盯着她不肯转过来的背影，“我拜托丁文山去的。”

娄语将那张手术单拿出来，随意揉成一团塞进口袋。她不想再把这个话题进行下去，道：“谢谢闻老师的咖啡，你自便吧，我也得去拍摄了。”

她走到门边，按下把手，意识到门被锁上的一刹那，闻雪时从身后靠近。他按住了门锁，说：“我还没听见你的助理叫你，应该还没到拍摄时间吧？”

娄语缩回手，立刻往后退了两步，和他拉开距离：“所以呢？我不能走吗？”

闻雪时笑着说：“机会难得，我们聊聊吧？”

空气里开始聚拢着一种难以捉摸的黏稠感，娄语心头一紧，故意调侃着，试图稀释不安分的因子：“我们好像没什么好聊的。”

闻雪时不再和她兜圈子，开门见山地问：“为什么会在那个时间做手术？你不是说为了争取角色吗？”

娄语听到这个问题后笑了：“你在自作多情什么？这个问题有什么好问的？就是为了争取角色啊。”

闻雪时深深地吸了一口气，一针见血地问：“你虽然容易吃胖，但身材管理一直都还不错，为什么会需要通过那样的手段？”

娄语把手伸进口袋里，攥紧了纸团。她无法回答这个问题，沉默了一会儿后干脆转移话题，反问道：“我很奇怪，为什么会是你去看那套房子？”

闻雪时讨价还价道：“我回答你，你会认真回答我的问题吗？”

娄语的表情瞬间变得十分僵硬：“我不在乎你为什么想去看那套房子，那你也别再问我。身体是我自己的，我享有支配它的权利，想在什么时候做手术就在什么时候做手术，没有原因。”

就在他们聊天的时候，房车外，栗子突然走了过来，伸手敲了敲门：“姐，下一场准备走位了。”隔着一道门，声音近在咫尺。

娄语不由得精神紧绷，含糊地回了一句“马上就去”。在她旁边，压着门锁的人突然张口也要说话。她注意到他的动作，立刻条件反射般地扑上去捂住他的嘴，不让他说话。

门外的栗子却还没走开，又说了一句：“对了，姐，今天的午餐你想吃剧组餐，还是我给您单独订？”

闻雪时被她捂着嘴，却没放弃出声，含含糊糊地发出听不清的声音。

娄语的心头一紧，将他捂得更狠了，恼怒地发出“嘘”声，让他别说话。但他嘴唇的气息沾满了她的掌心，嘴唇轻微地颤动，像一万只蚂蚁在上面爬。

娄语移开视线，胡乱地回应栗子：“就剧组餐吧。”

“好的。”栗子这才蹦跳着离开房车，门外重归安静。

娄语松开了手，她往后倒退了一大步：“你也听到了，我得去拍摄了。”

闻雪时“嗯”了一声，终于松开了一直按在门锁上的手：“不着急，我还有时间，等你不忙的时候。”

娄语觉得头皮一麻，想也不想地说：“我没时间，晚上还想约黄茵花，之前在船上答应过她的，失陪了。”说完，她扭头打开了房车门。呼吸到车外的空气，娄语终于松了一口气，从房车的台阶上跳了下来。对这次出乎意料的探班，娄语也搞不明白他为什么这么做。事到如今，他还追问这份痛苦有什么意义呢？就像她也不明白，他为什么现在还想买下那套老房子一样。这些问题盘踞着，绞杀着她大脑里的每一根神经，她隐隐觉得，自己想错了什么。但随着摄像机开机，她迅速把“娄语”给藏起来了，暂时不去思考这些问题。

下戏后，娄语回到已经空无一人的房车，那杯咖啡已经冷了。她坐在桌子边茫然地盯着咖啡看了许久，回过神，伸手从口袋里掏出那张手术单，展平。当年，她把所有的东西从房子里搬走时，在撕掉那张海报的时候却犹豫了。那是他们不为人知的第一张合照。

电影定档后的地广宣传，物料都是直接用的概念海报，而非正式海报。这种感觉太奇妙了，公交车站的广告牌，地铁流动的电子屏，商厦外的巨幅版面……城市的各个角落随处可以看见他们，却没人能认出那是他们。

年轻的娄语并不贪心，她很快就会看到电影上映，到时她的脸能出现在大银幕上，哪怕只有几秒钟，也比冒充别人的背影值得期待。

首映当天的凌晨，她和闻雪时第一时间溜进电影院去看了。前半段她一直心神不宁，惦记着自己的出场，她知道，自己出场那段是在电影的后一半，得等女主角出国。当剧情越来越靠近这部分时，她极其不安，兴奋地坐直，心如擂鼓，像是回到了学生时代坐在课桌边，听着老师在讲台上一个个地念考试成绩，就快念到她，然后被跳过去了。

娄语呆呆地盯着屏幕，意识到女主角在街上问路的那段戏被整个剪掉了。那是她跟了六个月换来的小龙套，在进入影院前，她多么希望能够看到那一幕。

娄语在黑暗中郁闷地垂下头，手却不知不觉地被旁边伸过来的手握住。

闻雪时什么都没说，握着她的手看完了剩下的情节。灯光亮起，电影结束了。字幕还在滚动，其他观众都在亮灯的第一时间起身离场。他们俩却还坐在原位没动。一是两个人对看电影的仪式有共识，学校里的老师教过他们，要到字幕全部播放完再离场。字幕中包含的全是共同创造电影生命的人，看完字幕是对他们的尊重。当他们的名字也成了字幕中的一部分，两个人更深刻地明白这个道理。

整个影厅的人都走光了，他们的名字才从银幕最下方姗姗来迟地滚上来。夹在一堆庞杂的跟组演员的名单中，她在第二排左数第三，他在第四排右数的第二。当时，他报上字幕的名字不是闻雪时，而是阿龙。用他的话说，既然是替身，那就用无足轻重的名字写上去吧。娄语看着那两个字，和自己的名字隔了很远，但是没关系。她一扫刚才的郁闷，摇晃着他牵住自己的手，兴致勃勃地说："你快看！"

闻雪时笑着看她："看到了。"

凌晨一点四十分，他们牵着手从空荡荡的影院里走出来，《昨日之诗》的大幅海报依然挂在最显眼的位置，这次用的是正式海报，但旁边还不忘张贴上一张小版的概念海报。闻雪时路过它时，突然停了下来。

"怎么了？"她疑惑地跟着他停下。

闻雪时没吭声，突然松开牵着她的手，一把揭下那张概念海报。

"跑——"闻雪时大喝一声，重新拉起她的手往前飞奔。

街灯如夜晚航行的海面上升起的浮标，平静的水泥大海今晚正在深度睡眠，察觉不到两个作乱的家伙在稀少的车流里疯狂地往前跑。

娄语跑得气喘吁吁的，剧烈的呼吸被口罩盖住，雾气从缝隙里钻出去，模糊了视线。她逐渐看不清前方，但她知道，跟着他就对了。视线逐渐变得模糊，又逐渐变得清晰。他们跑得精疲力尽才停下，期待和委屈的眼泪都挥发成了汗水。娄语将头抵上他的后背，笑着嘟囔道：“明天会不会被警察找上门啊？”

“那就继续跑。”闻雪时也跟着笑起来，后背轻轻震动着，“做一对亡命鸳鸯。”他们一无所有，但她伸进他的手掌里，和他的手紧紧握在一起。那天晚上回去已经很晚了，离天亮没有多少时间，她还要早起去面试。但那么短的时间里，娄语还是做了个梦，她回味地把脑袋埋进闻雪时的胸口，他还睡着，却在半梦半醒中揽住她，睡眼惺忪地问：“怎么了？”

“没怎么，刚刚做了个梦。”

闻雪时将她抱得更紧了：“噩梦？”

娄语摇了摇头：“应该是好梦，但我不记得了。”她也抱紧他，呢喃着，“梦到我当上了主演，站在摄像机前……然后就忘了。”

那天之后，警察当然不会闲得因为一张海报而去寻找两个戴着口罩的小偷。罪证被他们张贴在老房子的墙上，耀武扬威了那么久，如果最后的下场是撕成碎片扔进垃圾桶，不觉得太凄凉了吗？

于是，娄语在最后关头停住了，转而用手术单的反面盖住了它。她想以毒攻毒，还特意撕掉了名字。如果那张无名的海报代表了他们的开始，那么这张切胃的手术单就代表了他们的终结。互相抵消，将那段过去完完整整地封印住。可当手术单被闻雪时撕下来，带到她面前的那一刻，某种被强烈遏制的情绪也跟着重见天日，在等待苏醒。

娄语把纸团重新扔回了装咖啡杯的纸袋子里，让栗子连同咖啡一起扔掉。卸了妆换好常服后，她主动给黄茵花发了一条消息：刚才太仓促了，没能好好聊，现在咱们的拍摄都结束了，要不要去喝一杯？我知道有家私密性很好的酒吧。

为了圆上在房车里的话，娄语不得不主动约黄茵花。除此之外，她有想要亲自确认的东西。对于那两个人关系的臆断，娄语之前太自信了。靠着对闻雪时的了解，自认为一定就是那样。但也是因为了解，他今天的举动太矛盾了。如果真的有了下一段关系，为什么还要去买下他们住过的老房子呢？这一点，无论如何她都想不通。想不通，不如就向本人问清楚。她不能去问闻雪时，至少可以问黄茵花。

微信里传来了黄茵花的回复：**没问题呀！我还有一个镜头就拍完了，把地址发给我！**

几年前，闻雪时还和黄茵花一起拍戏时，娄语刻意让自己不去关注她，更别说和黄茵花有交流了，像现在这样只有两个人喝酒更是第一次。

对此，黄茵花意外极了："没想到你会主动约我出来喝酒啊。"

娄语把酒水单推过去："要喝杯热红酒吗？这家煮的味道特别好。"

黄茵花并没有看酒水单，顺着娄语的话接道："是吗？那太好了！就要一杯热红酒吧。"

"你喜欢热红酒？"

黄茵花摇了摇头："何灵喜欢，她下次来这边拍戏就不愁没地方喝了。"

"翁何灵？那不是……"娄语有些吃惊。要是没记错的话，上次在酒局上做游戏时，黄茵花提到过那是她最讨厌的女演员。

黄茵花笑着，眉眼弯弯的，俏皮十足："游戏里谁说真话啊，当然是反话了。"

第十三章
引线

娄语想了想，还是决定把心底的疑惑直接问出来："你和闻雪时是……"

"我和他？你不会是真的相信那些绯闻吧？我还以为是我感觉错了。"黄茵花笑着看向娄语。

娄语喝了一口酒："你们挺有默契的。"

"怎么会？"黄茵花不可思议道。

娄语尽量让自己的语气显得八卦一些："不然他怎么会来这个综艺？我记得那个泳池里的猜词游戏，你们俩挺有默契啊。"

黄茵花哭笑不得地说："那可真是冤枉我了。你忘了我们拍的电影了吗？我在里面演的是一个聋哑人，所以我们一起参加过手语课啊，猜词这个当然很轻松！"

娄语愣了一下，又有点怀疑地问道："可是想念……这个词，那个动作也是手语吗？"

黄茵花摇头，露出一个暧昧的笑容："那个动作不是，算是闻雪时的一个小动作吧？五年前，他老是这样子发呆，跟我说话时特别容易走神。我就好奇地问他，你想什么呢？他说在想他的女朋友。"她至今回想起来，还是觉得肉麻，"被想念的人当然看不见那个动作了，因为想念的人总是不在身边呀。"

"嘭"的一下，好似有什么东西往胸口撞了上来，娄语心慌地举起杯子，猛地喝了一口酒，难以置信地问："五年前你就知道他有女朋友？"

"当然了！闻雪时亲口告诉我的。当时要配合电影的宣传，我们两个人要显得亲密一些，闻雪时说他不能隐瞒自己有女友的事情，如果我不接受，可以换一种宣传方式。而且……娄语，你就别装了，我知道他女朋友是你。"

娄语拿着酒杯的手颤抖了一下，反驳道："怎么可能？你别胡说！"

黄茵花自然不相信："本来我还疑惑呢，为什么闻雪时会愿意参加这个综艺节目，现在我明白了，因为嘉宾里有你啊。就跟这次来探我的班一样，都是醉翁之意不在酒。”

娄语否认道：“才不会是因为我呢。我们有过很多次一起上综艺的机会，这不是第一次了。”

“我明白了，所以你们是刻意地避开彼此？”黄茵花越发笃定了，“如果没有关系，何必要刻意避开呢？诚实一点吧。就像我可以大大方方地告诉你，我和闻雪时之间什么都没有。”

“你为什么会告诉我？”娄语直接问道。

“刚才不是说了，我觉得你好像误会了我和闻雪时的关系。我不想你们因为我……其实我早就想告诉你了，但怕影响节目录制，还是决定等录制结束了再说。”黄茵花很是真诚，也毫无隐瞒。

娄语沉默着，一口气把杯中的酒喝光，算是默认了这件事：“其实，你真的不必和我说这些，我们都已经分手五年了。是很久之前的事了。”

“五年……”黄茵花突然瞪大眼睛，“你们分手不会是因为我吧？”

娄语失笑：“想什么呢？当然不是了。”

“哦，那就好。”黄茵花聪明地没有继续追问。

结束和黄茵花的这场酒局时已是深夜，两个人坐各自的保姆车朝相反的方向离去。娄语闭上眼睛，陷在座位中，和黄茵花聊完后的心情不知道该如何纾解。自从知道真相后，她们就没再聊闻雪时了，但光是开头说的这些内容，就足够让娄语胡思乱想了。

闻雪时做的一切，都是为了宣传吗？发照片、弹钢琴，这些比当年还卖力的单方面宣传属实没有必要，就连黄茵花本人都不理解，她甚至还说：“那条纪念日的微博，我可不敢认领，根本不知道是什么意思。”那要娄语该如何理解呢？她深深地吐出了一口气，想得头痛，随意拿出手机，试图转移注意力，她忽然看到一条微博：我终于扒到这首曲子了！是鲸鱼马戏团的 Avignon！

Avignon，阿维侬翁。

娄语浑浑噩噩地回到下榻的酒店，程序化地泡完澡、敷完面膜，开了瓶红酒，一个人喝光了一整瓶。她有一种无法言说的感受，明明曾经是最亲密的人，可现在居然要靠陌生人的解读才能重新看见他，看见那条被藏起来的信息。但她又很庆幸，正因为他们是聚光灯下的人，才会有人拿出学术研究的态度，举着放大镜，不错漏任何一个信息。因此，她才可以知道隐藏的意思。娄语甚至在想，他是不是也清楚，所以才故意用这种方法发布他想表达的讯息。

阿维侬翁、阿维侬翁……闻雪时知道自己永远无法抗拒这四个字，这个狡猾无比又可恶的男人。为什么会是阿维促翁呢？和纪念日有什么关系？她的好奇心快要爆炸了。娄语拿过手机，输入那串熟记于心的电话号码。

应该早就换了吧……手指悬在绿色的按键之上，刚才还无比流利的动作猛地停在了这一步。她开始变得紧张，抬手将另一瓶刚开封的红酒拿过来，直接对瓶吹，很快，半瓶酒就喝了下去。红色的液体溢出唇角，娄语毫不在意地随手一抹，沾了满手的黏腻。带着酒渍的手指终于按下去，像身体流出去的一滴血挂在上面。娄语面无表情地盯着拨出界面，“嘟——嘟——嘟——”就在她决定掐断的前一秒钟，电话被接通了。

“喂？”电话那头传来了闻雪时冷淡的声音。

娄语如梦初醒，她立刻挂断电话，将手机猛地甩到旁边。她的心脏疯狂地跳着，从沙发上暴躁起身，赤着脚在地毯上来回踱步，神经质地念叨着：“没事的，他认不出我现在的号码，不会知道是我打的电话。”下一秒，手机铃声突然响起来，娄语被吓得浑身一颤，停下脚步。

安静的房间内，微弱的手机铃声被放大了数倍，像俄罗斯转盘中的一发实心弹在耳边打了出来，“嘭”的一声，擦着她耳边过去。娄语屏住呼吸盯着屏幕上显示的那串数字，在对面那个人的耐心告罄前，终于抬手接听了。

“喂。”这一次，她先开了口。

电话那头沉默片刻，传来闻雪时的声音：“这么晚了还不睡？”

他说的第一句话就让娄语觉得恍惚。不问你是谁，不问为什么会给我打电话，而是一句这么稀松平常的问话。从前，他们有过很多这样的时候，因为拍戏被迫分隔两地，直到深夜，才有时间打一个电话。那时，娄语根本住不上现在这么豪华的酒店套房，但也绝不必像现在这样，需要绞尽脑汁找个借口才能给他打电话。

娄语忽然说：“我……是想，既然是你要买房子，你直接和我谈吧，不用通过中介了。”

闻雪时“哦”了一声，说：“那我们先把之前没来得及聊完的话题聊一聊？”

“一码归一码，先把房子的事情聊清楚。”娄语顿了一下，“如果你是真的想买，我可以考虑把房子卖给你。”

“当然是真的。”闻雪时说。

娄语垂下眼睛，用手揪住了地毯上细小的毛绒：“你确定吗？那套房子很老了，没什么投资价值。”

“那你当初又是为什么要买下它？”闻雪时问道。

过了半晌，娄语才幽幽地开口："有时候去旅游一趟，结束了都会买一个纪念品。没有任何用处，就摆在那里，只是为了纪念。"

"所以我们之间的过去，对你来说，是值得摆放在那里的纪念品。我可以这么理解吗？"闻雪时继续追问，语气却很淡，仿佛并不在意，"那现在要卖掉，是因为不需要这个纪念品了？"

娄语依旧没吭声，默认是这样的。

"是有新的纪念品替换了吗？"闻雪时一步一步地逼近，使娄语无法再保持沉默。

"不是。"娄语同样用平常的语气回答，"只是我认为纪念品都出新的版本了，我还拿着过去的总是差点意思。想来是该扔掉了，不然对别人也是一种困扰。"

短暂的沉默，接着，娄语听到了他的笑声："谁出了新版本？我吗？"

娄语摸到桌边的红酒，用力灌了一大口："纪念日啊，都上热搜了，大家都猜你肯定是有新情况了。"

闻雪时直接问："那你知道我弹的是什么吗？"

"刚知道的。"娄语舔了下唇边的酒渍，"但是五年过去了，我还没有自恋到认为阿维侃翁这个地方一定不会与别人有关。"

闻雪时停顿了一会儿，微微叹息着说："我说过的，不会再为第二个人弹琴了。你忘了吗？"

娄语一愣，她将酒喝完，含糊地笑道："那是几年前说的了，八年，九年？太远了，谁还能记得一清二楚呢。"

闻雪时便也沉默下来了。

"这些年能发生多少事儿啊！我之前都以为你是因为黄茵花才来的《夜航船》，虽然今晚我见到了她，知道大概不是。"娄语放轻声音，"那你为什么要上这个节目呢？我们明明都这么久不见了……"

过了很久，闻雪时才说："没什么特别的原因。太久没见了，想知道你过得好不好，是不是迈进了新旅程。"

娄语的眼睛骤然一酸，她不想在他的面前失态，匆匆地说了句"我很好，明天还有拍摄，先不聊了"。她挂断电话，抽出纸巾去擦眼泪。娄语仰面躺在地毯上，在酒精的作用下，她不知不觉地睡了过去。醒来时一身冷汗，胸口涌上恶心的感觉，肚子胀得像有三个月的身孕，整个人乏力得站都站不起来。大事不妙，娄语咬牙摇晃着从地毯上起身，没走出两步，又摔倒在地上，她摸索着身边的手机，无助地播出栗子的电话……

闻雪时打开娄语的房间门时，整个人都愣住了。那个女人握着手机狼狈地躺在昏暗的房间里，白色的地毯上有一道道凌乱的红色液体，乍看之下像是飞溅的血液，走近才闻到浓重的酒气。幸好，幸好流出来的是红酒。

闻雪时大踏步走进房间，将人从地上抱起来，小声又急促地叫她："娄语？"

娄语迷迷糊糊地问："栗子？"

闻雪时："是我。"

听到闻雪时的声音，她半睁开眼睛，又很快闭上眼睛："我在做梦啊……"

闻雪时皱起眉头，他不再和这个已经意识紊乱的病人多费口舌，直接脱下外套将人一裹，带到地下车库。一路疾驰，开往医院。车子开得飞快，好在闻雪时还记得不能超速。不知何时，后座上昏睡过去的娄语突然醒过来，挣扎着拍了拍车窗。闻雪时见状，赶紧踩下刹车，停在无人的路边。娄语凭着本能打开车门，翻身到地上开始呕吐，披在她身上的那件外套可就遭了殃，被吐得一塌糊涂。闻雪时也紧跟着下了车，将人揽到怀里，轻轻地拍着她的背。

娄语吐了一通，略有好转，往后仰进闻雪时的怀里。他皱着眉，用拇指抹去她唇边呕吐的痕迹，另一只手摸上她的额头，察觉到异于平常的热度，明显是发高烧了。

娄语也感觉到了额头的掌心，半眯着眼睛，看到是他，呢喃道："闻雪时……怎么你还在我的梦里啊。"

闻雪时的动作顿了一下，将她重新抱上车，还好言哄她："你不是在做梦，我现在带你去医院。忍一忍啊，很快就不难受了。"

娄语歪着脑袋坐进副驾，固执地摇头道："这当然是在做梦，你为什么要骗我？"

"我没有骗你，乖。"闻雪时忍不住按了一下太阳穴，两个人的对话不自觉地退化到幼儿园的水平。最无语的是，他居然得奉陪下去。

"可是，如果不是梦，你怎么会在呢？"娄语用最平淡的口吻说着最残酷的事实，"好像还很喜欢我的样子。"娄语咧开嘴，笑得却很难看，"这明明是不可能的。"

闻雪时侧过脸看向娄语，她却已经不再看他，扭头抵着车窗，眼睛又阖上了。在回过神前，闻雪时已经伸出手，碰了碰她的脸，喊出了那个很久没再喊过的称呼："小娄……"

娄语悄悄又放肆地将脸凑近他的手掌，抽了下鼻子，声音小得像一戳即破的泡沫，飘到他的耳边："这个梦好难受，可我有点不舍得让它结束……"

娄语再次醒过来时，发现自己身在医院的单人病房里。她的记忆还停留在给栗子打了电话，应该是栗子把她送到医院的吧。可是此刻，病房除了她之外没有别人，她看到床头柜上放着手机，便吃力地拿到手里，想给栗子打个电话问问情况，但在看清了通话记录时愣住了。糟了，难道她按到的是最新通话，打给了闻雪时？娄语感到无比错愕。

这时，病房的门被打开，她抬起眼睛，对上了闻雪时的视线。

“醒了？”闻雪时神色如常地关上门，身上只穿着单薄的黑衬衫走到病床边，将手里的袋子放到床头，“舒服点了吗？吃点东西？”

“这是意外。”娄语立刻举起手机解释道，“我原本是要打给我的助理的，估计你是最近通话人，才打到你那里去的。”

闻雪时回了句“知道了”，继续取出袋子里的小米粥，将东西放好，又把她的床板调高：“感觉舒服了就吃点东西。”

娄语沉默片刻，摆弄了一下手机，这才拿起勺子小口小口地吃了起来。其间，她含糊地说：“昨晚的事真是麻烦你了。我会叫我的助理过来，你可以先走，不用在这里浪费时间。”

闻雪时却不紧不慢地在床边坐下来：“我下午的飞机，不着急。”

娄语点了点头，干脆地闭嘴解决食物。

闻雪时低下头发消息，间或抬头看她一眼，看她有没有在好好地吃东西。这种古怪又平静的场景竟然奇异地继续下去，让人产生一种时光倒流的错觉。这种错觉，在他忽然伸手用指腹轻轻抹了一下她的唇边时到达了顶峰。

娄语的咀嚼顿了半秒，一时间不知道该做出如何反应，于是又机械性地继续咀嚼，都没意识到嘴里的食物已经咽下去了。看到闻雪时将纸巾扔进垃圾桶，娄语咬着牙，忽然开口：“不要再这样了。”

闻雪时“嗯”了一声，皱着眉头说：“你从醒来到现在，都没关心一下你自己。”

娄语一副大不了的口气：“我能醒过来就没什么事了。”

闻雪时一眨不眨地盯着她，声音中努力压抑着怒火，说：“这次算你运气好，只是急性肠胃炎。下次呢？胃出血，胃穿孔？胃已经差成这样了，房间里还有一堆空酒瓶子……你也太不把自己的身体当回事了。”

娄语垂下眼，笑了笑：“闻雪时，你不要觉得是因为你提了分手就对不起我，更不必因为那张手术单就觉得亏欠我。”

闻雪时听到实话，嘴唇颤抖着。

娄语松了口气，低下头，自顾自地张嘴吃了一勺小米粥。

闻雪时站起身，伸手从口袋里掏出烟，摸着烟，好半天只说出三个字："对不起！"

娄语听后轻笑："不用，真的不用。真的要说对不起，我也得对你说。你真的不用留下来照顾我，已经很麻烦你了。"她又催了他一遍，"走吧！我们两清了，不再存在谁对不起谁。"

闻雪时看着她，眼神中藏着一种极致痛苦的情绪。然而，娄语一直低着头喝粥，仿佛眼里只能看到小米粥。过了片刻，娄语听到他说："是的，也许已经两清了。毕竟我们分开的日子已经比曾经在一起的日子还要长了。分手时间确切来说不是五年，而是四年零六个月了。到除夕前一天为止，正好是我们曾经在一起的时间。"

娄语舀粥的动作顿了一下，这才恍惚大悟："你在微博上发的纪念日，是这个意思？"

闻雪时摸着烟，不知不觉地把烟捏成两半，捻着漏出来的烟丝，露出一个勉强的笑容："算是我自作主张定的纪念日吧。"所谓的纪念日，是因为那一天，他们分开的时间终于开始超过曾经在一起的日子了。此后，彼此曾占据各自人生的比重将会越来越小，越来越小，渐行渐远渐无书。

到了如今这个年纪，娄语其实已经逐渐忘记最初为什么会对演员这个职业产生憧憬了。直到前几年有一次接受采访，主持人问她"为什么会想走上这条道路"时，她才仔细回想了一番。

大概是因为小时候一次非常意外的经历吧。她的家乡在葛岛，那是一个在地图上都找不到的小地方，大家说的方言也完全像是另一个体系的语言，自成一派，像是个无人问津、无人知晓的小小王国。因此，没被过多开发的风景在千禧年之后，随着网络的逐渐普及打出点名堂。在她读小学三年级时，第一次有剧组来葛岛，把这里当作外景地取景。有一天拍摄时，借用了他们的学校，有一小部分学生还被选去当群众演员。

"那是您出演的第一个角色吗？"主持人当时一脸八卦地追问。

娄语却笑着摇头："没有，我没被选中。"一般来说，这确实很容易成为一个人的起点，被挑中去做了小演员，感受到镜头聚焦是什么样的滋味，然后从此萌发当演员的梦想。如果人生真的能这么顺理成章就好了，但是可惜，她没有被选中。倒不如说，正是因为没有被选上，那份遗憾一直压在心底，如果那天，被挑中坐在看台上的人是自己会怎么样？生活大概会更有盼头一些吧，等着电视播出，她就可以很自豪地告诉父母了。当时他们还没离婚，一家人兴许能通过这个契机，坐下来守在电视机前，一起等待她的出场。

至于后来，娄语逐渐爱上演戏这件事本身，是因为她切实地爱上戏剧，戏剧有起承转合，困惑时还有导演为你讲戏，剖析这个阶段里人物的心理是什么，下一步又该如何走。可人生不是，它不会像剧本的批注那样有明确的提示，因此，她总是贪心地想，如果她和闻雪时的人生是一部只有一百二十分钟的电影，能够停在一个漂亮的节点结束，那该有多好啊。她一定会选择将他们的结局安排在《白色吊桥》拍完。

《白色吊桥》播出之后，她和闻雪时那条支线不知道被哪位网友单拎出来，剪辑成视频发上了网，很快有了一群喜欢他们的人。这是娄语和闻雪时都始料未及的。他们全部的戏份剪辑加在一起都不超过一集的片长，原以为只是一次小小的露面，获得的关注却超乎想象，尤其是闻雪时。他依靠这部剧得到了一个知名经纪人抛来的橄榄枝，终于结束了单打独斗的职业生涯，只可惜，后来这个经纪人为了利益，在娄语身上捏造了各种真假难辨的传闻。

对此，感到最自责和愤怒的人是闻雪时。正是因为他选了这个人做经纪人，才让娄语被推上风口浪尖。事情发生后，闻雪时第一时间就和经纪团队提了解约，但强烈制止他这么做的人，竟然是娄语。

娄语劝他："反正结果都已经这样了，该澄清的都澄清了，那些人骂我两句也没什么。但如果你现在解约，他会怎么对付你？你想过吗？你的事业才刚刚起步！"

闻雪时面色铁青："可是这个人，他伤害过你，我还要帮着他赚钱？我受了委屈可以无所谓。"闻雪时深呼吸，胸口剧烈起伏着，"重点是，事业倒退也好，承担违约金也罢，我的底线是至少你不能再受委屈。"

最后，闻雪时还是一意孤行地和对方解了约。后续的发展就像娄语预料的那样，事情朝着最坏的局面发展。若是像戏剧那样，编剧是不会让主人公再跌落的，一定会遇到什么好事，观众是无法忍受长时间的低气压的。可人生哪管什么抑扬顿挫的节奏啊，它只会强按你的头，让你继续往下坠。

遇上这种情况，他们能怎么办呢？娄语想，那只有自己当一回导演，和命运这个编剧作对，让它改掉不合理的地方。比如，她爱的人不应该蒙受磨难。更何况，这个磨难和她息息相关。于是，她背着他去参加了一次晚宴，虽然喝了不少酒，但结果是好的，她结交了不少人，还打听到许多鲜为人知的小道消息，其中一条便是关于周向明喜欢逗蛐蛐的小癖好。她想：这些都能帮助闻雪时找到更好的经纪人。

在娄语的计划里，闻雪时当天应该在外地，有个电子刊物的拍摄是很早以前就订下的。因此，打开门看到坐在沙发上的闻雪时后，她的酒立刻就被吓清醒了。他扫了一眼她异于平常的妆容，还没张口问，她就慌里慌张地开口抢话："今天不拍了吗？"

闻雪时点了点头，语气平平地说："取消了。"

娄语意识到闻雪猜到她为什么会喝这么多酒了，但是她实在太难受了，便脱掉高跟鞋避过沙发往卫生间走。狭小的卫生间弥漫着下水道难闻的反味，尽管如此，依然盖不过她身上的酒气和烟味，娄语捂住嘴，酒意上涌，弯腰对着马桶吐了出来。等她出来时，客厅已经没人了，她扔在沙发上的医药箱还在原处，茶几上却多了一杯解酒的蜂蜜水，水杯下还压着一张字条：对不起！是我不好。求人这种事我来做，我会做好，你不要再去了。

闻雪时并没有走远。她走到窗边，看见他就站在楼下抽烟。披在肩头的黑色夹克在路灯下被风吹得鼓荡起来，像深海里一盏快沉溺的浮标。浮标的光暗下去，烟抽完了，他用手心掐灭烟头，烫出一片红。

几年后，娄语受朋友邀请去观看一出戏剧，是由毛姆的《刀锋》改编的，演员在舞台上低低地念着："我真的爱你。不幸的是，有时候一个人无法做自认为正确的事时，不让另一个人感到难过。"

娄语坐在昏暗的台下，痛得流出了一滴本该在那晚掉下的眼泪。

第十四章
并坐

栗子收到微信消息后，很快就赶到医院。她从昨晚就知道事情不对劲，因为闻雪时居然主动给她打电话，语气特别着急地跟她要了娄语的房卡。她不明情况，担心地跟着闻雪时一起上来，但他直接走了安全通道，连电梯都没等，将她甩在了身后。待她气喘吁吁地来到娄语的房间门口时，门已经关上了，她吃了个闭门羹。

此时，病房里只有娄语一个人，栗子推开门，看见她半躺在病床上看着窗外，一旁的小米粥见了底，放在隔板上，看样子好像没什么大碍。

栗子拍了拍胸脯："吓死我了！姐！"

娄语抿着嘴唇道："我没事。昨晚……"

栗子老实交代："是闻老师找我要的房卡。"

娄语的神色瞬间变得严肃起来："这事儿你和别人说了吗？"

栗子连连摇头："谁都没有！周老大那儿我都没说！"

娄语这才松了口气："你就记得昨晚是你送我来医院的。"

栗子沉默着，也不敢多问粥是谁买的，麻利地把东西收拾了。

娄语只跟剧组请了半天假，隐瞒了自己都已经折腾到医院打点滴的情况，说自己晚上会回组继续拍摄。

栗子很想劝她，但娄语有时候连周向明的话都不听，更不会听自己的了，只好作罢。

点滴全部打完时已经接近黄昏，娄语联系了自己的私人医生，让对方明天来一趟。最近，身体实在有点拖累进度了。如果没有工作，她确实得好好休养一阵子，但已经进入了拍摄期，无奈之下只能选择打营养针。

常人都佩服她是怎么做到三百六十五天只休息五天的，其实秘诀就是这么简单。只要对自己狠得下心，没什么办不到的。

栗子帮她办完出院手续，两个人收拾好东西。准备离开病房时，有一个陌生人居然摸到了病房里来。

娄语如临大敌，生怕自己生病的事情被泄漏出去。

栗子警觉地打开一条门缝，问来人是谁。

对方将套着防尘套的大衣递过来，道：“这是您下单加急送洗的大衣，我们洗好了。”

栗子一看，是一件男士的黑色大衣。她立刻皱眉摇头：“你送错了。”忽然她又意识到这是谁的衣服了，小心翼翼地看向娄语。

显然，娄语也想到了，她压低声音说：“拿进来吧。”

栗子连忙把大衣接了进来，关上门，放到娄语的手边。

娄语已经认出那是闻雪时的外套，他在船上穿过，估计是被她吐脏了才送去洗的吧。她给闻雪时发了一条短信：你的大衣忘记取走了，如果还需要的话，可以留下方便的收件地址，我会安排寄回去。

闻雪时一直没有回复，倒是周向明突然给她发了好几条六十秒钟的语音消息。

娄语被吓得以为是因为昨晚送医院时被拍到了，她战战兢兢地点开语音消息。

幸好，语音消息的内容是关于她之前和他提过的那部网剧。项目已经过会立项了，但公司不同意由她去拍。

“估计会让新人接手吧，我和你说一下。”

娄语觉得胸口一堵，有一种为他人做了嫁衣的憋屈感。她立刻给周向明打去电话表示抗议：“你当初明明不是这么和我说的！”

周向明不慌不忙地说：“我当初的意思是，如果本子真的好，改成电影不是不可能。但老邓不同意。你为什么这么想演？”

“我喜欢那个故事。”娄语毫不犹豫地回答，“直觉告诉我，不演会后悔的。”

周向明不为所动地嗤笑道：“又是你那小动物般的直觉？总而言之，我觉得这部剧不适合现在的你演。”说完，周向明就随便找了个理由匆匆挂了电话。

娄语无奈，但也没办法，调整情绪先以拍摄为主。

收工后，娄语立刻拿起手机，准备继续和周向明争取主演这部网剧的机会，却发现已经收到闻雪时的回复了：我加你好友了，你通过一下。

娄语看见一个挂着闻雪时最新电影海报的头像从申请栏里跳了出来。

她顿时被扰乱了心神，不知是开心还是忧虑地看了一眼天空，她按下了

“同意”。

两个人已经互删微信好友五年了，居然是因为落下外套这么一件不起眼的小事忽然加了回来。但既然是天意，那就加吧，她迅速回复了一条：你落下的衣服怎么办？

娄语装出公事公办的样子，回复完就迅速按灭了手机，仿佛对新加上的这个人一点都不感兴趣。其实心里已经在意得不行，尤其是他的朋友圈，迫不及待地想看一看，却反其道而行之，故意等了好久才点开。仿佛是保姆车里摆了一架正在拍摄她一举一动的摄像机，因此，她绝不能显现出任何急迫感。

毫无意外，他的朋友圈里什么内容都没有，娄语返回聊天界面，闻雪时已经回复了消息。

闻雪时：不好意思，当时以为他们能加急送到医院。衣服可以麻烦你亲自送过来吗？我还在怀南。

娄语纳闷地问道：你没走？

闻雪时：如果我说是因为担心你留下来的呢？

娄语很是无语，只好打出一串省略号。

然后，闻雪时直接发了自己的房间号。就在同一家酒店，她的楼上。

亲自……娄语不知道他想做什么，但衣服总归是为了照顾自己而落下的，给他送过去也是应该的。她在心里这么说服着自己。

看着那串房号的数字，拖了半天，才冷淡地回了个“好”字。但下保姆车回酒店的速度极为迅速，还洗了澡、补了妆，把自己拾掇得无比精致，对着镜子左右端详。

如果栗子看到这个情景，一定会十分吃惊，毕竟娄语连参加大型活动都不会露出这么紧张的模样。趁着夜深人静，她把口罩戴好，又戴上帽子，抱着他的大衣静悄悄地进了安全通道。为了安全起见，她出来时还左右张望了一下，生怕撞见什么不该撞见的人。

顺利地走到闻雪时的房间门口，娄语按下门铃，屏息等待着，门打开了。

闻雪时出现在门后，穿得很整齐，像是在特意在等她。他的头发刚洗过，柔软地垂顺下来，仿佛回到了二十几岁。

娄语匆匆瞥了一眼后就不与他对视，速战速决地将衣服递过去：“给。”

闻雪时低着头，视线扫过她的帽檐，没吭声。接过衣服，他扯住她的领子边缘，猛地用力一拉。就见娄语向前踉跄两步，整个人扑进房间，门失去阻挡自动关上。“咣当”一声。走廊恢复了平静。

娄语听着门阖上的声音，忽然回过神，事情的发展完全超出了她的预料，便小声问道："你做什么？"

始作俑者摘下她的帽子，伸手探上她的额头："行，烧退了。"闻雪时收回手，"想确认一下你的病情，在走廊上不方便。"

"既然东西送到了。"娄语指着门口，"那没其他事了吧？我可以走了吗？"

"你晚上又去片场了？"闻雪时把大衣往旁边的架子上随手一扔，"我建议你明天休息一天。"

娄语："不用，我有分寸。"

闻雪时听到这句话，视线立刻在她的胃部逡巡一圈，仿佛在说"半个胃都没了，这就是你的分寸吗"，再开口时的语气也变得很无奈："你这样太任性了。"

"谢谢你的关心。"娄语鬼使神差地又补充了一句，"我已经叫了私人医生过来，他会帮我调理。"

闻雪时皱着的眉头终于微微放松，面色缓和下来。

娄语看不得他这样的表情，匆忙转身道："走了。"

"等一下。"闻雪时拉住她，指着沙发上的剧本，"方便帮我对个词吗？"

"已经很晚了。"娄语踌躇片刻，还是迟疑着点了头，"是你接下来要接的剧本？"

"还没做好决定，吃不准，所以想对对戏，看看感觉。"闻雪时说。

娄语在心里和自己较劲，最后还是败下阵来，朝着沙发的方向走去。

以前他们还在一起时，就经常互相帮忙对剧本，吃过饭后踩着黄昏的路灯，一边散步一边说着不知道哪个世纪的对白。晚风拂过，树梢上已经有桂花的香气，经常有人在这样的天气里骑单车，放肆地放开车把手，歪歪扭扭地，看着很危险。他肯定会站在靠近车辆的外侧，把她放在更安全的内侧。那真是一个平凡到不能再平凡的傍晚，也是一个特殊到无法再回去的傍晚。

娄语不知道他是不是也和自己一样回想起那个时候，至少他们在坐下的时候都不约而同地沉默下来了。

过了片刻，闻雪时才回神似的把唯一的剧本递过来："这儿有一套，你拿着看吧。我刚看了一遍，大致能记下来"

娄语点了点头："好，那我开始了。"

对台词的过程很顺利，但到中途时，闻雪时开始接不住她的词了。

"你后面没记住吧？"娄语打断他，指出他的台词接错了。

"是吗？"闻雪时从沙发对面起身，走到她旁边，没有坐下，只是一只手搭着沙发靠背，一手插着兜，弯下腰来看她手中的剧本。

香水的味道由远及近，从空中飘到她的鼻端，仿佛起火的烟雾，闻到的时候已经表明危险来临了。其实，他靠过来的距离并不算过分，堪堪保持着近一分就会暧昧远一分就显得生疏的距离，认真地盯着剧本核对。

“原来真的是我记错了。”

他的认真让娄语察觉到自己的心猿意马，显得有点可笑。她自嘲地盯着剧本胡乱地“嗯”了一声，也稍微放松了些。

闻雪时却在这时突然拉近距离。他的背压得更低，鼻息浅浅地在她的耳边流窜。

娄语打了一个激灵，向前挺身，侧过去看他，眼神带着戒备。

闻雪时的视线却移开，落在她的头顶：“刚才就一直很在意。”他笑了笑，却没有戏弄的意味，“帽子戴回去的时候歪了。”

他的手撤开后，娄语抬手匆忙地正了一下帽檐。她看了眼手机时间，猛地站起身：“既然你连台词都没记住，那今天就到这儿吧。”

闻雪时颔首道：“好，谢谢了。”

“不客气，欠你的人情。”娄语迅速又谨慎地打开门离开。

闻雪时盯着她的身影，没错过那在几步之间燃烧起来的耳垂。他在她背后说：“回去睡个好觉，晚安！”

娄语无声无息地回到房间，把帽子一摘，忍不住反复地摸着发烫的耳朵，她对自己的反应感到懊恼。都过了三十岁了，居然还能像个小女孩一样，为了一个称得上是意外的触碰感到手足无措，心跳加速。似乎闻雪时碰她一下，她就会变成二十几岁那个心慌意乱的自己。她摸着耳垂，避免不了地摸到耳垂上的那个小洞。

那是闻雪时用耳洞机亲手给她打的。娄语上大学时在街边打过耳洞，但因为长久不戴耳饰，导致耳洞已经长死了。直到角色装扮需要，才发现需要重新打。图方便，她就买了一个耳洞机，想自己在家解决。想得容易，实施起来却很困难。

刚回家的闻雪时打开家门便看到——娄语歪着半个脑袋，一只手抻着耳朵，另一只手摆弄着奇怪的机器，却怎么也不得要领。闻雪时就那么站在门口看着她。

娄语的姿势导致她看不清门口，只听见开门的动静，然后就没了声音。她疑惑地看过去，对上闻雪时带笑的眉眼。

“干什么在那边笑？快来帮我！”娄语有些耍赖地对着门口叫嚷。

闻雪时气定神闲地朝她走来，接过机器："这个东西要怎么用？"

娄语简单地给他讲解了一下，他越听越皱眉："那你不疼吗？"

"我之前有过耳洞，就照着那个地方扎进去，应该还好吧……"她也不确定，引导他摸索着耳朵上那个已经长死的耳洞，"喏，就是这里。"

闻雪时没说话，无声地摸了摸，然后将机器对准自己："那我先练习一下。"

他说得太随意了，好像自己的耳朵是一块橡皮泥，被扎破了捏巴捏巴就能复原。那可是身体上一块活生生的肉啊，他为了不打疼她，眼睛也不眨地就按了下去，用自己的耳朵练习。

娄语还没来得制止，他就已经打完了，并且觉得这点疼痛不算过分，才答应对她下手。闻雪时的一只耳朵上还带着新鲜的伤口，注意力却全都集中在她的身上。

哪怕现在回想起他当时的模样，依旧让人觉得会沉迷进去。她躺在没开灯的酒店房间里，手指随着回忆无意识地抚摸着耳垂。

次日，娄语刚醒过来，就迫不及待地抓过手机刷了一下朋友圈。冥冥中，她有一种会刷到什么的预感。果不其然，一刷新，便看到了闻雪时发的一条动态。他发了一张枝头樱花的照片，底下还有共同认识的人在评论区里打趣，说：*你居然发圈了，不会是被粉丝盗号了吧？*

如果是之前，她可能会以为这是在指代黄茵花，但如今知道了他们之间什么都没有，她就忍不住会想，樱花有什么意思呢？反常的举动发生在她加他为好友的第二天，过于巧合的因果关系容易让人产生错觉，像是故意发给她看的。

娄语只能下意识地不停地刷着朋友圈，企图从只言片语里刷到可以佐证猜想的蛛丝马迹。忽然，她刷到闻雪时的回复：*难得一见，记录一下。*

答案简单得出乎意料。确实，在严寒的一月份能看到三月份才开放的樱花，的确是一件十分罕见的、值得纪念的事情。只不过，恰巧碰上这样的时机，就被自己赋予了添油加醋的联想。

娄语长出一口气，扔下手机。门口传来敲门声，是约好的私人医生上门。

到片场化妆的工夫，栗子敲门进来，拿来了一份新的飞页。

娄语看了看，发现并没有涉及她的台词改动，但这场戏的另外两个对手戏演员的台词改了。

化妆完成后，娄语来到现场走位，杨欣美居然还没到，另一个演员倒是就位了。娄语瞥了她一眼。

那位小演员注意到娄语的目光，随即紧张地看过来，小声地向她问好："娄老师您好！今天是我第一次和您合作，如果有什么不对的地方，请您指出来，我一定会改正的。"

娄语温和地点了点头："你叫冯慈？看上去年纪挺小的。"

冯慈拘谨地说："我今年刚满二十。"

"啊……"娄语一笑，"那真的是年轻啊。"

冯慈赶紧摆了摆手："我一直以成为您这样的演员为目标！"

冯慈的夸奖让娄语觉得怪不好意思的，忍不住就多嘴说了两句："这种经历很正常。"娄语扬了扬手中的飞页，"你还年轻，以后机会还有很多，坚持下去，总会等到拥有自主权的那一天。"

冯慈没想到娄语会这么说，那张过分年轻的脸上完全藏不住情绪，显而易见地露出一种又感动又振奋的表情。她很用力地点头："谢谢娄老师，其实我不在意的，毕竟这是我拿到的第一个角色！我一定会好好演的。"

不远处，杨欣美从房车上下来。娄语不再多想，顺势结束话题，鼓励地拍了拍对方的肩头："加油。"

杨欣美入场后，赶紧和娄语假惺惺地客套了一番，就开始了正式拍摄，好在拍摄时杨欣美没再出什么岔子，这场戏拍了三条总算过了。景别切换，接着补拍各自的特写镜头。这个各自主要是指她和杨欣美，而冯慈作为接戏的人，镜头只会带到背影，但她还是认真地提供着情绪的变化，仿佛此刻有无数镜头对着她。

娄语在拍摄的空当里，有轻微的恍神，似乎看见了年轻时的自己站在那个位置上，同样不被镜头眷恋地一遍遍地表演着……两个身影慢慢地、慢慢地重叠了。

这场戏一直拍到深夜结束，娄语又马不停蹄地赶往机场，她的日程排得非常满，尽管为了拍戏已经推了很多活动，但还有一些是周向明觉得必须参加的。比如，明天她得录制一个唱歌类综艺，她是这一期的特邀嘉宾。后天是某品牌周年纪念展，她是代言人。

原定的就是今天离组，已经请好了假，但因为突发肠胃炎不得不多请了大半天的假，导致之前的戏份没能按时完成，所以才拖到了深夜。而综艺节目的录制是在中午开始，她不得不临时坐红眼航班在那之前赶到达京崎。

红眼航班的乘坐体验很不舒服，哪怕是头等舱，空间都很狭窄。尤其是这次她还没能和栗子买到挨在一起的座位，娄语先登机入了座，打算等邻座上来后和对方商量补贴换座位的事，然而等对方真的到了后，她准备好的说辞都卡在了喉咙里。

娄语注视着闻雪时走进机舱，第六感提前发出警报。

闻雪时的目光同样锁定住她，又顺移到她旁边的位置上，低下头和手机上的座位号核对了一下，他接着朝这个位置走过来。

两个人都戴着口罩，但并不妨碍他们的视线相接。

“真巧。”娄语干笑两声，打着招呼，“我还以为你一早就飞了。”

闻雪时在她的身边坐下：“早上和晚上也不差这一会儿，不耽误明天的事。”意有所指，像是在责怪她分秒必争，习惯性地透支自己的身体健康。

娄语的手机忽然振动了一下，是栗子发来了微信消息。

姐，我也登上飞机了！现在过去找你吗？

娄语瞥了一眼闻雪时，踌躇片刻，回复道：不用了。

栗子惊讶地问：对方不愿意换吗？要不要我来说？陌生人坐在你旁边，我会担心啊！

娄语垂下眼，打了几个字：不是。对她而言，巧合地坐在旁边的这位，不是陌生人，更不是什么名人。

栗子发了个呆呆的鸭头表情：啊？那是姐的熟人吗？

娄语轻描淡写地回复：也不是。

夜晚的航程开始了，娄语和闻雪时聊了几句之后便各自沉默下来。她从包里掏出眼罩戴上，套上颈枕歪着头入睡。这张脸唯一露出来的部分也被挡住了，帽子、眼罩和口罩把她包裹得严严实实。

闻雪时看了她一眼，皱起的眉头似乎是在担心这个人会把自己闷得窒息。他的手指动了动，最终什么都没做。

疲惫的样子只是娄语表现出来的样子，事实上，因为坐在身边的人是闻雪时，她紧张得毫无睡意。越是强迫自己入睡，反倒勾起了尿意，她强忍了一会儿，心想也许他已经睡了，便悄悄地拉下眼罩。

机舱的灯在上升平稳后已经熄灭了，没有拉下的窗板外和机舱内如出一辙，漆黑一片。有个别的乘客开着阅读灯，但客舱总体都笼罩在一片安静中。她的旁边也是暗着的，娄语还以为闻雪时已经睡了，结果扭头一看，他正在昏暗中费力地看着剧本。

“你怎么不开灯？”

闻雪时闻声侧过头："你不睡吗？"

是怕阅读灯会影响到她？这种无法界定是因为她还是礼貌的温柔实在让人难以消受，娄语觉得喉咙发干，有些手足无措地指着眼罩："我这个很遮光。你不用顾虑我。"说着，她伸手就帮他打开了阅读灯。

闻雪时合上剧本："这样的话我还是不看了，你睡吧。"

他又要去关灯，娄语连忙道："不用，我不睡了。"她做了个手势，示意自己要去卫生间。他连忙起身给她让出位置。

两个人客气到了可笑的地步，再回来时，闻雪时没有再关灯，依旧在看剧本。她下意识地看了两眼，发现不是当时在酒店里和自己对台词的那个，便问："之前的那个决定不接了吗？"

闻雪时打了个哈欠："我带上来是为了催眠的。"

娄语深有同感地点了点头："看来你们电影的本子也不太好挑。"

"是不够好。"闻雪时说，"但好在我现在有了选择的权利。"

娄语动了动嘴唇，附和了一句："是啊，我们已经能选择自己喜欢的剧本了，挺好的。"说着，她转头看向窗外的黑色，零星的记忆碎片划过。

曾经的他们在《白色吊桥》之后，因为经纪人事件比之前的处境更加艰难，也接不到什么好剧本。娄语忘不了当她在网上小心翼翼地搜自己的名字时，看见关联词都是批评她演技浮夸时是什么心情，她也同样去搜了闻雪时的名字，看到了那些嘲讽、抨击他演技的评论时，比看见自己被批评时更加难以接受。

娄语不能忍受别人质疑闻雪时的演技，直接和网友争辩了好几天，直到被闻雪时发现了，才老实交代了自己这场孤军奋战的战争。

闻雪时听说后，用无所谓的语气说："这有什么的……"

娄语听后，连日来都没有像这一刻这么生气过："他们把你骂得一无是处，怎么就没什么了？"她背过身去，不再搭理他。一边在心里默数，如果他过来跟自己低头道歉，她就原谅他。

结果背后没有动静，娄语不动声色地偷偷去看，看见他居然坐在那里玩手机。她直接被气得抱着被子去客厅的沙发上，那一晚，她一直睁着眼睛看着卧室的门，如果稍微有动静，她立刻闭上眼睛装睡，然而，那一晚闻雪时只是出来上了一次厕所。

第二天起来，娄语洗漱时闻雪时刚好进来。她别过脸不看他，却在镜子里瞥到他熬红的眼睛。她恨恨地吐掉漱口水，心里却好受了些。至少他和自己一样没睡好，至少这场争吵不是她一个人的独角戏。过了好几天，她才发现了那一晚他并不是没睡好，而是根本就没睡。

娄语在网上再次搜索自己的名字时，发现那些刻薄的评价下面，都有一个用大熊猫背影做头像的小号在维护她。那个头像她再熟悉不过了，就是她亲手截的那张，也就是闻雪时一直在用的微信头像。她立刻猜到了这个账号的主人是谁。

真是笨蛋，这怎么能叫小号啊！

娄语已经完全不生气了，她在闻雪时的小号里滑到了唯一的一条原创微博，是首映那一晚，电影开场在即，她站在那张概念海报前，被他偷偷拍下。配图有一行文字："你永远是我无人知晓的女主角。"

那时的娄语按灭手机，黑下来的屏幕里，映出一张想要哭又极力忍住，最后有点皱巴巴的脸，就如同经年后，这趟夜航的飞机窗板，漆黑的夜色隐隐照出她因为回忆而皱起来的脸。

飞机降落后，娄语特意等到最后才下机，只为了和闻雪时拉开些距离。待她走到机舱后部，却看见闻雪时在廊桥那头转过了身，冲着她挥了挥手。

娄语微微一愣，也小幅度地伸出手，微不可见地晃了晃。

闻雪时还是看见了。虽然距离隔得这么远，但娄语总觉得看到了他似乎是笑了的模样，她站在廊桥这头，目送着闻雪时转过身走了出去，背影消失在人群中。不到一分钟的时间里，他们完成了一场无声的道别。是五年前，他们分手时未能好好完成的道别。

娄语压低帽檐，走出了廊桥。

次日是歌唱综艺《歌王》的录制，这档综艺以所有参与的歌手都戴着面具唱歌而出名，观众和嘉宾都不知道歌手的身份，全凭歌声判断是否可以晋级，因为这个悬念，节目自开播以来就很受欢迎。娄语作为特邀嘉宾不是每期都参与录制，毕竟她本人五音不全，起初还非常犹豫，想要推掉。但节目组很坚持，称正是因为她不是音乐圈的人，所以不容易认出歌手，能更纯粹地做出判断。

娄语便答应了，试着录了几期，播出的效果也很不错。网络评价说，观看这档节目的乐趣除了猜歌手和听歌之外，观察娄姐的反应也很有趣。也许是演员的缘故，她总是很容易与歌共情，因此镜头显得非常生动。

录制在中午过后准时开始，娄语提前来到电视台的演播棚，看到台本的时候当场愣住。

特邀嘉宾中，闻雪时的名字赫然在列。

节目组并没有把两个人的位置安排在一起，相反，还隔得挺远。就跟昨夜的廊桥一样，互相在两端。娄语保持着平常的工作状态，和闻雪时的交流仅限于入座前打了个招呼，任谁也看不出，昨晚两个人还是搭乘同班飞机、坐在邻座一起回来的。

节目一直录制到晚饭的时间，只差最后一个歌手就可以暂时中场休息了。

娄语在节目录制的间隙悄悄扭动酸疼的脖子，再次专注地看向舞台。

上台的是个上了年纪的女歌手，灯光暗下来，前奏响起。

娄语立刻表现出被惊艳到的反应，但逐渐的，她脸上的神色变得越来越不知所措。

那个女人唱道：

> “你最近好吗
> 身体可无恙
> 多想不去想
> 夜夜偏又想”

她唱得是真好啊，嗓音醇厚得像一首平静的叙事诗，字字都唱到人的心尖。

镜头扫到娄语的脸，想抓住她的表情，一向表情生动的她却在此刻失去反应，在深蓝色的灯光的照耀下，她的脸显得很沉静，又像是面无表情，完全走了神。

> “你的近况
> 断续从朋友口中传到我的耳畔
> 我拿什么条件可以袖手旁观”

另一个机位，镜头专注地盯着另外半边的嘉宾席。闻雪时的反应正好和娄语相反，前面所有歌手出场时他都反应平平，唯独这首歌，听得异常入神，唱到尾声时，一直正视着舞台的他，微微偏过了头，看向远处某个位置。

> “除非你说，离开我你从不曾觉得遗憾。”

娄语察觉到似乎有谁在看她，可当她扭过头去找，又没有人。

女歌手唱完，灯光乍然亮起，娄语如梦初醒一般，下意识地摸了下耳朵，用力鼓掌。

嘉宾团开始你一言我一语地点评，并猜测歌手的身份。娄语不是专业的音乐人，在这个环节她一般都是从自身感受出发去夸奖，唯独这首歌时却一言未发。旁边的人以为娄语是插不进话，刻意将话头抛给她。

“娄语，觉得这个歌手会是谁？”

娄语猜了一个名字，夸赞道：“听着这首歌，我的脑子里仿佛出现了一场以遗憾结尾的电影，尤其是最后两个字的收音，我是不知道技巧什么的，可在我听来，觉得收得特别好，像是在对自己发问……到底有没有过遗憾。”她慢吞吞地说完，眼神一晃，对上了闻雪时的眼神。当然，因为是她发言，所以大家都在看她。

娄语转过头，听见在她后面又有两个人发言，轮到了闻雪时，他点评道：“我也给不出多么专业的评价，但我可以肯定，这是我全场听下来最打动我的一首歌。”

主持人接话：“雪时，这话说得有点早吧？我们之后还有两位歌手没有上台呢。”

闻雪时笑着点了点头：“是我武断了。但我觉得……有些歌就和有些人一样，你听过，经历过，就知道是最好的。不必再和别人的演唱做对比。”他说话时，娄语也趁机正大光明地看着他。说完时，两个人就像刚才那样，视线偶然撞在了一起。

他们在这短暂的对视中结束了上半场的录制。娄语在工作人员的引导下来到休息室，房间里已为他们准备好餐食，大家说笑着坐下边吃边聊。娄语没吃几口就饱了，放下筷子陪众人聊天。

闻雪时在她之后也跟着放下筷子，其他人也陆陆续续地吃完。在座的都是艺人，晚餐吃得都很节制，其余时间都在客套，话题不知不觉间就扯到了过年的去处上，一个人抱怨带家人出去过年，自以为找了偏僻的地方，却还是被人认出来，玩得一点不痛快。

大家纷纷推荐度假胜地，闻雪时摇了摇头：“我可给不出什么好的建议。”

“别为难雪时了，我之前和他一块拍戏，过年时其他演员都请假，就他这个主角还兢兢业业地留下来拍戏。他能想到什么好玩的地方啊？”

娄语闻言，正附和着其他人的假笑微微一僵，心里微妙地抽痛了一下。

有人拍了拍娄语的肩膀，打趣着：“那不是和我们劳模一样？我之前和她拍戏，连着两年的除夕都是在剧组里度过的。”

娄语的手机振动了一下，她还没来得及看消息，就注意到闻雪时把手机扣在桌面上的动作。

是闻雪时发的？娄语抱着这种预感低头一看，微信里果然收到一条来自他的信息：你这几年都是在组里过的年？

娄语：嗯，组里反而比较清静。

本来到这里话题就该结束了，可对方的状态变成了“显示正在输入中”，娄语便依旧瞄着手机，等了好一会儿，却只等来闻雪时发来一个表情：一个绿色小人的拥抱。这个表情看上去还是那么笨，呆头呆脑的，和他的外表一点都不相符。不过她觉得，真正的他和这个小人非常像，会在她面前露出并不那么游刃有余的样子。

娄语喜欢他在自己面前露出弱点，当然现在已经看不到了，毕竟他的年岁渐长，也不再沉浸在对她的爱里了。

节目录制到晚上十一点全部结束，娄语驱车去了美容院，折腾到凌晨才回到住所。现在的房子是她在三十岁那年买下来的，当作是送给自己的生日礼物，只要回到这个地方，她就能得到全身心的放松。

所有的东西都是娄语亲手布置的，客厅的墙面上挂着她参演的各个电视剧的海报，中央是阿公和阿嬷的照片。每当她觉得自己快承受不住的时候，会坐在沙发上，抬眼就能看到这面照片墙，久久地看上半天。

到家时已经凌晨一点了，娄语直接让栗子留在客房住下来。栗子不是第一次住在娄语这儿，一般都住在一楼的客房。但这几天暖气坏了，还没来得及修，娄语便让她住到了二楼的房间。

二楼共有三个房间：娄语的卧室，还有一间客房，一间书房。两个人在楼梯口互道了晚安便各自进了房间。

栗子睡到半夜迷迷糊糊地去了趟洗手间，回房间时摸索着往床上走，却发现不对，这儿哪里有床啊？她猛地惊醒，打开灯一看，发现自己无意识间推门进了客房对面的书房。

书桌上放着一摞剧本，旁边的陈列架上摆放着一些私人物品。娄语的毕业照，出席电视节的红毯照，还有放在最中央的，一件样式老土却叠得十分齐整的酒红色毛衣。最顶层的自然就是娄语获得最佳女主角的奖杯，只不过奖杯旁边，还搁着一包未开封的舞月花牌子的纸巾，有点奇怪。栗子心想，大概是为了方便擦奖杯落上的灰吧，她赶紧关了灯，退出了这个自己不该进来的房间。

隔天品牌的周年活动，娄语完美地出席在活动现场，状态绝佳，她配合媒体在品牌方搭建的主台前进行各种姿势的摆拍，拍照结束后，她又换了一身轻便的衣服出来接受一些品牌方相关的采访，本来一切都非常顺利，直到人群中有一位记者突然高举起手机，大声地追问："娄语，请问这张照片上的人是你吗？"

娄语不明状况地看向对方高举起的手机屏幕，那显然是一张偷拍照，图像模糊，照出雪夜下在船舷角落相拥的两个人。那个原本不该被任何人知道的拥抱，此时此刻，竟然曝光在媒体的长枪短炮下，人尽皆知。

第十五章
约定

娄语坐在疾驰的车上，脑子里一片混乱。这不是她第一次和绯闻挂上钩，历来都是子虚乌有，只需要派公关及时澄清就行。但和闻雪时相关的事，她问心有愧。至于是谁偷拍的这张照片，娄语在心里过了一遍人选，已经大致锁定了对象：姚子戚和黄茵花。

黄茵花她已经有过接触，她明显不含恶意，那就只剩下姚子戚了。

娄语脸色阴沉地盯着窗外。

周向明来到她的住所时已近傍晚。他不慌不忙地进门，还打包了无法外带的米其林餐厅的菜品，若无其事地把菜往桌上一搁，不提满城风雨的绯闻，而是说："先过来一起吃晚饭吧。我忙到现在，什么东西都还没吃。"

娄语走过去搭了把手，还是没忍不住，先提起来："这次的事情是姚子戚的团队做的，是吗？"

"嗯。"周向明声音冷冷的，"最早发消息的是他们团队的人。先别着急，现在还不知道对方手里还有多少照片。"周向明的这句话意有所指。

娄语坦然地说："不会有了，那个拥抱都只是意外。比较出格的就是那个拥抱而已。"

"那你倒是说说看,为什么你们两个人会在船上拥抱？"他一针见血地提问，"总不能是下雪了，你们觉得冷，所以情不自禁地抱在一起取暖吧？"

娄语一时语塞，不知道该怎么回答。连她自己都不知道那个拥抱到底是怎么发生的。那一晚，她和闻雪时就像是坐在一辆原本平稳行驶的车上，不知道哪个零件出了差错，于是轮胎失控，偏离了轨道。她明知这样是不对的，可还是眼睁睁地看着车子冲了出去，坠落在他的怀抱里。

"你必须诚实地回答我，你和他现在的关系。"周向明的语气十分严肃，"这决定了我们之后的公关方向。"

"你想多了。我们……"娄语的声音低下去，"我们现在连朋友都算不上。"

周向明盯着她，似乎在判断这句话的真假。沉默片刻，他才松口："那事情就简单多了。"说着"先吃吧"的语气比刚才都轻快了不少。只是这顿饭最终没能安安生生地吃完，两个人都一边吃饭一边刷着手机，一则新顶上去的热搜让两个人都胃口全无。

#闻雪时娄语机舱照【爆】#

来源却不是营销号，而是一个路人蹭着下午的热搜发的。

@烧饼没有馒头好吃：哇，这两个人是不是真的在偷偷摸摸地谈恋爱啊！前天我在淮南飞京崎的航班上还遇到他们了！两个人坐在一起啊！虽然都戴了口罩，但气质实在是太好了，真的很配！

周向明坐在她的对面，把手机一摊："这就是你刚才说的不会再有了？"

娄语按住太阳穴："这真的是意外。他来怀南探黄茵花的班，然后正好我们都要录《歌王》，恰巧一班飞机飞过去罢了。"

周向明的手指叩了叩桌子："你和他在怀南还发生过什么？"

娄语没说话。

"娄语，我可不想再从别人哪里知道我原本应该从你嘴里知道的事，你是嫌我的心脏太好吗？"周向明加重了语气逼问道。

娄语硬着头皮，一口气说完："我去过他的房间。"

周向明轻叩桌面的指节顿了一下。

娄语连忙把自己半夜突发急性肠胃炎的那一连串事情都交代了，不过也隐瞒了一些暧昧的部分，半真半假地交代完毕后，说："我只是怕你会担心，所以才没说。不信你去问栗子。还衣服的时候我很小心，确认没人。而且很快就出来了，前后不过五分钟。"

周向明沉默良久，才淡淡地"嗯"了一声："如果真的就只有这些，那后续的事情也还算简单。总之我现在立刻让律师团队发函。"他一边低头发消息，一边说，"还有，我联系了闻雪时的经纪人，对方表示等会儿可以开个网络会议，你也参加。"说完，他便急匆匆地起身，走到花园里打电话。

兵荒马乱过后，这场临时的紧急会议立刻召开，大家准时进入网络会议室。

"人都到齐了吗？"周向明率先开口。

丁文山接口道："向明哥，稍等，雪时马上上线。"

话音刚落，一个系统默认头像的账号姗姗来迟。

丁文山赶紧说："他来了！"又看了一下账号，他又问，"倒是娄语好像还没来吧？"

不等娄语开口，周向明替她回答："她和我在一起。"

丁文山顿了一下，"哦"了一声，说："行，那我们开始吧。"

周向明带头说："鉴于娄语和闻雪时现在根本就不是恋人关系，所以公告我们如实澄清就行。那张机舱照不用太关注，重点是那张拥抱的照片，这就牵扯到他们过去的关系，这一点是必须隐藏的。现在的难点就在这里。"

双方团队就这个问题七嘴八舌地讨论着，周向明却反常地保持着沉默。娄语发现，从头到尾，这个金牌经纪人居然没提出过解决的方案，她疑惑地问周向明："你没什么想说的吗？"

一般在这种情况下，经过大风大浪的周向明都是掌握绝对主控权来解决危机的那个人。

周向明沉思着抬眼，端详了娄语半晌，仿佛下定了某种决心，清了清嗓子："各位，现在已经很晚了。如果你们再拿不出像样的提案，那我只能说我的了。"

丁文山已经说得口干舌燥："什么？"

"推动这两个人合作。"周向明简洁明了，"所有似是而非、接二连三的东西在大家看来不过是一次预热。"

娄语听到这个方案时，心脏像是坐上了弹跳机，剧烈地跳到嗓子眼儿。这是一个她完全没有去设想过的方案。

公关团队分析道："目前看来，这可能是最佳方案了，但这个方案实施难度比较大……"毕竟这不是一个澄清公告的事儿，后续还牵扯了很多事情，两个艺人的意愿如何，以及这个项目是什么。现在都是空中楼阁。所以他们一开始都没有拿出来说。

丁文山那边似乎相当排斥这个方案，道："现阶段我们要找项目可不容易，还容易走漏风声，被人传出去知道我们是现在才找合作项目的话，这个计划根本就行不通。"

"所以，必须是眼下我们可以操盘的项目。"周向明继续说："比如一部网剧。"

对面一愣，立刻笑出声："现在轮到向明哥来开玩笑了吗？"

周向明嗤之以鼻："虽然是部网剧，但本子不错，我和娄语都很喜欢。她一直想要演，本来我是不同意的，但如果闻雪时愿意加入，这个剧就可以拍。"

"话是这么说。"丁文山依旧不同意，"但这还是太离谱了。最起码得是电影吧？你们既然要操盘，就不能改成电影吗？"

"是网剧。"周向明意外地很坚持，"我会去找国外的媒体合作，当然不会真的只把它当成网剧来搞，这个什么都司空见惯的时代，只有意外才会有讨论度。”

丁文山的态度还是异常坚定：“老实跟你们说吧，其实我们……”

他刚出声，就突然被闻雪时打断，他一锤定音：“这些都无所谓，先把剧本发过来吧。这是一切的前提。”

会议结束后，娄语欲言又止地看着周向明。

周向明扫了她一眼，问：“怎么了？我还以为你会很愿意。”

娄语摇了摇头：“我只是……”却不知道该怎么说下去。

“假作真时真亦假，这是我考虑下来对你的最优解。”周向明不置可否地说，“如果你有更好的建议，那不要这个也行。如果没有，那我和你的二人会议也到此结束。”周向明如释重负地往沙发上一倒，“我先眯瞪半个小时，到时间叫我。”

半小时后，周向明已经沉沉睡去，显然是今天的突发状况把他累得够呛。

娄语向周向明的助理确认了他之后没什么重要的事，就干脆没叫他，小心翼翼地抱了床被子来给他盖上，把客厅里的空调打开。安排妥当后，她才放心地回了房间，结果自己却根本睡不着。她睁着眼睛看着天花板，忍不住猜闻雪时会同意吗？

请了两天假，娄语回到组时带了一身流言，自然少不了被人暗中打量。就比如正在拍摄的这部戏的男主角，他是近年来新起来的实力派演员，娄语和他是第一次合作，两个人私下几乎没有交集。这次回来之后，娄语却立刻察受到这个人对自己太过殷勤了。拍摄的间隙，他拿着剧本来到她的房车，嘴上说是想向她请教接下的某场重场戏，实则拐着弯地向她打听闻雪时。

娄语的声音冷下来：“你如果不是问剧本的事，就可以出去了。”

对方立刻噤声，过了半晌才又小心翼翼地说：“娄语姐，我就是想托他问问，陈康导演的项目，我有没有可能上呢？”

陈康，那不是圈内数一数二的著名导演吗？

娄语面露疑惑：“为什么要托闻雪时问？”

“陈导那儿我不太好直接问，但他钦定了闻老师当男主角啊，剧本也是为闻老师量身打造的。这部肯定能冲奖……”对方观察着她若有所思的表情，识趣地说，“娄语姐，真不好意思，打扰你休息了，我先出去了。”

娄语看着对面的沙发，被坐下去的凹陷一点点地弹回来，放空的思绪终于回神。

陈康……这是电影界的著名导演了，娄语之前看过他的采访，记得他说过，圈内很欣赏的演员之一就是闻雪时，希望有机会和他合作。她还以为是客套话，没想到如今机会真的来了。怪不得，开会时丁文山的态度那么强硬，毕竟他们的下一部戏是要冲奖的著名导演的力作，就算是再笨也知道该怎么选。

娄语苦笑着掏出手机给周向明发消息道：想一个新的方案吧，你的提议成不了的。

发完消息，她便开始下一场戏的拍摄，一直没去查看手机。直到这场戏全部完成，她重新打开微信一看，周向明发了个问号。

娄语自嘲地笑了笑：是他不会想和我演。

两个人仿佛有时差，周向明过了很久才回复，直接甩了一张微信截图。

是他和丁文山的聊天记录。

丁文山：雪时答应了。微笑.jpg.

深夜，娄语拍摄结束后回到酒店，点开微信里闻雪时的头像，两个人的微信聊天记录还停留在录制《歌王》的那一天，之后便再也没有任何联络了。她打开落地灯，给他发出一条试探的消息：在吗？

娄语握着手机等了五分钟，消息未回复，索性先去卫生间收拾一下。可一个小时过去了，消息界面依然只有她发送的孤零零的两个字。

娄语猜想，这个人是故意已读不回吗？她想了想，干脆又发了一条。

不好意思，网剧你同意接了，但我没答应要接。

她一动不动地盯着手机屏幕，不出一分钟，闻雪时的消息总算回过来了。

你的经纪人不是这么说的。

果然刚才是故意的。娄语立刻飞快地回复：我还没来得及和他说。

闻雪时：那你和你的经纪人谈好了再来找我。

娄语被他这句话杀得片甲不留。她直接拨了语音电话过去，提示音响了几声后，闻雪时才接起来。

娄语开门见山地说："我听说你要上陈康的电影了，你要是脑子没坏，你就应该接那个。"

闻雪时"嗯"了一声："但是我接戏不看导演是谁，只看剧本。"他淡淡地说，"《往事若无其事》的本子更打动我。"

娄语："可那是陈康！《往事若无其事》的导演和编剧只是一个新人，说实话，我都不知道她最后会导成什么样子。不然我早就接了。”

闻雪时："娄语，你是站在什么立场和我说这番话的？"

这句话忽然让她沉默下来。娄语的喉头一哽，慢慢地回答："我确实没什么立场和你说这番话，但这么些年了，你难道一次都不渴望拿到金寰最佳男主角的奖杯吗？接下这个剧本，才是对你最好的选择。"

"接下这个剧本。"闻雪时耳边传来的,却是九年前她对他说过的类似的话。

彼时，他毅然和经纪人解了约，前路被堵，恰好有位导演正好欣赏闻雪时在《白色吊桥》里表现出的那股有今天没明天的狠劲儿，给他递来了剧本。

那是一个特别伤感的故事，叫《月球》。讲述一个女孩对高不可攀的少年一见钟情，然而时过境迁，少年成长为青年，迫于生计，为了筹集医药费出卖自己的身体和灵魂。

结局是，女孩终于攒了一笔钱，她却没有直接用这笔钱帮助他，而是选择用交易的方式。那是她一生中最接近月亮的时刻，房间内的光暗下去了，她因此看见了月球表面的凹坑。

那个导演把"肮脏的月亮"这个角色抛给了闻雪时。

闻雪时看完剧本后就随手搁在了茶几上，好几天都没有回复对方。娄语便按捺不住看了这个剧本。她熬夜看完后，激动地对他说："你一定要接！这个人物的层次很丰富，是个好角色。"

闻雪时愣住，问她："你仔细看了吗？"

"我还给你划线了呢。"

闻雪时盯着她："数过里面有几场亲密戏吗？"

娄语勉强地笑了一下："没数,这重要吗？"她说给他听,也像是说给自己听，"这是我们作为演员的素养，无所谓的。"

闻雪时沉默着，她看出他的抗拒，但无法坐视不管："你现在没有选择的权利了，别再任性了，听我一次。"

闻雪时和她对视良久，偏过头，说："好，我接。"

拍摄《月球》的过程里，娄语一次也没过问他拍得怎么样，闻雪时也一次没提过片场发生的事。仿佛他们之间根本不存在这件事。

直到电影在国外上线，闻雪时作为主演也收到了导演特意寄来的影碟。他把它放在了影碟架的最下面，以为这样她就不会发现。

那似乎是一个夏日的深夜，闻雪时半夜忽然惊醒，床上没有娄语的身影，他发现娄语在偷偷地看《月球》。三点钟的时候，娄语又回到了房间，她悄悄地爬上床，闻雪时闻到了她身上从未出现过的烟味。

那个夜晚，他的小狗看着他和别人亲热的电影，第一次学会了抽烟，被她不知抖落在哪儿的烟蒂，在他的心头烫出了一块疤。

娄语听着手机对面一直持续的沉默，以为闻雪时在认真思考，但沉默的时间过长，她忍不住催了一句："想好了吗？"

闻雪时"啊"了一声："想什么？"

"当然是我刚才说的事啊。"娄语不禁怀疑他是不是走神了。

"你刚才说的事，对我来说根本就不是选择题。"闻雪时贴着听筒，声音低低的，"因为我已经和陈导说好了，我先来拍这个，他可以等我。"

"我期待和你的共同出演"，这是挂断电话前他说的最后一句话。

敲定《往事若无其事》的项目计划之后，前期的筹备就开始紧锣密鼓地开始了。周向明作为操盘者，亲自担当起了制片人，带着导演一起改剧本。美术最先进组勘景，把剧本确定需要的大景先定下来，一切都有条不紊地往前推动。不过，这些都暂时和娄语无关，她只需要先安下心把目前的电视剧拍完，还差一个月杀青。《往事若无其事》的本子改成什么样她都没再看一眼，那样会分神。直到临近杀青前两天，她才和周向明要了新的剧本来看，剧本还没完全改完，但大致框架已经搭好了。

原本是小成本的网剧，现在因为闻雪时和娄语两大主演加盟，势必需要扩充内容，只是这么一调整，相比国内普遍的网剧集数明显吃亏很多，却很符合国外流媒市场的发行。

娄语一看到这个体量，就知道周向明是瞄准了国外市场。

她静下心来重新看整个故事：中心依然是男女主人公这条线。扩充的内容主要在将各自分手之后的时间线梳理得更完整了，女人找了一个比她小很多的老公，完完全全是男人的反面。而男人也找了一个比他小很多的女朋友，和她没有半点相像的地方，是他们都以为绝对不会再爱对方那种类型的人了，各自的人生也没什么交集。

直到那晚蒙面派对的十二点，男人的灵魂突然变成了他们相爱时的样子。男人在这里只认得她，也只爱她。可女人说你自己想办法吧。她明明已经走出了派对现场，最后站在街头给她的老公发消息，说："派对会进行到很晚，今天晚上就不用等我了”。她调转方向，咬了咬牙重新来到男人面前，对他说，“我会帮你想想有什么办法可以回去，但是我只能帮你这一个晚上，到了天亮，我就会回家”。

两个人的故事便在这一夜展开，回忆与现实轮番交织，但他们也只拥有这一夜，像逃犯清楚天一亮警察就会赶到，这一晚是他们的情感最后无用的逃亡。

看完剧本后，娄语给周向明发消息问：这部戏的男二号和女二号定谁了？

周向明：还没定，这几天我先筛一批简历，有合适的话，过几天直接让他们来公司试镜。正好你杀青，可以过来一起看看，这都随你。

娄语立刻回复道：我来。正好见一下导演。

三天后，方船国际中心三十层是《往事若无其事》剧组的筹备中心，角色的试演已经从一周前就开始了，今天是最后一天。

原本冷清的通道此时站满了年轻演员，房间内正在面试，大家都在外面等待。

突然，电梯发出“叮”的一声，又有人从里面出来了。离电梯最近的演员立刻偏过头去看，心想：怎么最后一天来面试的人还这么多……难道大家都打听到了这是闻雪时和娄语的新戏？她在心里嘀咕着时，从电梯里出来的女人已经从她的面前过去，只留下一个背影、一阵香气，她打扮得非常随便，戴着渔夫帽和口罩，气质却压过这里的所有人。

小演员的心中立刻有了猜想，刚才从她的面前走过去的人是娄语！

娄语拉开了房间的门，里面的面试正进行到一半，她做了个抱歉的手势，悄摸地在周向明身边坐下。

周向明旁边坐着的就是自编自导这部剧的导演章闵。娄语对她早就有所耳闻，只是行程繁忙，一直没机会见面。她对他们敲定哪位演员没太大的兴趣，完全就是冲着导演来的，也想趁这个机会观察她挑选演员的能力怎么样。

章闵此时感觉到她的目光显得非常拘谨，立刻冲着她点了点头。

娄语朝她笑了笑。

周向明笑着说：“你戴着口罩，别人怎么看得见你笑。”

娄语不好意思地说：“啊，抱歉我忘了。”

房间里正在面试的一组男女结束了表演，这次的面试选了某场男二号、女二号的对手戏进行表演，让面试者自行组队。结果下一组进来的却只有一个青年，他自我介绍道：“各位老师好，我是面试霍言一角的夏乐游。今年二十四岁，身高一米八三，射手座。”

周向明看了看履历表，抬头问他：“你的搭档呢？”

娄语跟着看过去。这个青年的气质蛮独特的，给人一种人如其名的感觉，像置身在一座只在夏天营业的游乐园，身上充满了没心没肺的欢快气息。

夏乐游向众人欠了欠身，懊恼地抓了抓头，说：“我来迟了，没凑上人，本来想着一个人表演也无所谓，但我现在好像找到新的搭档了。”他的视线一偏，落在娄语身上，显得非常可怜地说，“姐姐，你愿意援助一下落单的小羊羔吗？”

娄语被对方点名请求，不慌不忙地说：“你自己来迟了，这对其他人不公平。”

“我不是故意的。”夏乐游撩起运动裤的裤腿，从膝盖头蔓延到小腿上有一道随便用碘酒抹了抹的新鲜伤口，“我过来的时候有个老人闯红灯，我紧急刹车，从摩托上摔下来，只好临时去买了条裤子。”

章闵有些无语，问：“难道不应该先去医院吗？”

夏乐游甩了一下头：“买裤子比较重要。不然会吓到你们啊。”

周向明一直没说话，只是对娄语说：“选择权在你。”

娄语沉吟着，青年的目光聚焦在她的身上，还悄悄地做出了祈祷的手势，看得她有点想笑：“行吧，不能让你的血白流。”她推开椅子起身，如果夏乐游说的是实话，那确实应该给他一个机会。

“谢谢姐姐。”夏乐游笑起来，语气雀跃得仿佛已经被内定了。

剧本的另一条感情副线是男二号和女二号，这两个人在和男主和女主相遇之前其实也有过一段。这次的试戏片段是两个人处在暧昧的过程，在此之前，两个人只是在酒吧偶遇，然后第二天决定分别时，他开着车追上她，问她要不要和自己走。

道具准备两个椅子代替车的驾驶座和副驾，夏乐游坐下去，抬手装作开车的样子。

一般人做这个动作会显得有些傻气，可夏乐游加了一些细节，顿时显得生动很多。其中一只胳膊搭在虚空处，假装搭着的是摇下来的车窗，另一只手握着虚无的方向盘，指尖不是完全握住的，中指和食指之间有翘起来的空隙。

娄语瞥了一眼，明白他那里此刻应该夹了一支燃着的烟。她接住了这个细节，抬手挥散从车窗里朝她散过来的烟味，一副撇清关系的样子。她声音冷冷地说：“你跟着我干什么？”

夏乐游探过头来，打趣道：“喂，这么快就翻脸不认人了？”

他做了个吸烟的动作，就在娄语猜测他接下来是不是要向她恶俗地吐烟雾借此撩拨之时，他却做了一个摁开广播的动作，然后说了句剧本上没有的台词："你听。"

戏里戏外的娄语都不解地问："听什么？"

"这首歌的名字叫《你愿意和我走吗》。"夏乐游把原剧本中的这句台词，化用成了一首歌，更改了剧情。

章闵的眼前一亮，忍不住打断他们："这个细节改得很妙。"

周向明跟着点了点头："差不多了，就到这里吧。"

夏乐游站起身，又歪歪斜斜地朝前欠身鞠躬："两位也辛苦了。"他转过身对向娄语，"尤其是这位姐姐，特别感谢。"他明知道她是谁，却好像装作不认识似的坚持叫她姐姐。

娄语摆了摆手，回应他的是"麻烦叫下一个进来"，便头也不回地坐回自己的位置。

晚上这一轮的面试结束，娄语终于放松下来，靠在椅背上。坐了一天飞机，又在这儿坐了一晚，脖子和脊背都有些受不了，

周向明伸手过来按住她的后颈，力道很精准地揉了几下："我跟你说了，今天不过来也可以。"

娄语连忙摇头："那不行，我今天可是特意来逮导演的。"她看向章闵，"走吧！导演，一起去吃个饭？我请客，你和周生最近改剧本辛苦了。"

章闵笑了笑："能请到你来主演，我怎么改都不为过。"

三个人一起转到公司旁边的居酒屋，趁上菜的间隙，娄语试探地问章闵："这一轮面试都结束了，章导有看中的人吗？"

章闵毫不犹豫地说："我对夏乐游的印象蛮深的。他和你搭戏时也完全没有怯场，最主要的是，我很欣赏他改动的那个细节，虽然只给了他一场戏，但他已经把这个人物吃准了，甚至比我自己想象得更准确。"

娄语点了点头："是个有天赋的小朋友，对情绪的把握比较细腻。"

周向明不置可否，接着问："女二号呢？导演有没有中意的？"

章闵叹着气："本来勉强觉得有一个还可以，但是看了娄语的表演，我觉得还是算了吧。"

周向明淡淡地说："要是按娄语的标准去挑，那就挑不出来了，再继续找新人来面试吧。"

章闵松了口气："辛苦周老师了。"

清酒端上来，章闵主动给娄语斟酒，语气很诚恳："我听说很早的时候，我的剧本是误递到你那边去的。但是，是你把它留下来，才让这个项目有了成型的可能。"她端起自己的酒敬娄语，"一直很想当面亲自向你道谢。"

娄语被她的阵势吓了一跳，连忙说："不用，章导，是你的才华让你争取到这个机会的。我当时看到你的剧本时，就说我一定要见这个人一面。"

章闵一口气喝光了杯里的酒，笑着说："很多年前，我的梦想就是能够自编自导一部电影，上大学的时候，还写过本子投创投，拿了个入围奖。我男朋友就和我说，你是有才华，可你的才华就这么点。人不能怀揣着那一点点的才华过日子……"她的酒喝光了，娄语悄悄地给她倒上，没有打断她，"后来，他成了我的丈夫，可我也没再做过梦了。"

娄语一愣："那你现在……"

"我们已经离婚了。很可笑吧，离开他之后，我反而敢继续做梦了，才会有今天。但我也不后悔和他结过婚，不然我也写不出《往事若无其事》。"章闵又补充道，"不过请放心，这几年我并不是真的放弃，一直都在努力学习，我绝不会辜负你们给我的机会。"

娄语也感慨说："我相信章导。"

梦想都是千篇一律的，可排队站在梦想前的人，各有各的困窘和失意。娄语看着章闵感激的神色，脑海里浮现出来的却是另一张似曾相识的脸，感激地对自己说没关系的，我能有这个角色就已经知足了，是当时在剧组里的那个小姑娘。

娄语想到她，内心突然有了点愧疚。她当时什么都没能为对方做，但现在说不定能拉她一把。打定主意，娄语提起话头："关于女二号的人选……我刚刚想起来一个人，是我刚杀青的那部戏里的，叫冯慈。我看过她的表演，还不错，可以让人找她过来试试。"

"那就让她来试试吧。"周向明看了一眼日历，"尽快敲定演员，就能早点开始围读。"

提供了冯慈的联系方式后，娄语便没再插手选角的过程。她还有广告和杂志的拍摄计划，等这些全部完成之后，选角也结束了。

剧本围读定在三天后，配合着闻雪时的时间。他最近被拉去补拍上部电影的镜头，直到那天才能下戏，日程也是非常紧张。因此，这是娄语和他隔了几个月的再次见面。

出门前，娄语打开衣柜在镜子前挑了很久，最后又把精心搭配的衣服脱了，换上简单的T恤和牛仔裤出了门。

围读的地点依旧是在方船国际中心，从早上九点开始。娄语依然是提前半小时到达，可是已经有演员比她先到了。看清楚这个人是谁后，娄语发自内心地朝她笑着打了个招呼："真巧，又要合作了。"

冯慈正在看剧本，闻言抬起头，面带惊喜地说："娄语姐！"她小心翼翼地问，"我可以这么叫你吗？"

"当然了。"娄语笑道。

冯慈斟酌着，受宠若惊地开口："我听导演说，是你想起我，让我来试试的，谢谢！"

娄语不以为意地说："不用谢我，我可没在背后暗箱操作，只是给了你一个机会，机会都是均等的。"

冯慈紧张地握紧拳头："我一定会好好演的。"

"姐姐——"突然有一个陌生的男声在背后叫她，娄语不用回头，光听这个让人鸡皮疙瘩掉一地的称呼，就知道是那个和她搭过戏的青年。

看来男二号定的就是他了。

夏乐游走近她们，挑眉看向冯慈："你就是乔茉的饰演者吧？我是霍言的饰演者夏乐游，游乐园的那个乐游。"

冯慈连忙说："你好，我叫冯慈。多多指教。"

"好啊，那我们先加个联系方式。"夏乐游掏出手机调出微信二维码界面，接着摊到娄语跟前，"姐姐也顺便加下我吧？"

非常正常的请求。娄语加上夏乐游，也一并把冯慈加上了。

她走回座位，一边低头给刚加的两个人添加备注。

点开冯慈的主页要修改备注时，娄语的手顿住了，视线扫到她的个性签名上。

我永远会为你加油。

这是《浪潮》里的台词。

娄语恰巧记得，因为这部电影闻雪时参演过。在很多年前，他不是主角，这句台词是他的。这部电影在他的作品中非常没有存在感，很难想象时至今日，会有人专门把台词记下来作为自己的签名。

娄语划过这个页面，继续添加备注。她低着头打字，会议室的门被推开，陆陆续续有人进来。闻雪时是最后一个到的，他迟到了十分钟，迎着众人的目光目不斜视地走进来，对着坐在主桌的导演点了下头，面露愧疚之色：“抱歉！导演，飞机晚点。”

闻雪时的位置就安排在娄语旁边。

娄语不动声色地吸了口气，眼角的余光注视着闻雪时走过来落座。章闵刚要说开始，又被人敲门打断了，是闻雪时的小助理，他抱着一个大箱子走进来。

闻雪时解释道：“也许有的人没吃早餐，就给大家都买了份早餐，当作是我迟到的补偿。”

众人纷纷道谢，小助理放下箱子，从里头取出食物。他笑脸相迎，一个个分发过去，也发到了娄语的手中，尽管她说着“不需要”。

娄语想把纸袋放到一边，但碍于闻雪时就坐在邻座，这么做显得太不领情了，便意思着打开来看了一眼。

这一眼，却让她的呼吸微微停滞。

纸袋里，躺着一杯热乎乎的咖啡，还有，一只久违的双吉汉堡。

第十六章

暗涌

双吉汉堡对他们意味着什么，娄语不会不知道，他也是。

娄语无法单纯地把这个归因为一个单纯的巧合，刚好在他们一起围读剧本的第一天，他买来了一只双吉汉堡。那么多可以选择的汉堡，闻雪时偏偏买了她曾经说过的，如果有一天他们共同出演了，一定要再来吃一次的双吉汉堡。

这是一个无关风月的约定，闻雪时还记着。

娄语忍不住侧过脸去看他。闻雪时正在翻阅剧本，一手捏着汉堡，很平常地吃着。一个晃眼，娄语仿佛觉得坐在她身边的是二十几岁的闻雪时，头发更短，蓬松得像是一只刺猬，穿着单薄的T恤，握着一杯可乐，坐在阿维伲翁的深夜的麦当劳里——她身边的位置，透过橱窗看着她笑。

娄语仓促地收回视线，咬了一口汉堡，旋即放进袋子。

围读会正式开始，主要围绕着重点段落顺台词，如果觉得有不舒服或者是不通顺的地方就提出来。这个部分很容易让两个主演吵起来，毕竟牵一发而动全身，难免会顾此失彼。

章闵非常害怕发生这种情况，虽然他们之间接触不多，但她能肯定他们都不是只关心自己的角色而不顾故事全局的人。娄语从开头就支持她的剧本，闻雪时也曾特意飞过来找她，在剧本还没修改前就提了很多中肯的意见，很多甚至是损伤他这个人物形象的。但是，凡事都不能太绝对，她也不敢保证。因此，这场看似平淡的剧本围读会，章闵从开头就一直绷着神经。

时间慢慢地过去，推进得还算顺利。然而，她担心的事果然还是发生了。

先卡住的是娄语，本来应该到她读了，她却突然沉默下来，然后摇了摇头说："我还是觉得这里秦晓霜不会这么反应。"这部分，她昨晚提前看剧本时就在台词下面画了道线，"秦晓霜知道翁煜的身体里装着过去的他时，第一反应会是什么？我想了很久，秦晓霜绝对不会掏出手机对着他录视频。"

章闵打起十二分精神应对道："秦晓霜和翁煜已经是一对分开很久的怨侣

了，所以当最初的翁煜来到她面前，那不是别人，那可是八年前的翁煜，全心全意、满心满眼爱着秦晓霜的翁煜。我们是拿着剧本的“上帝”，在那一刻知道他整个旅程都会在，可剧本里的秦晓霜不知道，也许下一秒钟就再也看不见了。所以她觉得要抓住他来过的痕迹。”

娄语沉吟着，然后缓慢地阐述自己的想法：“可是我觉得，秦晓霜会看着他，什么都不做。”

章闵皱眉：“为什么？”

娄语解释道：“站在八年前全心全意的翁煜面前的是现在已经面目全非的秦晓霜。她承受不住那样的眼神的。被八年前的爱人注视的第一眼，她没有力气做任何事。”

“那之后我们的台词都得跟着改了。”闻雪时出声，插入到她们的对话中。

章闵的心头一紧，心想，来了，来了，博弈要开始了。

娄语强硬地说：“本来就需要改。秦晓霜见到过去的他，第一句话是‘比个V’，我觉得不准确。”

闻雪时不置可否地看着她：“那你见到过去的我，你要说什么？”

章闵心道，这个提问好高级，居然已经不动声色地代入角色入戏了。

娄语同他对视良久：“我不知道。”她扭头冲着章闵说，“这段戏是重头戏，非常关键，还是让导演好好斟酌一下吧。”又把问题抛回给章闵，这让章闵松了口气。

针对今天提到的问题，章闵回去后又重新修改了一遍，最后就剩下那处最开始娄语提出的疑问。章闵想了想，还是给娄语打了一个电话：“休息了吗？”

“没呢，导演，有什么事吗？”娄语刚洗完澡，走到客厅坐下。

“是这样的，就是你说的秦晓霜在知道自己见到过去的翁煜，第一句话会说什么，我还是想听听你的意见。”章闵问道。

电话那头安静了一会儿，娄语说：“假设我是秦晓霜，我见到了曾经的爱人之后……那个时候还那么爱我的人，我大概会说……”她停顿了一下，“说什么呢，我脑子里有很多答案，但觉得哪个都差不多，不是最好的，还是不说出来影响你的思路了。”

章闵“唔”了一声：“没事。其实这部分我当初写的时候就卡了很久，作为章闵本人呢，如果我的前夫穿越回来，出现在我的面前，我个人送给他的第一句话，一定是‘你给我滚远一点’。”

娄语哈哈大笑："若是秦晓霜的话，肯定不会这么说。她性格是比较收敛的，而且她对翁煜的感情里还有爱，还没转化成恨呢。只是被消磨了，却还没消磨干净。"

章闵一愣。

两个人接着又探讨了一会儿剧本才挂断电话。娄语被这通电话聊得静不下心，随手点开微博随意地刷着，想借此来调整自己的状态。

直到娄语看见一个人发了一条仅粉丝可见的微博：**@春日漱石：我已经忍很久了，网上说的是真的，他要去拍网剧。而且是放弃了陈康导演的电影，去演网剧！我不能接受！**

底下的回复蜂拥而至。

娄语的注意力，完全被"放弃"那个词所占据。闻雪时说的不是陈康愿意等他吗？到底是这个粉丝的消息出了错，还是他骗了她……

次日，围读会依旧准时进行。

章闵几乎一夜未睡，通宵改了剧本，眼底一片乌青，但精神头依旧很足。她一来就给大家解释改动的几处细节，尤其是娄语提出的那一处。

"我想了想，认同你的说法，把给他拍照片的细节改了，你就看着他，然后让翁煜开口先说。我们来对一下这部分吧。"

两个人点头，闻雪时看着新改的台词，先开口了："怎么发呆？是不是被八年前的我再次帅到了？"

娄语按照剧本的提示，含糊地"嗯"了一声："是啊！好年轻。"

"挺好，就当体验一次姐弟恋吧，我还没试过呢。"他说到这里顿了一下，看向章闵沉吟道，"这里要不要再加一句？"

"你想加什么？"

闻雪时似笑非笑地说："比如，他故意使坏地叫秦晓霜一句姐姐。"

娄语心想：大可不必。但是章闵点了点头："也行。"

这场戏对完，章闵问道："你们觉得这样改舒服吗？"

娄语点了点头："我没意见了。当然，我觉得如果不加那句姐姐更好……"

闻雪时耸了耸肩："我觉得可以加，如果导演觉得不合适，后面再剪掉也方便。"

章闵赞同道："行，那我们接着顺其他戏吧。"

接下来，娄语异常沉默，没有提出其他意见，某些思绪就像一片云，飘飘匆匆地过来把眼前的剧本挡住，让她走了神。

一直挨到围读会结束，娄语叫住闻雪时，礼貌又光明正大地问："闻老师，方便加个小班吗？我有一场戏还想再和你对一下。"

闻雪时听后，已经起身的动作慢下来，又坐回原位："方便。"

其他人三三两两地收拾东西离开，在内心感叹这两位演员能有目前的地位是有原因的。然而，娄语把他留下来，根本不是为了讨论剧本，待人一走光，会议室的门被最后离开的人阖上，娄语才看向闻雪时，一直藏在内心深处的问题脱口而出："你是不是骗了我？"

闻雪时装模作样的表情却还维持着，平静地问："我骗你什么了？"

"别装了，你心里清楚。"娄语深吸一口气，"陈康根本就不会等你，对不对？"

闻雪时皱起眉头："你听谁说的？"

他的这个反应，让娄语确认了事实真相。

娄语笃定地说："他换人了。"

闻雪时沉默着，干脆也不装了，坦然地说："陈康知道我是为了演这部剧推的他，他非常生气，所以谈崩了。你不要有压力。"

娄语皱起眉头："你真是脑子拎不清。就算你拎不清，你的团队呢？我劝你如果自己想不明白，趁早把团队换了吧。换一个能让你别这么独断专行的。"

闻雪时面无表情地说："是吗？换一个像周向明这样不分边界，任何事都干涉艺人的？"他眯起眼睛，话锋一转，"为什么要这么生气？"他深深地看着她，"如果我当时和你说了实话，你真的会不接吗？"

娄语转过头，停顿片刻，说："对，我不会。"说出口的声音因为诚实而显得干涩。

闻雪时抬了下眉头，在等待她回答时一直紧绷的唇线松动了。

娄语继续说："事到如今，你会这么想，我并不奇怪，也的确没错。我重视自己的事业，但不代表我就自私到让你用你可以拿到的奖项来给我铺路。"说完之后，她突然觉得很后悔，立刻抬手把剧本装到了包里，起身往门口走。

身后的人还坐在原位，忽然起身追上去。三两步把她的去路堵住，手撑住门框，低头看她。

"拿不拿奖的，那都是未来的事，未来可以改变，但过去不能。"闻雪时的声音低下去，"过去我接了不想接的戏，我一直没说，其实我很后悔。"

娄语僵直着站在原地。其实他的防守很脆弱，她随便拨开他的手，就可以离开这个房间。可闻雪时的话是最厉害的封印。

“这么多年过去了，既然好不容易熬到了可以凭兴趣选择剧本的时候，难道还要和当年一样吗？我就任性一下，可以吗？”闻雪时柔情似水地问她。

可以吗？仿佛他依然是她的所有物，她依然是他的主宰。

娄语垂在地板上的视线缓慢上移，落在他的颈口处那颗小痣的位置。她又往上，对上他的眼睛，抿紧嘴唇，暗自叹息道：“你不后悔就好。”

围读会又顺利地进行了两天才结束，最后一天，周向明终于现身了。他原本应该在第一天就到场的，却不知因为何故而缺席。直到今天，他带来了一个消息，让娄语才明白他这些天到底忙活什么去了。

“《往事若无其事》我谈到了 Peaco 的合作。他们也会投资这部剧。”周向明当着他们的面直接宣布了这个重磅消息。

所有人都没想到，Peaco 可以说是如今最有影响力的国外主流媒体了，只是由于各种原因还没有进军国内市场，这两年，似乎隐隐表露出想要进军国内市场的苗头，很多家影视公司也都在和他们接触，但都谈不拢。毕竟第一部亮相的作品非常关键，因此，Peaco 在第一部跨国作品的选择上非常谨慎。

如果是他们这部作品，Peaco 会定下来也不奇怪。毕竟主演是两位当下国内市场最有号召力的演员，加上有故事性的剧本，靠着周向明背后的游说，这绝对是个不令人感到意外的成果。

周向明这出剑走偏锋的策略，一下子把格局打开了。尽管这只是一部网剧，却是面向全世界同步播出的网剧，他们成了国内第一个吃螃蟹的人。

章闵听到这个消息都蒙了。她曾经惋惜过第一部作品无法拍成电影，但能搭上娄语和闻雪时这两位著名演员已经是天上掉馅饼，已经没什么可求的了。这下子，又砸过来一个史无前例的 Peaco……

周向明倒是神色如常，拍了拍手道：“我还有合同要和他们审，剧本就不盯着了，大家加油。”因为他要忙着其他事情，原本应该盯着的定妆照拍摄也没有来。

当天上午，娄语还有份杂志拍摄，章闵就将其他人的顺序往前挪，将她排到最后。尽管如此，时间还是非常紧张。娄语这边拍摄刚刚结束，脸上的妆都来不及卸，急匆匆地驱车赶到摄影棚。到达时，正在拍定妆照的人是排在她前面的闻雪时。他正在定回忆杀里的年轻时的那套造型，一身清爽地从化妆间出来，和娄语打了个照面。

娄语的脚步在看到闻雪时的第一眼就停住。造型师把他头上的发胶都洗干净了，头发软软地贴着额头，脸上没有多余的修饰，除了眉毛。原本很齐整的眉形，为了有青年的粗糙感，特意画出了那种横七竖八的没有打理过的野生眉。猛地看上去，完全就是二十几岁的闻雪时。

反观自己，虽然穿着刚从杂志的摄影棚里换下的运动套装，但精心打理的编发，现在被直接拎去时装展走一圈也不会奇怪的妆容，处处都彰显着她现在的身份，一个可以随便登上金九银十封面刊的大牌女星，一个和二十几岁天壤之别的自己。

和这样的他照面，带来了一种现实里的错位感，仿佛八年前的闻雪时像剧本里那样，也穿越到了三十二岁的娄语面前，这个瞬间，她想起章闵在电话里问她的那个问题。

“如果你见到八年前的他，会想说什么？”

作为秦晓霜，她可能会有很多种选择，考虑节奏，考虑情节，考虑人物，考虑的东西太多太多，故而她无法给出一个特别满意的答案。但作为娄语，她不用考虑任何，答案是唯一的，很纯粹。她的答案是：“我很想你。”

娄语眨了一下眼睛，迟缓地说：“这个扮相很适合闻老师，毫无违和感。”

闻雪时没说话，凝视着她，用一种她无法承受的眼神。

“小娄——”闻雪时忽然开口这么叫她，毫无防备。

娄语的心脏猛地一缩，隔了五年，她听到这个曾经熟稔现在又觉得陌生的称呼。

闻雪时笑了起来：“刚刚那个瞬间，有没有觉得是以前的我穿越到你的面前了？”他的语气十分轻松，“定妆的第一天，营造一下氛围。”

娄语沉默片刻，干笑出声：“这么快就入戏了？”

“你说你不知道，如果曾经的我出现在你的面前，你会说什么。”闻雪时的话锋一转，“那刚才那一瞬间，你脑子里想的是什么？”

娄语听到他的问题，再次陷入沉默。

因为她原本以为自己的答案会是“我很想你”，可真的出现了这个似是而非的瞬间，她的脑海里……只有一片空白。她垂下眼睛，道：“这个实验并不好玩。”说完，便越过他匆匆离开。

闻雪时没动，注视着她一直走到拐角，才转过身。

而娄语走到拐角处突然停住，也转过身，目送着那个年轻的背影往前走，转了个弯，彻底进了摄影棚消失不见。就好像刚才真的是年轻的他悄悄来过了，又回到岁月里去了。

因为场地的关系，定妆用的化妆间就只有一间，所有艺人共用。但其他人都已经定妆完成后离开了。除了正在拍摄的闻雪时，就只有她，所以就和单独的化妆间没什么区别。

栗子受她所托，去给剧组的众人买慰问的咖啡。娄语进入化妆间后就把外套一脱，在等造型师去卫生间的空隙往沙发上一躺，打算眯几分钟。

闭上眼睛，可能一分钟都没到，就听到了房间的门被打开的声音。娄语对着进来的化妆师道："请再给我五分钟，到时间了直接叫我就行。"

对方没吭声，非常识趣地不再打扰她了。

娄语把外套往自己的脸上一盖，争分夺秒地抓紧时间小憩。虽然等会儿化妆时也能稍微休息，但娄语并不能在别人在自己的脸上操作时保持放松，神经一直是绷着的。她在沙发上短暂地躺了片刻，估摸着已经过了五分钟，但化妆师还是没出声，大概是不清楚到底该不该叫她。她直接掀开衣服准备起来。然而，她刚拉开外套，睁开眼睛对上一张正在观察自己的脸。

娄语吓得瞳孔一缩，立刻从沙发上弹起来："夏乐游？！"

被叫到名字的青年蹲在沙发边，仰起脸挠着头道："我吓到你了吗？"

娄语定了下神，环视了一下化妆间，根本没有造型师的影子："刚刚进来的人是你？"

夏乐游点了点头："我看你睡得很香，就没吵你。"

"你没定完妆吗？"

"定完了。但今天我也没有别的通告，干脆留下来看看。"

娄语尴尬地点头："这样啊……"

夏乐游突然又话锋一转："不过，也不是完全因为闲着才留下来的。"

"啊？"

夏乐游说："其实我是在等你。"

娄语皱起眉头问："有什么事情吗？"

"有！"夏乐游理直气壮地站起身。

青年舒展开的身体像是一只北极兔，刚才还缩在那里人畜无害地盯着她，突然间站起来，两条腿显得格外长，肩背也宽阔，直接将她笼罩在他投下的阴影里。他刚才背在身后的手也露了出来，拎着一个塑料袋。

"我是来谢谢姐姐的。"夏乐游一本正经地说，"我能得到这个角色，和你帮我试戏是分不开的。我觉得，必须找个机会好好地谢谢你，这是给你的谢礼。"说完，他把袋子往桌上一丢，就推开化妆间的门跑了，速度和北极兔不相上下。

娄语有点没反应过来。她看向桌上的袋子。怎么说呢？就像是从菜市场买菜的袋子里薅过来的，显得非常随意。她打开袋子，里面放着的礼物也非常朴实，是一罐润喉糖。瓶身上贴着便笺，年轻人龙飞凤舞的笔迹写着几句话。

To 姐姐：

这几天辛苦了！注意保护嗓子。

PS：你念台词的时候很有魅力，真的好像变成了另外一个人。下次可以教我怎么更好地处理台词吗？

娄语刚读完便笺上的内容，有人敲门，这次化妆师总算是来了。她在门口问："娄老师，您现在可以造型了吗？"

娄语随手把润喉糖搁在化妆台上，在椅子上坐下来："可以了，来吧！"

她也有好几个造型，最先确定的是现在时间线上的几个造型，这个妆比年轻时的妆耗时要长，正好她化完妆，闻雪时那边也拍完了。

闻雪时来化妆间卸妆，她正好出来。两个人在门口又狭路相逢，这回就互相点了下头算打了招呼。

走出一段距离，娄语的脚步突然顿了一下，那瓶贴着便笺的润喉糖还放在化妆台上。

娄语想转头回去把东西收起来，但也只是这么一想，依然往摄影棚走去。就算被看见了也没什么，只是一个后辈送给她的礼物而已。不过，便笺上的最后一句读起来有点撩拨的意思，让前任看见多少会有点别扭。但她突然又有了一丝很微妙的期待，希望他能看见，因为这没什么值得害臊的，反而是她具有魅力的一种佐证。

娄语拍完几套衣服后要换下一套造型，她快步走向化妆间，急于去确认那罐润喉糖。然而，它依然安安静静地摆在化妆台上，没有丝毫被挪动的痕迹。看来没人注意过它。

闻雪时已经离开了，娄语环视着空荡荡的房间，还是松了口气，比起彰显自己的魅力，不希望被他看见的想法还是更占上风。很奇怪，虽然他们已经没有关系了，但闻雪时就是有一种能让她觉得心虚的本领。既然闻雪时已经走了，她也就没有了特意去收喉糖的心情，任由它摆在原处，坐下来继续改妆、换衣服。

下套要换的衣服穿上后却显得有点大了，需要紧急拿去修改。娄语把衣服脱下来拿给造型师，里面配套的内搭就偷懒不脱了。又鉴于刚才夏乐游突然出现过，害怕又有人突然进来，这件内搭还是挺暴露的，于是，她便待在试衣间的帘子后面玩手机。

栗子在三分钟前给她发了条微信，报备已经按她的吩咐买完咖啡了，正人手一杯分发给摄影棚的工作人员。

不过今天好像有点买多了……闻老师的助理刚刚也买了几袋咖啡送过来。

娄语看着这条消息一愣：闻雪时他们还没走吗？

又拎着咖啡回来了，闻老师刚才还亲自给摄影师送了杯咖啡呢，不过现在不在摄影棚里了，可能回车上要走了吧？

娄语还在和栗子发着消息，就听到了开门声。没有敲门，是直接进来的。这下子，她不必再问闻雪时到底走没走，进来的人肯定就是他。

帘子外的人没出声，她便也沉默下来，假装自己不在。结果手机没有设置静音，“叮”的一声，微信的提示消息暴露了她的位置。

栗子在微信里还在同她通风报信：刚刚闻老师的助理和我说，闻老师去找您了，去给您送咖啡！

“你在换衣服？”与此同时，帘外闻雪时的声音响起来。

娄语尴尬地“嗯”了一声：“衣服的尺寸不合适，需要改，我在这里等。你怎么又回来了？”

闻雪时说：“给你们送咖啡，感觉会拍到很晚。”说着，他晃了晃手中的袋子，“我帮你拿了两杯，热的和冰的。看你要哪一种。”

“谢谢，闻老师太贴心了。我现在不方便拿，麻烦放到化妆台上就好了。”她刚说完，突然意识到放在那个台子上的润喉糖，顿时头皮一紧。

“等一下。”娄语慌忙出声，把帘子拉开一条缝隙，探出头，“还是现在拿给我吧……”她的身体掩在帘子后面，伸出手，示意他递过来。

闻雪时的眼神往化妆台上轻轻扫了一眼，转身走向她。隔着帘子，他站到她的面前；“要哪杯？还是都要？”

娄语胡乱选了一个：“冰的。”

闻雪时依言拿出冰咖啡，放到她的手里：“虽然不能润喉，但能提神。”

娄语握住杯身的手颤抖了一下。没有杯套，冰块的寒意让人打了个激灵，她装傻：“什么？”

“看见了化妆台上的润喉糖。”闻雪时笑笑，“夏乐游送的？”

“啊？是啊。之前算是帮了他一个小忙。”娄语答道。

现在这个氛围实在是太微妙了……刚才他们还老师来老师去的，生疏地为一杯咖啡你来我往地道谢。现在却像是情人般地被质问，她连衣服都没穿好，全靠帘子挡着。

闻雪时忽然说："关于之前对的那句台词，你不喜欢多加的那句，姐姐，为什么？"

"你现在和我聊台词？"娄语不解道。

"突然想起来。"闻雪时沉吟道，"是不是我叫你姐姐，你感觉有点太恶心了？毕竟不像年轻人那么自然。"

娄语愣住，他肯定是看见那张便笺了，在这儿揶揄她呢："你是你，角色是角色，我只是单纯地觉得，加与不加区别并不大，干脆不加。"她扬了扬下巴，"我说明白了，现在没别的事了吧？"

"没了。"然而，闻雪时的手指忽然冷不丁地越过帘子，"怎么总是马马虎虎的……"说着，挑了下她不经意间滑落的肩带。他的指尖残留着刚才递过咖啡时沾的水汽，冰得她打了个激灵。

娄语另一只抓住帘子的手不由得收紧，恼怒道："这就不用闻老师帮忙了。"

闻雪时抱歉地笑了笑："我只是看你的两只手都没空。"说完，若无其事地转身推门离开了。

造型定完，景也搭完，前期的准备工作都已经到位，就等良辰吉日开机。

正式开机前，大家先提前进组试拍。这次拍摄大致分为两个场地，一个是国内的戏份，主要拍摄翁煜和秦晓霜从前谈恋爱时的回忆，以及两个人分开之后各自的情感线，之后会飞到国外某个海岛拍摄外景，主要是拍摄他们从派对相遇后一起离开，最后在一起度过的那段时光。

国内的部分，在京崎找摄影棚搭了景，省去了飞往外地的麻烦。但摄影棚的位置很偏，方便起见，娄语还是住进了剧组提供的酒店，和在外地拍戏时没有区别。她不确定闻雪时是不是也选择住在剧组，说起来，她甚至不知道他从老房子搬出去后住在哪里。她对闻雪时现在的生活一无所知，对他这些年的私人情感经历更是完全不了解。

不是不好奇，只是没有一个可以正大光明地向他打探的机会，便干脆不问。还有一点，娄语也不确定自己是否能够承受。之前误解过黄茵花的那一出，已经让她明白自己的底线在哪里，她根本做不到自以为是的大方。

车子驶到剧组安排的住处，和市内的星级酒店相比，条件也算不错了，是一个度假山庄，楼层不高，四面环起来围成中间的小院，栽种着四季常青的玉树。

娄语下车就看到了夏乐游，便主动打了个招呼："中午好。"

夏乐游回过身，笑逐颜开："姐姐中午好。姐姐，你有时间可以辅导我台词吗？"

"我……"娄语刚想斟酌着怎么拒绝对方，有个声音遥遥地从头顶响起，打断了他们的谈话。

娄语一愣，循着声源抬头。

闻雪时正站在左面二楼露天的走廊上，胳膊支撑在栏杆处，微微俯下身望着中庭，也就是他们所在的位置。

阵风吹落玉树的树叶，几片叶子打着旋儿从他的身边飘过。白色的衣领也被风吹得贴着他那细长的脖颈摇摇晃晃，喉结若隐若现。他在楼上问他们："你们刚到？"

娄语仰头点了点头："闻老师很早就到了？"

闻雪时："我也才刚来。房间在几楼，需要帮忙吗？"

娄语："就在二层，不麻烦，会有人帮忙搬。"

闻雪时："那很方便，我们就在同一层。"

夏乐游插嘴道："咦……为什么我住在四楼？"

娄语"哦"了一声："你喜欢住二楼？我可以跟你换。"

闻雪时又问他们："你们吃过饭了吗？"

娄语摇头："还没。"

"要一起吃吗？"闻雪时这么一问，娄语反倒有点蒙，她还以为他只是随口一问，不然她肯定会说已经吃了。

夏乐游看不懂眼色似的点了点头："好啊！我正好饿了！"

于是，还是他们三个人来到山庄的餐厅包厢吃饭，闻雪时率先拿出手机扫码点餐，递给夏乐游："你先点。"

"那我就不客气了！"夏乐游埋头在手机屏幕上划来划去，很快就点完了，他想着顺位递给娄语让她接着点，却被闻雪时接了回去。

娄语要接过来的手顿了一下，感到有些尴尬。

闻雪时直接说："我帮你一起点了，还是之前的口味？"

夏乐游闻言，视线微妙地转移了一下。

娄语察觉到他是什么意思，含糊地"嗯"了一声："谢谢！"

夏乐游似乎是不经意地问："你们挺熟的呀？"

"我们从录完《夜航船》之后，私下关系就很不错了。"娄语脸不红气不喘地撒谎，“是吧，闻老师？”

闻雪时颔首，算是默认。

娄语觉得气氛有点古怪，又无法吃东西转移注意力，干脆推开椅子起身：“我去下卫生间。”

她一走，包厢里剩下闻雪时和夏乐游两个大男人。夏乐游从兜里掏出烟，手指捻着一根烟看向闻雪时：“要吗？”

闻雪时婉拒：“正在戒。”

夏乐游悻悻地耸了耸肩：“那我抽烟会不会影响你？”

“不会。”闻雪时随口补充道，“但小娄受不了烟味，你现在抽烟，她一会儿回来全都闻到了。”

夏乐游捻烟的动作停顿了一下，诧异地重复着：“小娄……”

“哦……就是娄语。”闻雪时扬起唇角，语气平淡地笑着说，“十年前一直这么叫她，叫顺口了。”

第十七章
浪潮

娄语从卫生间回来的时候，不知道是不是自己的错觉，总觉得气氛好像变得比之前更奇怪了。这顿饭吃得无比尴尬。吃到一半，娄语就放下筷子说自己饱了，先回去收拾东西。其实，栗子已经在房间里帮她收拾了，并且拿来了晚上的试拍通告。

娄语看了一眼通告单，场次不多，而且都是单人各自的戏份，毕竟是试拍，挑的都是些轻松的戏，用来上手找找感觉，这对她来说，是最驾轻就熟的部分。前提是，闻雪时没有提前这么多来片场。

闻雪时的戏份明明是在今晚最后拍，但娄语进摄影棚时却看到了他从房车上下来。

娄语的心里拂过很微妙的紧张。她今晚要拍的是少年时期的戏份，所以现在的造型也是年轻时的状态，眉毛画得很淡，眼线卸掉，睫毛也没夹，只是化了底妆和腮红。

刚化完妆的时候，娄语看着镜子中的自己，好像还真的和当年差不多，但总归还是有些区别的。

娄语害怕变老，而且是当着闻雪时的面，不愿意现在自己这副装嫩的样子被拿去和曾经的自己比较，因为她在他回忆里的样子绝不是这样的。尽管她知道，闻雪时不一定会这么想，就像自己看到他年轻的装扮时，依旧觉得他和当年一样，依然会令人心动。她故作轻松地说："闻老师怎么这么早就过来了？"

闻雪时抬眼看她，表情有一闪即逝的怔忪。这一眼看得她头皮一麻，攥紧了拳头。

"很久没拍电视剧了，过来提前感受一下。"闻雪时的神色很快变得自然，"我在拍电视剧上是新手，还请娄老师多多指教了。"

娄语干笑着："谈不上。"

两个人一前一后地往摄影棚的方向走。中途，闻雪时转去了导演所在的监视器处，娄语继续往里走到搭的景内。两个人分开，但娄语根本无法放松，因为她知道，他或许就在监视器的那头看着她。

这让娄语觉得自己像是一个受检验的学生。五年过去了，她的肢体写满了待批阅的文字，闻雪时的目光隔着摄像机一寸寸地游移。她收不到及时的反馈，就像等待着成绩发下来那段难熬的时间，总是忐忑不安的。哪怕她已经荣耀加身，但在闻雪时面前，她还是一瞬间就回到了那个面对面地和他站着，局促得浑身冒汗也不知道开口要纸巾的愣头青。

进行了一遍走位之后，拍摄正式开始。这场戏拍的是秦晓霜和翁煜之前还在谈恋爱的回忆，秦晓霜提前在家里布置，想给翁煜一个生日惊喜，全都布置完了，却突然接到上司的电话，让她赶紧回公司加班。同时，她还收到翁煜的信息，因为她先故作神秘地给他发信息，让他赶紧回来。

摄像机开机，娄语推着椅子到墙边，踩上去把最后一只气球挂上去，口袋里的手机嗡嗡地振动起来。她满心欢喜地以为是翁煜打来的，但看到屏幕上的备注，立刻翻了个白眼。她接通电话，一边翻白眼一边平静地说："周总好，我在，嗯嗯……"说着说着，她不耐烦的表情变得僵硬，嘴上还保持着与刚才一致的语气："没问题，周总，我这就过去。"

她刚挂断电话，就收到一条翁煜发来的信息。他满怀期待地告诉她：我会尽快回来的。

娄语看着手机，脸上露出一副无从处理的疲惫和生气。她握紧拳头，抬头将那只刚挂上去的气球砸爆。这个动作是娄语自己加的，剧本上的提示是秦晓霜无奈地把气球取了下来。

章闵从对讲处传来指示："卡——"

"不好意思，我临时觉得这个动作更合适。"娄语听着对讲里传来的导演的声音回复道，"需要再来一条，按原剧本来的吗？导演？"

"不用，你现在这个更饱满。这条过了。"章闵很斩钉截铁地做出判断。

摄影和机位开始调整位置，娄语从片场来到监视器旁休息，看到闻雪时还坐在导演的旁边。

娄语微微抿了抿嘴唇，在导演的另一侧坐下。

章闵扔掉耳机，称赞她："你那个动作改得真好。"

娄语松了口气："那就好，那也是我演到那儿突然就想这么做了，所以事先没和你沟通。"

"理解。只要最后的效果好，怎么来都行。"章闵反而反省自己，"我当时写这场戏的时候没考虑到愤怒这层情绪，你的处理是对的。”

娄语替章闵解围道：“这不是你的问题，我是因为与这场戏有过差不多的经历，情绪被调动了。”

章闵的脸色变得好看了些，又显出几分好奇：“也是过生日？”

“对……我曾经有个朋友，没能帮他过成生日的经历和这个情节挺像的。”说这话时，娄语不动声色地瞥了一眼坐在另一侧的闻雪时，他似乎在听他们的对话，又似乎低着头在发消息。她说得很隐晦，但说的确实是那次闻雪时过生日，她拼死拼活地想赶回去却没能成行的经历。只要一回想，那时的愤怒仍然鲜明无比，对毫无怨言的闻雪时，最强烈的是对无能的自己。

惊喜没能送成，娄语干脆放弃了为闻雪时庆祝，只发了一条祝他“生日快乐”的短信作为唯一的庆祝。即便如此，闻雪时也没表达过任何不满。

闻雪时没问，娄语也就没提自己其实想回来却又没能成行的一系列原因。

娄语不希望在结果是他也感到委屈的同时，再反过来安慰她，就一直隐瞒到现在。事情已经过去了，她终于觉得可以说成是某个朋友，旁敲侧击地说出来。

闻雪时听不听得明白也无所谓了。

“我当年拍戏的时候就碰到过类似的经历。”娄语凑近章闵，压低声音，“之前我都和统筹说好了，帮我把戏都挪到前面。我一口气连拍了好几天，总算把自己的戏份都拍完了，想着能在生日那天去找我的朋友，偷偷给他一个惊喜，谁想到因为另一个演员的无理要求，所有的努力都白费了。”

至此，章闵已经猜到了故事的结局，同情地拍了拍她的肩头：“连假都不给你请？”

一旁的闻雪时终于抬起头，看向正在闲聊的两个人。他像是纯粹好奇的听众，问：“那后来呢？”

娄语轻描淡写地说：“后来……我气急败坏，迁怒于人，对过生日的那个朋友特别冷淡。只给他草草地发了一句生日快乐。”她看向闻雪时，“到现在都偶尔会担心，当时他是不是会感到难过，很想对他说，其实我做了很多努力，但怎么听都像是在为自己开脱。”

章闵感叹着：“谁年轻时遇到事情能一直保持理智呢，心理医生都不能。”

对讲机响起来，传来现场导演的声音：“导演，准备好了，演员可以来现场了。”

话题就此结束，娄语调整情绪起身：“那我过去了。”

章闵点头：“好。”

这场依旧是顺利地一条就过，今晚娄语的戏份便完成了。等她出来时，闻雪时已经离开了摄影棚去化妆，她也去卸妆，但这次两个人是各自独立的化妆间，不会再像上次定妆时那样碰上。

娄语一边卸妆一边看手机，微信里，某个头像往上移动了一下，是闻雪时发来的两条消息：

那个朋友当时并不难过。

但是我想，他现在反而会有一点难过吧。知道事情的背后竟然是这样的。小狗当时一定很伤心，他却没能抱抱她。

娄语看着这两条消息，心情复杂地按灭了屏幕，她就知道他会是这样的心情，但她没想到的是，这么多年过去了，闻雪时居然还会这么想。尤其是，那个很独特的称呼被他打出来。娄语以为这个称呼是绝不会再被提起的。

她闭上眼睛，任由卸妆棉润湿眼皮，卸妆油润浸到眼角，眼睛变得很难受。

闻雪时第一次这么喊她是他们在一起的第一年，那一年，他们“颗粒无收”，年底了还在跑各种剧组，就连 12 月 22 日那一天她过生日，娄语自己都给忘了。老房子在西城，剧组的筹备面试地点在东城，那天，她挤着满员的地铁往返将近四个小时，在奔波中，回来累得像一条狗似的。然而，闻雪时回来得比她还晚，一进门就看到娄语有气无力地趴在沙发上。

闻雪时走过来，摸了摸她的后脑勺。

娄语立刻闷闷地从沙发里发出哀嚎：“不许摸那儿，越摸越扁！”后脑勺是她对自己浑身上下最不满意的地方，不知道是不是因为小时候老是仰面躺着的缘故，虽然可以靠蓬松的发量遮盖，但如果一扎马尾，看上去就像是嵌着把手的门……扁平得令人心碎，可这个地方反倒是闻雪时最爱摸的地方，她为此还对他发过脾气，说“你怎么老摸那里”，他笑笑不说话，气死个人。这回她扭过身一看，闻雪时果然又在笑了。

“你就是觉得我扁头很好笑，是吧？”娄语气道。

闻雪时闷闷地笑个不停：“没有啊。”

娄语也冲着他脑袋扑过去，从沙发上跳起来可以轻松地摸乱他的发顶。

闻雪时却没有还手，任她拨弄。娄语这才发现，他的另一只手还拎着一个四四方方的盒子。

“蛋糕？”娄语疑惑地收回手。

闻雪时这才委委屈屈地一边拨正发丝，一边说：“是啊，我去给你拿生日蛋糕，你就这么回报我。”

“啊……我过生日吗？今天？”娄语后知后觉地睁大眼睛。

这个反应好像又取悦了闻雪时，他又用空着的手揉了一把她的后脑勺，在她再次发火前赶紧开口：“不是你的，难不成是我过生日啊？快起来吃蛋糕。”

娄语没动，在沙发上蹲着，仰着头，沉默地看着他，过了半晌突然向他张开手，撒娇着道：“抱一下。”

“你是小狗吗？”闻雪时把蛋糕放到桌上，俯下身将她整个抱住。

其实，娄语是非常不在意生日的，她的父母离婚之后，生日这页仿佛就从她的人生日历中被撕去了。阿公、阿嬷习惯给她过农历生日，而农历生日每年的日子都不一样，她不懂这些，全靠他们提醒，小娄，你快过生日了。可他们一走，她的闹钟就没有了。

一个已经被忽视的日子又被人郑重地拾起，哪怕只是一个简单的小蛋糕，娄语已经倍感满足了。然而事实上，闻雪时怎么可能只准备一个小蛋糕。

蛋糕只是最必要的前菜，重要的是之后呈上来的礼物。当娄语刚要准备开动时，闻雪时对她说“等一等”，然后从厨房最顶端的柜子里抱出了一坛酒。一坛杨梅酒。

“夏天的时候我去果园里摘的杨梅，泡到现在，味道应该还不错吧？这是我第一次泡。”闻雪时有点紧张，“肯定比不上小娄的阿公。”

娄语只和他提过一次爱喝阿公自己酿的杨梅酒，而且，夏天就去摘来泡好，岂不是得从春天起就开始惦记这件事？慢慢地筹划着，安排着，经过秋天的漫长沉淀，到冬天才送到她的手中。何其短暂的一天，闻雪时却用一年的时间去完成，更重要的是，那不是别的，那是杨梅酒，阿公走了之后再也没尝到过的。他叫她小娄，为她泡杨梅酒，从这些琐碎而日常的生活中面面俱到地告诉她，你的遗憾我会补全，我会像家人一样成为你最亲密的人。

娄语将杨梅酒捧过来时全线溃败。那一天，她喝了很多，闻雪时盯着她双颊酡红，醉醺醺地扑在桌上伸着舌头去尝杨梅酒。他很早就注意到这一点，当时在阿维伲翁的餐厅里面对面地吃饭时，她就是这样，喝酒时会先伸出舌头尝，被酒辣到也会吐出半截舌头。真的就像一只小狗啊！

闻雪时忍不住笑着刮了下她的鼻子，趁她醉了，低声说：“小狗吐舌头了。”

娄语却没真的喝醉，大着舌头，瞪着他说：“我听到你骂我了。”

闻雪时觉得又好笑又无语：“我怎么骂你了？”

“你骂我是小狗。”娄语喝醉了，连说话都难得幼稚起来。

但闻雪时看了只觉得可爱，耐着性子像教育小朋友一般回答她："就像你喜欢熊猫一样，我喜欢小狗，它是世界上让人最心软的小动物。人呢……也是动物，又复杂又自私的动物，怎么比得上会露出软软的肚皮的小狗呢？"

娄语"唔"了一声，似乎被说服了。

"虽然我那么喜欢小狗，但我从来没养过。"闻雪时凑近她，声音如同闷雷般在她的耳边回旋，"小娄做我的第一只小狗，好不好？我唯一的小狗。"她还没回答，他又低喃着，"你要是不喜欢，那换我做你的小狗也可以。"我们互相做对方的小狗吧。

娄语糊里糊涂地应了一声。

闻雪时弯下腰，碰着她的上唇："我泡得真的不错。"

"娄老师，您明天还是青年时期的戏，我建议您晚上回去夹一下发根再睡，这样明天做造型会方便很多。"

造型师的声音立刻将娄语拉回到现实，她恍惚地睁开眼睛："哦，好。"

直到卸妆结束，娄语才重新打开那个对话框，慢吞吞地打下一行字：**那个朋友当时不难过就好**。

隔天一大早就是剧组的开机仪式，娄语被一阵电话铃声吵醒，是周向明打来的，他言简意赅地说："十分钟后开门。"

娄语迷迷糊糊地在昏暗的房间里看了一眼手机屏幕上的时间："你来得也太早了吧？"她睡眼惺忪地爬下床，刚简单收拾完，周向明已经来敲门了。

今天的开机仪式，周向明作为制片人是肯定会来参加的，但没想到会来得这么早。

"昨天的试拍怎么样？"周向明问道。

娄语耸了耸肩："很好啊，又不是第一次拍戏了。"

"我问的是那个变量。"周向明说。

娄语掀开盖子的手顿了一下："相处得挺融洽的。"

周向明敲了敲桌子："你自己心里得有点数。想好自己要的是什么，不要让感情影响了你的判断和专业，有时一步走错，虽然不至于全盘皆输，但会像——"周向明指着刚从保温箱里拿出来的外卖："像这个，被拿出来，快速冷掉就是可以预见的结果。"

娄语放下筷子，面无表情地看着他："你一大早就说这么多，还让不让人吃饭了？"怪不得他一大早上过来，原来在这儿等着给她耳提面命呢。

周向明冷哼一声："你真听进去了才好。"

早上九点整，《往事若无其事》的开机仪式正式开始，现场没有邀请任何媒体，安保也非常严格，就怕摄影棚内有闲杂人混进来。

现场制片担当了主持的工作，一一介绍主创人员。大家说了几句客套话，分别和这部剧的背板合影。轮到男女主演两个人一块儿合影时，他们站到一排，但中间隔得很远。直到最后拍剧组大合照时，这点距离才被强制性地缩短。所有人都来到台上，除了摄影师和周向明。他这人一向不喜欢拍照，娄语还曾打趣过他，说"要是他喜欢上镜，说不定可以自产自销，把自己推上巨星的位置"。

人一多，两位主演就被迫靠近，摄影师在前方数"一二三"，大家看向前方微笑，队列里有人突然打了个喷嚏，趔趄了一下，像多米诺骨牌似的传到他们这边。闻雪时被这股力量带着，往她的方向倾斜。肩头就这样，不经意地撞到了一起。

前排是半蹲的人群，把他们的手部挡住。仿若是《白色吊桥》拍杀青照时的情形，别人看不到，可以胡作非为，多年过去，他们站到了合照的最中心，可她仍然感觉到，他的手悄悄地触碰到了她的手背。

娄语的身体微不可察地僵住。四周很嘈杂，刚才打喷嚏的人在道歉，大家闹哄哄地笑起来，摄影师在高喊："大家重新看过来啊！"

娄语盯着前方，视线扫到摄影师旁边抱着手臂的周向明，忽然清醒过来。其实，娄语无法确定刚才的触碰是否是故意的，但如果他的真是故意的……

不，没有这个如果！娄语立刻在这个可能性上划下一条"删除线"，事到如今，周向明分析得没错，她有必须要坚守的底线，那也是她唯一所剩的东西了。所以在预感自己要失守之前，她不声不响地抬起手腕，吹响只有她自己能听见的警笛。

开机仪式结束，《往事若无其事》的官方微博立刻快速地编辑了一条微博发出去：

@往事若无其事官微 v：# 网剧《往事若无其事》今日开机 # 由绮梦影视、Peaco 联合出品的剧集《往事若无其事》今日开机！

领衔主演：@娄语 @闻雪时

制片人：周向明

导演 / 编剧：@章闵

开机大吉！拍摄顺利！

[九宫格图片]

这条微博一发出去，丁文山的手机此时已经被各种消息塞爆了，他头疼地点开最上面的和宣传总监的聊天框，此时给他发了三个欲哭无泪的表情包。

我真的不行了，你自己去看看粉丝的私信吧！

全是说我们没有眼光，放弃电影拍网剧的！

丁文山面无表情地发消息：为了我的血压着想，我就不看了。他叹了口气，继续发，我再去找雪时说一下。

开机仪式已经结束，剧组立刻无缝接轨，准备开始第一天的正式拍摄。演员们此刻正在进行化妆，丁文山握着手机来到闻雪时的化妆间，示意让化妆师先退出去。

闻雪时注视着他进来，还有心思笑："被说了？"

丁文山无语至极："不然呢？你的粉丝们舍不得骂你，可不都来骂我了？"

闻雪时的笑意更深了："那要不然你去建个小号曝光我吧。"

"我没心思跟你开玩笑。你自己看看。"丁文山调拿出手机怼到闻雪时面前。

闻雪时瞥了一眼就收回视线："关心则乱，让他们骂吧，总得有个发泄口。"

"你也知道他们是关心你啊？"丁文山十分郁闷，"那你还心甘情愿地推了大导演的邀请，来参演一部网剧，咱们这是做慈善吗？"

"电影已经辞演了，就别再提了。"闻雪时无所谓地说。

闻雪时看了下表："我得让化妆师进来了。"

"闻雪时，你碰上她，是真的昏头了。"丁文山忍无可忍地说。

闻雪时笑着问："那你知道她原本不想接这部剧吗？"

丁文山一愣："为什么？"

"她希望我去接陈康的戏。"闻雪时笑着说。

丁文山终于反应过来，"嘶"了一声："闻雪时，我都不知道，你原来这么天真？她说了你就信。那结果呢？你不还是来演这部剧了吗？你们既然彼此都这么了解，她怎么就不能是以退为进呢？目的就是为了让你心软。"

化妆镜里，那张英俊的脸逐渐变得面无表情："听上去，你比我了解她。"

门外传来化妆师的敲门声："闻老师，现在您方便吗？"

丁文山和闻雪时的谈话也不欢而散。

通告里，今天需要拍摄的是翁煜和秦晓霜过去同居的戏份，不算试拍的第一天，统筹排的戏都是两个人比较甜蜜的，演起来相对轻松的戏。对两个素不相识的演员来说，这的确算是轻松的。但如果对两个已经陌路的旧日情人而言，没有什么比这更难的了。

开拍的第一场戏，是两个人一起布置他们刚搬进去的空房子。

娄语暗示自己，不要带入任何曾经他们住到一起时的回忆，完全把情绪沉浸到秦晓霜这个人物角色上，一个朝九晚五的私企文员，她在一次出差时不小心把相机的储存卡落在了飞机上，帮她找到那张储存卡的人就是飞机上的机长翁煜。这是他们故事的开始。他们因此而结识、相恋，但因为聚少离多，决定住在一起，那是他们的感情最如胶似漆的时候。

正沉浸在剧本中，执行导演来敲门，示意娄语可以过去了。她这才放下剧本，有些紧张地来到现场。

闻雪时已经到拍摄现场了，章闵站在他旁边跟他讲戏。章闵的个子不高，闻雪时又很高，两个人在一起时身高差非常明显，所以她说话时，他就会微微弯下腰倾听。他总是在这种微末的细节上展现出令人难以忽视的体贴。

章闵看到娄语过来，招手道："我刚才还和雪时说呢，这场戏你们最重要的是把握那种热恋的感觉，如果关系是一段抛物线，那么这里就是抛物线的顶点。一个人想完全占有另一个人，把彼此塞到生活里，懂吗？"

娄语点头："没问题。"

"行，那我过去了。"章闵拍了拍两个人的背，转身往监视器的方向走去。场地的众人也各就各位，只剩下娄语和闻雪时面对面地站着。他神色如常地看着她，她也保持着专业的表情看着他。

对讲机里很快传来导演的声音，娄语闭上眼睛开又睁开，在打板打下去的刹那间，转换了状态。

现在他们不是已经分手的娄语和闻雪时，而是热恋中的秦晓霜和翁煜。两个人抬着刚送到的沙发进门，把它摆到客厅中央。地上是一条崭新的长毛地毯，她光着脚踩上去，汗津津地在沙发边靠坐下来，神色却一点都不显得疲倦，立刻伸手把茶几边的一个大袋子拖过来，取出袋子里面的东西放到茶几上。两只一黑一白的马克杯，用来给彼此留言的便笺纸，双人枕，配对的餐具……

在拿出筷子时，娄语一恍神。

有一年，去北海道的小樽拍戏时空出半天的时间休息，那个半天，她用在挑选给闻雪时的礼物上。她不好开口说是送给恋人的，所以只得自己一个人在陌生的城市乱逛，开着谷歌地图到处乱走，凭着几个鬼画符中夹杂的汉字辨认位置。小樽最不缺的就是工艺制品，满大街的琉璃、八音盒，还有和风的小玩意儿。她逛到一家卖和风餐具的店，筷子上能刻字，她便鸡同鸭讲地和店主央求，可以帮刻一个图案吗？她紧张地把手机里收藏的一张图展示给店主看——

那是闻雪时藏起来的文身图册里折的一页，娄语装作没看见，但在合起来放回去之前，还是心软地拍下了那个图案。可以把这个图案刻在这双筷子上吗？代替我们的身体，代替那份小小的遗憾。

店主感到有点为难，好在那个图案并不复杂，刻起来不难，因为筷子的面积受限，店家把图案拆分成了两个，刻在成对的筷子上。耗时很久，她直到杀青时才拿到了那双定制的筷子，爱不释手地立刻给闻雪时发消息，但又想给他一个惊喜，卖关子地说：我给你带了礼物哦！

闻雪时倒是很冷静地回复：只要你平安地飞回来就是我的礼物了。

娄语当然平安地回来，可是那双筷子没有，因为太爱惜这个礼物了，她没有将它随同行李托运，而是随身带着。进了安检后又想起还有一堆需要打点的"朋友"，随便地在机场扫了一大堆货作为伴手礼。东西拿得太多，登机又匆忙，那双只占了很小体积的筷子不知道什么时候掉了出去，直到起飞时娄语才意识到它不见了。

落地后，闻雪时来接机，她若无其事地到达了出口，从随手买的一大堆伴手礼中抽出一件递给他。

闻雪时一愣，问她："这是你说的惊喜？"

娄语故作搞笑："是啊！最大的惊喜就是没有惊喜啊。"

闻雪时失笑，还是很珍重地把那件滥竽充数的礼物收了起来。

娄语默不作声地转过头，垮下脸，心里自责地想着，还是保密吧，一定要抽出时间再来一趟小樽，下一次她一定不会再弄丢，再完整地给予他这份惊喜。可现在的她终于知道，很多东西是没有下一次的，弄丢的礼物，无法返程的飞机，还有不知不觉被伤到的心。

摄像机还在运转，娄语只是眨了一下眼睛，闻雪时的气息接近，他坐到她的身边，探头看了一眼袋子："我们买的东西齐全吗？还有什么漏的没？"

娄语转过头来，近距离地看着那双眼睛，装满柔情，跟那年她从到达口走出来，隔着口罩辨认出来的那双眼睛没有任何差别，完全不像演出来的。仿佛他的身体里还装满了对她的爱意，只不过封存起来，此时才小心地取用。

闻雪时的手揽住她的腰，发力一提，将她揽到自己的腿上坐着。她被困在他的胸膛和茶几之间的缝隙中。娄语连忙假借着环绕他脖子的姿势，其实手腕在较劲，暗自撑开自己，她得让自己保持清醒。

娄语背对着摄像机的脸色微微一变。闻雪时仿佛是故意的，故意想逼得她方寸大乱。

监视器前，章闵察觉出了多余的动作，但她没有叫停。毕竟只是第一条，先让演员顺一遍才是最重要的，其他工作人员也盯着大大小小的监视器，摄影指导、场记、造型……所有人看到这里，都不得不默默地感叹，不愧是两位身经百战的演员，怎么能第一天演第一场对手戏就能如此逼真，熟稔得仿佛做了无数次。

唯独坐在导演身后的周向明皱起眉头。

“这条保留。”对讲机里传来章闵宣布结束的声音。

闻雪时立刻松开了手，笑容化作一摊潮水，从他那张如海般深邃的面孔退去。闻雪时眼里所有的爱意戛然而止，看着她，变成了看一则急于换台的广告。

娄语在这一刻不得不承认，闻雪时的演技有长进。他冷静得吓人，从浸入到抽离连一秒钟都不需要。她眼睁睁地目睹着他的变化，胸口感到钝钝的疼，第一反应居然是这么好的演技，为什么还拿不到金寰最佳男主角奖呢？老天爷真的不公平，她也立刻从他的身上退开，让自己的表情切换出戏。

监视器外，一直观察着两个人互动的周向明微微松开皱起的眉头。

这条又拍摄了好几遍，除了第一遍，之后闻雪时都没有再做多余的动作，他们顺利拍完了今天的戏。之后便是夏乐游和冯慈的戏份，看样子要拍到深夜，而她和闻雪时则可以提早收工休息了。

回到房车上，娄语躺在沙发上很久没动，没有力气站起来有条不紊地卸妆回去，只想放空地坐在这个封闭的空间里，好像蚕蛹一般，让她觉得安全。

直到房车外响起敲门声，周向明在车门外问：“我进来了？”

娄语有气无力地“嗯”了一声。

周向明进来，问道：“怎么不去卸妆？”

娄语将锅甩给他：“还不是你早上来得太早，我都没睡够。”

“那你回去休息。现场人多眼杂。”周向明说。

“知道了。”娄语不情不愿地起身，“你现在要走了吗？”

“恩，我最近如果有空会来组里。”说这句话时，周向明还在不停地看手机，经纪人外加制片人的微信从早到晚都会有消灭不完的红点，都是收到的未读消息。

娄语疲惫地点了下头，在周向明离开后也直接离开了现场。

摄影棚距离酒店不远，过了十五分钟，保姆车就驶到了酒店。娄语从车上下来，一仰头，就看见二楼的走廊上有烟头的火光，影影绰绰的，像夜晚大海上的巡航灯。虽然看不清那张脸，但这个点回来又在二楼的人，只有闻雪时。

知道他在走廊抽烟，娄语上去不是，不上去也不是，最后还是硬着头皮上了楼。刚踏上楼梯，闻雪时就听到了声音，转过身，一张脸蒙在还未散开的烟气里。

娄语又忍不住想念叨他一句，少抽点烟，但上次已经说过一次，这次再说就逾矩了，不合适。他有自己的生活方式，不是她能再干涉的。

闻雪时偏过头，往夜空中吐出一口烟，看着她说："不好意思，又让娄老师闻到烟味了。"

"没事，这里也没规定禁烟。"娄语停下脚步，"今天拍摄，你的演技进步了很多。"

闻雪时听到这句夸奖时，脸上也没什么波澜："你也是。"

娄语没再接话，点了点头往自己的房间走去。

闻雪时突然开口问："你还记得当年你为什么会提分手吗？"

娄语的脚步顿了一下，脸上的笑容很难再维持下去。她收敛笑意，别过脸："最后……明明是你提分的手。"为什么用"最后"两个字，是因为她也提过分手。

就在那次她背着他去完酒局的那一晚，他在楼下抽了多久的烟，娄语就在楼上关灯的沙发里坐了多久。大概他以为她睡了，才又不声不响地回来，两个人又迎面撞个正着。

闻雪时开口问："怎么还不去睡？"若无其事似的，声音却暴露了因为抽烟抽得多，嗓子都有点嘶哑了。

娄语答非所问："闻雪时，我们分手吧。"

闻雪时脱下外套的动作僵住了。她看着他沉默的样子，心里觉得更酸涩了。

他把外套甩到地上，大踏步走过来，脸色沉沉地盯着她。他们借着窗外快到黎明的微弱光线对视着，娄语率先一步挪开视线，说："你讨厌现在的我，是不是？你说不出口，我替你……"

还没讲完，他把她压在沙发上吻了下去，很长时间，俩人都没有再开口。

闻雪时又想伸手去拿烟，才发现烟盒已经空了。他也在沙发上坐下来，她旁边的位置凹陷下去，旧沙发松软的材质连带着她坐的地方也弹动着，像是坐在一片流沙里，拖着两个人一起往下沉。快淹没的人的声音却出奇冷静，他问："你想好了吗？"

娄语反问："你不觉得累吗？如果对象不是我，你或许就不会离开之前那个经纪公司，不用背那么多债，不会像现在这样被取消一个又一个的工作。你难道没有后悔过，或者怪过我？”

闻雪时毫不犹豫地说：“没有。这件事的源头是你被误解了，而且是因为我才会被误解的。”他的语气终于透露出疲惫的感觉，“我才最想问你，你会不会因此而怪我？”

娄语摇摇头：“没有。”

闻雪时闭了闭眼睛，微微叹息着：“既然还能说这么多，那就是没想好。”他低声道，“既然没想好，我们就不要分开了，好不好？”

娄语咬住嘴唇。她想：或许自己要的根本就是他这么一个回答。她根本没做好分手的准备，但在窗边看着楼下的他时，就觉得特别恐慌，慌不择路地用一种特别不好的方式去证明自己对他的重要性。

闻雪时攥住她的手，摸着她的指节：“小娄，分手对我来说是特别郑重的两个字。我不会把它当成玩笑或者吵架的砝码。一旦分手，我们就连朋友都别做。所以我绝不会轻易提分手，我希望你也别再轻易说这两个字。”他顿了一下，很冷静也很平静地说，“如果还有下一次，我就默认你已经想好了，我会答应你。”那个时候，他预设给她的话中分明把分手的主动权让给了她，好像他绝不会先走。可也只是好像而已。

进组的第一晚，娄语本该平和地走过那条长廊，对闻雪时礼貌地道一句“拍摄辛苦，晚安”，然后进入房间，各自相安无事。可这一晚，两个人不欢而散。第二天拍摄的依旧是情侣间的亲密戏份，但他们怎么演状态都不太对，连章闵都说不上来到底是谁的问题。他们都在尽力地表演亲密了，可就是因为太尽力了，都看得出来这是表演，彼此之间没有一点水到渠成的真正的亲密感。

明明第一天还不是这样的，第一天的拍摄章闵认为不算特别对味，但也能勉强通过。她没太强求，毕竟是第一天开拍，大家都还没习惯，总得有个循序渐进的过程。怎么到了第二天反而还退步了呢？这天收工时，章闵找了娄语和闻雪时聊戏，敏锐地察觉到这两个人连基本的交流都仿佛隔着层屏障。她也看到了网上的番位之争，都发酵到上热搜了，这也难免会导致两个演员不对盘。章闽回去琢磨了一阵，跟统筹商议，决定先把两个人吵架闹矛盾的戏提上来。

剧组里人多眼杂，刚开拍没几天，根据两位主演的状态调整拍戏的决策，就演变成不想和对方拍亲密戏的不合传闻，接着，就不胫而走了。

第十八章
乱红

娄语甚至比团队更早从网上看到了这条消息。她给宣传总监发微信消息，让她注意一下网上的言论，不要对这部戏造成影响。刚发完这个消息，章闵也给她发了一条微信消息：几个演员一起吃顿饭吧，和你们聊聊这两天的拍摄情况。

章闵其实是醉翁之意不在酒，她故意没说到场的演员名字，怕娄语知道有闻雪时在场会推辞，当然，她在邀请闻雪时的时候也用了这套话术。两个人之间的诡异气氛再这么继续下去可不行，她作为导演，肯定得做点什么，或许坐下来大家好好聊聊，能缓和一下。毕竟再这么僵持下去，单人的戏份都要拍完了，对手戏该怎么拍？更别说后面还有亲密戏的部分，肢体可比语言有说服力多了，也更容易暴露问题。好在娄语和闻雪时都没多问，答应了下戏一起吃饭。

确认之后，章闵这才放心地又问了其他几位演员，除了夏乐游这几天拍综艺请假出组，其他人都没问题，等收工之后一起去山庄包间吃饭。

这一天，娄语早一步收工，她的单人戏份下午三点钟就拍完了，之后是闻雪时的部分，两个人错开拍摄。但她知道今晚会见到闻雪时，她之所以会答应聚餐，是清楚他们之间的现状必须得到改善。

收工后，她也没急着走，干脆就待在片场里，坐在监视器旁边和章闵聊天。

开拍时，娄语就保持沉默，看着闻雪时表演。章闵分心地瞥了一眼，看她的反应平平，心里更纳闷了。这场戏很快就拍完了，下一场是冯慈和闻雪时的对手戏，也是开机以来这两个人第一次搭戏。

戏里，乔茉是新入职的空姐，和其他新同事来翁煜家聚会。两个人没有太直接的对手戏，但她在这次聚会上对翁煜产生了兴趣，镜头给到她是，要表现出对翁煜的特别关注。

娄语看着监视器，冯慈特别紧张地走到准备去改妆的闻雪时面前，朝他鞠了个九十度的躬，他们的对话通过收音话筒传过来。娄语戴着耳机听得一清二楚。

“闻老师您好！我是饰演乔茉的冯慈！”

“你好！”

“我会努力演好的，有什么不对的地方，请您说出来。”

闻雪时笑得很温和，也很疏离：“不用这么紧张。大家都是从新人阶段过来，多来几条也很正常。”

即便如此，冯慈还是抿紧嘴唇，浑身绷直地站着。

章闵这边看着摄像机，忽然皱了下眉头，拿起对讲机说：“美术，怎么回事？上一场和这一场有时间跨度，我不是说了让换窗帘吗？怎么还不换？”

现场导演连忙和美术组沟通，一边和导演道歉，一边赶紧换了套备用的。

章闵一看花色，眉头皱得更深了：“这个颜色和演员的服装撞色了，你们都不看的吗？再换！”

美术的脸色显得有些为难，支吾着说：“导演，这套是现场唯一一套备用的了。”因为这两天通告单的混乱，他们错准备成了之前的通告上需要的道具，闹了个乌龙，“我们刚才也发现了这个错误，所以已经紧急让人去仓库里拿了。导演，您再稍微等我们一点时间！”

事已至此，章闵也不好再说什么，语气严肃地说：“下不为例。大家暂时先休息一下吧。”

随着章闵的指令一下，监视器的屏幕就黑了下来，摄影师暂时关了机。

章闵头疼地揉着太阳穴。娄语见状感到有些自责，说到底，源头是因为她和闻雪时之间出了问题才出现这样的纰漏。她下决心，无论怎样，今晚敬闻雪时一杯，什么不痛快的都和酒一起咽下去，撑到这部剧拍完。

趁着休息的间隙，娄语和章闵聊了聊。她是第一次拍电视剧，开拍之后，天天都睡不好。娄语看到她的黑眼圈，主动提起失眠的话题，给她推荐了好用的枕头和一些珍藏的助眠视频，对自己来说，还是挺有用的。

过了很久，闻雪时的妆都改完了，美术组的窗帘还没送到。他看到监视器旁坐着的娄语，脚步微不可察觉地顿了一下，还是朝着监视器这边走过来。

“怎么回事，突然休息了？”闻雪时也没跟娄语打招呼，直接问章闵什么情况。

章闵刚给他解释完，美术组的人就抱着窗帘风风火火地跑进摄影棚：“来了！来了！”

大家都松了一口气，章闵赶紧拍手：“好了，休息到此为止！大家动起来！”

摄影师重新开机，监视器上重新出现画面。监视器前的三个人都是一愣。

冯慈仍然站在原地，刚才关机时是什么样，她现在就是什么样。

章闵赶紧拿起对讲问："小慈，你没去休息吗？一直站在那儿？"

冯慈小心翼翼地说："刚刚摄影老师已经调好位置了，就是我站的这个地方，我怕一走又要重新调，就直接站在这儿了，这样窗帘拿来就能拍，能省点时间。"

闻雪时似乎这时才认真地看了冯慈一眼，他收回视线，对导演说："那我也去现场了。"

转身前，他对着娄语微微点了下头。娄语却有些走神，根本没有反应过来。脑海里不知道为什么，闻雪时看冯慈的那一眼，突然开始不停地在她的脑海里打转。因此，他们的拍摄她没继续往下看，选择提前离开了片场。

最后一场戏拍完，大家转移阵地，来到山庄的包厢，制片主任都已经点好菜了，章闵还特意要了几瓶红酒和白酒。

娄语知道他们到了，才从房间出来，下楼去包房。

章闵将空位置给她留好，她和闻雪时隔着章闵坐在导演的两侧。章闵非常努力地在给他们制造话题："你们这是第二次合作了吧？之前那部剧我看过，你们当时演得特别好。"

娄语谦虚地摆了摆手："章导，你夸张了，那是我的第一部作品，演技怎么样，我还是清楚的。"

闻雪时借着喝酒当借口，没怎么搭话。

"你是太久没回头看自己的作品了吧？"章闵笑着说，"虽然从演技上确实能看出很多瑕疵，但比起你们现在无可挑剔的演技，我更欣赏前者。"

娄语的喉咙有点发干，不知道说什么，只好点了点头。

一旁的冯慈突然插话道："我也很喜欢《白色吊桥》，翻来覆去看了十几遍。两位老师的表演都特别好。"

娄语有些意外："十几遍？"

冯慈用力地点了点头："对，每次看都会有新体会！"

闻雪时放下酒杯，突然出声说："难得。"他看向娄语，"那只是一部很粗糙的网剧而已。"

娄语扯了扯嘴角。

冯慈没想过闻雪时会接她的话，顿时有些结巴，赶紧说："怎么会呢？闻老师参演的作品就没有不好看的！"

旁边的演员拆台道："说得这么笃定，闻老师的作品这么多，难道你都看了？"

冯慈却认真地说："当然，不看怎么能发表评价？而且我每部作品我都看了十遍以上。《浪潮》我看得最多。”

《浪潮》……娄语回想起她微信里的个性签名，果然不是偶然的，当时看到那句话时就有了隐隐的预感。

章闵惊讶地问道：“小慈居然是雪时的粉丝？”

冯慈也喝了几杯酒，有点冲动地说了那番话，此时又觉得不太好意思了。她说：“还在上课的时候，老师给我们推荐过闻老师的片子，所以我也习惯性地看了很多遍，不知不觉就成为闻老师的粉丝了。闻老师的演技真的很好。”

闻雪时道：“我的荣幸。需要给你签名吗？”

冯慈立刻吓得连连摇头：“不用，不用，能近距离观摩、学习闻老师的表演我就很满足了！”

大家看她惊慌失措的样子，都忍不住笑起来，包括闻雪时，他也转瞬即逝地露出了一个笑容。

娄语恰好瞄到这一幕。从重逢到现在，她一次都没有在他的脸上看到过这样的笑容，但这个笑容从前她是经常见的，比如在阿维俍翁的深夜，她喝光可乐还在吸吸管，发出怪声时，他就是这么笑的。然而，这个笑容已经不再和她有关系了。她并不是认为闻雪时对冯慈有什么意思，她心里很微妙地知道，闻雪时是透过冯慈，隐约看见了最开始笨拙得不行的娄语。

难寻少年时，可总有少年来。这是如今的娄语再也无法让闻雪时看见的，他只能从别人的身上看见了。娄语突然觉得很伤感，一种眼睁睁地看着过去发生的事无法挽回，眼睁睁地看着自己走远，被时间改造得面目全非的伤感。

娄语转动圆盘，伸手去夹桌上的芥末木耳，囫囵塞进嘴巴里。没想到，真的吃到了大块的芥末，她被辣得流出生理性的泪水。

“没拌匀。”娄语嘟囔着，一边伸手捻掉眼眶的湿意。因为害怕按出细纹，连擦眼泪的动作都特别小心。

章闵立刻把纸巾递过来，示意她赶紧擦擦。

娄语道谢后接过来。闻雪时隔着章闵看她，手指掂起高脚杯，仰头把杯中的酒喝光，然后伸手按了服务铃，让服务员换了新的蘸料。这个插曲就这么过去了。

冯慈重新端起酒杯，向娄语和章闵敬酒：“不过，我还是要感谢娄语姐和章导给我这个机会！”

其他几位演员自然也不落下风，跟着举起杯：“我们也很崇拜闻老师和娄老师！章导也很厉害！”

章闵连忙摆手：“行了行了，大家都是自己人，就别说客套话了，一起敬一杯吧。来来，两位主演也互相敬一杯。”

娄语一口饮尽杯中的残酒，重新倒了一杯新的，探长手去碰闻雪时的酒杯。“嘭”的一声，酒杯相撞的声音干脆利落。

“闻老师，我敬你一杯。希望咱们之后的拍摄都能顺利。”她先一步干了。闻雪时按了按眉心，也喝光了杯中酒。

章闵的两只手攀在两个人的肩上拍了拍：“如果没问题，明天我让统筹出原本的通告？咱们试试？”

两个人都没意见，点了点头。

见目的达成，章闵松了口气，没再让大家多喝，以免影响到明天的拍摄。

饭局结局，一群人一起回房间，各人的楼层不同，只有娄语和闻雪时都在二楼，两个人和章闵他们道“晚安”，大家分开，四周立刻变得很安静。

闻雪时用公事公办的口气问：“要对一下明天的戏吗？”

娄语的脑袋因为酒精的缘故有些发胀，但其实她喝得并不多，头脑是清醒的：“不用了，应该没问题。”

闻雪时也不强求，站在原地目送她进了房间。

次日拍摄，终于又是两个人的对手戏了。章闵故意没让统筹安排特别亲密的戏份，但在情感上依然有强烈的交流。

这场戏，秦晓霜躺在他们布置的新沙发上等翁煜回来。他这一天有飞行任务，原本可以下午落地，两个人说好晚上一起出去吃饭，她的妆都化完了，却久久等不到翁煜落地的消息。

新换的沙发很软，等着，等着，她就躺在沙发上睡着了。电视开着，掩盖了半夜翁煜回来的开门声。

翁煜进屋，看到沙发上蜷着的人影，又抱歉又心疼地想把她抱到床上去睡。她在这时迷迷糊糊地睁开眼睛。翁煜以为会被她埋怨，结果她只是看着他，眼睑下是晕开的黑色眼线，脏乎乎的，她的眼睛就这么看着他，开口道：“我刚刚做了个梦，梦到了初中的一个暑假的傍晚，天气很暖和。”

翁煜失笑：“什么啊？”

“就是想等你回来，和你说说这个无聊的梦。”秦晓霜撇嘴，终于露出一点不满的表情，“谁让你回来得太晚了，不然我还能多记住一点。”

“停——”章闵的眉头又轻轻地皱在一起，“你们等一下。”她放下对讲，直接拿着剧本走到了现场。

“这次雪时我先不说了，也不太好。而你，娄语……你的状态也是差了那么一点儿。因为你是这场戏的戏点，我的特写全在你身上。”章闵语重心长地给她剖析，“你们现在是感情最好的时候，所以你不怪他回来得这么晚，不怪他的迟到导致了精心准备的一切都泡汤，你睁开眼睛看到他的那一刻只有喜悦，和他聊梦境是因为你真的做了一个很好的梦，所以你想和他分享。”

娄语神色凝重地点头：“这些我都知道。”

章闵严肃地说：“可是你刚才给我的感觉就像是，你们不是热恋到所有问题都可以抛到脑后的情侣，而是已经谈了很久，彼此都特别疲惫的怨侣了。你聊做梦的话题，不是单纯地想和你的爱人分享你当时的感受，而是你们之间已经无话可说了，害怕说出来什么就会变成争吵，所以扯到了一个无聊的梦上。你甚至都没做梦，所以梦的内容是什么，你根本说不出来。你只是想要逃避，避免沟通和交流，因为你不想再受伤了。”

娄语抿起嘴唇，脸色越听越苍白。

章闵剖析的根本就不是戏中的秦晓霜，而是切中了娄语自己都不知道的藏在身体哪里的某一面。她确实没入戏，没演好秦晓霜，把自己过多地代入角色了。在自己和角色间来去切换自如的本领终于失灵，她喜欢这个故事，可喜欢的代价就注定会失去理智，勾出一些本能。尤其是昨晚的饭局，从根本上说是雪上加霜。

章闵斟酌着说：“其实如果找不到状态的话，没必要勉强。没关系的。你们现在的状态，我继续把一些闹矛盾和分手的戏提上来。反而你们可能会演好。我本来是觉得这些戏需要情绪铺垫才往后放，现在看来我的担心有点多余。”

娄语摇了摇头，坚决地说：“章导，给我十五分钟时间就好，重新拍这条。”

章闵打量着娄语的神色，权衡之下点了点头。毕竟十五分钟的等待和直接换场的时间相比，那显然应该选十五分钟。怕的是十五分钟过去后状态还是不对，那还是得换场。

娄语匆匆回到房车，盘腿坐在沙发上开始冥想，以往这套方法很管用的。闭上眼睛，周遭的声音就慢慢淡化了，但这次不行。她的脑袋里不知被谁安上了扩音器，连最远的声音都近在咫尺，所有的声音都在耳朵边打架，她像个不知所措的劝架人，反倒被打得鼻青脸肿，什么能耐都没有了。

娄语满头大汗地睁开眼睛，无可奈何地给闻雪时发了一条微信：**你现在在**

房车上吗？

闻雪时很快回复：在。

我们拍之前再对一遍吧，我现在过来找你？

可以。

娄语拿着剧本，一鼓作气地敲响了闻雪时的房车门。

“进来吧。”

娄语闻声打开车门，闻雪时正坐在沙发上把烟掐灭，抬手挥着空气里的烟雾。

“你来得太快了。”闻雪时说，“车里有点烟味，得忍一下。”

“没事。”娄语坐到他对面的沙发上摊开剧本，“你昨晚说得对，应该提前对下戏。不过，现在对也不晚。”

闻雪时“嗯”了一声：“那来吧。”

两个人对了一遍台词，娄语盯着剧本，自己都过不去心里那一关。

闻雪时见她沉默着，直接说：“别逞强了，去跟章闵说换场吧。”

娄语坐着没有动：“你知道外头已经在传我们什么了吗？”

闻雪时抬头询问地看着她。

娄语：“都在说我们关系不合。”

“应该还有别的原因吧？”闻雪时毫不留情地揭穿她，“一而再，再而三地不在状态，让别人看到肯定会质疑你的专业能力。你忍受不了这一点，对不对？”

说得全中，娄语的眉头颤抖一下，干脆摊开来讲：“既然闻老师都清楚，那就配合一点，毕竟这也是为了你好。”

“那你昨晚的难过，也是因为听到别人说你不好的声音了？”闻雪时问道。

娄语惊讶地问：“什么难过？”

闻雪时笃定地说：“明明你哭不是因为被芥末呛到。”

娄语的心脏猛地一跳，表面上还是嘴硬：“就是因为芥末。”

闻雪时的脸上露出一个无可奈何的笑意，根本不相信她的话：“还是和以前一样……”他用安抚的语气说，“在这个圈子里，总会有各种各样的流言。可你已经做出一点成绩了，要相信你自己。”

即便是两个人还在置气，闻雪时还是选择放下自己的情绪来安慰她。

此刻，一种非常奇妙的感受涌上娄语的心头，她不禁失笑。该怎么讲呢？她的确还是很在意别人的评价，但这些年早就成长了，不再是那个会和别人据理力争后偷偷伤心的小姑娘，甚至因为不被他理解而冷战好几天了。现在她难过的事情，根本无法在这里说出口，她便默认了这个说辞，点了点头：“我知道。”

顿了一下，又说，“谢谢！”

闻雪时垂下眼睛，忽然把剧本扔到一边：“光对台词没用，不如干脆再演一遍吧。”

房车里十分安静，接着，响起闻雪时的脚步声。他朝她的沙发这边走过来。一步，两步，一片阴影投在娄语的身上，将她包围，闻雪时的手伸过来，从她的腰后和膝盖下伸进去，将人打横抱起来。

娄语僵硬的身体在他的怀中软了下来，脑袋斜斜地靠在他的肩头上，嗅到他脖子上一股很淡的味道。不是香水，他拍戏时从来不喷香水。

她从刚才在片场闻到这股味道时，就觉得熟悉，此时才忽然想起来，那是从前她在老房子里习惯买的柑橘沐浴露的味道，二十块钱一大瓶，那时他们的身上都有着同一种气味。不过，她不用那款沐浴露很久了，久到她甚至忘记它是什么牌子，唯独嗅觉还保持着好记性。

娄语愣着，本来应该接着台词说，我刚做了一个梦，可是她忘记了自己该说什么。这里没有摄像机，没有打光灯，没有围在他们身边的剧组人员，只有她和他。

闻雪时也没催她，他的视线一寸寸地在她的脸上游移。

娄语鬼使神差地开口：“接吻吗？”

闻雪时的目光停住，错愕地审视着她：“你在说什么？”

娄语觉得胸口一紧，故作镇定地解释：“你别多想，我只是为了拍戏。”她像在做数学题，为了那个解下一板一眼的求解条件，“距离十五分钟只有三分钟了。我现在还完全找不到和你热恋时的状态。不如打破身体距离试一下……”

闻雪时沉声打断她：“你这几年学会这么对戏了？如果此时是别的男演员在这辆房车上，你也这样？”

娄语的面顿时觉得火辣辣的，怎么可能？但亲口承认刚才我只是想吻你，就和亲口承认昨晚我不是因为芥末流泪一样为难。她拍掉他的手，从他的怀抱中挣脱：“我开玩笑的，这么认真？”

娄语想：一定是那股沐浴露的味道太廉价的缘故，闻到后才会头脑发昏。她弯腰去拾落在沙发上的剧本，腰部被身后的手突然强劲地揽住，硬生生地将她揽了过去。

闻雪时和她面对面，居高临下又面无表情地盯着她：“好，就为了拍戏。”

像是法官宣判结果，下一秒，娄语被恶狠狠地拖进了由他圈禁的牢笼。他的手臂又变成了纹丝不动的手铐，将她锁在这里，哪儿也不能去。

房车外，剧组的工作人员忙忙碌碌的，无数人从车前走过，却没有一个人察觉，娄语终于生出力气，发狠地推开他。

闻雪时往后踉跄一下，站住，舔了下嘴唇，看着她笑："现在怎么样？找到状态了吗？"

娄语看着他的笑容，没说话，抽了张桌上的纸巾，慢条斯理地把嘴擦干净，推开门，头也不回地走下房车。车上的人盯着垃圾桶内的纸巾，脸上的笑意终于一点点地退去。这场在沙发上撒娇的戏最终还是没通过，两个人之间的感觉比之前还要古怪。章闵当机立断，直接换场，把秦晓霜和翁煜的分手戏往前提。换场加上午休一起，下午再开拍。

娄语直接省了午饭，戴上耳机去跑步。秦晓霜这个角色，是她觉得演绎起来最艰难的一个角色。对于其他角色，她只需要把自己扼杀掉，再灌满其他的东西就好，但这个角色就像她拿着刀要结束自己的生命，却没伤到要害，只是血汩汩地流着，她奄奄一息却又死不掉。

娄语跑得筋疲力尽才回来改妆。想让自己看上去显得很疲惫，得先从生理状态上尽量去贴近分手戏的人物状态。因为是重场，正式开拍前，章闵决定先走戏。她这场戏想用长镜头而且一镜到底，好在需要调整走位的地方不多，开头两个人各自坐在沙发的两端，沙发上的抱枕，面前的茶几，茶几上的被子，杯里浸湿透的茶包……所有都是真的，完全是一对情侣同居多年的房子。唯独他和她这对情侣是假的。

娄语，不，应该说是秦晓霜，她摸着手机正在冲翁煜抱怨："我昨天下班时手机没电自动关机了，没收到老板的微信，今早就被她阴阳怪气了一顿。真无语，这能怪我吗？"

翁煜坐在沙发的另一端发消息，敷衍道："是啊！怪手机。"

"你能不能认真听我讲话啊？这难道不是老板的问题吗？都下班了啊！"

"那你辞职吧。"

"你不会说话就别说了。"

"我只是给你最正确的建议，你既然不想辞职又要抱怨，我看你尽快换个手机吧。"翁煜无语地看着她，"你手机的电池健康度是多少？"

秦晓霜翻了下设置："百分之八十三。"

"应该换了。"他摇摇头，"掉下一百的时候你就应该多注意了。下了一百之后，电量就会掉得飞快，充电时没一会儿就充好了，比原来更快，其实支撑的都是虚电。"

秦晓霜沉默着。

翁煜打了个哈欠，准备去卫生间洗澡然后睡觉，被秦晓霜一句话按在原地。

“翁煜，那你说我们之间是从什么时候开始掉下一百的？”

“你无不无聊，问这些？”翁煜避而不答，继续往卫生间的方向走，“啪”的一声关上门。

秦晓霜对他的沉默感到恼怒，闭着眼睛想让自己冷静下来，但终究克制不住。她从沙发上起身追过去，一把拧开卫生间的门。

时空之门在那一刹那被打开，男人拧开水龙头正在洗脸，他从水槽里抬起头，脸还是那张脸，布满水渍，看上去显得更年轻些，不是用化妆营造出来的那种，而是实打实的年轻。那是回忆里，五年前的闻雪时，他湿答答地看着她，语气平淡地说：“回来了。”

娄语一愣，自然而然地开口：“嗯，你现在洗澡吗？”

闻雪时：“都可以，你要用的话先让你用。”

“没事啊，你先用吧。”娄语刚准备退出去，却被闻雪时叫住：“小娄——”

闻雪时刚才刻意伪装的平静终于瓦解，带着笑意：“我入围金寰的最佳新人提名了。”

娄语一愣，整个人被巨大的惊喜砸中，显出一种笨拙的迟钝。

“五年了……终于。”娄语紧紧地抱住闻雪时，“我等这一天等得太久了。真的，比我知道自己拿奖还高兴。”

闻雪时也回抱她，在她的耳边期待地问她：“到时候你会来现场吗？”

娄语斩钉截铁地说：“那还用说！我要亲眼看着主持人念出你的名字，看你走上领奖台，举起奖杯，看着底下所有人都在为你鼓掌……”

闻雪时带着苦笑又忐忑不安地说：“别想得太好了，还不一定能拿奖呢。”

“一定会的，一定会的！”娄语喃喃着说，将他抱得更紧。洗手间的水龙头发出“滴答”的声音，像时间的沙漏在作响。她突然发现怀中空了，卫生间空无一人，娄语恐慌地退出去，在客厅里大喊着闻雪时的名字，无人回应，手机却振动着，她低头一看，手机屏幕上的日历写着 8 月 29 日，金寰奖颁奖的日子。

打电话过来的人是闻雪时。娄语接起来，电话里的人兴致勃勃地问她：“你到了吗？我现在在后台，你可以直接过来找我。”她还是头一次听到他声音那么不稳重，仿若一个刚进入游乐园的小男孩。

“你知道我刚刚在后台见到谁了吗？是梁老！等你过来我带你一起去打

招呼。”

娄语很想回答他说：“好啊，我现在就过去！”可怎么也发不出声音。她一直沉默着，对面“喂”了一声，还以为信号不好。

娄语终于开口,声音仿佛都被扭曲了,一字一句地组成了另一个残酷的语句：“我今天去不了了。”

这下，轮到电话那头的人沉默下来了：“怎么了？”

——是啊！怎么了？

娄语听见自己机械地回答他：“姚子戚今天早上发生了意外，在徽市，现在还不知道具体情况怎么样。周向明让我现在必须赶过去看他。”她停顿了一下，故作轻松地说，“你知道的，他这么艰难的时刻……”

闻雪时不说话了，她也陪着他不说话，久到电话那头有工作人员催他赶紧做准备。娄语听见了,叹息着说：“你快去吧,我回来再私下帮你庆祝,好不好？”说到后面，越说越无力。

闻雪时终于出声，居然还在对她抱有期待：“可我希望你来。我人生里第一次登上这么大的领奖台，我希望你和我一起见证。然后，我们可以在后台悄悄合个影，不被发现就行了……”

娄语用沉默代替了回答。

“你不是说过吗？你要看着主持人念出我的名字，看着我走上领奖台，举起奖杯，然后所有人都为我鼓掌。”闻雪时像是在自言自语，“怎么到最后，这所有人里却没有你呢？”他轻如鸿毛的质问，像一道可以致人耳鸣的电流。

娄语无言以对，两个人同时沉默下来，电话那头传来工作人员再次催促他做准备的声音。

闻雪时最后叫了一声很久没叫过的、略显生疏的、她的名字。

“娄语。”语气还是亲昵的，嘱咐着，“登机的时候别忘记戴颈枕，还有眼罩,这样飞机上还能多睡会儿。还有充电宝带那个小的,容量大的不能带上飞机,浪费好几个了……”

娄语仓促地打断他：“你别说了，快去吧，时间来不及……”

“让我说完。”闻雪时的语气轻松，“也许是最后一次念叨了，多说一点你才能记牢。”

娄语猛地咬住嘴唇，逐渐尝到唇边散出一点血腥味：“最后一次是什么意思？”

闻雪时没说话。

“你说过，你不会轻易提分手的。”娄语一字一句地轻声问，“如果提了，就代表你想好了，对吗？”

闻雪时依旧没说话。娄语知道他是真的伤心了。这些年，她让他伤心过很多次，但作用力都是相互的，她感受到什么，他就是一样的。

我们是这个世界上最亲密无间的两个人，我们一无所有，到逐渐拥有了一些东西。我希望你比谁都好，想把很多东西捧给你。但我给你的东西好像你都不要，你要的东西我却给不起。尽管我真的很想给你。他们看似同舟共济，但其实也许从开头，他们想要的东西就不一样。他们是不同的两种人，只是曾经相同的境遇给了他们相似的错觉。当小河分岔，江河变得开阔，有那么多条路可以选择的时候，再结伴就很勉强。

闻雪时是会在赶路途中停下来去感受一朵花的人，而她再喜欢，也只会摇上车窗，如果那朵花不幸落下来，飘到她的车前，她的轮胎也只会狠心地轧过它。

闻雪时要活得尽兴，活得无与伦比，只要无愧于心。

可娄语呢？她活得沉重，活得野心勃勃，势必要出人头地。

闻雪时终于发现这一点了吧。所以，你不想再爱我了，我不怪你。我真的不想，也终于不会再让你伤心了。心脏变得轻盈，娄语突然什么感觉也没有，她坐在那儿，就是一具被捏好的空壳，抽一下发条还能说话。

“那我知道了。”发条又抽了一下，她说，“让你难过了，对不起！”她主动挂断电话，吹落最后一根稻草。她曾经觉得，自己拥有的这份爱情应该会变得很强大，与众不同，是一种地震、海啸、雪崩、火山摧毁之下都能幸存下来的爱情。可它结束的时候，只是一个雾蒙蒙的天气，连风都没有，击溃它的伤口连显微镜都查不出来，却被宣布是一种绝症。

接着，娄语坐在那儿，意识到四周变得不一样了。墙壁因为油烟显得发黄，还刻着她历年来的身高。不远处的窗户上拉着防蚊的帘子，有人在房间里说话，声音却比蚊子还要讨厌。这是她生活了十几年的老家。娄语从沙发上撇过头，看见是她的父母在说话，互相厌恶地谈着离婚的事情，正谈到她的归属，仿佛她是一件家里的旧物什，而他们都不想带走。最后，所有人都走了。

叫醒她的是一个很遥远的、属于章闵的声音，说：“娄语，你在这里应该起来，追到卫生间去，坐在沙发上等的时间有点久。”

娄语蓦然睁开眼睛。

第十九章
爱是

娄语的神色恍惚，意识到她刚才一直闭着眼睛，根本忘记要起身去追人。她闭着眼睛酝酿情绪，却把拍戏和回忆搅成一团浑水，不小心掉进了情绪的深渊，差点溺毙。

娄语回忆起了这五年来她最不愿意回忆到的那一幕，和闻雪时彻底分道扬镳的那一天，那一天或许应该更早来的，但两个人都精疲力竭地坚持到了最后一天，体面地告了别。她总会想，在那一天彻底结束是件好事吧？毕竟那是他光环加身的第一天，金寰最佳新人奖，这个名头多么响亮，这份喜悦肯定会冲淡其他不好的情绪。

然而在两年后，当娄语自己也站上颁奖台，她才察觉到这是不可能的。她穿着高定礼服，戴着昂贵的珠宝，有无数人环绕着她，认识的，不认识的，都纷纷向她道贺。她一下子被推上风光无限的宝座，拿着沉甸甸的奖杯，看着底下黑压压的人潮，却有种说不上来的感觉。所有人都以为她是太激动了，包括坐在台下冲她鼓掌的周向明也是这么认为的，毕竟熬了那么久才出头。

在周向明的视角里，他签下她，让她有戏可拍，只要不算是主角，那都是在熬，毕竟他不知道，娄语在被他签下之前，究竟过的是什么样的日子。那才叫真正的熬，只有知道她承受这份苦难的人，才能感受到她今天站在高台上的颤抖。

可这个人不在这里，那段日子里支撑她的人不在这里了。阿公不在，阿嬷不在，她最想与之分享喜悦的人全都不在了。她忍不住想，当时，站在类似位置的闻雪时会不会也感到相似的空虚。可要问她后悔吗？如果再来一次，她接到那个电话，会给出不一样的答案吗？

那段日子，娄语绝不愿意回想，但那种痛苦的情绪已经成为困在心底的野兽。毕业后走出象牙塔的时候就要经历一道坎儿，做这一行的尤甚，还没出象牙塔里的时候就已经开始厮杀了，哪里还用等到毕业呢？因此，毕业无着落的她就更觉得焦虑，青春是太有限的东西了，它最为坚定地向前，一分一秒地和时间赛跑，绝不会逗留。她无数次想放弃，干脆转行吧！可又无数次想着，都走到这里了，再坚持一下。终于，她的坚持迎来一个好的转机。

谢天谢地，娄语当时已经穷得连进一趟便利店都觉得害臊，每拿一样东西就在心里做算术，害怕结账的时候超支，她会拿不出钱。在那样捉襟见肘的时候，她收到的面试机会不是什么三流小剧组，而是一个名导演筹备的新电影——《昨日之诗》。

娄语觉得人生的转折点就要来了，面试定在三天后，她迫不及待地要给阿公、阿嬷打电话，宣布这个好消息。巧的是那一天，阿公先给她打了电话。她觉得奇怪，因为往常都是阿嬷给她打电话的，阿公一般都是在旁边听，由阿嬷来做传话筒。

阿公的声音倒是很平常，问："小娄今天吃饭了吗？在京崎过得好不好？"

她拎着刚买来的关东煮，轻轻掀开盖子，里头只有两串食物，都是白萝卜，体积大，很容易带来饱腹感。味噌汤汁溢出香味，汤底是她嘱咐店员多加了两勺，那个店员很好心，都快加满了。她一路带回来时，生怕会打翻。

幸好没有，这是她今天唯一的一顿饭。娄语分开一次性筷子，细细地磨完木刺，顺着萝卜的切口将它们分成小块。她语气轻快地对着电话讲："我和朋友在外面吃饭，吃大餐呢。阿公，你吃饭了吗？"

阿公说："和阿嬷都吃过了。只是阿嬷最近身体不好，不太能吃下东西。"

娄语手里的筷子一偏，萝卜被捣烂了。

阿公的语气和缓，说："阿嬷没事，你不用着急，最近有空回来看看阿嬷就行了。"

"严重吗？"娄语听见自己的声音在颤抖。

阿公说："不严重，还行，阿嬷就是一直念叨你。"

味噌的汤底香气依旧外溢，娄语把筷子一丢，挂断电话，立刻去查飞葛岛的机票。窘迫的银行账户压根就买不起最近一班临飞的机票，倒是几天后有一班特价的往返，她勉强能支付。而且，要去面试《昨日之诗》恰好就是在特价航班之前，动作快的话，能来得及。到底该怎么办？随时刷新的机票动态和她的银行账户正在交战，娄语没有多一点思考的余地，孤立无援的她甚至没办法向她的父母借钱，他们已经很久没跟她联络了。

娄语咬紧牙关，最终忐忑不安地订了三天后的机票，做了一场和命运的赌博，那三天的时间，她度日如年，生怕收到坏消息的电话。手机一振动，就觉得浑身发冷，一看是广告营销又骂骂咧咧地把气出到对方身上。然而，面试当天，娄语才知道，他们是要为女主角找一个替身。

娄语五味杂陈地面试完，立刻带上随身行李，坐地铁奔向机场。候机时，她刷着葛岛的天气预告，说明日会有一场太阳雨，大家出行要记得带伞。

光看到“太阳雨”这三个字，娄语就觉得很亲切。京崎长年干燥，下雨都少见，更别说太阳雨这种奇妙的天气。她第一次对太阳雨有记忆是小学二年级。那时，她的父母还没有离婚，但是两个人也是三天一大吵两天一小吵。有一次，两个人吵完架，都以为对方会去接女儿回家，结果呢？谁都没去。

就是那天傍晚落了太阳雨，阳光金灿灿的，还有扑簌簌落下来的雨滴，虽然身边的小朋友都被接走了，她站在走廊里望着窗外，并没有觉得很难过，反而是好奇。太阳快落山的时候，雨终于停了，它们好像舍不得彼此似的，因此结伴离开。下过雨的天边是清透的流云，还有橘黄色的夕阳。光晕尽头，一个小妇人颤颤巍巍地撑着红伞走来，手上拎着小孙女爱吃的蛋酥卷。

广播响起登机的催促，娄语准备关闭手机，一个常年不联络她的号码发过来一条短信。她下意识地以为又是广告，差点把这条短信拖进垃圾箱。

结果，是她的父亲发来的。简短的一行字，写着：**你阿嬷走了，虽然见不到最后一面，还是早点回来吧。**

喉咙几经起伏，娄语低下头，回复了一个“哦”字。后来她才知道，他们不想拖累她，一直没告诉她阿嬷身体不好的事。阿嬷其实已经拖得不能再拖了，阿公才咬牙给她打的电话。而因为她没能马上赶回去，尽管阿嬷很努力了，还是没能撑到她回来。

那三天，阿嬷在想什么呢？娄语麻木地穿过行人，穿过安检口，机场工作人员翻着她的包，例行检查着物品。洗漱包、充电宝、身份证，还有零零碎碎的一堆杂物，他们把东西翻出来，她一一把东西收回去，有条不紊。往前走时，身后的工作人员叫住她，说你还是漏了东西。递过来一看，是一副崭新的皮手套。

那一年考上大学，离家前，她舍不得阿公、阿嬷，三个人在汽车站照了张相。大夏天的，阿嬷特意戴着她给买的那副手套，舍不得又开心地挽着她。

阿嬷很瘦小，只到她的肩头。她一直都没发现，原来那副手套早就起球了。

娄语这回知道，应该买皮质的，那样阿嬷的手指再也不会生冻疮了。

娄语平静地说着“谢谢”，慢吞吞地把手套戴在了自己的手上。像那一年傍晚落下的太阳雨，阿嬷粗糙又温暖的手牵着她，阿嬷心疼地说：“小娄啊，你的手怎么湿了？淋到了吗？”而她天真地指着天空，说：“阿嬷，我刚探出手在接雨滴呢。原来太阳公公也会流泪哦！还有还有，它的眼泪和我一样，也是冷的。”

章闵盯着监视器，内心感到非常震撼。她刚刚还在担心，因为刚才拍戏的时候娄语连走位都忘了，感觉情绪不太对。她生怕娄语又出现什么异常状况，开拍的这一条长镜头她根本没抱什么希望，只当作试拍，结果她哑口无言，非要说什么的话，就只有震撼两个字才能形容了。

章闵从娄语的表演里感到一种难以言喻的哀伤，连带着这一刻，她手脚冰冷地坐在椅子上，一时间连停都忘记喊了。直到坐在旁边的摄影指导轻轻推了推她：“导演？”

章闵匆匆回过神，拿起对讲机，清了清嗓子：“太棒了，你们都辛苦了。”

娄语冲着镜头露出一个笑容，不怎么好看，毕竟她现在脸上都是眼泪，妆都花得一塌糊涂。

栗子早在一旁等候，这场戏一结束，立刻拿着纸巾小跑过来。但还是有人快她一步，毕竟，闻雪时就在娄语的面前。娄语愣愣地看着那只修长的手在她的眼前摊开，手心里放着一包纸巾。包装和多年前不一样了，但左上角依然写着三个字：“舞月花”。

闻雪时看娄语发呆没动，自顾自地从里面抽出一张纸巾，弯下腰，慢慢地把她的眼泪擦去，低声哄她：“不哭了。”他的声音也染上了难过。

她一听，眼泪更止不住地往下砸。昨日重演，可明明什么都变了，有变好的，也有变得不好的。娄语胡乱地用手抹了几把脸，赶紧接过纸巾说“我自己来”。她按着面颊，挡住自己哭花的脸，视线被又薄又透的白色纸巾遮挡，鼻音很重地说：“你居然拍戏时还带这个？”

“放在口袋里别人也看不见，不影响。”闻雪时没把纸巾收回去，“还要吗？”

“不用了，我的助理也带了纸巾。”

可是真的不需要了吗？娄语捏紧手心里湿透的纸巾，为什么这一刻自己还握得这么紧呢？她看着转身离开的闻雪时，从他的表情里隐约能察觉到，对方拍完这场戏时，情绪也不太好。她疲惫地走上保姆车准备回去休息，栗子却突然上车，脸色带着些小心。

“姐，驻组宣传刚才找我呢，说今天因为提前拍分手戏，所以临时安排了一个相关的宣传采访，要放进花絮的。不过，我觉得你现在应该很累，这个采访要不要以后再找日子？”

娄语立刻打起精神：“不用了。”

驻组宣传直接借用了剧组的大化妆室，毕竟现场还有其他戏份的拍摄，不能用摄影棚，两位主演便将就地在这里做采访。他们并排坐在沙发上，工作人员在他们身上戴好话筒，确认收音没问题，采访便正式开始了。他们脸上的疲惫和消沉迅速退去，变成了镁光灯下挑不出错的笑容。

主持人开始说："两位先自我介绍一下吧。"

闻雪时做了个先请的手势。

娄语向镜头挥挥手："我是娄语，这次在剧中饰演秦晓霜。"

闻雪时接着说："我是翁煜的扮演者闻雪时。"

主持人念着开场白："两位是继《白色吊桥》之后的再一次合作，这次的合作相比之前，有什么新的感受可以和我们分享吗？"

这次，娄语礼尚往来地做了先请的手势。

闻雪时公式化地笑着说："当然是怀念了。那时我和娄老师都是新人，但她已经是非常优秀的演员了，所以和她第一次合作就非常愉快，我一直都很期待能和她的再次合作。"

娄语也微笑着点头："我也有同感，很期待和优秀演员的合作，但毕竟我和闻老师主攻的方向不同，这次能有合作的机会我特别高兴。"

主持人继续问道："众所周知，你们都已经脱离网剧很久了，为什么这次还会接下《往事若无其事》呢？"

娄语道："演员接剧当然只看剧本，这个故事很打动我。"

一旁的闻雪时也说："是这样的。"

主持人顺势又问："那可以请两位讲讲具体是哪里打动了你们？"

他们都陷入沉思，接着给出了一个差不多的答案。

闻雪时："大概是过去和现在的冲撞吧。"

娄语："回忆以一种独特的方式来到现在。"

主持人挠了挠头，这几个问题下来，他们的回答都有一种特别相似的感觉，不禁让人怀疑他们是不是私下对过答案了。她集中精神，继续提问："那如果有个机会可以让过去的自己来到现在，你们希望是什么时候的自己呢？为什么是那个时候？"

娄语想了想，说："大学刚毕业的时候吧。那个时候都快要坚持不下去了，我想让她来到这个时候见见现在的我，那她应该会更有勇气支撑下去。"

闻雪时比娄语想的时间更久，他过了好半天才给出一个答案："二十七岁。"他语气轻松地自嘲，"那个时候刚拿完最佳新人奖，骄傲得不行，想让他来看看现在，一直停留在最佳新人可不行，得更加努力。”

“两位老师回答的都是关于事业方面的答案，我想问问情感方面呢？《往事若无其事》中描述了一种无能为力的爱，你们对爱的见解又是怎样的呢？”

“爱就像恐龙。”娄语回答道，“有点老派，又很庞大，你知道它确实存在过。但也知道它注定会走向毁灭。”

主持人又看向闻雪时，他笑着说：“我觉得爱可能是一件毛衣。时间久了就会变形，尽管还想让对方取暖，但已经不合身了，还是会感到冷。除非重新再织一件。”

主持人心里想：这两位真的好配合啊！对爱的解读完全紧扣剧的主题。她清了清嗓子：“最后一个问题，如果现实像剧中一样，你们的前任如果在这一刻穿越到你的面前，你最想和对方说一句什么话？”这个问题真的很好笑，不需要穿越，前任就坐在彼此的身边，还要听着对方的回答。

娄语轻笑着说了句：“秘密。”

闻雪时听后毫不意外地笑了笑，他却一改之前在这种情感问题上避重就轻的风格，斟酌着，慢条斯理地回答：“我想告诉她，不要太把我的话当回事。”

很没头没尾的一句话，甚至连前任本人都没听明白。灯光暗下来，采访结束了。主持人连忙收拾东西退出去，娄语原本应该去专属的化妆间卸妆，闻雪时也是。可两个人谁都没动身，在沉闷的房间里各自沉默着。

娄语眼角的余光不断地往旁边看，见他低着头安静地看手机，终于憋不住了，问道：“你刚刚最后那句话是什么意思？”

闻雪时仿佛就是在等这句话，把手机按灭，看过来：“娄语，刚才在拍分手戏的时候，你在想什么？”

不答反问，这个问题还让她感到措手不及。娄语抿了抿嘴唇，说：“我什么都没想。”

闻雪时盯着她：“可是我在想，我想到了我们分手的那一天。”

“我还记得你当时在电话里问我，是不是想好了。我没有回答你。”闻雪时垂下眼睛，“但是我的沉默并不是默认的意思。”

娄语愣愣地问：“什么？”

“我虽然和你说过绝不会轻易提分手，但其实真正说出来的时候，就是一瞬间的事情，根本没有想好了。”事隔多年，闻雪时似乎终于可以坦然地表述自己当时的幼稚：“其实，我也是在跟自己赌气，我赌你会不会挽留我，会不会为我说一句‘我不飞了，我来找你’，哪怕只是骗骗我呢。”

娄语愕然。闻雪时向后靠在沙发上，身体陷进沙发里，像是陷进回忆。不知道为什么，他明明是在回忆分手那么痛苦的事，脸上却还挂着笑："结果你这个一根筋，真的连骗都不愿意骗我一句，就这么把电话挂了。"

此时，娄语才领会到那句"不要太把他的话当回事"是什么意思。

"后来，我在网上搜到你在医院陪他待了一个星期的事……那个时候，我们好像都没可能完整地在一起待过一个周末，更别说是一个星期。"闻雪时捂住额头，"我一直在心里埋了个疙瘩，你怎么可以做到这个地步，对我们的分手这么无动于衷。所以我一直很好奇……"

一直困扰在娄语心中的谜团，终于逐渐露出它原本的面目。

娄语仓促地打断他："这就是你想接《夜航船》的原因？"

闻雪时不置可否地说："他难得复出，又和你一起，我当时就想，也许那些都是真的吧。也许这五年其实你们已经在一起了，我控制不了自己的胡思乱想……当然，后来观察你们的互动，我知道没这个可能。"

娄语被他这个荒谬的想法震惊得不知道说什么好，只好强调道："我当初和你说过，我不可能喜欢他。你不相信吗？"

"我信，但忌妒是另一回事，忌妒就会催生想象。就像你看《月球》一样。明知道是假的，你就不难过吗？"闻雪时轻描淡写地说，"更何况，我能看出来姚子戚是真的喜欢你。你也知道这一点的，对吧？"

闻雪时看向她："我其实很想问你一句，当年，你看我和黄茵花主演的那部戏的时候，是不是也一点都不后悔。"

当然后悔。娄语会忍不住胡思乱想，戏里戏外，你扮演了那么多爱她的时刻，会不会真的有那么一刻爱过她？但他们还真没因为这个吵过架，因为娄语从来不提黄茵花，就如同他也不提姚子戚。他们都不敢问对方。

娄语揪紧沙发的扶手，脊背僵直。她问出了那个自己这五年想过无数遍的问题："如果那个时候我冲动一次，你说我们的结果会有不同吗？"

漫长的沉默之后，闻雪时回答："不会。我刚才说了那么多乱七八糟的话，都是我不能摆到台面上来的情绪，但都和分手没有直接关系。"他忽然闭上眼睛，语气轻得像快要睡着，"那一天，我是打算把奖杯当作求婚礼物送给你的。但你告诉我，你不能来的那一刻，我终于知道，它对你而言是镣铐。"于是，他试探着说出那句话，在得到了意料之中的答案之后，对面变成了忙音。

心脏像一间小小的病房，不断地发出垂危的信号，他握着手机，压住喉咙里泛上来的一股呕吐的感觉，却怎么也压不住，好像身体无法承载这一刻的失去。巨大的痛苦将他压得粉碎，只能排山倒海地往外倾泻。要登上领奖台的前一刻，闻雪时缩在洗手间的隔间里吐得昏天黑地。那原本应该是他人生中最光鲜的时刻，却也是他人生中最狼狈的时刻。

娄语在听完这句话之后肉眼可见地沉默下来。她虽然睁着眼睛，但眼神完全放空。

门外响起敲门声，是栗子的声音，催她该去卸妆了。

娄语回了句“知道了”，沉默地站起身。她嗫嚅动着嘴唇，最终什么都没说，推门离开。望着窗外的月亮，她的心头很空。其实她一直知道，虽然提分手的人是他，但真正抛下他的人是她。真正被一直留在原地的人也是他。只是闻雪时承担了那个做恶人的先机，好让她痛快地往前走。她一直知道，但假装不知道。直到刚才，她没法儿再假装下去了。

栗子看她的脸色不好，以为她是累了，却听她说：“不去卸妆了，你跟司机说下吧，我直接回家。”

“啊？”栗子愕然，“明天是有什么行程吗……”

娄语揉了一把栗子的脑袋：“没有。只是突然想回家睡一觉。”

“哦，好的。”栗子被摸得脸红起来，赶紧低头给司机发消息，让车子赶紧开过来。

娄语回到自己的住所，草草地卸完妆，躺在自己的床上，一直到后半夜才睡着。她做了一个五彩斑斓的梦，具体梦到什么，醒过来后都不记得了。唯一还能模糊记得的是梦的结尾，她好像无所事事地在街上闲逛，路过一家彩票店，停下来，对着店家说：“我几年前在你这儿买了张彩票哦，我现在还能兑奖吗？”

店家嗤笑着说：“你是不是开玩笑啊？”

娄语低下头攥着手里的彩票，说：“我不是故意不来的，我是真的没有办法。”

店家好像心软了，翻了个白眼说：“那你把彩票拿来给我看看吧，反正肯定也是一张谢谢光临。”

娄语眨巴着眼睛，虔诚地把彩票递过去。店家的脸色大变，说：“你这张是百年难得一遇的超级大奖啊！”然后，他拍了拍胸脯，说“幸好你那天没来兑奖，大奖给你这种人可惜了。”

娄语在梦里笑着说：“是哦。”然后，梦就醒了。娄语睁开眼睛看着熟悉的天花板，窗外天还没亮透。

车子驶到片场，今天拍摄的是车内的戏，依旧在摄影棚里，车子两边都是绿幕，方便后期抠景上去。这场戏接的是两个人分手之后的戏，翁煜开车来接秦晓霜下班，等红灯时候他突然提起自己“已经找好房子了，过几天会搬出去”。

秦晓霜看着车窗外的绿幕，疲惫地问他“需要帮忙吗？”

翁煜淡淡地说了一句“不用”。这一幕到此为止，拍了一条就算通过，章闵让换个机位再来一条就行。换机位需要一点时间，娄语正准备拉开车门下去休息，闻雪时却坐着没动。毫无征兆地，他突然伸手把车窗都关上了。窗外是正在架灯和换镜头的工作人员，他们看着陡然升上去的黑色玻璃，都愣了。

正推门准备下去的娄语也愣了：“你做什么？”

众目睽睽之下，闻雪时居然把车窗关上了？好像他们要在里面做什么见不得人的事情一样，不仅如此，他还直接把车门给锁了。莫名其妙，娄语不敢想，外面的人现在都在怎么看这辆车，她只想着快点下去，探过身去解锁。

闻雪时先一步把手抵在按钮上，说：“昨天和你说那些，其实是我想知道，如果可以重来一次，你会选择在颁奖那天来到我身边吗？”

娄语的心脏传来些微发麻的钝痛感，转头看向窗外，用看似无所谓的语气轻飘飘地说：“所以，我昨天又一次让你失望了……对吗？”

“对。”闻雪时的回答让她原本就沉到谷底的心不知道该往哪儿坠。

“但是，”闻雪时的声音突然软了下去，“我也很容易被哄好。”

闻雪时伸手轻掐住她的下巴，将她的脸扭过来，还捏了捏，用气声说了句“真傻”。不知道在说她，还是在说他自己。

第二十章
乐园

两个人在车上待的时间并不算久，加起来也就几分钟，但这是哪儿？这是片场！上百号人的眼睛都盯着他们把车窗关起来，谁都看不见他们在里面到底干了什么。但据当时离他们较近的目击者灯光师陈述：我中途隐隐约约地听到了娄语的声音，好像语气挺冲的。

哦，这是吵起来了啊！

另一个离他们较近的目击者摄影助理陈述：我中途不怕死地绕到了车的正前方一下子，看见他们两个人的头各自扭向两边，那气氛真是太紧张了。

于是当晚，剧组微信群里关于两位主演在摄像机关机后关上车门又大吵一架的消息像病毒入侵般传遍各个小群。

周向明当即打电话过来询问到底怎么回事？

娄语和他避重就轻地讲是在说后续拍摄进度的事情。

关于不和传闻，显然还是要靠两位当事人亲自出来辟谣才行，但又不能显得太生硬，最后双方团队敲定，让两个人各发一条表示他们关系还不错的微博。至于这条微博该怎么发，公关团队们也讨论了一下午，讨论出的方案是让两个人互发对方的照片。

他们精心从剧照里挑了两位主角的花絮照，然后拟了一条意思是对方正在认真拍摄的文案，甩到群里让他们过目。

周向明表示可以，娄语也回道：OK，我先发吧。

@娄语v：“偷拍了一张闻老师，演技真的[赞][赞][赞]”

配图是一张闻雪时在做造型间隙还在看剧本的剧照。

闻雪时紧随其后发了新的动态：@闻雪时v：“和专业、优秀的演员一起工作是一种享受。”

只不过闻雪时多发了一张九年前娄语在片场的照片，还是拍摄《白色吊桥》的时候，她穿一件白色衬衫，黑色长裤，很单薄的那种。头发随意地扎着，颈上都是碎发，从雪地里晃悠着跑过。跑动的过程中，她似乎注意到有人在拍，扭过脸对着镜头笑了一下，挺俏的鼻子通红，和前面一张用专业的相机记录下来的剧照一比，这张照片显得粗糙多了，显然是用手机拍摄的，还是像素不怎么样的手机。

娄语记得这场戏，零下十摄氏度，她必须穿着单衣在雪地上来回跑，最后冻成了重感冒。她的头皮一麻，震惊于他会把这张照片发出来，更震惊于他居然还会保存着这张照片。

娄语切换微信，发了个问号。

闻雪时也礼尚往来地回复了一个问号。

你为什么还多发了？发一张图片就够了啊。

为了说明一如既往，两次合作的体验都很好，更能体现你的优秀和专业。

屏幕上一行对方正在输入中浮现又消失，磨蹭半天，娄语还是发了出去：你怎么还留着那么久以前的照片？

闻雪时倒是回复得很快：你把照片都删了？

娄语抿了抿嘴唇：是我先问你的，你没删吗？

闻雪时回复道：没有。

又是一段时间的沉默，闻雪时看着屏幕上方显示“对方正在输入中”出现，消失，又出现。

我也没有。

屏幕照亮闻雪时的脸，他看见了她的回答，眼睛微微弯起来。

次日拍摄的是秦晓霜和翁煜暧昧期的情感戏，章闵担心以这两个人前一阵子的状态，拍这场戏不太行，还想让统筹换场。但这场戏是外景，已经谈好的场地和时间，轻易更换就是上万的损失，所以她放弃了临时换场的打算，去试试看再说。

暧昧期的话，对亲密度的要求也不会太高。

剧组白天先在摄影棚里拍了通告上的其他戏份，晚上转场挪到了外景地点，一家位于闹市中心的夜店。剧情里两个人各自和朋友来夜店里玩，在舞池旋转时撞上，其实早就在心里惦记着彼此，意外在一个不期然的场合相遇，让他们相信原来是有缘分这么一说的，在这种情感的驱动下，他们第一次亲吻。

这家夜店是美术精心选择的场地，建在地下，装潢像一只巨型水箱。里头的灯全是深蓝色、浅蓝色、水蓝色各种不同饱和度的蓝色。这也是当初章闵定下这家夜店的原因。她第一次跟着美术来这里看场地的时候，觉得每个人都像挤在海里的水草，随着音乐没骨头地飘摇。

此时，这家夜店里面也挤满了人，不过都是剧组请来的群演。

摄影师和灯光开始忙碌着找地方架设备，等两位主演到达时，一切都已经准备就绪。

导演的监视器搭在夜店的包厢里，这块儿的取景主要是大厅和舞池。娄语不算会跳舞的类型，她唱歌也跑调，外加她几乎从不去夜店，所以这场戏，章闵千算万算，没算到难点在“蹦迪”上，还轮不到卡在两个人接吻就 NG 了。

闻雪时也几乎不去夜店，不是会跳舞的人，但这场戏对他的要求不高，他是后被拉进舞池的。而那个时候，娄语已经在舞池里跳了有一会儿了，所以镜头对准的先是她。

娄语试了两遍还是觉得不行，没喝酒干蹦是真的尴尬，干脆直接对道具说：“给我上真酒吧，要烈的。”

道具本来准备的是饮料，在娄语提议后，便真的换成了酒。

娄语一口气喝光，电子音乐混着重音和鼓点在这个密闭的水箱里播放。酒气蒸发，人群熙攘，她一手端着重新满上的酒，张开双臂，甩掉鞋，光着脚，像一只蝴蝶扑进舞池。手中的酒晃荡着洒出去，从她的指缝往下、往下，在蓝色的光线下像一抹晶莹的海水，流到胳膊肘，滴到地面。

娄语差点因为踩到酒而打滑，但误打误撞地，身体在这狼狈的摇晃中反倒呈现出一种意料之外的效果。

章闵盯着监视器，紧皱的眉头终于放松，没有再喊停。

拍摄继续，闻雪时被朋友拉入了舞池，他的手里也端着一杯酒，将在几个摇摆之后碰到身后摇头晃脑的娄语。

章闵的视线集中在两个回旋着即将撞上的人影上，感觉非常紧张，她在心里默默地倒数，三、二、一。

背对背的人终于变得面对面了。她看着他，一下子还没认出来，口齿不清地说着抱歉。

他弯下腰，凑近她，用不确定的语气问道：“秦晓霜？”

“嗯？”她抬起头，在幽蓝色的灯光下凑近他，“翁煜？”

“是我。”他笑起来，“好巧，又见面了。”

身后的群演适时地撞了娄语一下，将她撞进闻雪时的怀中，他懒散地揽住她，在她嘟囔着“抱歉，抱歉，又撞到了你”时说“没关系”，手腕却用力，将人往自己这边又带近几分，他们之间近得只容得下灯光。

娄语盯着闻雪时被暗蓝色的灯光晃过的眼睛，那双可以把人的时间偷走的眼睛，想起他们在房车里那个短兵相接的吻，想起他在密闭的车里掐住自己的下巴，想起他软下语调说我很容易被哄好，想起他的手机里还存着自己和他那么多的过往……然后，她什么都想不起来了。

闻雪时低下头，扣紧她的腰，闭着眼睛也精准地吻到她的唇。

娄语不再抗拒，放松地随之闭上眼睛。舌尖有烈酒的气息，传给了他，酒精被稀释，温度却在攀升。

娄语张开像海草般主动攀上他的脖子，紧紧地缠在一起。这一次，或许是借了角色的壳子，又或许是掺杂了别的什么，他们吻得格外温柔，章闵为了留出更多的剪辑点，足足让他们亲了五分钟。

“可以了！”章闵终于叫停，忍不住快激动地鼓掌了，终于松了口气，心想：这两个人总算把状态找回来，那种一见面就情不自禁地往彼此深陷的感觉一下子就演出来了。然而，她自以为是给出的五分钟时间根本不足够……

那两个人根本没听见她的声音，竟然吻得难分难舍。

好几个工作人员看呆了，章闵咳嗽了一声，说“别看了别看了，演员入戏了，让他们亲吧”。等两个人终于意识到时间太久该分开时，娄语的脚都被亲得快站不住了。闻雪时习惯性地撑了她一把，才完全松开手。

娄语尴尬地看了一圈周围，摄像机背后的人立刻眼观鼻，鼻观心。闻雪时倒是挺坦然的，在她面前站过来，把身后那些似有若无的视线挡住。

章闵打圆场，若无其事地说：“刚刚很好，我们再来一条近景的。上一条的感觉很对，但拍特写的话我需要你们再冲动一点。”

又要再吻一次。

两个人分开去补妆，娄语刚才口红都被亲到脱色。在一边补色时她招手让栗子过来，让栗子再帮自己弄点酒。

栗子乖乖地点头。过了一会儿，她脸色微妙地端了杯水过来。

娄语看了看水，看了看栗子，又看了看水。

“我刚才说错了吗？我要的是酒。”

“没没没，你没说错。”栗子连连摆手，她的语气带着十分微妙的感觉，又把手机递过来，“您看一下手机吧。”

娄语不明所以地接过手机一看，微信里，闻雪时给她发了两条消息：

是我让你的助理换成水的。

考虑下你的胃，别再喝了。

娄语往远处一瞄，闻雪时正闭着眼睛站在冰柜附近补妆，手中的手机已经丢给了他的助理。她抿了抿嘴唇，也没再回复这两条消息，趁某人还闭着眼睛，在栗子好奇地注视中将水快速喝下去，把杯子和手机一起丢给她，小声催促着："快拿走。"

补妆完毕，摄影机和灯光也已经调试完成，接着又要拍一遍刚才的戏。

两个人走到刚才各自的位置上，擦身而过时，闻雪时丢下一句："刚才的水喝了吗？"

"没。"娄语说谎连眼睛也不眨，"你别管太多了。"

娄语径直走到舞池边，闻雪时则停在卡座区，章闵的声音传来："开始"。

一模一样的音乐又响了起来，娄语自如地跳进舞池，这次比上次顺畅了些，但没有了那个意外的滑倒的动作，效果不如上一条。不过，这次主要是拍后面的特写，所以前面的肢体动作不太重要。她在人群里晃动着，很快，再次感受到背后传来很轻的撞击。

娄语回过身，醉醺醺地说着"抱歉"，然后被认出来，然后再次被撞，被闻雪时接住。接着，又是一个鼻息交缠已经预定好的吻。

在片场，你知道每一步都是预设好的，每一个角度，每一个步骤，都是精心策划的。浪漫的现场，几米之外就是满地凌乱的电线、庞大的机器、面无表情的工作人员，根本就没有任何风花雪月的念头，至少她绝不会有。

更别说一条吻戏反复拍上几遍，但在和闻雪时刚刚发生的接吻中，她竟然感受到了心跳加速、手心出汗。她以为这是紧张，毕竟和谁都不知道的旧情人在大庭广众之下再次接吻，心跳加速也在所难免吧，习惯了就好。然而第二次，在闻雪时亲下来时，她依然头脑发昏，闻雪时按照章闵说的，比上次吻得更激烈，刚一张嘴就咬了一下她的下唇，传来轻微的痛感。

这次，章闵感到非常满意，终于通过了。

分开时，闻雪时极小声地在她的耳边含糊着说了一句："不要撒谎"。

娄语愣了一下，反应过来后，脸腾的一下烧了起来。闻雪时吻得那样慢……居然是在检查她嘴里酒精的味道，她再回想起刚才的细节时，无法再单纯地说服自己只是作为秦晓霜在和翁煜接吻。刚才站在那里被众人围观，吻得难分难舍的人变成了闻雪时和她本人。这是完全不一样的两种感受，可让这一切变味的人抛下这句话之后就轻飘飘地去改妆了。

此时，已经是凌晨一点，夜店正值喧哗时分，这条街才开始蠢蠢欲动，他们这些人却都已经困得哈欠连天。娄语的戏份已经结束，而闻雪时还得留下来，他和冯慈在夜店还有一场戏要拍。

这场戏的时间线已经到了翁煜和秦晓霜分手之后，翁煜从朋友那儿知道秦晓霜交往了新男友的事情，报复性地回到当年和她相遇的酒吧，身边的朋友没变，但身边人的位置已经空了。他也没兴趣下舞池，坐在卡座上光剩下喝酒了。有一个人忽然坐到了他身边，翁煜侧头一看，是已经打入他社交圈的乔茉。

后半场大家蹦累了，陆续返回座位，一群人玩游戏，而乔茉被灌了很多轮酒，已经晕乎乎的了，翁煜绅士地帮她挡了酒。这个无意之举却让乔茉对他更有好感。

这场戏不需要娄语参加拍摄，但她没有离开，在保姆车上换了身衣服后，就直接来到包房的监视器处。

章闵还挺诧异的，连忙招呼她："是要找我说什么吗？"

"不是，不是。"娄语连忙摇头，"我就是过来观摩一下，亲眼看见他们的互动比较容易酝酿感情。"

章闵理解地点了点头："不用太勉强，累了的话就赶紧回去休息。"

"不累，导演，你都拍一天了呢。我刚下单买了一些咖啡送到这里，等咖啡送到我再走吧。"

章闵自然又是一番感谢，娄语笑着摆了摆手，内心稍微感到心虚。她看上去有好多顺理成章地留在这里的理由，但归根结底，她知道自己在意的是什么。上次她不想看，但这次她偏要看。

娄语抿起嘴唇，看向监视器里令自己在意的画面。

现场正在调试灯光，闻雪时还在换衣服，冯慈自己坐在卡座上。娄语注视着屏幕上那张紧致的侧脸，轻轻捻了捻指尖。

不一会儿，闻雪时也改完造型进场了，这场戏正式开拍。这种感觉挺奇妙的，刚才还在下方舞池里和自己缠缠绵绵的人，转眼换了身行头，在上方卡座和别的女人并肩坐在一起喝酒。

咖啡恰好在这个时候送到了片场，娄语亲自拿了一杯咖啡递给章闵，拍拍她说："咖啡送到，我的任务也完成了，导演辛苦了啊！"

章闵点点头，轰她赶紧走："赶紧回去休息吧。"

"嗯，回去了。"年纪大了，不能放任自己熬夜，娄语先行坐上保姆车，栗子还在帮忙分发咖啡。等待她的过程中，娄语透过暗色的车窗看着路边人声鼎沸的街道。

现在是凌晨三点，这里却越来越热闹了。

打扮时髦的年轻男女正在街头游荡，有人刚从酒吧里出来，扶着树在路边大吐特吐，吐完直接一抹嘴，晃悠着摸到旁边的摊子买烤红薯，热气腾腾的，模糊了一张醉醺醺的脸。有人刚从车上下来，打着电话点着烟，一副刚从上个局转场到这里的忙碌模样，嚷着“等我啊，车子排队呢，不好叫”。还有人听说有剧组在这里拍戏，蹲在他们包下来的夜店门口探头探脑的。年轻真好啊，有用不完的精力，长夜也很长很长，好像天不会亮似的，可以肆意挥霍时间。时间，是她曾经拥有的最多的也最不被珍视的东西。

娄语打开车里的灯，倾身探向副驾的车座后背，上面挂着一面镜子，方便她在车里睡一觉醒来看看状况再下车，镜子里露出一张带着妆的脸，皮肤状况算是保养得不错，但到了后半夜妆容暗沉，透出一股不知道是年龄还是熬夜所带来的疲倦。

娄语没敢凑近细看，随手拨了下头发。一拨，她的心头一跳。某种突出的颜色在灯光下一闪。娄语凑近镜子，把头发拨开，果然又新长出了几根白发。

野火烧不尽，白发吹又生。娄语在心里擅自篡改着古诗词，默念着，看着镜子突然笑了出来。她也不知道有什么好笑的，直到车窗外传来“笃笃”的敲击声，她带着笑意拉开车门，以为敲门的人是栗子，却在看到门外的人后笑意消失。

站着车门外的是冯慈，举着一杯刚收到的热咖啡：“谢谢娄语姐的咖啡！”

娄语盯着她凌晨三点钟依然容光焕发的脸，一时间没出声。

“娄语姐？”冯慈轻声唤道。

娄语这才回过神：“啊，怎么了？”

冯慈只好又重复了一遍：“我是来谢谢娄语姐还给我们买咖啡。”

娄语诧异地问道：“你专门为了咖啡来和我道谢吗？”

“也不算是……刚刚这场拍完一条，我去上厕所。里面的厕所大家都在排队。”冯慈不好意思地说，“看到娄语姐的车子，就来和你打个招呼。”

“这样啊……”娄语点点头，笑着说，“不用那么客气，一杯咖啡而已。你一个人去吗？这么晚了很危险，那边有很多醉鬼，我让我的司机陪你过去吧。”

“谢谢娄语姐！不用了，有人陪我的。”她指了指不远处，“闻老师……”

当冯慈吐出这三个字的时候，娄语的心脏“嘭”的一声炸了，她囫囵往冯慈指的方向一看，扫到那个人影发现不对劲，大脑这才滞后地接收到完整的句子——

“闻老师让他的助理陪我去了。”

等到栗子分完咖啡回来，车子才驶离了片场。

娄语闭着眼睛躺在座位上摸了摸胸口，如果刚才真的是闻雪时站在那里，心跳会不会直接停止。她想到这个念头，又荒谬地想笑。

这个念头反反复复的，于是，她这一晚的梦也被入侵，梦到那一年她和闻雪时还是互相搭伴去便利店时的事。她问他要不要一起去便利店的时候，他忽然说不了，他要陪另一个人去，然后她转头看见了冯慈……娄语猛地冷汗涔涔地从梦中惊醒。

昨天剧组熬了大夜，直到快五点钟时才收工。所以第二天大部队出工推迟到下午，也没有安排闻雪时和冯慈的戏，把娄语和夏乐游的戏份排了上来。

夏乐游之前因为要去拍摄综艺的关系，统筹把他的戏份都排到了后面，所以这也是剧组开机以来她和夏乐游第一次演对手戏。

他注意到娄语打量自己的神色，不自然地摸了摸额头："我最近去录了一个野外综艺，是不是晒黑了？"

娄语诚实地点了点头："有一点。"

闻言，夏乐游立刻垮下脸："啊！真的黑了啊！我都这么注重防晒了……"

娄语笑着问道："黑一点怎么了？"

夏乐游嘟囔着说："是没怎么，我觉得白一点好看。像闻哥，就挺白的。"

娄语听完觉得诧异："你也当他是偶像？"

"也？"夏乐游不解道。

"那天吃饭你没来。"娄语解释道，"冯慈很崇拜他。刚听你这么说，我想难道他又多了个粉丝。"

夏乐游赶紧摇头澄清："没有，我就是想到了对比一下。"

娄语随口说："那你找错参照物了，他是天生冷白皮。"这话一说完，她就意识到自己说多了，赶紧补充了一句："我也挺羡慕他的皮肤，之前还问过他是怎么保养的，结果发现学不来。"

夏乐游若有所思地点了点头："这样啊，那确实比不了。"

两个人调整状态准备开始拍摄。这场戏的剧情是霍言对秦晓霜的生情戏，前情是她和朋友一起去自驾游，中途汽车坏了，搭上了霍言和他朋友的车。又开了一段，另外两个人去加油站买东西，剩下秦晓霜和霍言待在车里，秦晓霜坐在后座，驾驶座的正背后，霍言的身后。正准备下车抽烟，秦晓霜上手拍了拍他的肩头："耽误你一根烟的时间。"

“怎么了？”霍言的表情有点紧张，因为秦晓霜的表情很严肃。

秦晓霜“扑哧”一下笑出了声：“逗你的。”她弯起眼睛，用手点了点自己的口红，“这支口红我刚才在商场买的，你觉得颜色好看吗？”

霍言：“挺好看的。”

“那这支呢？”她掏出纸巾，三两下把嘴上的颜色擦掉，又从包里掏出另一支口红，在他的眼皮底下堂而皇之、慢慢悠悠地重新涂上。

霍言等她重新涂完口红，视线却不由自主地飘到了车的后视镜上。

由于角度的问题，后视镜里恰好只露出一小片女人的嘴唇，然后嘴唇上下开合，漫不经心地问道：“涂完了，这个呢？这个颜色好看吗？”

他随之转过头去，对上娄语的眼睛，念台词时卡了壳：“好……好看的。”说完台词，夏乐游立刻撇了撇嘴，懊恼地对着镜头，“对不起！导演，刚刚有点忘词了。”

章闵的话从对讲机里传来：“没事，再来一条，直接从抹口红那儿开始。”

娄语点了点头，一旁的化妆师们赶紧上前来帮她卸妆，重新涂上最开始的口红。

夏乐游在驾驶座位上扭头看着她，清了清嗓子，说：“对不起！害得你要反复擦口红。”

娄语说不了话，只能伸出手拍了下他的肩，表示不在意。视线一移，娄语停在夏乐游肩上的手一滞，她定睛往摄影棚门口的方向看了一眼，确认自己没有眼花，闻雪时正从门口缓缓走进来，身边还跟着他的助理。今天晚上才有他们俩的戏，而且不是在摄影棚里，闻雪时现在来摄影棚里干什么？昨天还熬了大夜，他不困吗？

娄语抿了抿新补上的口红，眼角的余光瞄着他径直往监视器的方向走过去了。

这一条重新开拍时，娄语想到监视器那边闻雪时也在盯着，神色有些微不自然，但这点不自然被掩饰得很好。然而，这条依旧没过，出问题的人还是夏乐游，他这次倒不是台词的问题，而是表演的情绪不太对。

娄语无奈地只能重新卸下口红再上妆，章闵见状赶紧来到现场给夏乐游讲戏。

“霍言是什么样的性格你应该很清楚才对，他这里第一次意识到自己好像对这个萍水相逢的陌生人有了别样的想法。他觉得很有趣，第一反应会想更加关注这个人，而不是发愣。”章闵想说他完全被拿捏，但还是换了个更委婉的说辞，

“就比较被动。”

没想到夏乐游直接说：“那确实，我的定力不太够。”

章闵只当他是在开玩笑，卷起剧本轻轻拍了下他的脑袋：“油嘴滑舌的，下一条争取过啊，不然再来几次，娄语的嘴唇都得秃噜一层皮。”

娄语怕他反而会更有压力，开玩笑道：“那到时候给我买单唇膜作补偿就行。”

这场戏拍完之后，她还有和夏乐游的两场在车上的戏，拍完就得转场，还是重场。晚上就轮到了她和闻雪时了，要拍的是翁煜和秦晓霜重逢的戏。

剧本设定的是在别墅的结婚前夜派对，剧组找了离摄影棚不远的一栋别墅作为拍摄场地，B 组从一大早就开始忙活着布置场地。娄语拍完后就赶紧改妆，到达别墅时已经将近傍晚。

闻雪时比她早到一步，正在剧组专门给他准备的休息室里休息。娄语从车上下来时，刚好抬头看见他站在二楼的阳台边，夕阳染红了他的半边侧脸，他垂眸，冲她挥了挥手。

她便伸手回应他。等夕阳完全落下时，终于到了可以开始拍摄的时间。

别墅亮起彩灯，另一个世界启动了。秦晓霜拎着一瓶陈年红酒作为礼物走进大厅，庆祝多年的好友正式结束单身生活，步入一段新的人生。

派对上有不少人，大家都依着好友的意思戴着面具，她进去之后像走进盘丝洞。虽然她自己也不例外，但她挑选的面具还算是挺正常的。

好友接过礼物，笑着和她拥抱了一下，说：“对了，你应该知道吧……翁煜也会来。”

她一愣：“你不是说他不来的吗？”

“本来是这么跟我说的，刚才他临时给我发的消息，说已经在路上了。”

秦晓霜抿了抿嘴唇，笑了一下：“没事，来就来吧。”她走到旁边取了一杯酒，视线似有若无地扫过门口。不一会儿，翁煜姗姗来迟。三年未见，又戴着面具，但秦晓霜还是在第一时间就认出了他。

翁煜也在第一时间看了过来，两个人短暂地隔着人群对视了一眼，她率先移开视线，去啜杯中的酒，一口接一口地喝时，她忽然脊背紧绷起来。

翁煜来到了她的背后。“好久不见。”毫无新意的开场白，也是最安全的开场白。

秦晓霜停顿片刻，转过身，向翁煜颔首：“好久不见。”

翁煜没吭声，视线从她的脸庞，慢慢转到她托着杯子的指尖。白皙的无名指上，一枚素净的戒指套在那儿。

翁煜定定地看了好半天，才回过神来说："我应该也给你带个礼物的。"他指着她的戒指，"庆祝你的新婚。"

秦晓霜下意识地摸了一下手指，说："那倒不用了。你呢？还不结婚吗？"

翁煜笑了笑："女朋友的年纪还太小，没个定性，再说吧。"

"年纪小无所谓啊，重要的是，你想不想和她一直在一起。"秦晓霜耸耸肩道，"我老公就比我年纪小很多，还不是照样结婚了？"

翁煜喝酒的动作微微一停，"嗯"了一声："有道理，看来，我的求婚得提上日程了。"

秦晓霜将手中的酒杯倾向他，轻轻碰了一下。

"那就提前恭喜你，我们的礼物就互相抵消了。"秦晓霜自顾自地一饮而尽，放下酒杯转身离开。

才走出两步，翁煜在背后急促地喊了她的名字："秦晓霜——"

她背对着他，没回头，问道："还有事吗？"

过了良久，翁煜问道："冰岛好看吗？"

秦晓霜笑着说："我没去冰岛度蜜月，去的是泰国。"

翁煜感叹道："差得有点远。"

"因为那个爱看极光的人已经不在了。"秦晓霜终于向后看了他一眼，"那才是我当年想去冰岛的真正原因，我想让他开心。"

翁煜握着杯子的指节发白。

"咔——"章闵在另一个别墅的房间里看着监视器，微微叹了口气，总觉得今天没看皇历，一个两个都出岔子。

夏乐游的资历浅可以理解，可闻雪时不应该啊。这场戏虽然对情感表达的层次要求比较高，但对闻雪时来说应该也应该游刃有余。

"闻雪时，你的状态有点太过了。"章闵想了想措辞，最后叹了口气，决定用更鲜明直接的方法表达，"你来监视器这边看看吧，看看你的表现就知道了。"

闻雪时对着镜头说了句"抱歉，我这就过来"。

娄语愣了一下，跟着一起过去。

两个人走到监视器所在的房间，章闵招手让他们坐，接着回放了刚才拍摄的那条，其中一个机位特写拍的是闻雪时，他戴着黑色的面具，只露出眼睛和嘴，更能显出眼神的戏份，当他看向娄语手上的戒指时，眼神里有种特别黏糊的情绪。

翁煜虽然觉得不好受，但他会掩饰，尽量让自己看上去显得别那么在乎，但闻雪时流露出来的这个眼神，掩饰过后依然很明显，让人不敢细看。

章闵只说了三个字：“太满了。”

“不好意思。”闻雪时抱歉地说，“我没揣摩好，再来一条。”

娄语看着监视器，心脏不知为何会跳得飞快。

两个人重新回到拍摄大厅，群演都还在原地，戴着面具，趁着短暂的间隙闲聊、玩笑，闹哄哄的一片，恍然望去，俨然就是一场真的派对。而身处其中的他们，好像也已经各自有伴，是比当时在船上更残酷的久别重逢。

闻雪时走在她的身边，突然说：“我刚才就有这种错觉，一切都是真的。你结了婚，对象很好很年轻。我只能笑着祝福你，虽然我一转眼看到镜头，又知道一切都是假的。”他又去看她的无名指，这会儿的眼神已经非常平静，像死寂的暗湖，“但就连想象都很痛。”

闻雪时那么低声的一句话，飘到她的耳边，竟然令她也跟着心头一痛。

娄语不确定地说：“也许你是和角色相互影响了。”

闻雪时定定地看了她半晌，扭头往前走：“或许吧。”眼下不是他们可以深究这个话题的时候，他们得继续紧锣密鼓地拍摄，把自己的情感往后放。

闻雪时是个十分专业的演员，在被章闵点出问题所在之后，就迅速调整了自己的表演方式。这一条又来了两遍之后顺利通过。

下一场是拍摄派对到了午夜之后的戏码，也是这场戏最初的高潮。翁煜摘下面具，灵魂已经“换芯”，变成更年轻的自己，他穿过人潮走到她面前，还以为这是一场梦，不分青红皂白地将她从派对上拉走。

拍摄这场戏之前，剧组得架一段时间机器，因为需要动用到摇臂拍摄他们从派对上逃离的情景。所以这段时间，演员们就先到别墅的休息室休息。

娄语刚才站得有点久，小腿有些酸麻，刚脱下鞋子准备在沙发上躺一会儿，休息室的门就被敲响了。

门外传来夏乐游的声音：“姐姐，你现在方便吗？”

娄语诧异地说着“稍等”，穿上拖鞋去给他开门。

青年显得风尘仆仆，手中提着一个袋子，笑着说：“说好的唇膜，我刚才去市区现买的！知道你们还在拍戏很辛苦，赶来犒劳你。”他的左手还提着一杯咖啡。

娄语顿时有些哭笑不得：“不是吧？我开玩笑的。”

“下午确实是我的问题，我做得不够好。”夏乐游挠挠头，“你就收下吧。”

娄语为了不让他觉得尴尬，只好接过他的东西：“谢谢！下午你拍得也很辛苦。”

“明天还有一场我们的婚礼的戏，我怕再像今天这样反复NG。”夏乐游很诚恳地看着她，“所以我……”

夏乐游的话还没说完，对面休息室的门打开了。

闻雪时从里面走了出来，三个人面面相觑。

夏乐游一时觉得有些心虚，但他们现在聊的是工作，又变得理直气壮起来，继续对她说着刚才被打断的话：“所以，我能提前来找你对戏吗？等你收工之后？”

闻雪时瞥了两个人一眼，脚步不停地往楼梯间的方向走去，只是走得很慢。

娄语眼角的余光瞥着他往楼下走，回答夏乐游：“可以啊，如果这场戏没拍得很晚。剧本方面的事，我很欢迎。”

夏乐游笑着说：“谢谢姐姐，那我在现场等你！”

直到晚上十点钟，别墅依旧灯火通明。

娄语接到通知，机器都已经准备好，马上可以进入到下一场的拍摄。她重新来到大厅，戴上面具，接着上场，时针走向午夜十二点，派对应该结束了。

大家陆陆续续地摘下面具，秦晓霜也不例外，摘下面具后把空掉的酒杯往桌上一放。突然感觉有人在注视自己，她扭过头看去，发现是翁煜。

可现在的翁煜……看上去好像有点不同。

秦晓霜还没察觉到是怎么回事，他已经穿过人群朝她走来，茫然地问：“宝宝，你怎么看上去有点……成熟。”他支吾着，“我应该是在做梦吧？”

秦晓霜愕然：“宝宝？”

翁煜理所当然地点了点头：“怎么了？”

秦晓霜表情古怪地审视着他：“你是不是喝多了？”

“我喝酒了吗？”翁煜看向她的无名指，自言自语道，“你怎么还戴着这个玩意儿？难道是我们已经结婚了？既然在我的梦里，那应该是了。”

“你醉得不轻啊。你女朋友的电话是多少？我帮你打给她。”

“我的女朋友不是你吗？”

秦晓霜无语地看着面前的醉鬼，一字一句地说：“我已经结婚了，你的女朋友是别人。算了，你发酒疯我管不着。”她不想再纠缠下去，摸出手机准备找代驾，手却被他一把拽住。

“你怎么对我这么冷漠……”翁煜的语气十分严肃，“这一定是个可怕的噩梦。”一边说着一边往门外跑。

“你拽我干什么？”秦晓霜不解地问道。

“跨越这个噩梦。”翁煜坚信自己在做梦，秦晓霜坚信他在发酒疯。两个人驴唇不对马嘴，却在两只手紧扣的瞬间，不知不觉地保持着同样的步伐往前奔跑，跑进夜色里。摇臂开始慢慢上升，从别墅的大门一直摇到铺满花影的下坡小道。两个人在监视里看去，像是在奋力地逃脱已成定局的人生。

秦晓霜被带着跑出一段距离，摇晃的视线里看着自己那只戴着婚戒的手，意识到自己不该这样，她用力试图将手抽出来，但被抓得很紧。在挣扎的过程中一个踉跄，翁煜才终于停下来。但是这个动作娄语没掌握好，她切实地听到自己穿着高跟鞋，脚踝发出“咯噔”一下的声音。

此时，两个人仍在镜头内，但已经是很遥远的两个影子，等会儿才需要切换机位拍近景。因此，他们的神色也只有对方知道。

闻雪时当即扭过头来，察觉到她脸上一闪而逝的痛苦：“真的扭到了？”

娄语立刻恢复如常的表情：“没有啊，我演的。”

闻雪时沉下脸：“不要撒谎。”大有一副如果你不承认我就再次上手检查的架势。

“好吧……确实扭到了一点。”娄语站直身体，“我没事。”

闻雪时皱起眉头：“你还能继续拍吗？”

娄语毫不犹豫地点头：“可以。这条应该过了，就差一个近景了，忍一忍，再拍一条通过就行。”

闻雪时仿佛知道她一定会这么说，也不跟她犟，一伸手，将她打横抱起来。

“闻雪时！”娄语吓得小声惊呼起来。

“你不是还要拍吗？那至少这段路就别再加重了。”闻雪时的语气低沉，“或者我现在放你下来，你自己走上去，然后我们今晚到此结束。”

权衡之下，娄语没再吭声。但双手还是固执地发表自己的看法，没去抱他，一只手垂下来，跟着走动一晃一晃的。两个人沉默地走了几步，闻雪时突然说：“拍完之后去医院看看吧。今晚就别和夏乐游对戏了。”

果然他还是听见了，在刚才的走廊里。

娄语：“我已经答应他了，他还在等我呢，明天就要拍了。”

闻雪时：“你的脚要是没好，明天拍什么？”

娄语：“我自己心里有数，只是轻微崴到，等会儿冰敷一下就没事了。”

闻雪时："你非要今晚就和他对？"

"不行吗？"娄语感觉到抱着自己的手在变紧。

"当然行。"闻雪时笑得很勉强，"我只是建议。"

娄语低着头，没看见他的神色。

娄语："我知道你是关心我，你别担心。"

"娄语。"闻雪时又轻轻地叫了一声她的名字。

这段通往别墅的小道已经走到尽头。最终，娄语还是在众目睽睽之下被闻雪时抱进别墅。众人神色各异，闻雪时淡淡地解释说："她的脚扭到了。"

众人只觉得两位主演之间的关系真的是扑朔迷离啊！之前冰火两重天，酒吧里又吻得难分难舍，现在又这样……但表面上，大家依旧还是秉着专业精神，坚决做到视若无睹。最后，在娄语的坚持下，这场戏还是一口气拍完了。她回到休息室一看，勉强的结果是刚才还平坦的脚踝现在已经鼓起一个包。

栗子拿着冰袋，正小心地替她敷着。门外传来叩门声，娄语想当然地以为是有过约定的夏乐游，直接出声让人进来。

结果进门的人却是闻雪时。

栗子立刻察觉到娄语的脚尖悄悄绷直了，完全是身体下意识的反应。她立刻非常有眼色地拿着冰袋起身，对娄语说："这包冰好像有点化开了！我再去拿一包新的过来！"说完，她快速地关门离去，现在房间内只剩下他们两个人。

闻雪时缓步走过来，视线在她的脚踝处徘徊，看着娄语无奈地说："我就说让你赶紧处理扭伤，你非要逞强，坚持拍完。"他站到刚才栗子蹲下去的位置，手指捏住肿起来的地方，轻轻按了按。

娄语"嘶"了一声："疼。"

"现在知道疼了？"他蹲下来，从口袋里拿出药用喷雾，对着她脚踝扭伤的位置轻轻喷上，抹开。

娄语的脚趾轻微弹动："你怎么连这个都有？"

"丁文山刚好过来找我，我让他路上顺便买来的。"闻雪时慢悠悠地拍了拍手，起身，环视一圈，"那位小弟弟呢？"

娄语刚想说"我也不知道"，房门又被人敲响。

闻雪时按住她："我去开门。"说着，就走向门口。

两个人都已经猜到外面的人是夏乐游，但门外的人却没猜到开门的人会是闻雪时。

夏乐游满头大汗地站在门外，一声"姐姐"卡在喉咙里。

闻雪时露出微笑，装作不知道："找她有事？"

娄语连忙出声解围："闻老师是来送药的，不用管他，你进来吧。"

夏乐游"啊"了一声："我刚才也去外面买了……"说着，晃了晃自己手里的袋子。

"怪不得你现在才过来。"娄语恍然大悟，看着他汗流浃背的样子，难免觉得不好意思，"你坐着休息一下，我帮你拿水。"

娄语踮着脚准备起身，闻雪时先她一步拿了水过来，之后睨了她一眼："别乱动了，刚抹上药。"

夏乐游接过水，不太乐意地说了一声"谢谢"，视线又在两个人之间乱瞟。

闻雪时却像感觉不到他的打量，又站在原地片刻，问："还有需要帮忙的吗？"

娄语赶紧道："没有了，谢谢闻老师。"

听她变相下了逐客令，闻雪时顿了一下，轻描淡写地说了句"那我不打扰你们了"，走到门口，却又回头叮嘱一句："别对到太晚。"

这句不必要的叮嘱，听起来就觉得很暧昧。

闻雪时一走，夏乐游直接问道："姐姐，你……是和闻哥复合了吗？"

娄语压住吃惊的神色："复合？什么复合？"她有些语无伦次。接着，娄语从夏乐游的口中知道了他们三个人曾经一起吃饭，她去卫生间时两个人的对话。

闻雪时说自己戒烟，还"无意"中叫出了对她的昵称，夏乐游当时觉得无比震惊，他知道两个人曾经在九年前拍过戏，但不知道两个人的关系怎么能那么亲近，居然是能叫昵称的关系。

闻雪时语焉不详地笑："你不知道的事情还有很多。"只一句话，他没再多说，夏乐游就品出了很多东西。

娄语消化了一会儿，才慢慢说："你想多了。我们曾经拍摄《白色吊桥》时……确实是很好的朋友。但仅此而已。"

第二天的拍摄地点在市内的酒店，将要拍摄秦晓霜和霍言的婚礼。

拍摄这场戏的造型相比前面算是复杂，毕竟是新娘妆，因此，娄语需要提前很久到达酒店进行化妆。她已经数不清自己穿过多少次婚纱了。

娄语记得自己第一次穿上婚纱时，好像是二十四岁的时候，她对着镜子自拍，把照片发给闻雪时，问他：这个造型怎么样？

闻雪时简单地回答了两个字：好看。

娄语不太满意这个回答，直接打电话过去问他"有多好看"，闻雪时说："好看到不想让你去拍这一幕，但又好看到应该让所有人都看到这一幕。”

娄语的心头一软，嘟囔着说："真可惜，当初拍《白色吊桥》的时候有结婚的戏就好了，我穿白色的婚纱在白色的雪原里和你逃亡，这一幕不是很酷吗？"

闻雪时笑出声："那编剧姐姐会说，行行行，你来写。"

"我就是觉得有点遗憾……"娄语任性地自言自语道，"不然，我们在屏幕上的初次婚礼就是对方了！"

闻雪时又笑着说："屏幕初婚？一般都是荧幕初吻吧。"

"那不一样，婚礼更象征想要和对方走下去的永恒，比初吻要隽永。"

闻雪时一愣，柔声道："没关系！小娄，因为总有一天，我们会有真正的婚礼。"

娄语看着化妆镜里的自己披上白纱，平静地想着，她已经与那场真正的婚礼失之交臂了。没想到，现在她依旧是和别人扮演夫妻，而不是和他，他们竟然连在戏里都不能圆满。这么一想，的确是很遗憾。

房间里的门此时被打开，娄语回过头，栗子拎着一杯玉油柑走了进来，笑着说："姐，这是闻雪时请大家喝的。"

娄语微微一愣："他又来现场了？"

栗子点了点头："现在在导演那儿坐着呢。"

"你放那儿吧。"娄语回过神，指了指化妆台，她的造型已经完成，等待现场完成就可以开始拍摄了。这段本来很平淡的等待时间，却因为闻雪时送来的这杯玉油柑变得难挨。

栗子再次敲了敲门，提醒她该去现场了。

娄语在离开前举起化妆台上的玉油柑抿了一小口，真酸。

酒店的宴会大厅已经布置成婚宴现场，身穿黑色西服的夏乐游站在台上，本来还挺轻松的神情变得有些紧张。他看见她入场，从台前伸手摇晃着，接着一路小跑着到她面前夸赞道："之前只在屏幕上看过姐姐穿婚纱。"夏乐游的眼睛亮亮的，"现实里看，真的很漂亮。我立刻就觉得紧张了。"

年轻可真好啊，能够丝毫不掩饰自己的情绪。娄语忽略他言语里暧昧的部分，礼尚往来地夸奖他："你也比往常看上去稳重很多。"

稳重这两个字似乎极大地取悦了这位小朋友，夏乐游不自觉地挺了挺胸。

因为是大场面的调度戏，这一场依旧是先走戏再开拍。章闵来到现场，跟着她一起过来的，还有闻雪时。但他没有打扰娄语，只是远远地站在门口。像是一位连请帖都不曾收到的路人，经过此处，好奇地往里探头看了一眼。

章闵指挥着待会儿调度怎么调，群演应该怎么反应，都说完后，走到她和夏乐游身边，说："你们按正常的流程走就行，我们先来一遍。"

娄语手提着长长的白色纱裙，走到剧中她的"父亲"身边，挽住对方的胳膊。

章闵在一边喊"开始"，即便是走戏，但一切还是有模有样的，大厅里响起《结婚进行曲》，她在旁边扮演父亲的演员的搀扶下，小心翼翼地往前走，眼睛专注地望着尽头的夏乐游。

夏乐游转过半边身子，两只手紧张地握紧又松开，此时的局促和剧本里该有的情绪恰如其分，台下所有人都觉得这一幕的两个人显得尤其登对。掌声、花束、音乐……气氛烘托到位了。大家都看得直乐，站在最外面的闻雪时也带着微笑，目视着台上的娄语松开旁边人的胳膊，对着夏乐游伸出手。

夏乐游用手心擦了擦裤管，非常郑重地拉住她。

现场扬起纷飞的白色飘带，让这一幕显得更如梦如幻。新郎执起娄语纤细的手腕，隔着纯白色的蕾丝手套，躬身轻吻她的指节，他们似乎还在宣誓，但闻雪时听不太清了。他的眼前在慢慢虚化，白色飘带像某一年的落雪，他坐在旧车里，看着她转头跑远，然后消失不见。

某首老歌的旋律覆盖了《结婚进行曲》，在他的耳边幽幽地唱着，不肯不可不忍不舍失去你，盼望世事总可有转机。

娄语站在台上，夏乐游俯下身吻她的指节时，她的视线正好一览无余。因此，娄语没错过闻雪时望着她的眼神，那是一双看了莫名想让人流泪的眼睛，心酸排山倒海地向她袭来，她的眉头抽动，露出了一个绝不会是新娘该有的表情。这一次，她好像再也无法欺骗自己，闻雪时只是被角色所影响了。

夏乐游起身，重新挡住她的视线。接下来新郎新娘应该按剧本交换誓言之吻，娄语闭上眼睛，嘴角扬起甜蜜的笑容，感受到青年在自己的唇边落下一吻，漫天飘散的花瓣作背景。

这场婚礼的大场面前前后后拍了很久，从早上一直拍到晚上才收工。

拍摄结束后，章闵来酒店的休息室找她，跟她说明天的外景地出了问题，所以拍摄的通告改了，改成摄影棚里的戏，其中包括一场亲密戏。

章闵谨慎地询问着她的意见："如果你觉得状态还不够的话，这场戏可以先抽掉。刚刚我和雪时也沟通过这件事了，他那边没问题。"

娄语扯下婚纱的头花："我也没意见。"

"好，那我就让统筹去改通告了。"章闵起身拍了拍她的肩，拉开休息室的门出去了。

娄语的眼神转向化妆台上的玉油柑，经过长时间的等待，挂在瓶身上的水汽已经蒸发。她停止了换衣服的动作，盯着瓶身发呆。直到栗子进来，把新的飞页递到她面前，她才回过神。

栗子很诧异她还没换衣服，娄语解释说自己有点累，想再休息一会儿。把人支开后，她摸出手机，给闻雪时发了一条消息：你还在现场吗？

过了五分钟，他回复道：还在。怎么了？

那你方便来一下我的休息室吗？我刚才收到明天的飞页，咱俩可能需要对一下，节省明天在现场的时间。

OK。消息发完没多久，门铃轻轻响起。娄语从沙发上赤着脚起身，揉了揉掌心，轻吸一口气，压下门把手。

闻雪时站在门外，看见她未脱下的婚纱，微微一愣，他迟疑着问道："我是不是来得太快了？"

"没有，我只是懒得换。"娄语侧身让他进来，闻雪时走向沙发，瞥了一眼被娄语放在化妆台上的玉油柑。

"不喜欢喝这个吗？小川跟我说，最近这个新款在小女孩中很受欢迎。"闻雪时不解地说。

娄语失笑："或许是吧，但我又不算是小女孩了。"娄语自顾自地走向房间角落的吧台，貌似闲聊地问道，"怎么你这两天都来现场？"

闻雪时面不改色地说："刚好这两天没别的通告，闲着也是闲着。"

娄语点了点头，取出两个杯子，放柠檬片，倒水，动作很轻。闻雪时就这么看着她倒水，像舞台下的观众聚精会神地观看一出默剧。

娄语一手拿着水壶，抬头看了看他："挺好的，哪怕到今天你也不忘记观摩学习。"她停顿了一下，"那你觉得今天我的表现怎么样？"

闻雪时毫不犹豫地说："演得很好。"

"我不是问这个。"水汩汩地往下流，柠檬片浮起来，在水面上摇摇晃晃，眼见水快要溢出水杯，娄语依旧没有停手。她深吸了一口气，直直地盯着他，说："我问的是，我穿这件婚纱怎么样？"她轻声问，就像当年一样问他，"好看吗？"

水杯中，水终于满溢，慢慢地流下去，淌成一条河。

闻雪时愣了好半晌，才如常地笑着说："当然好看。"

"是吗？"却没有再像当年一样再执着地问他"哪里好看"，非要让他说出个所以然来。她低下头，仿佛才意识到水溢出来了，抽出纸巾草草地擦拭着桌面，两只手端着泡好的柠檬水回来，把一杯水放在闻雪时跟前，她顺势在闻雪时的对面坐下，随意说了一句："戒烟失败很正常，我当初也失败过很多次。想抽烟的时候，就喝点什么，或者含个什么东西。"

闻雪时的笑开始变得不太自然。他当即拿起杯子喝了一口水，含糊地问："你怎么知道我戒烟失败的事？"

"昨晚夏乐游和我对戏时，顺嘴提起的，他说我们三个去吃饭那会儿，你还在戒烟。"娄语刻意摆出的漫不经心在这一刻消耗完毕，心跳陡然变快，看着他，"你还说了一些不该跟他说的话，是吗？"

闻雪时刚放下的杯子又握回手中，像品茶似的抿了一口，过了半晌，仿佛才像回忆起来这事儿，沉吟着说："好像确实不小心说漏了一嘴。"

娄语抿了抿嘴唇："你不是不小心的人。"房间变得很安静，只有空气流动的声音及杯底轻轻敲击在桌面上的声音。

闻雪时放下杯子，说："对，我就是故意的。"

娄语的呼吸微微一滞，杯子放下去的地方好似是她的心脏，被轻轻碰了一下，她小声说："你为什么要做这么多余的事？"

闻雪时听到后笑着说："是啊！为什么？"

见他这样，娄语的力气突然泄下去，拿起桌子上的飞页："算了，先对剧本吧。"

闻雪时却突然说："小娄，我今年三十二岁了，很快要过生日，也就是三十三岁了。"

娄语听到陡然变了的称呼，拿着飞页的手微微颤抖着，"嗯"了一声，说："这些我都知道。"

"夏乐游今年才二十四岁吧，我快大他十岁。"闻雪时向后陷进沙发，"二十四岁，很好的年纪……那个时候，我和你刚刚在一起。"

娄语放下剧本，认真地听他把话讲下去。

"那个时候，我们挤在连这个客厅都不到一半的房间里，一起投简历，一起因为得不到消息互相安慰对方，给对方煮东西吃。那年唯一一次的旅行是去了趟草原，虽然我很想带你出国，想带你重新去阿维侃翁，但两个人一起去……钱还是有点勉强。最后，我们租了一辆车去草原，我开车，你睡在我旁边。那天的云很多，显得天空很高，但你很低，就在我旁边伸手可以摸到的地方……分开的这些年，我总是会梦到这个画面。"

娄语听着，眼眶不知不觉地泛酸。

"你看，我们好像曾经拥有一种叫青春的东西，是我和你一起度过的。"闻雪时说，“但现在，我已经不能给你这种东西了，可别人还有。这是进组这段日子里，我无比清晰地意识到的一件事。这些年我们不见面，时间好像还是凝固的。可是时间一直在往前走，很多东西都变了。”他的声音竭力保持平静，但仍然微微颤抖着。

娄语看着闻雪时，他的坐姿是那么好看，表面风轻云淡的，但说出来的话姿态放得这么低，低得让人这么难过。更难过的是，这个人焦虑的东西，好像和她隐约是一样的，他们在流逝的时间里逐渐变成两块石头，都认为对方也许会更喜欢滚烫的、柔软的，可是也许，只有两块冷硬的石头之间才能擦出温暖的火花。

娄语湿润的眼睛弯了起来，很缓慢地说：“这也是我想跟你说的。很多东西如今我也没办法给你了。我不会再笨头笨脑的，也不会再词不达意了，那些从前你很喜欢的我身上的特质，好像都慢慢不存在了。”她摸了一下鼻子，掩饰住情绪，“但那些东西，你还是可以从别人的身上找到。”

“别人？谁？”闻雪时反应过来，“你是说……冯慈吗？”

娄语沉默片刻，还是说了出来：“就拿那天吃饭举例子吧。你知道你看到她，自己露出过怎样的笑容吗？”

闻雪时露出回想的表情，神色微微一愣：“难道你那天……”

娄语仓皇地截住他的话：“也许是我太敏感了，但我觉得多多少少会有一点吧。她有点像过去的我。我自己都有这样的感觉。你没有吗？”

闻雪时笑着，毫不犹豫地摇了摇头：“没有。这个世界上没有人可以像你。”

娄语原本是笑着的，但在听到这句话之后，嘴角的笑容反而难以维持地冷了下去。

闻雪时条件反射地又想去摸烟，但是忍住了，语气严肃地说：“冯慈是冯慈，你是你，你们是截然不同的两个人。况且，我并不是因为当年喜欢什么样子去挑了你，而是因为你刚好是那个样子。你明白吗？”闻雪时盯着她，微微叹息着。

娄语的头有些昏昏沉沉的，因为很久很久，她都没有从他的嘴里听到喜欢这个词。

闻雪时很认真地解释：“我的意思是，如果非要说曾经我的喜欢有标准，那么这个标准就是你。过去的你是过去的我喜欢的，已经不是现在的我的口味了。所以我更不可能会对冯慈有别的想法。”

“那现在的你呢？又喜欢过什么人？”娄语故作轻松地问，“我蛮好奇你现在的标准。”终于还是问出口了，她很满意自己刚才脱口而出时的态度，随意得就好像突然想起，像个旧友打趣他的感情。明明憋了那么久，一直告诉自己不要去想他空白的五年时间里经历了什么，但好像还是没办法装作视而不见。她可以憋住，让自己不问，但无法憋住想象的空间，每一种想象都让她如鲠在喉。不如直接拔掉喉咙里的刺，至于会不会扎得更深……

闻雪时看着她，说，喜欢过五个人。

娄语的心在那个瞬间短暂地停止了跳动，接着，她听见他说："二十八岁的娄语、二十九岁的娄语、三十岁的娄语、三十一岁的娄语，还有三十二岁的娄语。"

娄语的耳朵嗡嗡地鸣叫起来，听起来像是年久失修的电路突然开始运作的声音。自从他走后，她的身体就像一座废弃的游乐园，可他的一句话就按开了彩灯。旋转木马又开始摇晃，摩天轮又开始转动，娄语说了那句想说却不敢说的话："好巧啊！我也喜欢过五个人。马上就要喜欢第六个了，因为那个人很快就要三十三岁了。"

闻雪时听到后挺镇定的，"哦"了一声，直到伸手拿杯子喝水的动作泄漏了他的慌乱，因为那杯水已经喝完了。

娄语眼睁睁地看着他无效喝水的动作，把只剩柠檬片的玻璃杯送到嘴边，她忍不住笑了，眼眶湿湿的，出声提醒他："还要喝水吗？我再去帮你倒一杯。"

闻雪时尴尬地说："要。"

娄语拿起杯子到吧台边加水，走路的时候觉得头重脚轻，突然有点不知道自己到底在干什么的恍惚感。她握着水杯回来，小心地递给他。

"顺便帮你把柠檬片也换了。"

"谢谢。"闻雪时接过水杯，手指碰到她的指尖，却不躲避，顺势连同水杯一起包住。

娄语还没来得及反应，整个人便被他拉扯着往下。

闻雪时把纯白色的新娘拉了下来，发丝散落，白纱笼罩，将他们包围。他像当年那样偷袭她那样，像一片愿意被赤道留住的雪花，清扫了别人刚才落下过的痕迹，他们躲在白纱下，交换了一个淡淡的吻。至于那杯水，这次没有再像当年那样掉到沙发底下，它牢牢地握在娄语的手心里，而她的手背，又被牢牢地握在他的掌心。

第二十一章 旧居

这才是他们阔别已久的第一个亲吻，没有任何赌气的成分，也与拍摄任务无关，完全是属于娄语和闻雪时的温柔的一个吻。结束的时候，闻雪时还轻轻啄了一下她的鼻子，但真正分开之后，两个人却都有点无所适从。无法像当年那样自然而然地继续接下一个吻，然后抱在一起，像两只没心没肺的小动物。

两个吻之间隔了九年的光阴，人生又有几个九年呢？隔着山河，也隔着他们之间留存的问题，就像丢在土壤里的塑料，并不会随着时间的流逝完全降解。

欲买桂花同载酒，终不似少年游。一个吻并不会消弭一切，也不代表着任何一锤定音的信号。但他们还是冲动地吻了下去，这个吻之后会怎么样，谁都无法确切给出一个最好最快的反应。

娄语从他的怀里起身，故作镇定地把手中的杯子递给他："这次我拿稳了。"

闻雪时摸了摸杯子，轻笑着说："那就没有再来一次的理由了。"

之后，他们又若无其事地，保持着公事公办的态度对了一遍戏，闻雪时便礼貌地离开了她的休息室。

两个非常得体的成年人，然而，等闻雪时一离开，另一个成年人就退化成了小孩。

娄语抱着膝盖坐在沙发上，想到了很久以前她在阿维侬翁的最后一夜。那天，他为她即兴弹奏了一首钢琴曲，他说歌名叫《初恋》。

"你愿意成为这首歌的冠名人吗？"闻雪时当时是这么问她的，好笨拙的告白。

娄语晕乎乎地点头，然后，他们只是手牵着手，在路灯昏暗的古老小城走回酒店。到楼下时，闻雪时在夜色里轻轻抱了她一下。他们连个吻都没有一个，彼此分开后挥了挥手，各自蹑手蹑脚地回到房间。娄语静悄悄地坐在关着灯的房间里，回味着确认彼此心意的那种雀跃。

她以为自己已经忘记那种感觉了，然而，阔别多年的这一晚，她居然又回想起来，不，不应该说是回想，而是再次真实地感受到了。可是心情的落点却有些微妙的不同了，那个时候年轻气盛，头脑发昏，觉得确认彼此的心意就是最难的关，从此柳暗花明，再不会有比这更难的事。

刚开始的爱是如此纯粹，哪儿想过会分开呢？但命运告诉他们，不是这样的。爱像海，看着宽广，其实有尽头。现在出现在他们之间的，是曾经并未熄灭的火苗，还是重新点燃的？抑或是二者都有吧，分不清。但唯一能确定的是，这份不再纯粹的火焰注定比之前更为脆弱，他们早已伤痕累累，还能承受吗？

谁又敢再毫无顾忌地踏出这一步，娄语忍不住又回想起独自看过的那出话剧，当时演员还有一句念白也念到她的心里："爱情是个差劲的水手，坐过一次船，它便憔悴了。"

娄语陷入怔忪，手机突然收到一条消息：你离开酒店了吗？

因为第二天要拍摄亲密戏的关系，摄影棚里的人非常少，章闵做了清场，只让这场戏必须涉及的工作人员先到了现场。大部队的其他人员还没出发。

因此，摄影棚内的人很少，没人发现娄语和闻雪时是一起到达片场的。

闻雪时开了车，娄语先下去，然后隔了几分钟，闻雪时才装作姗姗来迟，两个人在现场碰头。

章闵看了两个人一眼，不知道为什么，突然觉得，他们之间有种奇怪的感觉，她归咎于这是要拍亲密戏的尴尬。

"别紧张，你们都是老演员了，这种场面比我还有经验呢。"章闵缓和着气氛，"先开始保持放松一点的状态，但后面亲密戏的部分我希望是着急一点的，带着渴望和急迫的。"

这场戏是两个人同居后的第一场戏。翁煜提早结束了飞行任务，迫不及待地赶回家见秦晓霜，爱情开始时的每一次分离都是难熬的，最后结束时也是难熬的，另一种意义上的。一种是靠近，另一种是分离。

章闵想要的就是这种前后极端的热情和冷酷的对比。戏都讲得差不多了，两个人各自进行拍摄前的准备工作，拍摄就正式开始了。导演在拍摄这场戏时想用手持镜头，摄影师得离他们的站位非常近，就站在几步之外。从闻雪时进门开始，摄影师就起身跟到了他身后。

镜头里，男人推开房门，看到客厅里开着电视，没有人，厨房里有烧水的声音。他轻手轻脚地走过去，倚在门框边，看着女人伸手从橱柜里拿出泡面碗，只有她一个人在，所以晚饭也准备得很随意，只有一碗泡面外加一个鸡蛋。

秦晓霜没有穿居家服，而穿了一件宽大的男士 T 恤，是他的。

翁煜不给她任何准备，从身后抱上去，笑着问："怎么偷穿我的衣服？"

秦晓霜被吓了一跳，侧过头，眨着眼睛看着他："你怎么突然回来了？不是明天吗？"

"和另一个机长换班了，想早一点回来见你。"

秦晓霜把身体往后靠，嘟囔着说："那吃过饭没有？没有的话就只能和我一起吃泡面了。或者我们出去吃？"

"出去吗？"翁煜从轻嗅变成啄吻，"我觉得现在就可以吃了。"

秦晓霜笑着想从他的怀里溜出去，嘴里念叨着："不行，泡面还得等一分钟。"

"你知道我说的不是泡面。"翁煜一只手去关了火，另一只手直接将人抱上了料理台。泡面还在余温下沸腾着，可已经没人在乎了。

娄语坐上冰凉的台面，打了一个激灵，这一刹那和昨晚莫名地重叠在一起。

昨晚，闻雪时给她发语音，问："如果你还在酒店的话，能不能带我去看下房子，那套曾经在顶楼一起同居的老房子。"

娄语愕然："这大半夜的？"

闻雪时说："我们也只有大半夜才能溜得出去吧？"

"怎么突然想到要去看？"娄语不解地问。

"关于上回买房子的事情，不是不了了之了吗？突然又想起来的，就是不知道房主还愿不愿意。"

娄语盯着桌子上的那杯柠檬水，沉默了一分钟之后才说："可以。"

"那我在地下停车场等你。"闻雪时回复道。

娄语给栗子发了消息，说自己太累，就不回山庄了，今晚在酒店休息。然后，她快速换了身行头，把自己裹得严严实实的，下到了地下车库，她按照微信里的提示找到停在角落里的车，非常谨慎地拉开车门。

闻雪时在驾驶座上冲她笑着说："你来了。"

"如果你真的特别想去的话，"娄语无奈地坐上副驾，关紧车门，"那我们得先回一趟我家，钥匙在那里。"

娄语报出她在郊区的别墅的地址，闻雪时点点头，车子盘旋往上，开出车库，驶入深夜。

通往郊区的路上车辆尤为稀少，国道两旁只有漆黑的树影，凌晨时分，连车辆都几乎看不见，像一个只有他们的国度，也像拍《白色吊桥》时的那个雪夜。四周太安静了，闻雪时也没开音乐，说：“你可以眯一会儿。”

娄语却摇了摇头：“你呢？你现在住哪里？”

闻雪时说：“老地方。”

娄语怀疑自己听错了，或者理解错了。

“老地方？”娄语结结巴巴地说，“你说的不会是你最开始租的那个？我看你之前发弹钢琴的视频，那个地方不是你现在住的吗……”

“发上网的当然不能是自己住的地方了，特意找地方拍的。”闻雪时笑着睨了她一眼，“这么惊讶吗？当时从我们的家搬出去之后，我就搬回去过渡了一下，刚好那里空出来了。然后就一直这么住着了。”

娄语依然非常吃惊地说：“那套房子那么小，当年没条件住在那里也就算了……现在干什么还这么委屈自己。”

“还好，毕竟现在大部分时间都在拍戏，那套房子也不怎么住。住大房子也是浪费。”闻雪时轻声说，“那套房子挺好的，厨房的墙壁上还留着那年除夕你留下来的油点。所以至今，我一直和有你的回忆生活在一起。”

娄语摇开车窗，风灌进来，灌进胸口，变得好胀好胀。过了好半天，她才平静下来，说：“我的厨艺好很多了，不会再油点乱溅了。”

闻雪时“嗯”了一声，抽出一只手，把她被风吹乱的发丝拨到耳后：“别吹夜风了，容易感冒。”

娄语感受着指尖从侧脸划过去，很痒，咬了一下嘴唇，依言把车窗关上。

车子在夜色中疾驰，连老天都在给他们开绿灯，很快就到了娄语的别墅。

闻雪时停在花园前，摇下车窗，仔仔细细地看着这套房子。

娄语解开安全带下车：“我进去拿，很快。”她刚往前走两步，回头就看见闻雪时坐在车内，隔着车窗默不作声地看她，车子被花园拒之门外，连带着闻雪时也是，缩在夜色中。

娄语走回去，弯下腰对着他说：“你要不要进来等？”

闻雪时笑起来，点点头，像是一直在等她的这句话。他熄火下车，跟在她的身后穿过花园。刚一进屋，他就看见了那一排影碟架。

娄语很庆幸，自己把平常看的关于他的影碟都收在特别的角落里，没有正大光明地摆出来，一时间也不会被他看到。那都是她的思念，她好像还没办法如此坦然地摊开来给他看。

娄语若无其事地让他在沙发上坐下，指着吧台：“要是想喝东西就自己拿吧，冰箱里都有存货。我上楼拿钥匙。”

闻雪时点了点头，目送她走上二楼。

娄语之前都把钥匙放在固定的位置，但这次去找钥匙，她诧异地发现，钥匙居然不在原处，仔细回想，才想起来是上次因为突然想卖房的缘故，把钥匙交给中介了。后来，钥匙再送回来时她已经去拍戏了，是阿姨收起来的。但是这么晚了，她不可能给阿姨打电话问钥匙收在哪里，只能到处找了。

闻雪时站在一楼的大厅里看了看手表，已经过去快十五分钟了。这十五分钟时间里，他将整个客厅看了个遍，她买的沙发、抱枕、茶几、投影仪，还有旁边的影碟架，包括影碟架上的片子，他都蹲下来认认真真地看了一遍。嗯，没有自己的。

他起身望向二楼，依然没有动静，不禁让人怀疑她是不是找着找着就困得睡着了。小狗回到自己的窝里，总是会很容易想睡觉的。

“娄语？”闻雪时对着楼梯叫了一声，没有得到回应，又在原地等了几分钟，他还是决定上去看看。

二楼只有三个房间，靠近楼梯口的这间虚掩着门。

闻雪时轻轻推了一把：“娄语？”没人应声，应该不是她的房间。闻雪时借着落地窗外的月色打量了一眼室内，大概是书房，陈设很简单，旁边的展示柜尤其醒目。他看到放在最上面的奖杯，眼里流露出欣慰，刚准备往门外退，视线一偏，钉在奖杯的杯身旁。闻雪时缓慢地眨了一下眼睛。

娄语先是在房间里找了一圈钥匙，没有，去客房和书房里找了一圈，还是没有，只好又回到房间里找，等她从一大堆零零碎碎的自己都不知道的杂物中翻出钥匙时，时间已经快过去半小时了。她猛然一惊，赶紧拿着钥匙准备冲下楼，走到楼梯口，忽然看到自己刚去翻过的书房忘了关门。她走过去准备把门关上，手刚要去摸门把，门后却突然伸出一只手拉住她。

娄语整个人被这股力道拉着往前踉跄一下，还没反应过来，门被人从里面关上，她被闻雪时反手抵到了门边，困在他的身体和门之间。

娄语的脸色突然一变，越过他往架子上瞧。

“你在找这个吗？”闻雪时俯在她的耳边，把纸巾塞进她汗涔涔的手心。

“这是我最早给你的那包纸巾，对吗？”闻雪时低头看着她，虽然听上去是问句，却是陈述的语气。

娄语迅速垂下脸，不想让他看见自己惊慌失措的表情。

闻雪时却还不放过她，重复地问：“对吗？”

娄语扭了几下手腕，却被他紧紧地扣着，一副她不承认就不松手的架势，最后，她低低地道：“对。”

闻雪时听到了却依然没有松开他，反而抓得更紧。

娄语转移话题道：“钥匙找到了，我们该……唔。”

一个吻缠上来，粗暴地打断了她的发言，这次的吻又变得不一样，不再像交战，也并不温柔，而是如一声梅雨季节的闷雷，震得人身体发颤，也发痒。两个人的呼吸都在这声闷雷之下变得急促起来，娄语的耳朵嗡嗡直响，身上的布料紧贴着皮肤，被按在门上的背和手心一样出了汗，心跳已然失控……

娄语迷茫地睁开眼睛，越过闻雪时的肩，看见了几步之外的摄影师，还有黑洞洞的镜头，像是一台小型的回放机，昨晚的画面和现在发生的纠缠在一起，不断地交错，近在咫尺的摄影师忍不住晃了晃手中的机器，他的确应该是在这里晃动的，但这时的晃动不是源于技术，完完全全是下意识的。

这一次结束，就和昨晚的结局一样，他们戛然而止，好像别墅也是一个摄影棚，有什么指令强硬地使他们分开。确切地说，是闻雪时先叫停，他俯身抱住她，很慢，很珍重地在她的耳边说：“小娄，这一次，我还是想和你慢慢来。你愿意吗？”

慢慢来，该慢到生命的几分之几呢？他们还有多少时间可以再被拿去浪费呢？可他还是说了，把她当小女孩似的，仔细地摸着她的头发。好像所有难过的、开心的事情全都没发生过，他们还站在时光的最前头，看见了彼此。

娄语哽咽着，说不出话来，把脸埋进他的臂弯。

闻雪时还在黑暗里低声说着：“其实……我不应该现在说。这不是我理想的时机。但好像没办法了，不能再等下去。”

娄语一愣：“理想时机？什么理想时机？”

闻雪时却突然沉默下来了，似乎不太好意思提及。

娄语抬起头，急切地看着他。意识到这句话背后的深意，她又很有耐心，没再催着发问，只是看着他。

闻雪时再次开口时，却忽然提起了他们看流星的事：“那一年，我陪你去看流星。在我的提议下，我们去了那栋废弃的楼。”

“是……怎么了？”娄语不解地问道。

“可你原本要去的是环球中心。”闻雪时呢喃着，“后来我一直在想，如果没有我，你去了环球中心，是不是就能看见流星了，就会少一个遗憾。”

娄语似乎明白了他类比的意思，一时间沉默下来。

"分手在我这里，从来都不代表我不爱你了。"到此刻，闻雪时才敢彻底坦白，"在我这里，分手更像是在纠正我当年的那个动作，不叫住你，目送你坐上车，去最高的环球中心，看见那场流星雨。我们在一起时，总说要一起变好。可讽刺的是，我们分开后的路反而走得更顺畅。大概是我们都可以毫无顾忌地去做自己想做的事。你看，你也拿了大奖。我知道，你一定能到你想去的地方。"

娄语的喉头不断地滚动，问他："那你呢？你做到你想做的了吗？"

闻雪时苦笑着说："还差一点吧。所以我说这不是最好的时机。"

娄语隐隐察觉到他指代的时机是什么了："你是想拿金寰的最佳男主角吗？"

闻雪时轻轻地"嗯"了一声："三年前，你拿到电视剧最佳女主角奖项时，我就决心要拿到。如果我没有成长到那个份上，半途而废地去追回你……没意义。不过当年我以为这不是太难办到的事情。毕竟那会儿我刚拿最佳新人，我以为自己很快会换一个奖杯再次站到台上。再去找你也不算太晚吧。"他自嘲地一扯嘴角，"但我的运气真的不太好。一年、两年、三年……到现在。每年我都尽量多地接戏，拿奖的概率就能大点，但还是和奖杯差了那么一点。我有时又想，这是不是一种命运的暗示，暗示我不该再去找你，我们就这样算了。"

娄语的眼眶彻底红了，她声音颤抖着问："那要是你一直拿不到，你就一直不来了吗？如果这中间我爱上别人了，或者我绝对不回头了。你想过吗？"

闻雪时平淡地说："想过啊，想过无数次。后来我想通了，那就说明我对于你来说就是不需要的，就算没有我，你的人生也会圆满。所以没关系，我也不会有遗憾。"

闻雪时比画着她手心的曲线，弯弯绕绕，不知道是不是命运早已刻好的注脚。

"我唯一的遗憾，是怕你因为我而有遗憾。"

我唯一的遗憾，是怕你因为我而有遗憾，因此，分手变成了一种置换的手段。你的遗憾变成我，好过你的人生因为我而产生不可挽回的遗憾。毕竟闻雪时是可以挽回的，离开一直是为了能够再回来。

到底能不能？当时的闻雪时不知道，这确实是一场豪赌，可他对自己说，你得赌得起，你也必须赌。如果不离开，他完全可以确定他们的结局——被现实夹击，拖到最后筋疲力尽，爱得不像自己，彼此憎恨对方，爱得完全没有退路。

人不应该对爱有幻觉。爱不是魔法，并不能修补两个人破碎的关系，但它也是一种魔法，给你好像可以修补对方的自以为是的错觉。于是人人都觉得爱好美，爱很好，拖着不愿意放手。两个人血肉模糊又失去真实面目地纠缠在一起，成为两片不知道怎么剥离的影子，直到最后，让人崩溃。

于是，爱没有载体了，就消失了，关于爱的无能为力，闻雪时早在十六岁那年，父亲自杀时就隐约感知到了。

这一晚，两个人相拥在客房的卧室里入眠，像两只缺乏安全感的小动物终于找到了应有的窝，抱在一起，睡了短短的三个小时，但其实两个人都没有睡着，娄语闭着眼睛假寐，天亮时才慢慢睁开眼睛，闻雪时的手机闹钟响起来，他立刻抬手关掉，生怕吵醒她，但低头去看她时，才发现她睁着眼睛，清明得很。

“醒了吗？”闻雪时小声问道。

娄语点了点头，分外恍惚地看着他，慢慢地清醒过来，抱住他的腰。

闻雪时仿佛知道她在想什么，将人拢到自己怀里，轻声说：“不是梦。”

娄语窝着半天没动，闷闷地“嗯”了一声，终于抬起头：“你早就醒了吗？”

“我没睡。”闻雪时笑，“我也怕是一场梦。”

娄语不由得抱得更紧。

“时间还早，你再睡会儿吧！昨晚，我看到冰箱里还有点东西，我做点早饭。吃完早饭，我们再去现场。”闻雪时起身，露出压着的脊背。在昏暗的光线中，一道陈旧的伤口嵌在他的右肩头。

娄语的眼神一颤，立刻起身追着去察看：“这是拍《落沙》时留下的吗？”她的手指甚至不敢去碰一下，仿佛它还带着血，碰一下就会让他痛。

闻雪时倒是无所谓地拍了拍它：“早就不疼了。”

闻雪时这些年经常拍打戏，且不说电影的动作戏是票房的基本盘，他本身就是因为那部动作戏一炮而红的，后面来找他的本子也大多都是这种类型。她在看那些电影时总是心惊肉跳的，好像自己跟着一起摸爬滚打，电影结束后还浑身冷汗，心里担忧他会不会受伤，一定会忍不住在全网搜索他的新闻，要确认他没有发生意外才好。

那次《落沙》的意外事故很大，在热搜挂了一个晚上，说闻雪时拍摄某场爆炸戏被爆炸的碎片波及，还进了医院。

娄语那个时候觉得特别悲伤，她能去探望姚子戚，但对于真正挂念的人，她连看一眼都不能，他们在彼此生命中缺席的这些年，彼此都拼得很过头了。这种东西一直在心里模糊地有个概念，但是真真切切地看到，又没有办法让它变得不痛，看，伤口都结痂了，但娄语还是靠过去，在他的伤口上吹了吹，小心翼翼地说：“以后少接点动作戏吧？”

闻雪时看出她的顾虑，抬手抚摸了一下她的嘴唇：“我心里有数。主要是我也不想接情爱戏，有深度的本子难求，平常接动作戏挺好的。”

娄语沉默片刻，还是说：“如果是这样的话，我宁可看你和别的女人在屏幕前亲热，也不想看到你在屏幕后受伤。”

闻雪时听后笑起来，很近的距离，娄语终于看到他的眼角笑出细纹了，不再年轻的闻雪时，笑起来有细纹也依然帅气的闻雪时，不会有人知道她多么期盼看到这一刻——从他二十来岁笑起来毫无褶皱的眼角开始，她就一直期盼着，能够慢慢地看着这张脸布满纹路。

这天一早，闻雪时盯着她吃完早饭，又像以前一样帮她解决了她不吃的。只不过，以前她是要求自己别吃，现在是自然而然地吃不下。

闻雪时很清楚地意识到这一点，一路开回去的路上都沉默着，他们不声不响地一起到达片场，前后隔了几分钟进入摄影棚，假装才刚刚碰上对方，假装昨晚根本没有又亲又抱地在床上睡了一晚，非常敬业地应对这场亲密戏。

等这场戏拍完，两个人回到了房车，几乎是同时摸出手机。

闻雪时：那今晚去老房子？

娄语：那里空空的，真没什么好看的。

闻雪时：就是想去看一看。上一次是实在没办法了，才让文山帮我去，本来我是要自己去的。

娄语：那就去吧，钥匙我也拿上了。

闻雪时：好，下戏后见。

两个人像秘密特工一般接头完毕，悄悄约定好碰头计划，这天在片场拍摄时却绝口不交谈。章闵观察着他们的状态又开始觉得头痛，心想：不会是拍戏拍得尴尬了吧？她就没见过这么难沟通的两个人，说到底，还是自己作为导演的功力太浅，驾驭不了演员。

晚上收工后，娄语乘坐保姆车回到山庄休整，虽然从昨天晚上到现在她几乎完全没合过眼，却感觉不到一点疲惫，她甚至来不及按照往常的程序卸妆、洗澡、护肤，只是匆匆地换了套衣服，就给闻雪时发送了行动暗号。

娄语：小车 emoji（现在走？）

闻雪时：红绿灯 emoji（等一下）

娄语：右哼哼 .jpg（行吧）

三条消息，三个表情，一切尽在不言中，他们熟稔得仿佛这样的聊天就发生在昨天，仍然懂得彼此发送的那些表情和缩写。

娄语看着他们的聊天对话框，在等待他的时间里把闻雪时放在置顶的位置，这个举动挺像小女孩的。她做完之后，又烫手似的把操作取消，不太好意思地将手机倒扣，没过几分钟又赶紧拿起来看，看是不是他的消息发过来。

十分钟之后，闻雪时发来消息：脚印 emoji（出发了）

娄语拿上钥匙，在房间里又等了十分钟，才轻手轻脚地开门下楼，在角落里看到闻雪时的车。他换了一辆和昨晚不同的车，以防狗仔跟拍，警惕性很高。娄语压低帽檐，速度极快地拉开车门坐上了副驾驶。

闻雪时和她一样，两个人都穿了一身黑色的衣服。车子低调地在夜色中启动，如昨夜一般，再次驶向黑夜。

闻雪时腾出手把颈枕递给她："睡会儿吧，开到市区得一个小时左右。昨晚你都没睡。"

娄语说："我陪你说说话，不然你也会犯困。"

闻雪时的表情有点无奈，嘴角却翘了起来，不是那种装饰性的笑容，而是不想表现出太明显的暗自开心，看起来却显得分外生动。

虽然娄语声称要陪他聊天，但又沉默下来，不知道从何说起。空白的五年，彼此的过去有太多话可聊，但是反倒不知道该说什么了，她按开他的车载音响，想听听他最近听的歌，点开他最近播放的一首，钢琴的前奏流泻出来，塞满了安静的车厢。

"这是什么歌？"娄语还是第一次听到。

"《O》。"闻雪时说，"这五年一直在听。"

娄语听着一个男人富有磁性的演唱声音，点点头："很好听。"

闻雪时不置可否："是很好听，但我喜欢的点不在这里。"

"那你喜欢它什么？"娄语曾经很了解他，知道他的口味，熟悉他的歌单，记得衣柜里他最爱哪件衣服。不能说这些习惯完全变了，但也不能说这些东西没变。分开的这些年，每个人都在改变，他当然也多了许多她不了解的部分。对此她并不感到惶恐，不过就像第一次那样再去了解他，再爱上这个人一遍。

闻雪时却卖起了关子，笑着说："你自己听听看，说不定不用我讲，你就能明白。"

可是直到差不多三分半钟的歌曲结束，娄语也没能准确地明白。

"这首歌……"娄语试探地回答，"你喜欢曲调？"

闻雪时故弄玄虚地道："不是。"

娄语撇撇嘴："那我可猜不到了。"

闻雪时刚准备开口，放在扶手盒里的手机突然"叮叮叮"地弹了好几条微信消息出来。闻雪时扫了一眼："应该是丁文山发来的消息。你帮我看看吧，密码是1222。"

1222，12月22日。娄语的生日。还是老样子，和他的手机号码一样，这么多年都没改变。包括把手机全权交给她的坦然也完全没变。

娄语的心头一跳，故作镇定地说"好"，打开他的手机，点进微信，然后看见了自己被置顶。他还改过备注：wdgb。

她在心里无声地念出这几个字母，忽然意识到这是什么的缩写……那是，我的国宝。娄语的手指颤抖了一下，手机差点脱手。

娄语抿着嘴唇，视线往下扫，并没有特意去细看，但还是大致扫到了那些聊天框，一排还来不及处理的红点，最上面是丁文山刚发来的，然后是他的助理，余下的头像，有些她看着眼熟，之前拍戏时都加过微信，有的则完全不认识，这些人不论男女，居然都在问闻雪时：在干什么呢？睡了吗？

娄语觉得有些无语。

闻雪时仿佛察觉到她异样的沉默，直接道："你在意的话就问，不要憋着。"

娄语嘴硬："倒也没有……"毕竟她的微信也经常有人嘘寒问暖，那么闻雪时也不可能无人问津，招蜂引蝶的程度和她不相上下，但她还是觉得不爽。

闻雪时平淡地道："都是圈内人，我不方便删，但我也不会搭理。但如果你想让我删掉他们的话，我也无所谓。就说被盗号了。"

"亏你想得出来。"娄语被他逗笑了，点开丁文山的消息，念出来，"他问你，明天晚上的线上采访提纲你确认没有，你看了吗？"

闻雪时："你直接给他回说我睡了吧。"

娄语按照他刚才的话润色了下回复过去：我准备睡了，有事明天再说。

收到消息的丁文山却眉头一皱。怎么回事？闻雪时居然没打句号，事情好像有点不对劲。

娄语还没察觉到自己露了马脚，下意识地准备锁屏，把手机放回去，手指不经意地往右一滑，手机自带的照片回忆冷不丁地出现。

娄语看见那张照片，完全愣住。

金碧辉煌的颁奖大厅，黑压压的座位，高筑的舞台，穿着拖地黑裙的女人站在其中，眼含热泪，手里紧攥着沉甸甸的最佳女主角奖杯，那是三年前她登顶的那一刻。

照片上没有任何工作室或者粉丝的水印，是用手机亲自拍的，就在这时，明明已经停止的歌曲在三分钟之后，居然再次响起，娄语这才意识到，这首歌根本不止三分钟，刚才的停顿也并不是结束，而是歌曲的留白，它狡猾地留白，漫长得让人以为不会再有后续时，突然毫无征兆地响起了空灵的女人的吟唱声，曲风截然不同，像遥远的唱诗班在庆贺新生。

它恰好响在她手滑的那一瞬间，两种不同的曲风敲击着她的耳膜和心脏，令她情不自禁地浑身战栗着，怔怔地侧过头去看闻雪时。被手机背叛的主人还毫无所觉，看着前方的路，注意到她的视线，笑着瞥了她一眼，腾出手揉揉她的耳朵。

“怎么，困了？”闻雪时的声音软得像一片云。

娄语的心脏仿佛被这片薄云绞杀。她掩饰地把手机摁灭，故作平静地放回扶手盒：“我知道你为什么喜欢这首歌了。”她无所适从地调整着表情，“是因为这三分钟的留白对不对？”

闻雪时点了点头，轻描淡写地说：“在这首歌里，能听到希望。”

无论是对于人生，对于梦想，还是对于他们之间的爱情，似乎都在唱着绝处逢生的可能，这五年来，他每次觉得自己快没办法支撑下去的时候，这首歌某种程度上像是一粒药片，告诉他现在所经历的只是留白，而不是终点，终点的尽头，是娄语。

如果从前有人对闻雪时说，一个人的存在会那么重要，他一定会嗤笑。

很多年前，那会儿还是读大学的时候，老师教表演课，让他们回去多看经典影片，多学习演员的表演方法，重要的还是体会故事背后的人生哲学。只有真正懂了人情世故，才能真正诠释出好的作品。

闻雪时便经常在打完工后的深夜，专门绕远路去录像店租碟片来看。大城市现在想找到那样的店铺已经很难了，他找了很久才找到的一家，开到凌晨两点钟。乘坐夜 8 路公交车，从他打工的地方坐七站，再坐夜 26 路公交车经过漫长的四十三分钟，到达学校。

宿舍常常很空，一个室友常年拍戏，一个室友根本不住校，还有一个室友混迹夜店，比起室友们丰富多彩的娱乐活动，独自坐夜班公交车去租碟就是他唯一的乐趣了。闻雪时总是喜欢看窗外，路上会经过一条河。他害怕看见河，尤其是夜色下的河。但他总是会不由自主地盯着它瞧，脑子里想的是父亲那一晚看见的河面，是不是也和他一样，那确实挺无聊的，无聊得让人想要慢慢地走进去，这个念头一出来，他看见车窗上映出的影子在笑，他盯着他看了一会儿，才意识到：哦，原来这个在笑的人是我自己。

天空晴朗的夜晚，会有情侣在河边接吻、散步，也会有三两个中年人结伴在这里夜钓。但大多时候，那条河边的路还是空荡荡的，只有蚊蝇在路灯下乱飞。灯光和月光混在一起，分不清哪种看上去显得更寂寞一些。又或者只是他的眼睛看什么都觉得寂寞。

电影是唯一看上去能让他感觉不太寂寞的东西。里面有各种各样的死亡，也有各种各样的爱，虽然他也并不是完全都能理解，但他看完一场电影，就会在爱和死亡里穿梭一遍，那种感觉很好。不过大多数时候他只能很痛彻地明白死亡，不太能明白爱。

闻雪时还记得，有天晚上他在宿舍里看了通宵的电影，主要是打工后回到宿舍都凌晨两点钟了，而那部电影的时长是四个小时，《美国往事》。

天边的曙光露出来时，他发现自己抽了满地的烟头，只有他一个人的宿舍烟雾缭绕。他吸着自己制造出来的二手烟，喉咙很痒，脑海中反复滚动着某段台词：

当我对世事厌倦的时候，我就会想到你。
想到你在世界的某个地方生活着，存在着，
我就愿意忍受这一切。
你的存在对我来说，很重要。

当时的闻雪时念着这段台词，仰头轻笑着向空中吐出一个烟圈，而若干年后的现在，他终于知道，这个世界上的确是有这么一个人的。他想到了娄语，无论是看灯光还是月光，无论是不是再独自路过那条夜河，都好像不会再寂寞了。

车子终于驶进市区，驶进他们熟悉的街道，七拐八拐地，停在了小区的偏僻一角。为了安全起见，娄语先下了车，再过几分钟，闻雪时才下了车，两个人一前一后地上楼。

娄语打开大门，没开灯，黑漆漆的，踏进这间房子，自从把手术单贴在那张海报上之后，这间房子就像被盖了黄土的棺木，她再也没来过。站在空荡荡的客厅中央，总觉得像是上辈子的事情，身后突然传来轻轻的开门关门声，接着，有人把灯打开了。

娄语回过头，看着身后的闻雪时，对他笑笑：“你看，我都和你说了，这里面空荡荡的，没什么好看的。”

闻雪时环视了一圈，最后落在她身上。

“最重要的已经在这儿了。”闻雪时说，他的头顶悬挂着陈旧的钨丝灯，泛着黄光，他站在灯光下，整个人被昏黄浸染着，就好像是多年前他站在便利店的橱窗外头，路灯的昏黄的灯光染着他一样。

娄语怔怔地看着他，说：“是的，在这里了。”

“怎么看起来呆呆的？”闻雪时走过来笑着掐了一把她的脸，随即往唯一的卧室走去，嘴里念叨着，“挺想看看那张海报的，现在都看不到实物了。”

娄语跟在他的身后进屋，海报之前被她用手术单盖上，之前手术单被丁文山摘下来，现在又露出来，泛着黄，挂在那儿，从门口望过去，就像是一间老式录像厅的遗址。

闻雪时走到海报跟前，伸手碰了碰上面的两个背影：“你们好。”

闻雪时笑着和海报上的他们打招呼，他话的音刚落，就听到身后传来手机快门的“咔嚓”声。

“怎么突然拍我？”闻雪时回过头。

娄语挥了挥手机，回答他：“礼尚往来。”

“礼尚往来？”

“以前你也拍过我和海报的合影，不是吗？”

闻雪时一愣神，反应过来：“啊，你是说首映的那天？”

“对啊，就是我们把这张海报从电影院偷偷带回来那天。”

闻雪时摸了摸鼻子：“你怎么知道的？”

“我看到了你的微博小号……”娄语有些好笑地说，“你那个号的头像就是我做的表情包，我认不出来才怪，所以不小心看到了你发的微博……顺便看见你发了一条这张照片的相关微博。”

你永远是我无人知晓的女主角

娄语故作轻松地耸耸肩：“虽然我知道它现在已经被删了。”

闻雪时沉默片刻，忽然对她说：“给你看看我换的新头像。”他把手机递过来，微博的账号头像上依然是一只熊猫，只不过不再是她制作的表情包了，而是一张网图，熊猫胖墩墩的黑白背影，置身在一片雪地中。被白雪包围的大熊猫。

娄语嘟囔着：“犯规啊，换这么可爱的头像。”

闻雪时道：“嗯，都是我们小娄喜欢的，熊猫，还有雪。包括名字里带雪的男人。”语气是一本正经的，十足的自信，又带着自恋。

娄语的嘴角忍不住翘起来，掩饰地冲他翻个白眼，想把手机递还给他，他却没接。

“你再看看。”闻雪时说。

“看什么？”娄语低头划拉了屏幕两下，手指停顿了一下。

你永远是我无人知晓的女主角

这条微博毫无防备地出现她的视线里。灰色的小字标注着已编辑，公开范围从仅自己可见，现在又变成了公开。

闻雪时刚才没出声解释，但他递手机过来的动作已经解释了一切，这条微博根本没有被删除，只是随着他们关系的破裂，他不再能正大光明地表白了，不合适。哪怕这是一个无人问津的小号，他还是小心翼翼地把她藏了起来。

这些年，娄语一直都没走，她在闻雪时的心里演着循环播放的独幕戏，谢幕后，女主演的名字只在他黑漆漆的心室里滚动，他真的做到了无人知晓——连当事人都不再知道。

娄语久久地盯着手机屏幕，无法再做到若无其事。这些年，闻雪时道真的很挂念她，对吗？

“我刚刚在车上看到了……”娄语拿着他的手机，往右滑动，调出那张今日回忆，摊到他跟前，“你偷偷来了颁奖礼？”

闻雪时见被拆穿，也不再掩饰，有些无奈地看了一眼手机屏幕：“这东西居然还能这样？”

娄语垂下眼，笑着道：“我那时候以为你不在。你绝对不会去的。”

“那是你实现梦想的一刻，我当然得去。”闻雪时摸了摸她的脑袋，“我站到那样的领奖台过，知道往下望是什么样子，那么多的人，但这些人的心里有一个真正为我感到开心的吗？真心实意地为自己感到高兴的人不在，我知道那种寂寞的感受。所以我怎么舍得不去呢？你人生里最好的时候，至少得有一个人在台下是为你真心鼓掌的。”

娄语的眼眶一酸，眼泪大滴大滴地往下掉，嘴唇不住地颤抖着说：“对不起！”当年分开他们的刺好像又重新哽了回来，娄语既觉得动容，又无比愧疚。

闻雪时故作轻松地笑着说：“不要说对不起，我不是报复回来了吗？虽然去了，但没有对你说，让你也体会一下我当时的感受。我的行为也很恶劣，对吧？”

“是，很恶劣。”娄语抬起头，报复性地去咬他的下巴。

第二十二章
代言

章闵敏感地察觉到，从那场亲密戏开始，她的两位主演之间的感觉变得不太一样了，这场戏之后，两人之间那层无形的屏障直接消失。这两天，只要涉及他们的对手戏，几乎都是一条过。只能说演员之间如果克服了亲密戏带来的尴尬，确实会对拉近关系有很大帮助吧。

谁都不知道，事实是因为两位主演的关系已经变了质，就连娄语本人也不清楚，说不清是哪个瞬间来到了这一步，也许是听到闻雪时坦诚这些年的不安，也许是看到那条微博一直存在的刹那，也许是那张他偷偷在颁奖典礼现场拍下的照片……那些被藏起来的爱意，一下子都摊到了她的面前。

人或许可以躲过一阵绵绵小雨，但无法从一场暴雨里全身而退，娄语像是回到了当年的那条马路上，撑着伞，听着雨滴打在伞面上发出的“噼里啪啦”的声音，每一声都是呐喊，于是她终于将伞一把丢掉，选择再一次去抓住命运的丝线。

娄语知道，这是一个很冲动的选择，但相比十年前，他们现在算是有底气的大人了吧，很多当年左右他们的事情已经不会再重演了。年轻时那些自以为是的做法，如今也不会再认为是正确的，和旧情人复合是一场读档重来的恋爱，但那些命运的节点又不完全相同。尽管有些害怕，她也想再试试看，因为他们之间还流淌着历久弥新的爱意，可以接受彼此。

从老房子回到剧组后，通告单上又是一场需要熬夜拍摄的大戏，回到剧组的房间后，娄语昏天黑地地睡了一天，醒过来时，已经是傍晚了。这几天的作息都有点紊乱，她起来的第一件事就是让栗子预约今晚的美容，但是她刚给栗子发完消息，却突然愣住，她意识到自己是按照以往一个人的步调进行，但现在不太一样了，她不再是一个人。

娄语的生活里重新多出了闻雪时。娄语先撤回了消息，返回聊天界面，重新把闻雪时的头像置顶，给他发了一条“我醒了”的微信消息。

闻雪时应该还在睡觉，一直没有动静。娄语起身洗了个澡，敷完面膜回来，点开手机，收到一条未读消息：我刚醒。

娄语回了个猪头的表情。

闻雪时干脆发过来语音，看她一直没接，突然又跳出来一则视频请求。

娄语被弹出来的提醒框吓了一跳，赶紧跑到卫生间凑近镜子端详自己，把刚吹蓬的头发又往颅顶处松了松，才假装淡定地回来，接通视频电话，对面的镜头很模糊，晃动着，镜头一转，正对着沙发，和她的房间是一样的布局。

刚刚应该是闻雪时拿着手机从房间走到客厅，发现视频电话被她接通，他赶紧进入镜头，往沙发上一坐，头发乱乱的，身上套了件宽松的灰色T恤和黑色休闲裤，他看着镜头对面的她，忽然凑近屏幕，刚才还能看到半边身子的画面一下子变成他的五官特写，这个瞬间的变化挺有视觉冲击力的。

娄语咳嗽了一声："干什么？离得太近了。"

"是你离镜头太远了。"闻雪时盯着镜头，"我都看不清你。"

娄语一听，觉得有点紧张："你不会这些年变成近视了吧？"看着闻雪时愣了一下的表情，她笑出了声，"我逗你的。"然后，她也把手机拉近，将自己的脸占满屏幕，好像两个人就这样近在咫尺。明明他们原本就住在同一层楼，隔着两三个房间，但偏偏只能用这样的形式聊天。剧组人多眼杂，去休息室倒还行，去房间如果被谁看见，可就说不清了。

两个人都没说话，安静地望着对方，过了好半天，娄语才出声问道："你等会儿准备干什么？"

"看节目。"他举起一旁的平板电脑，"今晚有《歌王》，我和你去录的那一期。"

"啊……"娄语恍然大悟，"那我也要看。"说着，立刻起身也去拿了平板电脑回来。

闻雪时调整了一下姿势，整个人舒服地窝进沙发里，笑着睨向镜头道："那我数三二一，我们一起点开？"

两个人好像幼稚园的小孩，遵照谁都不能抢拍的规则，同时点开了进度条。

屏幕里的她和他的位置隔得很远，主持人介绍时他们时，对方的反应都是特别假模假样地鼓掌。如今看到这一幕，她忍不住笑了。

"笑什么？"闻雪时问道。

娄语说："好会装的两个人啊。"

闻雪时闻言也笑起来："所以是天生一对。"

两个人有一搭没一搭地聊着，互相问着为什么给这个歌手推荐票，真的喜欢这首歌吗？说当然不是，只是对方的经纪公司提前打过招呼而已。

“但这首歌我是真心投票的。”闻雪时忽然指着现在正在唱《袖手旁观》的歌手。

娄语当时就对这首歌的感触特别深，喃喃地说：“我当时也最喜欢这首。”

至于为什么，他们都心照不宣，没必要再过多地追问。他们沉默地，专心致志地再一次将这首歌听完，到结尾时，镜头扫过嘉宾席，无意间带到了闻雪时。

娄语一愣，连忙按下暂停，又倒回去看这一帧，虽然镜头没有明显的指向，但娄语很清楚地知道自己坐在哪儿，所以她知道，他看的就是她的方向。当时，她还以为这是自己的错觉，但摄像机仁慈地保留了这个小心翼翼的一瞥，将那份延时的不舍跨越时间，投递到她面前。娄语没有再往下看，暂停在闻雪时看着她的这个眼神中。

闻雪时还准备和她讨论下面的一首歌，发现她一动不动地盯着画面，疑惑地问：“网卡了吗？”

“卡了。”娄语把平板电脑转过来，露出暂停的这个画面，“卡在这儿了。”

闻雪时反应过来，摸了摸脖子，露出一副偷看被抓包的尴尬。

节目也差不多到尾声了，娄语把平板电脑往旁边一扔，再次凑近屏幕，小声说：“我们要不要见一面？”

闻雪时也凑近屏幕小声问：“你确定？”

娄语沉默了片刻，问他：“你有和丁文山说我们的事吗？”

“还没有。”闻雪时抿了下嘴唇，“我觉得不着急。现在这样就好。”

娄语摸着杯子的边缘，在闻雪时说的这句话中，突然感受到五年的时光在他身上碾过的痕迹。不再像当年那样，他咬着牙不甘心地问她，“那我们就见不得光了，是不是？”而如今，她听到他又沉稳又平和地说：“也不是说满足于现状，而是我是想给我们两个人留有余地。你慢慢考虑，可以等到戏拍完再决定是不是真的想好了。毕竟我们现在在一起，也不算纯粹是我们两个人的事情，但现在还依然在我们两个人能控制的范围里，如果你随时想离开，都还可以轻松地离开。”

娄语听完，很长一段时间都没说话，微微叹息着说：“可是我已经想好了。”

五年前，娄语的犹豫像是一把刀，狠狠地扎过他，而五年后的今天，她终于可以用实际行动治愈曾经的伤口。

闻雪时听完她的话，不由得摸了下鼻子，背过身去打了个喷嚏，回过身时，鼻头红红地说了句，鼻子有点痒。

娄语配合地说“小心不要感冒”，没有拆穿他微红的眼睛。

闻雪时继续揉着鼻子，轻描淡写地说：“那么我也早就想好了。”

娄语咬住嘴唇，又松开，笑了笑，她认真地说：“虽然我们暂时还不能让外人知道我们的关系，但等接下来哪天我的经纪人来组里探我的班的时候，我会当面告诉他。一个是瞒不住，还有一个，是我想表达我的态度，你现在是我的恋人，以后也会是。”

闻雪时微微皱起眉头：“他会不会为难你？”

“周生吗？”娄语思忖着，“应该不会吧？不过关于感情方面，我一直也没机会和他讨论。之前和他签约时就已经和你在一起了，他没提过让我分手。分手后这些年我也没找人谈恋爱，他也完全不操心我这方面……所以我也不知道他的态度。但这些年，我和他的相处模式不是你当年看到的那样了。”

闻雪时的神情微微一愣：“是……你们一起过了五年，肯定会有变化。”

“当年我一文不名，能被他签上就觉得诚惶诚恐了。至于我为什么能被他签上，我当年告诉你的是因为运气，我不知道你信不信。运气是一方面，但确实是瞒了你一件事。”娄语停顿了半晌，还是选择说了出来，如今时过境迁，她也不怕再打击到他的自尊心，“当年你和团队闹得那么难看，我擅自帮了自以为对你好的忙，你跟我说不要去求别人，你自己来。但我还是私下里去找过一次周生，就是那次让他对我有了印象。”事情就像多米诺骨牌一样，推倒了第一块，就接二连三地推下去，再不由谁控制。她原本是想为他谋求出路，最后却成了她自己的天梯，而这道天梯又间接地造成她和他分离，但至少，他们又走回到彼此身边。

娄语轻轻吸了口气，觉得有点恍惚，她看着闻雪时继续说：“话说回来，就是当年那个境况，金牌经纪人和新晋小演员，我就算有别的想法也都是听他的。而且周向明也确实厉害，考虑的东西远比我全面。但这两年不太一样了，我逐渐有了自己的想法，像《夜航船》的综艺他最开始很反对的，但我坚持要去，他也就同意了。我们算是越来越能平等地对话了。”她打趣自己，“再怎么说我也火了，他也得卖给摇钱树一个面子啊。你不要担心，我会处理好的。”

闻雪时定定地看着屏幕，眼睛慢慢地就弯了起来，他笑着说：“小娄，你成长得更加耀眼了。本来还想克制住见你的欲望，看来不行。”

娄语打了个响指：“那就见吧，假装只是偶然碰见那样。”

十分钟过去后，娄语扎起马尾辫，换上运动套装出门了，她来到山庄内的健身房，在跑步机上跑了半小时，然后从口袋里掏出耳机戴上，假装在听音乐，但其实耳机里传来的是另外一个人的声音，她气喘吁吁地按下停止键，满头大汗地往外走，说："我准备回来了。"

回到中庭时，娄语看见二楼某个房间的门打开，闻雪时假装随意地走下楼，而她上楼，两个人在无人的楼道里擦身而过，她汗湿的手心被他握住，轻轻捏了捏，她的心怦怦地跳起来。

这种感觉，很像娄语曾经想象中的校园恋爱。她在少女时代曾经幻想过，却没能实施的，和喜欢的男生在楼道偶遇，害怕被同学和老师发现，只能在晚自习结束的时候偷看对方，又甜蜜又隐秘地牵一下手。已经和少女两个字毫无关系的她，在这个很普通的夜晚，闻雪时的手指若无其事地缠上来的刹那，她感受到了十五岁那年，独自躲在阁楼偷看电影里吻戏的那种悸动。

两个人连简单见一面都要迂回地绕上一圈，因此，剧组里谁都没怀疑他们之间其实已经变样了。戏照样拍，表面的互动照样有，但点到即止，不让人生疑。

娄语总有种回到拍《白色吊桥》时的感觉，只不过当时无人在意两个小演员之间的互动，他们稍微放肆一点也无所谓。但眼下，两个人随便干点什么都能带来一场腥风血雨，所以只能小心小心再小心。不过，幸好之前他们不合的传闻闹出去之后，剧组的人就在大群里严厉地批评了一番，不许在背后嚼舌根，如果被发现消息的源头是谁传出去的，立刻就被剧组开除。

自那之后，剧组里就消停拖了，拍摄重要场面时所有人的手机也全部都是收起来的状态，至少在一定程度上保证了拍摄环境的安全。然而，今天娄语走进摄影棚里，发现多出了一张没见过的面孔，是一个十来岁的少女。她正提着东西走向监视器，无意间回过头，瞥见从门口走进来的娄语，那双原本就很大的眼睛猛地瞪得更大了。女孩赶紧回过头，走路的姿势突然间就变得同手同脚起来。

"那是谁？"娄语本着谨慎的态度问了旁边的执行导演。

对方解释说："不要紧的，不是陌生人，是导演的女儿。她今天是来帮导演过生日的。"

"导演今天过生日？"娄语诧异道，"怎么不提前告诉我？"

"我们也是在她女儿来摄影棚之后才知道的。"执行导演苦笑着，"我已经赶紧安排人去买蛋糕了。"

娄语立刻把栗子叫过来，让她跟着司机的车去市区里挑一份礼物，价位高一点。可以多翻翻章闵的微博，看看她有没有什么喜好。再挑一份价格别太高的、时尚点的送给她女儿，随即娄语又点开微信，虽然贴了防窥膜，但她还是习惯性地往周围看一眼，再低头发消息，偷偷给还没来现场的某人通风报信。

今天是导演的生日，我刚刚才知道，等会儿你来了也会知道的。不过，你要装作刚听说……可以先想想要给她买什么礼物，免得临到头想不出来。

遵命。

闻雪时简简单单地回复了两个字，却让她盯着屏幕看了足有一分钟的时间，嘴角不自觉地抿出了笑意。

对了，她的女儿也来了，别忘了也给她买一份礼物。

OK。

这天收工后，执行导演将早晨临时买好的大蛋糕推出来，大家集体给导演唱生日快乐歌。娄语让栗子把准备好的礼物送出去，闻雪时也让小川送上礼物。当然，还有其他演员也准备了礼物，如夏乐游和冯慈。大家知道今天是章闵的生日后，就算没戏份的配角演员也赶过来给导演庆生。

章闵收到的礼物都抱不过来。她显然是被感动到了，但又碍着导演的面子不想表现出来，最后大手一挥，说："全组一起去吃夜宵，我请客！"

拍摄现场一片沸腾，大家欢呼着导演给力，导演很厉害，收拾东西都比往常更有干劲。这个时候谁不去就是不识好歹了，没有人会在这个时候扫兴，虽然娄语很少吃夜宵，但这种日子，吃的不是食物，而是氛围。

执行导演迅速联络了附近的二十四小时营业的大型火锅店，直接包了场，考虑到娄语他们太引人注意的缘故，章闵直接定了另外一家火锅店的包房。

大家浩浩荡荡地转场，娄语他们这个包房大都是主要演员，还有章闵和她的女儿。

"还没给大家介绍，这是我的女儿陈蓉，现在是我前夫在带，难得来看我一次。我实在是架不住她的央求，就让她过来了，陪我过生日，大家别介意啊。"章闵介绍道。

大家七嘴八舌地说着"怎么会"。陈蓉可能之前没机会和这么多艺人一起吃过饭，毕竟章闵也是第一次做导演，她坐在章闵的旁边紧张得不行，偶尔接触到娄语的目光时，勾菜单的手又不由自主地颤抖了一下。

娄语不理解为什么这个小姑娘见到她的反应这么大？难道我是她讨厌的类型？这个小姑娘看她的眼神相当微妙，多年来，敏锐的直觉让她察觉到自己并不讨对方的喜欢。但这个人是导演的女儿，她还是尽可能地想要改善一下关系，掏出手机给栗子发微信：给导演的女儿的礼物买好了吧？

栗子回复道：嗯，买了，给您放在车上了。

娄语收起手机，打算一会儿找准时机将礼物亲手送出去。

事实上，陈蓉掩在桌子底下的手指都快冒起火星子了，她打开微博，账号赫然是那个大名鼎鼎的“春日漱石”，其实，她的圈内人脉，所谓朋友，就是自家老妈章闵同志，所以才会有剧组里的一手通告单。

陈蓉既为老妈可以实现梦想而觉得开心，却也真对闻雪时放弃陈康导演的电影而感到恼火，矛盾的心情直到现在还未平复，如果不是章闵今天过生日，她是绝不会来组里直面这个“坏人”的。只是，亲眼见到他们俩本人的冲击实在超出预期，她不得不打开已经很久没登录过的社交平台，发泄道：

@春日漱石：受不了，啊啊啊……

底下一堆长情的“雪花”组合的粉丝们喜极而泣：大大，你回来了！太好了！呜呜！怎么了？

娄语几乎没怎么动筷子，她现在的食量小，再加上自律，所以就在那儿一个劲地喝水。闻雪时就坐在她的旁边，注意到她空空的碗，他夹着食物的筷子差一点点，就要习惯性地伸到她的碗里来了。

娄语当时正在和章闵说话，眼角的余光瞟到闻雪时的动作，猛地吸了口冷气。

陈蓉看着他们的眼睛都直了，从锅里刚夹上来的虾丸没拿稳，“扑通”一声，又掉进锅里，溅到了在锅里捞菜的冯慈。冯慈忍不住惊呼了一声。陈蓉大惊失色，连连道歉，坐旁边的夏乐游连忙递湿纸巾，结果抬手的时候把桌上的饮料碰翻了，饭桌上鸡飞狗跳，乱成一片。

这也打断了闻雪时的动作，他这才意识到不对，不动声色地把菜放到自己的碗里。

中途，娄语去上洗手间，包厢外面的大厅已经没人了，这里原本就很偏僻，再加上已经是深夜，食客都已散场，她放心了许多，独自朝卫生间走去，结果出来时，看见走廊里有个青年站在走廊没光的地方。

娄语不禁被吓了一跳，对方连忙出声：“是我！”他往前走了两步，走到灯光下，娄语这才看清是夏乐游。

娄语拍了拍胸口：“你杵在这里干什么？”

夏乐游清了清嗓子，露出有点害羞的样子，说：“我下午去帮导演挑礼物，然后……”他又咳嗽了一声，“然后看到一副很不错的耳环，我觉得很适合姐姐。就想着买来送给你。”他背在身后的手递过来，手心里是一个黑白包装，系着蝴蝶结的正方形小盒子。

娄语一愣，之前的唇膜还算有理由，她收就收了。但是这个，她摇了摇头，说：“无功不受禄啊！我不能收。”

夏乐游的脸当即垮了下来，但依旧没退缩伸出的手，他看着娄语真诚地说：“那你就当是我提前送你的生日礼物成吗？毕竟你的生日在年底，我们的戏都拍完了。到时候可能就没机会送给你了。”

娄语犹豫着。

夏乐游继续说：“再说了，这个礼物就是为你买的，你不收，我再送给别人不礼貌，但是扔掉又很可惜。”

看他要接着往下找出诸多理由，娄语赶紧笑着做了个停的手势：“好了，好了，我知道了。那我就当生日礼物收下了。对了，你的生日是几号？”

夏乐游微微一愣，然后很兴奋地回答：“十月二十一日。”

“我记住了，到时候给你回礼。”娄语收下耳环，“谢谢！我们先回去吧！”

娄语还是非常喜欢这种被关心的感觉，但避免让他误解自己的意思，完全不带暧昧地把话题引到了自己会回送他生日礼物的事上，就当作朋友之间的礼尚往来。两个人一前一后，走进了包厢继续吃喝，娄语刚坐下不久，手机就振动了一下。她瞥了一眼，是置顶的某人发来的：刚才在外面聊天了？

娄语没瞒他，一五一十地说了：他提前送了生日礼物给我，一对耳环。又赶紧补充了一条，你别介意呀，jpg.

不会。

闻雪时的回复令她松了口气。

两个人并排坐着，依旧客客气气地寒暄两句，帮忙递个纸巾啊杯子啊什么的，绝不逾矩。陈蓉也不再盯着他们看，低头一个劲地吃菜，手却一直在颤抖。

吃到后半段时，饭桌上的烟民们忍不住了，碍于有小朋友在场，纷纷勾肩搭背地去店外抽烟了。闻雪时喝完一杯水，接着也起身出去了。

娄语看到旁边空掉的位置，忍不住想皱眉，看来她要好好制定一个计划帮闻雪时戒烟了。

店外，夏乐游正和另一个男配角抽烟，抽到一半时，他看见闻雪时也出来了，他有些得意地招呼道：“闻哥，你上回不是说戒烟了吗？”

闻雪时微微一笑：“破戒了。”

另一位男角配搭腔：“戒烟这可难了，哪那么容易。要我说，人生啊，就得及时行乐，该抽就得抽，是不是？闻哥？”

闻雪时点了点头：“说得对。”

那个男配角说得更来劲了：“而且，闻哥，你抽烟的动作可帅了，去年那部电影，你叼着烟把犯人往车盖上按的时候，好家伙，太带劲了！”

闻雪时开玩笑地说：“你想试试？”

男配角颤抖了一下，“嘶”了一声，道：“那就不用了……”他抽完烟先进去，门口还剩下闻雪时和夏乐游两个人。

闻雪时却不再说话，闷头点了根烟，慢悠悠地抽了起来。

夏乐游不停地用眼角的余光瞄着他，最后先沉不住气，开口说：“闻哥，你现在和娄语还算熟吗？”

“娄语？”闻雪时抽烟的动作停顿了一下，用打趣的语气问道，“背地里不叫姐了？”

夏乐游耸了耸肩：“没有不礼貌的意思。”

“哦”闻雪时意味深长地说，“那是什么意思？”

“闻哥很关心吗？”夏乐游的烟燃到尽头，他将烟蒂吐到地上，用脚踩灭，“那没事的话我就先进去了，闻哥，慢慢抽。”

闻雪时点了点头，对着夜空呼出一口烟。夏乐游刚背过身准备推门，就听见他不动声色地回答了最初的问题：“算熟吧。毕竟她的耳洞都是我亲手打上去的。”

娄语正将青菜从锅里捞出来，包厢的门被推开，夏乐游抽完烟回来了，他低着头进门，神情阴郁地坐回位置上，憋了半天，终于看了娄语一眼。

娄语正好抬起头，和这个眼神撞上，对方又懊恼地移开视线，看得娄语莫名其妙。她突然一愣，心想：不会他和闻雪时又在抽烟的时候聊了些什么有的没的吧？这个念头一起，娄语不免觉得不安，但想到闻雪时在微信里气定神闲地回复自己，那么成熟稳重，又觉得是自己多想了。

娄语放下心来，从碗里捞起菜慢吞吞地咀嚼着，手机的屏幕一亮，提示收到一条新的微信消息：出来一下，耽误一分钟。是闻雪时发来的。

娄语立刻心虚地按灭屏幕，左看右看，悄悄低下头回复他：怎么了？

你出来就知道了，很快。

娄语便淡定地假借着再次上卫生间，走出包厢。刚走到走廊拐角，她被人拉住了手腕，低声说：“跟我来。”

娄语被闻雪时抓着手腕走的瞬间，心都险些跳出来，他们小心地避开坐在收银台边的两个服务员，隔着一道走廊的包厢里又全是他们的人，不知道谁会突然走出来上卫生间，万一撞见他们这样，但他们的手却又在这种如履薄冰的刺激下不舍得放开。

娄语在心里鄙视自己，直到被他牵着手来到了另一个包厢里，他将门虚掩着，将她拉到门后。

娄语不解地小声问："到底是……"

闻雪时直接说："你看。"

透过大厅照进来的灯光，能隐隐看见墙面上满墙的装饰海报，都是曾经大火的电影、电视剧，而其中有一张，是他们参演过的《昨日之诗》，这张海报现在几乎很难再看见了，大约是这家火锅店开得离摄影棚近，很多来这里用餐的顾客都是干这行的，所以就在墙上贴了这些海报。而又因为年头久远，所以才一直张贴着没撕下来，最妙的地方在于，这张海报的旁边，居然还贴着一张海报，是娄语三年前拿到最佳女主角的电视剧海报。它们贴在一起，如此不起眼，可对他们而言，这是充满了意义的并列。

"我刚刚抽烟回来，偶然看到的。"闻雪时在旁边叹息道，"我想，一定要让你来看看。"

娄语百感交集地看着这一幕。大厅外的灯光顺着门的缝隙照到墙面上，照亮墙面上的两张海报，这一幕竟然巧合地有点像老式的电影院，最后一排的放映机投到屏幕上，中间一条长长的莹白色的光线，浮满尘埃，此时此刻，那些尘埃都是她过去的人生。

娄语从没觉得这一刻如此珍贵过，不仅是因为这两张时过境迁、迥然不同的海报，更是因为，现在能陪着自己见证这个成绩的人居然还是闻雪时，依旧是那个曾经在最低谷陪着她跨过去的人。这个世界上能有这样一个人，他最了解你的来龙去脉，你不需要和他去解释任何东西，只需要看到海报的那一刻，两个人互相对视着，就能产生同样的感情。她曾以为，她已经只能独自感受这份感动，但现在，她一点都不觉得寂寞了。

娄语在这个狭窄的门背后轻轻地拥抱了一下闻雪时，在他的耳边说："你先回去吧，不然他们会怀疑。"

闻雪时抚了下她的发丝，低声说"好"。

差不多隔了一分钟，娄语平复了内心的波澜，也悄悄地离开了这间意外的"放映室"。

一行人吃完火锅，分别坐几辆车回到山庄。娄语蹭了导演的车回去，她上车时，陈蓉那个小姑娘看上去又有点面如土色，看得她有点想笑。

娄语把托栗子买的礼物递过去，之前她不好当着所有人的面送给她，现在正好是送出去的机会。

陈蓉看到礼物袋子蒙了，结巴着道："这是……什么……"

"给你的见面礼。"娄语笑着道。

陈蓉的脸色僵硬，求助地看向章闵。

章闵笑着说："这是给你的礼物，你自己选择收不收，看我干什么？"

娄语语气轻松地说："不是什么贵重的东西，不用觉得有负担。"

"好吧……谢谢！"陈蓉接过袋子，等娄语转过头去和章闵说话了，才颤抖着手按开手机。

刚才她发了一条微博就下线了，此刻评论和私信都被大家纷纷询问是不是有什么新发现，快点分享，她点开了一个交好的互相关注的好友的私信界面，酝酿半天，心情沉重地打下一行字：@春日漱石：姐妹，我可能要叛变了。

娄语不知道这几十分钟的路上，某个受到重创的粉丝已经"弃暗投明"，她和章闵还在聊着拍摄的事。车子刚驶入车库，娄语便透过车窗，眼尖地发现了一辆眼熟的车子，是周向明的车。

两个人自从上次意见不合之后，周向明就再也没来过组里，也没有给她发过一条消息。现在过来，是消气了？

娄语有些忐忑，跟着导演一起下了车。

周向明也从车上下来，手上提着袋子走向他们。

章闵诧异地挥了挥手："周老师！"

"周生。"娄语也跟着打招呼，"你过来怎么不说一声？"

周向明把袋子递给章闵："听说今天是导演的生日，临时赶过来补个礼物。"他看了眼手表，"可惜，过了十二点了。"

章闵受宠若惊地接过袋子，连忙说："这可真是我今天收到的最压轴的礼物了，难为你还亲自跑过来一趟。"

"太忙了，很久没来组里，但今天怎么着也得过来，毕竟是章导的生日。"周向明说。

"你再早点过来就好了，我们刚吃完火锅。"娄语说。

周向明笑："闻出来了，好大的火锅味儿啊。"

章闵接过礼物，拉着陈蓉和他们道晚安后离开，只剩下了娄语和周向明。她挠了挠脖子，看向周向明问道："那你这么晚还回去吗？还是今晚在这边休息？"

周向明揉了揉眉心："不回了，已经让人帮我开了间房。我正好和你说件事。"

娄语的心里头直打鼓，随即脱口而出："正好，我也有事要和你说。"

两个人回到娄语的房间，娄语脱下外套，想起口袋里还装着夏乐游送的耳钉，怕放在口袋里忘了，拿出来放到旁边的架子上。

周向明看了那个东西一眼："今天不是章导过生日，怎么你也收到礼物了？"

娄语大大方方地拿出来，周向明就知道这不是什么值得在意的东西，随口一问。

娄语："剧组里一个小朋友送的。"

周向明："以防万一，我还是确认一下，你收下这个礼物不代表其他意思吧？"

娄语："当然没有。"

周向明点头："那就行了。"

娄语心里一紧："怎么了？"

周向明看向娄语说："你当我这阵子没来组里在做什么？我这段时间去了趟美国，把 Serein 的全球代言人谈下来了。也不能说真正谈下来吧，但是对方愿意把你作为首位考察对象。只要你能通过考察期，我们就可以和对方签订合同。"

娄语完全呆住了。Serein，全球六大奢饰品牌中位居首位的品牌，选择代言人非常谨慎，在此之前没有合作过任何一个亚洲出身的代言人。

"我……没听错吧？"娄语因为太过惊讶而变得结巴了。

周向明却非常笃定："他们这两年在欧美市场有点不景气，早两年就打亚洲市场的主意了，我们又是亚洲市场里底盘比较大的，所以他们的首选代言人也想在我们这里找。前两年我得到的消息是他们只有意向，还没有太具体的计划。但最近我听到了一点风声，为了确认真实性，就干脆飞了一趟。"

"所以……是真的？"娄语不敢相信地问道。

"我在跟你开玩笑吗？这两年他们没闲着，一直在观察内地的女艺人，你也在名单里。本来你的竞争力稍微差一点，但这两年，排在你前面的人不是形象不合适，就是有绯闻缠身。品牌方那边现阶段觉得你在公众中的口碑和形象都不错，很贴合他们想要的，毕竟当今的时代价值观已经慢慢变了，独立事业女性是目前最符合 Serein 预想的女性代言人的形象。"

娄语彻底沉默下来了，慢慢地消化了他话里巨大的信息量。

周向明带来的这个消息，几乎让她忘了她原本应想要说什么。

第二十三章
储藏

周向明说完，抬眼看到娄语的脸色，立刻察觉到了不对劲，问："有问题？"

娄语张开嘴，话卡在喉咙里，但最后还是说了出来："有。"

看到娄语这样的反应，不需要她再明说，周向明就明白了："你恋爱了？"他一针见血地问，"和闻雪时？"

娄语的语气十分严肃："我今天要向你说的，就是这件事。"

房间里安静下来，周向明按压着太阳穴，很不客气地说："我当初安排他和你来演这部剧的时候，你忘了我是怎么跟你说的了吗？在危机面前，大家都是赌徒，可是我相信我下的注。"他冷笑着，"你太让我失望了。"

娄语抿了抿嘴唇。

周向明懒得再追究为什么，直接问："你听完我刚才和你说的消息，有什么想法？"

娄语深吸一口气："我觉得，这并不一定是个绝对冲突的问题。"

"哦？所以你想一边继续谈恋爱，一边等着这个馅饼砸到你头上？你以为世界上有这样的好事？要得到什么就得失去什么，你明白这个道理吗？"

"Serein 想要独立事业女性做代言人，可是独立不代表必须要单身吧？"娄语说。

周向明听完她的话，机关枪似的朝她开炮："你以为现在是大学生辩论赛？还是做人权题？找出合适的注解就是胜利？娄语，你清醒一点！"过了半晌，周向明的语气缓和下来，"你们什么时候在一起的？"

"嗯……就这几天。"娄语说。

周向明冷静地分析道："那不奇怪，人很容易被感情冲昏头脑，你现在正处于一段恋爱最新鲜的时期，你再想想五年前，感情到了后期就是不堪一击的，抵得过现实吗？五年前你很明智，难道五年后你反而越活越回去了？你从上次起就让我非常失望了。'将军'是不能被情感绑架的，那等于是在战场上把自己的腿给绑住了，靠什么往前冲？只有被别人超越的份。”

此时，娄语在他的长篇大论里逐渐变得萎靡，低声喃喃道：“可是一直往前冲……到底要冲到哪里才算是终点啊？”

周向明一愣，又立刻皱起眉头，冷冷地说：“不用想这个没有答案的问题，人活在世就是不断超越。眼下，我们要抓住的就是 Serein。我看你现在也给不出什么明智的答案，离杀青还有一段时间，你自己想清楚。等到这部剧杀青了，胡闹也该结束了。”

“嘭”的一声，门一关，周向明扬长而去。

如果没有 Serein，娄语不认为周向明会这么反对她和闻雪时复合这件事。

对于这次的复合，娄语不是一时冲动，也并不是天真。倒不如说，在做出这个决定时，她思考得太久太久了，一直裹足不前，所以现在才敢再踏出这一步。她太害怕了，害怕再陷入当年的困境里，害怕再次将他置于被最先放弃的境地里，害怕接不住那颗真心，什么样的爱意经得起再一次的抛弃呢。

但娄语的底气又来源于这分开的五年，她不再弱小，已经算是站稳脚跟，不再容易陷入当年摇摇欲坠的困境中。他们只要小心一些，等这部剧播出以后，再释放些信号，他们不会再像当年那样身不由己，可是 Serein 代言这件事，完全超出她的预料。

但仔细想想……其实是她天真了。

这并不算多么意料之外的事情，如今她确实不需要再担心发生当年那样进退维谷的局面。可在这个位置……却有新的诱惑，不再是立足之争，而是利益之争，人的欲望是不断膨胀的。

娄语一动不动地坐在沙发上，所有的情绪冲击得她只能维持基本的呼吸。她感觉自己坐在一只泡泡里，“叮咚”一声，手机提示音将她震碎。尤其是发消息过来的人是闻雪时：我听说周向明刚才来组里了？

娄语手足无措地看着这条消息，手指悬在按键上，久久不知道该打出什么字。

嗯。但太晚了，我们简单地打个招呼就散了。

好。我现在也到房间了，要睡前打个视频电话吗？

娄语没说好，也没说不好，只是对着手机屏幕发呆。

闻雪时看她没有回复，猜她可能是睡着了，也没有再多问，放下手机简单地冲了澡回来便打算睡了。他刚关灯躺下，手机却又猝不及防地振动起来。

打开一看，是娄语发过来的视频请求。

闻雪时匆忙地按开床头灯，支着抱枕起来倚在床头，接通了视频。一接通，他发现她居然连衣服都没换，坐在沙发上，脸色红彤彤的。

闻雪时的脸色一变："你喝酒了？"

娄语心虚地看着身后搁着的刚开封的红酒，死鸭子嘴硬地摇头，心虚地说："只是房间里有点热，我没开空调。"

闻雪时才不信："发生什么了？你和周向明真的没聊什么？"

"嗯……"她点点头，"好吧，是喝了一点。但只是因为想喝。因为在火锅店看到那两张海报的关系吧，有点感慨。"

这个理由似乎是说服了闻雪时。他松了口气，不再追究她为什么喝酒。

娄语既然已经被戳穿，干脆也不藏着掖着了，又倒了一小杯，直接喝光。她知道，这样会让他担心，喝前举手道："这是最后一杯。"

闻雪时微微皱眉："你就仗着我这个时候不敢来抓你吧。"

娄语再次缩回屏幕前，凑近屏幕，盯着他看，调侃着道："黑眼圈有点重。"

闻雪时松开眉头笑："怎么，嫌弃我了？"

"喊……我明天拿两盒眼膜给你，我觉得很好用的。"娄语的手指揪着沙发，摸了摸额头，把头发往后一抓，往脸上扇风，焦躁得不行，最后又安静下来，对着镜头若无其事地说："那就早点睡吧。"

闻雪时耐心地观察着她的一举一动："小娄，有什么话你别憋在心里。不要瞒我。"

娄语摇了摇头，说："我就是想你了，打个视频电话，没别的。"她向镜头挥挥手，伸手准备关掉，动作却猛地僵住了。

屏幕中，能看到床头柜，上面放着剧本，还有一瓶小小的白色药瓶。那个药瓶娄语不陌生，她之前拍过心理医生的行业剧，所以她认得，放在床头，显然是他自己服用的。

闻雪时似乎意识到她在看什么，把手机的摄像头角度偏了偏，床头柜就消失在画面里，他若无其事地说："好，那你去睡吧！晚安。"

"刚才那个……"娄语的声音有点颤抖，"是安眠药，对吧？"

闻雪时揉了揉眉心，过了半晌才回答道："是。"

"怎么会这样？是你觉得要和我拍这部戏的压力很大吗？所以你的睡眠不好，需要吃药？"娄语声音颤抖着问道。

"怎么可能？我不是现在……"闻雪时脱口而出，又觉得似乎不应该说，突兀地停住，敷衍着道，"总之不是的。"

娄语直直地盯着他："你刚才说过，有话不能憋着，不能瞒着，怎么轮到你，你就不说了？"

"好了，挺晚了，睡吧。"闻雪时安抚地说道。

娄语却完全不理会他要结束的要求："不是现在的话，那是什么时候？明明在船上的时候你还睡得很好，我去叫你都叫不醒。"

闻雪时原来明明是个沾枕头就能睡着的人啊，她当时还庆幸，他这一点没变。能安安稳稳地睡一觉比什么都强。

闻雪时沉默片刻，轻松地揶揄道："那看来我的演技还挺好的。"

娄语反应过来："你早就醒了？"

"不是早就。"闻雪时叹息着，"是一直醒着。"在船上娄语抽到惩罚游戏的那一次，他使了小手段，临时发微信让助理告诉娄语需要叫起床，可虽然他是使手段的人，到头来最不安的也是他。在关了灯的船舱里，他能看到舷窗外的海面，浮动的海水一上一下地起伏着，如同起起伏伏的往事，将他的身体塞满。它们轻易地拨动神经，像拨动琴键，于是他的身体被敲打出各种回响，吵得他根本无法入睡，于是，他一直看着……

天快亮了，那是娄语即将到来的信号。闻雪时蜷缩进被子里，佯装从没心没肺的美梦里醒来。

娄语此时才隐隐看到海面下的冰山，她伸手摸一下，那份冰冷直接将她的心脏冻住，她轻声问："这五年来，你一直都失眠吗？"

"还好，靠药物可以睡着。"闻雪时说得无所谓的样子，"只是那天在船上有点紧张而已。"

娄语"嗯"了一声，眼睛快速地眨着，不想让某种情绪露出来，匆忙挂了视频。

如果当年闻雪时不提分手，如果当年她不那么决绝，如果……

可是没有如果，他们都自以为是地认为这样做能让对方不受羁绊，不再难过，于是，作为代价，他们各自承受了分离的生长痛。

周向明给她的选择期限是到杀青为止，实际上，距离杀青的时间也所剩不多了。

娄语忘掉和周向明的那番谈话，若无其事地继续拍摄。不管最后一天，自己到底会做出什么样的决定，她都打定主意，所剩不多的和闻雪时一起度过的拍摄时间，她都会好好珍惜。毕竟这是他们难能可贵的共同出演一部电视剧的机会，也是他们阔别五年以来最亲密无间的时刻，下一次再共同出演的机会谁都不知道在哪里了，她不想有任何不愉快来打破这个童话般的时刻，也不想被闻雪时察觉。

陆续有配角杀青，热热闹闹的剧组里，人逐渐开始变少，现在通告上所剩的戏份几乎都是她和闻雪时的，还有少量是夏乐游和冯慈的。

先面临杀青的人是夏乐游，他最后拍摄的一场戏是和娄语的对手戏，需要在大学的校园内拍，虽然现阶段还是暑假，学校里大部分人都离校了，但还是有些同学留在校内。

因此拍摄当天，剧组为了不暴露剧情，特意请了保镖过来，也严禁学生们围观拍摄，不过学生们总是能因为更熟悉学校地形的优势，找到门路偷摸看，三三两两地聚在宿舍的阳台或者教学楼的窗口。

娄语刚走进操场，一抬头，就能看见攒动的人影正举着手机在拍他们。

夏乐游顺着她的视线看过去，搭话道："姐姐，要不你往我这边站点吧。"

娄语回过神："嗯？怎么了？"

夏乐游解释说："感觉你好像不太喜欢被他们围观，你往我这儿站站，这样他们就拍不到你了。"

娄语恍然大悟地笑了笑："哦，没事，我刚刚在想别的。好了，导演准备开始拍了。"

他们的最后这场戏是霍言对秦晓霜的求婚戏。他将她带到自己曾经就读的大学，两个人沿着操场散步，他和她分享一些过去的趣事，接着便拿出了戒指。

夏乐游有些紧张地看着红色的跑道，吞吞吐吐地说："虽然我们的过去都没有彼此参与，但人生很长，那些没来得及参与的，我之后可以再慢慢告诉你，你也可以再慢慢告诉我。你要是不想和我分享也没关系，我不会小心眼地在意那些过去，你曾经去过什么地方，爱上过什么人，都无所谓。从今往后，我们就只有对方。我们会一起去新的地方，拥有新的回忆，也会吵架，会讨厌对方，但我们绝对不要分开，然后就这么一直走到老。"说完，他将戒指递过来。

"你觉得怎么样？"夏乐游问道。

作为秦晓霜，她当然会说"好"，并且笑着点头，伸出右手，示意他给自己戴上戒指。

这场戏夏乐游发挥得特别好，一条就过。那么长的一串台词他都没有任何卡壳，那股发自肺腑的真情挡都挡不住。这条拍摄结束之后，娄语忍不住夸他："你的进步很大了，还记得你和我第一次拍戏的时候，没有台词的一场戏都要卡好几遍。"

夏乐游不好意思地摸了摸脖子，支吾道："也不全是靠演技……其实……"

其实还有我的真心话，夏乐游的后半句话没能说出口，操场的围观人群突然出现了不小的骚动，转移了娄语的注意力。

两个人转头望去，一个戴着口罩的男人在保镖的保护之下靠近操场，走到了监视器的位置。

夏乐游的脸颊抽动一下："那是闻哥吗？"

娄语自然是一眼就认出来了，此刻也只能含糊着点头，装模作样地说："好像是吧，看着像。"

夏乐游欲言又止，最后无语地说："闻哥最近好像来片场来得特别勤，没他的戏份都会来。"

娄语的心头一跳，做贼心虚地转移话题，开始胡说八道："其实这对提升演技是有帮助的，你之后进到下一个剧组，也可以没事多去现场看看。"

"嗯，好……"夏乐游的情绪十分低落，"下个组啊……"

娄语打趣他："怎么一副突然反应过来的表情，不会忘了自己今天杀青吧？"

夏乐游连忙说："那当然没有！"

虽然这几场戏拍得非常顺利，但还是一直折腾到深夜才结束拍摄。

导演亲自带着花起身过来，把杀青花束交到夏乐游的手中，说道："恭喜我们的霍言杀青！"

夏乐游笑逐颜开："谢谢导演！"

闻雪时跟在导演身后，鼓掌对他道贺，夏乐游别别扭扭地说了一声"谢谢闻哥"。轮到娄语时，她对着栗子招招手，栗子赶紧把一个袋子递过来。

娄语将这个袋子递给夏乐游说："祝贺你杀青的礼物。"

夏乐游蒙了，完全没想到娄语会在今天给他准备礼物，但这份礼物能在众人面前大大方方地送出，就注定不带有任何暧昧的色彩，他的雀跃不上不下地卡在一半。

夏乐游下意识地看了眼闻雪时的反应，想知道他对于娄语送自己礼物会不会不高兴，但可惜的是，他的表情尤其寻常，看得夏乐游更泄气了。明明获得这份礼物的是他，看上去更占上风的确是闻雪时。

娄语提醒他："你要不要现在拆开看看？"

"哦……好！"夏乐游依言拆开袋子，里面放着一个陈旧的笔记本。

"这是我之前拍戏时的工作笔记。"娄语解释道，"你之前老是找我对剧本、问台词什么的，我能感觉到你对拍戏的热情，希望它能对你有帮助，未来可期，加油！”她不着痕迹地把他对她的热情给了一个体面的转移，因为知道自己无法给予回馈。但同时，她的确给了他最好的回礼，这是谁都无法花钱买到的一份心意。

夏乐游捧着笔记，内心五味杂陈，知道这是娄语的婉拒，他捏着笔记本的手指不由得发紧，对着娄语认真地道谢："特别棒的礼物，谢谢姐姐！"

娄语刚要再客套两句，就听见夏乐游话锋一转，冲着闻雪时说："如果还能完成一个心愿，那我的杀青就很圆满了，不知道闻哥能不能帮我圆了这个心愿。"

闻雪时一直在一旁围观，被突然点到名，饶有兴趣地点头问："什么？"

年轻人指着操场隔壁的篮球场说："趁着收工时间，我想和闻老师比一场。"

闻雪时的表情微微一愣，反应过来后，似笑非笑地问："想和我比篮球？"

夏乐游刚说完就觉得自己幼稚了，闻雪时却解开袖扣，挽着袖口露出小臂，抬眼问："那就三步上篮？谁先投空谁今天请全组吃夜宵？"

"行啊！"夏乐游的精神一振，"到时候输了的话，闻哥可别心疼钱啊。"

娄语没想到，局面怎么就莫名其妙地变成1∶1了，水到渠成，又很荒唐。她在夏乐游提议要和闻雪时比试时就很紧张，这意味着他察觉到了他们之间的关系。虽然她之前和他澄清过，他好像也相信了，不明白怎么突然又来这么一出，故意要拉着闻雪时比个高下。

这个比试是只有年轻人才会想出来的招数，简单粗暴，但某种意义上又直击核心，能够最直白地表现出他能赢过闻雪时的就是年轻和活力。

闻雪时根本没必要陪着他胡闹，大家内部随便玩玩也就算了，今天可是在外景地，在学校里，虽然已近深夜，大部分围观的学生们都散去了，但还是有一撮人仍旧没有离开。所以两个人走到篮球场里，比赛篮球的图片就立刻出现在微博上了。

夏乐游乍看上去就像真的大学生，身穿卫衣和休闲裤，篮球在指尖转着，显得特别游刃有余。

相较之下，闻雪时就显得不那么合适了。他今天穿的是衬衫和黑色的裤子，还穿着黑皮鞋，像刚从拍摄大片的片场出来，又或者是从某个商务会谈中抽身。

可这张略显怪异的照片一发出来，依然全网疯传，迷倒了大批路人。

两个人的篮球赛都还没开打，光姿势就被评头论足冲上热搜。

剧组的众人都在围观这场兴之所起的对抗赛。夏乐游首发，轻松地拿下一球，大家吹口哨，哄闹着烘托气氛，仿佛这就是一场大学的球赛般热闹。根本猜不到这场球赛的起因，完全是两个男人的好胜心，想在某人面前争相开屏。而这个某人却站在最外围，心想：随便吧。刚开始时，她就暗戳戳地给闻雪时发送过眼神警告，他全盘接收，却置之不理，那最后他丢脸，她也管不着。

但娄语的心里其实又有微妙的雀跃……这么些年过去了，她再次看见那个在爱里并不稳重的闻雪时——是个大男人，可在爱着她的某些时刻，也会变成小男孩。

娄语抱着手臂，手指不住地点着胳膊，意识到下个出场的人就是闻雪时，脖子还是不经意地伸长，有意地透过人群看向球场。可惜实在被挡得太厉害，她只能听见篮球不停地撞在塑胶地面上的闷响。

落地，腾空，落地，腾空，哐，进球。人群欢呼。

娄语压住上扬的嘴角，打开手机，给此时完全没空看微信的闻雪时发了一条消息：嚯，老当益壮，拇指，jpg.

娄语收起手机，没事人似的继续围观，心里却在设想他满头大汗地下场看到消息，原本想要帅却被这么调侃而感到无语吧。刚压下去的嘴角又忍不住上扬。

场上的两个人都在进球后不约而同地看向娄语所在的方向，在捕捉到她的表情后，他们紧接着互相看了对方一眼，拍球的力道更冲了。这是一场只有三个人心知肚明的战争，不动声色地在众人面前较劲，你一球我一球地打了很久。打到大家都觉得无聊了不再围观，最终打破僵局的人是闻雪时，他的手一松，故意把球打偏了。

“是我输了。”闻雪时遗憾地笑笑，耸了耸肩宣布这个结果，不顾周围一片嘘声。

夏乐游高兴得不行，他觉得自己打了胜仗，气喘吁吁地正想对娄语显摆一下，却瞥到远处，她低下头很小幅度地打了个哈欠。就是这么一个轻飘飘的动作，却当头棒喝般地让他的笑容僵在脸上，他好像，突然就明白了闻雪时输了的原因。

刚才，夏乐游还以为闻雪时是体力不支才故意手滑输了的。但刚才，他明白了闻雪时是不希望这个无意义的争斗继续下去，影响到娄语的休息。

夏乐游欣赏娄语总是看上去波澜不惊的样子，他清楚，她身上这份滴水不漏的魅力源自他们永远不会缩小的时差，但他乐观地认为，这种时差同样具有截然不同的生命力。因此，即便被闻雪时三番两次地用过去压制，在他看来无所谓。你有过去，但我有冲劲，只是，这股冲劲在直面她打哈欠的这一刻，突然就失去支点似的一泻千里了。

闻雪时冲着娄语走去，两个人表情很正常地在说着什么，夏乐游不知道该不该再过去，意识到刚才自己还把笔记交给娄语让她帮忙拿一会儿，他本来是存着心思，一会儿赢了，取回来时可以趁机求夸奖。现在他走近两个人，模糊地听到他们的对话。

“表现得还行吧？”闻雪时笑着问道。

“没怎么看，被挡着了。”娄语指了下很远的窗口，“刚有个女孩一直趴在那里替你们加油呢。不知道那么远能不能看清。”

闻雪时“唔”了一声，意味不明地说了句话：“当年有个小女孩围观的位置也很远。”他笑笑，“但现在已经走到内圈，成为众人的焦点了。”

娄语的脸色怔忪着，露出微妙的、动容的神色。

夏乐游的脚步突然停住，仅剩的一点冲劲被这句话击得粉碎—难道，这才是娄语刚才总看向四周的原因吗？

不是讨厌，而是怀念。

闻雪时一眼就看穿了。

夏乐游觉得自己的心脏变成空荡荡的月台，一辆悠长的火车鸣着笛，他用尽全身力气都没能截停，目送她终于驶来，又驶过。他知道，这辆火车要么就是根本没打算停下，要么只会停在那个人的站台，世界上也只有那个人的站台才值得她停留。

这场即兴的球赛在剧组的宣发下推波助澜，变成了一次成功的宣传，尤其是闻雪时打篮球的样子太少见了，他在公众面前的形象向来优雅沉稳，绝不会像视频里那样，穿着衬衣、皮鞋，三步起跳上篮，和一个青年比拼高低。

娄语坐在回程的保姆车上，偷摸地正和这个被颠覆形象的人发微信。

闻雪时看见了那句“老当益壮”的评价，正在对她“发难”：让你失望了，还是没比过‘年轻人’啊。

娄语看了他发过来的消息，忍不住笑着，继续打字：我看你今年才三岁吧？她笑出声，打了个哈欠，撑着眼皮，又和他东扯西扯，说真的，你今天干吗和他比篮球？难道是因为我送他笔记本……

娄语的本意也是逗逗闻雪时，他却认认真真地回了一句：你送给他的是曾经，我陪你度过的曾经。更别说我们还有以后。

手机屏幕的荧光照着娄语的脸，视线长时间停留在最后那句话上。

夏乐游杀青不久之后，剧组在京崎的戏份也即将结束，剩下的就是飞到海岛进行三天的拍摄，是剧本里发生在派对那一晚上的相关外景戏份，非常重要。他们这一路拍摄都算挺顺利的，几乎没有出现过令人头疼的情况，但在最后关头，还是没能逃过剧组多少会出点意外的惯例。

原定的海岛发生了意外事件，乱作一团，此时再前往海岛拍摄显然不合适。但如果改变场地，就意味着剧本和计划都得再改。

周向明作为制片人赶紧又回到组里和导演商量拍摄计划，幕后乱成了一锅粥，商量着之后的拍摄日程该怎么规划。而这些都与娄语无关，作为演员，她能做的就是做好本职的演员工作，尽量配合剧组，按原定的拍摄通告把在京崎的戏份拍完。

在京崎拍摄的最后一天，冯慈的戏份也杀青了，相比于夏乐游的张扬，她就显得低调、安静很多，默默地收下了花束，和大家一一礼貌地鞠躬道谢。最后鞠躬鞠到娄语和闻雪时这儿，又特地拿出了一个手账本，摊开到崭新的一页白纸递过来，她小心翼翼地询问他们："两位老师方便给我签个名吗？这些日子承蒙你们的照顾，想要留个纪念！"

"当然没问题啊！"娄语率先接过她的笔记本，认认真真地给她签了个名。再交给闻雪时，他便在娄语名字的旁边，签上了自己的名字。

把本子交还给冯慈时，她搓了搓掌心，鼓起勇气说："闻老师，你能再帮我写一句话吗？什么话都行。"

闻雪时没立刻应声，下意识地看了娄语一眼。

娄语立刻不着痕迹地走开了，把主场完全交给他们。无论他决定签不签，都是他自己的事情，她也不会吃醋。直到散场，她都没有过问最后他给冯慈写了没有，写了什么话，就如同她也完全没有戳破冯慈对闻雪时潜藏的心思。虽然她表示出了一副不用交代的态度，但闻雪时还是在微信上跟她提了最后的签名，说他给冯慈写的是冯慈微信上备注的那句话。

娄语回复道：那句话能被你手写出来，她应该会很高兴的。

京崎的戏份杀青的第二天原本应该是转场的日子，却因为计划的变动推迟，全组休息一天。

娄语对栗子说自己想在房间里睡一天，也给她放一天假。栗子乐得屁颠颠地发了条朋友圈，昭告天下自己可以进城，兄弟姐妹们抓紧时间约饭。消息刚发出去后，她意识到自己太得意忘形了，忘记屏蔽娄语，而娄语已经悄悄地给她点了个赞，当然是因为她的心情也很好。

难得休息，一大早娄语就全副武装地开车到了闻雪时现在住的那套房子。

闻雪时前一天晚上就到了，两个人错开一个晚上，确保不会被任何人发现，还没进门，她就闻到了老房子里溢出来的气息，食物的，闻雪时的。

娄语轻轻嗅了一下，仿佛自己真的变成找到了窝的小狗，抬手敲了敲门。门后很快传来动静，迫不及待地伸出一张没来得刮掉胡茬的脸。闻雪时一边关门，一边将她抵在门边亲了一口，胡茬儿刺得她脸痛。

娄语假装埋怨地揉着脸："怎么不刮一下？"

闻雪时点到即止，松开她，扭头又回到厨房："在给你做早饭。"

娄语尾随在他身后，挽着袖子说："那我来给你打下手。"

然后，闻雪时便笑了，指着墙上的那块油点，道："你确定？"

娄语立刻瞪他："别瞧不起人，你不知道我这些年……"她想接着吹嘘自己的进步很大，但立刻意识到这个句式不好，她随即转移话题说，"你煮了面吗？"

"面能养胃。"闻雪时又接上她刚才的话，"我是不知道，所以你多说点给我听吧，关于这些年的事情。"

娄语握着锅铲胡乱地搅着里头的面，"嗯"了一声："你也给我讲讲。"

闻雪时握住她作乱的手，拿了两只碗过来："先吃面。"

娄语点头要跟过去，忽然发现油点附近的墙面上，居然还有其他密密麻麻的油渍。闻雪时擅长做饭，这绝不是他留下的，那就还是她当年留下的罪证。

"我当时有溅得那么厉害吗？"娄语自言自语地说。

这下轮到闻雪时心虚了，事实上，那些油渍的始作俑者是他，那是分手第三年的除夕，他正好没戏拍，无法用工作填满无所事事的除夕，再次一个人过除夕，应该怎么度过？他还是准备小小地庆祝自己又熬过了新的一年，应该给自己做一顿大餐。白天网购了一大堆食材，列了一串菜名，一下午都在厨房里忙活着，处理那些鸡、鸭、鱼。

夕阳完全落下去之后，他的准备工作也已经完成，只需要把准备好的食材入锅翻炒就行。闻雪时往锅里加着姜，蒜，牛肉，蒜苗……等他回过神之后才发现，不知不觉间，他已经偏离了原定的菜谱，做成了娄语喜欢吃的口味，那一瞬间，胸口有一股气横冲直撞，他无法掌控快要失控的情绪，把锅铲往肉上一拍，溅起巨大的油点，连他自己身上都没能幸免，那些油点，都是他自我挣扎的痕迹。当然，这些没必要让她知道。

两个人一前一后地端着面碗出来，餐桌还是在熟悉的位置，桌子换了，但因为空间的关系还是和当年一样小，一边只适合坐一个人，但娄语不在乎。她偏不在闻雪时对面入座，故意挨着他，两个人挤在一块儿，胳膊肘贴着胳膊肘，闻雪时几乎都被她挤到墙角去了。

闻雪时却对此感到十分受用，长手一伸，让娄语往他那边再靠近一点，几乎变成他靠在墙上，娄语窝在他怀里的姿势。

“面要凉了，先吃吧。”最后闻雪时又把她支撑起来。

娄语歪歪斜斜地坐直，拿起筷子，挑起一撮面，终于能好好地看看这间房子了。这里的布置仍旧和她第一次拖着行李箱进来时一样，没有太多大件家具，沙发、床、影碟架、钢琴，一览无余。谁能想到，闻雪时在这儿住了五年之久，桌脚下垫着的报纸，空了一半的柠檬片罐子，放在影碟机里还没看完的碟片，匆忙起来还没铺齐整的被子，一切的一切，都是他独自生活的痕迹。

这一刻，娄语觉得时光仁慈地穿越了，带他们回到了最初。就好像剧本里的那样，她身边坐着的是十年前的他。他们之间没有过隔阂，没有过疏离，没有过伤心，她放下筷子，侧过身忍不住伸手去抱他。

闻雪时被嘴里的一口面卡住，闷咳了几声，吓得她赶紧松手。

“我去给你倒水！”娄语边说边往厨房跑去。

闻雪时一边咳嗽一边说不用，她已经蹭蹭几步跑到厨房，环视了台子一圈，没看见杯子，应该被收在柜子里了。

娄语抬头拉开柜门，果然找到杯子。手却在拿杯子的把手时停住，她的视线扫到了柜子深处，那里放着杨梅酒，一、二、三、四、五，刚好是五坛。她离开的五年，过了五次生日，有五坛酒。

厨房外，闻雪时见她还没回来，在外面叫她：“就说不用倒水了，快回来吃面，面都坨了。”

“来了。”从厨房里头传来娄语闷闷的声音。

闻雪时察觉到不对，正准备起身，就看见娄语抱着一坛酒拿着两个杯子出来了。她晃了晃酒：“听你的，不倒水了，倒酒。”

闻雪时一愣，然后无奈地笑着说：“那些杨梅酒本来就是给你酿的，但为了保护你的胃还是别喝了。”

“那不行。我馋这个味道好久了，还以为这辈子都尝不到了。”娄语重新挨着他坐下，拧开盖子，一边念叨着，“我以前听阿公说，杨梅酒可以保存五年来着，幸好，赶上了最后期限，一坛都不会浪费。”

娄语拿过杯子“咕噜噜”地给他倒上，又给自己倒上，举着酒杯说：“来，干一杯。”

结果刚倒一点，就被闻雪时伸手按住杯口：“不行，一大早就喝酒。”

娄语不乐意了，说：“我只喝一点点。”她理直气壮地接着说，“这是我的生日礼物。”

“好吧，那只能喝一点点。”闻雪时嘴上这么说，手却没从她的杯口上挪开，快速地喝了口自己面前的杨梅酒，然后才松开手，突然捧起她的脸，压下来。

半口酒从他的舌尖渡到她这里，兴许是陈年酒的缘故，兴许是这种喝酒的方式，她的舌尖品尝到酒的瞬间立刻觉得全身麻木，整个人晕头转向的，仿佛坠进酒里，“扑通”一声坠了进去，闻雪时微微松开，笑着说：“脸这么红，梅子成精了？”

面凉了，酒没盖上，空气里飘浮着一股微醺的味道。

娄语洗了澡出来，闻雪时已经把房间又收拾齐整，他拍了拍沙发，示意她坐过来，不需要多说，她走到他身边，很自然地坐在他沙发面前的那张地毯上。那个沙发很矮，她坐下去的位置正好上半身可以靠在闻雪时怀里，方便他帮她擦头发，以前他还住在这里时，她偶尔会过来这里住。有几次跑了一天剧组回来，困得眼睛都睁不开了，如果是回自己的住处肯定不管三七二十一倒头就睡。但她还记得这是男朋友的家，得保持形象，不能让闻雪时觉得自己邋遢，强撑着去洗澡，吹头发的时候站着都快睡过去。

最后他啼笑皆非地把她拉到怀里，吹风机开到低档，温热的风在吹着头发，他的指节在发丝间一来一回地穿梭，不知不觉，一睁开眼睛，天已经亮了。娄语被细心地吹干头发，被抱回床上，安然睡了一整夜，而现在一睁开眼睛，十年过去了，同样的情景，同样的温情，但还是有些东西是不一样的。娄语刚坐下乖乖地享受了一会儿被他吹头发的服务，突然意识到什么，扭过头说：“还是我自己来吧。”

“怎么了？”闻雪时问道。

娄语含糊着说：“怕又被你吹得睡过去。”

闻雪时笑着说：“那就睡啊，今天一天不就是让你休息的？”

“不要，难得只有我们两个人自由自在的一天，怎么能睡过去呢？我们等会儿可以一起看看电影，聊聊天。总之不能睡。”

闻雪时的手顿了一下，语气变得很软：“好。那也不妨碍我给你吹头发，如果你睡着了我再叫醒你，我保证。”

娄语垮下脸：“你为什么非要给我吹头发？”

好幼稚的对话。娄语微微叹气，抓了把头发，终于坦白地说：“我担心如果又长了白头发，我不想被你看见。”

闻雪时的动作彻底停下来，他关掉吹风机搁在一边，将她拉上沙发，认真地捧起她的脸，认真地说：“白头发，我也有啊。”

“这我当然知道。你笑起来皱纹还比我多呢……啊！说到这个我想起来了！”娄语起身从门口的包里掏出眼膜，“上次跟你提过的眼膜，我给你拿来了。你现在用用看？”

闻雪时故意露出一副受伤的表情：“唉，看来是真的嫌弃我有皱纹了。”

“是嫌弃你的黑眼圈。”娄语重新来到沙发上，拍了拍自己的腿，这回换他躺过来，她拆开眼膜的包装，一边嘴里说着“可能会有点凉”，一边动作轻柔地盖在他的眼周。

闻雪时闭着眼睛方便她贴眼膜，她低着头仔仔细细地捋平眼膜没贴好翘起来的褶皱，而他突然睁开眼睛，那双能冻住时间的眼睛猝不及防地盯着她看。

娄语拍了他的脑门：“赶紧闭上眼睛，这个角度看我很丑。”

“很美。有皱纹美，有白头发的样子也美。”闻雪时弯起眼睛，眼里盛满柔情，眼膜又被带出褶皱，“但其实我看不到那些，你在我眼里永远是当年那个样子。”

娄语小声嘟囔着“肉麻”，仍旧低头去抚平眼膜，好像自己心头长出来的皱纹也跟着被抚平了一些。

闻雪时重新在她的腿上闭上眼睛，她仔仔细细地帮他按摩眼周。两个人一言不发，几步之遥的滚筒洗衣机“嗡嗡”地振动着，清洗着刚才弄脏的钢琴布套，发出些许的噪音，听上去令人昏昏欲睡。然而，没有比这更舒服的时刻了。

手机在这时振动了一下，娄语腾出手看了一眼，是栗子发来的消息，说最后改的外景地终于定好了，明天启程。

临时改外景地是无奈之举，好在导演本身就是编剧，改一下细节部分并不难。难点还是在于新场地的选择，这个时候再选择国外的海岛就很冒险，谁也不能保证会不会又出什么乱子。如果把选择放在国内，那海岛就很有限了。挑来挑去，最后娄语接到的通知是一个她再熟悉不过的老地方。

娄语看着那个地名，失神了好一会儿。

闻雪时看她的动作都停下来了，出声问道：“怎么了？”

娄语摁灭手机：“没什么，外景地的地点刚通知了。”

“哪里？” 闻雪时问。

娄语抿了抿嘴唇：“葛岛。”她的出生地，那座狭长的海岛。

第二十四章
骨架

娄语上一次去葛岛是在九年前，为了将阿公、阿嬷的灵牌迁到京崎。她想过迁墓，但思索过后，还是觉得让他们躺在故土的山上更好，那是阿公、阿嬷自己选的安眠地，山清水秀，还能眺望到海，是一个适合沉睡的地方。这九年时间里，她没有重新回葛岛给两位老人扫墓，偶尔她的父母会给她发短信，指责她不孝，阿公、阿嬷拉扯她长大，出钱让她读书，她居然真的狠得下心一次都不回去看望他们。

娄语却不敢回来，和阿嬷告别的最重要一天已经错过了。那之后的每一天来或不来已经没有任何意义，她能做的反而是抓紧每一天前进，这样才对得起失之交臂的那一天。那年，她暗自咬牙，发誓一定要往上走，不辜负他们的期望。

因此，落地葛岛机场的那一刻，风中送来大海的腥味时，娄语站在小小的停机坪上，深深地吸了一口气。有种无法言说的隔世感。

剧组的成员分批次到达葛岛，她是最晚到的那批，和闻雪时的航班也不同，两个人故意错开买的。离开机场之后，她乘坐剧组的保姆车前往下榻的海滨酒店。经过跨海大桥时，娄语按下车窗，远远地眺望着，浮在桥那头的景色居然还和记忆里差不多。她在生活节奏很快的城市里待得太久，很难想象还有一个地方保持着慢悠悠的节奏，也许九十年，九百年后都会如此。这里有一种特别朴实的感觉，有大海的气味，那是阿公、阿嬷的气息。

娄语不再多看，摇上车窗，给闻雪时发消息：**我已经到了，你一路还顺利吗？**

闻雪时买了她后面的航班，此时应该还在飞机上，飞葛岛的航班没有网络，他此时也看不到消息，她发完消息后也就不再管，到了酒店自顾自地休整。

酒店的位置在葛岛的开发新区，这片区域她完全不熟悉，看起来相当高端，单从落地窗外的景色看过去，恍惚间仿佛是在一个陌生的岛屿，她紧绷的情绪也随之缓解下来，一个半小时后手机振动了一下。

闻雪时：我也到了，很顺利。

娄语躺在沙发上回复他：累不累？

闻雪时：不累，现在刚拿上行李，要回酒店了，我看了下路程，大概是二十分钟，还挺快的。

娄语：是很快。毕竟就是个小岛……你下飞机的第一感觉怎么样？

从前，娄语很少和闻雪时聊葛岛的事，逢年过节因为阿公、阿嬷也不在的缘故，她从没说过要回来。九年前那次迁灵牌，也是她自己回来的。所以在记忆里，闻雪时并没有机会来这里，她也没机会问问他关于葛岛的感想。

过了几分钟，闻雪时却说：没什么感觉。

这个回答是不是有点过于冷淡了？好歹是她的老家，娄语在心里嘀咕着。

紧接着，他又发了一条消息进来：又不是第一次来了。

娄语愣住了：你已经来过了？什么时候？

闻雪时：三年前，当时拍戏的地方离葛岛挺近的，有两天休息的时间，我就来转了转。

娄语吃惊地问道：都去哪儿转了？

闻雪时：学校。

又是一个令人感到意外的答案。娄语很快意识到他说的学校是什么，小心翼翼地确认：是我的学校吗？

闻雪时：大概是吧，毕竟岛上每一所学校我都去了，其中总有你过去就读的。因为你没和我提过具体的校名，我就每一所都去看了看。不过，也只是在门口看看，所以就全部看完了。

娄语好想回一句"你好傻啊"，在他们已经分手的日子里，他一个人登上这座岛，那是曾经最亲密的人成长起来的岛屿，可是他已经失去了问她的资格。这座岛屿对他来说和世界上的任何一座岛屿一样陌生，他人生地不熟的，却在这里找寻着她的足迹。

娄语看着他的那句话，心头涌上一股冲动：我们今晚偷溜出来吧！我带你去我的学校。

她跟栗子说，自己晚餐叫了客房服务，吃完便打算休息了，让栗子不用管自己。然后和闻雪时约定的时间一到，她便偷摸地溜出了门，来到地下车库，熟练地上了某辆车。虽然昨天还见过，但各自到达后再见面总觉得好久没见。

她一坐上来，闻雪时就倾身过来吻她。

娄语轻声说："我来开吧，我不用看导航，开起来方便。"

"忘了这是你的主场。"闻雪时笑起来，摸了摸她的脑袋，"不过，你赶了一天的飞机，不累吗？"

这个人，怎么简单的一句话就可以将她击溃？娄语晃了晃脑袋，头顶的发丝在他的掌心磨蹭，笑着说："你别忘了，你也赶一天的飞机了，还比我晚到。我都休息了一段时间了。"

"好吧。"闻雪时把驾驶座让出来。

娄语摆出酷酷的姿势，说："你要在车上睡一会儿也行，我现在开车很稳了。"

娄语将车子驶出滨海大道，刚开了没一会儿就抛弃了自己刚才的大话，灰溜溜地开启了导航，斜眼一看，某人果然在憋着笑。

"这里是新区。"娄语清了清嗓子，"我不熟是很正常的。"

"嗯，比我厉害，我全程都得开着导航。"闻雪时忍着笑道。

此时是晚上十一点，小岛早就进入了睡梦中，这里没什么夜生活，从新区开过去更是只有他们这一辆车，她开到老城区，周围才逐渐多了一些车，娄语关掉导航，打方向盘拐进小巷，七拐八拐地在小路里开，抄近路，很快绕到了一座旧校舍前。

"到了。"娄语把车子熄火，将车子停到远处，两个人远远地透过车前窗看着这所学校。

闻雪时微微眯起眼睛，似乎在回忆，思索着说："我有印象，我好像是最后来的这里。"

"这就是我读过的高中。"娄语戴上口罩和帽子，"下去看看吗？"

闻雪时有些不解："进不去吧？"

"进得去。"娄语信誓旦旦地冲他眨了眨眼睛，"可以翻墙啊。"

闻雪时觉得十分惊讶，谁都不会想到，快接近午夜的葛岛老城，旧校舍的后墙，两位风头正盛都已年过三十的当红演员正在翻墙。换作之前，她绝对不会做出这么出格又冒险的事情，但重新和闻雪时在一起之后，她好像再次获得了胡闹的勇气，越活越回去算好还是不好呢？不知道。总之当下这一刻，她难得觉得很快乐。

"太好了，这个地方的墙还没补上呢。"娄语欢快地说道。

他们绕到学校后面，有一段墙面明显矮了一截。闻雪时看着那处漏缺，又看看她："你以前翻过？"

"对啊。"

"你翻墙出去做什么？"闻雪时感到很意外，"我以为你绝对是乖乖地在教室里埋头把作业全都写完的那一种。"

"我是啊……"娄语刚说完觉得有点心虚，"也就翻了那么一次而已。"

闻雪时敏锐地察觉到不对劲，微微笑着，语气危险地问："不是一个人翻的？"

娄语含糊着说："嗯，和好几个同学一起翻的。当时葛岛第一次举办海边音乐节，很难得，所以翘了一节自习课去的。不过翘课之前，我可是把作业都做完了的！"

"真棒。但比起你的作业。"闻雪时停顿了一下，"我更好奇的是，你和谁去的？"

娄语说得更含糊了："好几个同学呢，记不太清了。"

闻雪时幽幽地道："有男生吧？"

"好像吧。"娄语心虚地说。不是好像，是肯定有。其中一个人就是她暗恋过的男生。

还以为他要追问，结果闻雪时点了点头，转移了话题："那我们翻进去？"

以闻雪时的身高，翻进去是轻而易举的事。娄语的身高也比十六七岁时长高了好几厘米，翻进去也比当年轻松很多，但紧张感却不减。当年那个时候害怕被记过，现在也害怕，但害怕的事情可严重多了，绝对不是全校通报可以比拟的轰动。这么一想，娄语有一种恍惚的自豪感……原来自己真的成长为了一个备受瞩目的人物了。

夜半里无人的小岛老城区，学校大门口的警卫在打盹，窄小的路边连灯光都显得冷清。他们轻松地翻过连监控都没有的矮墙。学校内娄语不清楚是不是还和以前一样，以前是没有监控的，但现在估计都安上了，两个人因此不敢轻举妄动，就缩在刚翻墙进来的这片树丛下。

娄语指着视野范围内可以看见的教学楼，指着某一扇窗户说："那是我以前的教室。"

"那是几班？"

"三班。"

"你坐在窗边吗？"

"偶尔会坐到窗边，我们每隔一个月就会换一次位置。"

两个人沿着操场外沿的小道往前走，前方是一块荣誉公告栏。娄语诧异地停下脚步，路灯的照射下，她隐约看到了自己的照片贴在杰出校友那一栏，为了证明她的确是校友，下面还贴了一张班级的集体毕业照，将她特意圈了出来。

闻雪时没看过她的高中毕业照，兴致盎然地凑上去，在她阻止之前，手快地将这张照片拍下来。

“这有什么好拍的。”娄语悻悻地收回遮掩的手。

闻雪时理直气壮地把照片放大，看了好几眼，突然发现了微妙的地方：“以你的身高怎么站到倒数第二排去？”他意味深长地说，“中间比较适合你吧。”

娄语顿时心虚起来：“忘了……老师安排的吧。”她祈祷闻雪时别敏锐地察觉到站在她后排的那个男生，这就是她当初不顾自己身高站到倒数第二排的秘密，只为了站到那个人的前面。

闻雪时当然没那么容易被糊弄过去，刚想继续开口问，一道莹白的手电光线隐隐约约地开始往这个方向晃过来。保安在例行巡逻。

娄语心里一惊。在她的记忆里，学校门卫的保安总是一副睡不醒的样子，便觉得学校的保安差不多都是那副样子。突然来了个这么敬业的，把她吓出了一身冷汗，她眼疾手快地把闻雪时拉进公告栏和墙角的缝隙里，这里刚好是一个盲区，屏息等待那束灯光离开。

闻雪时却幽幽地在此刻压低声音：“真的是老师安排的吗？”

娄语又急又惊地冲他比着手势，眼神释放着信号：现在不是讨论这些的时候！她带着警告又惊慌的眼神却好像起了反效果，让他更来劲了。

闻雪时突然换上另一副表情，促狭地弯下腰，低到她耳边开始演：“三班的娄语同学，接下来不要发出声音，不然会被别人发现我们在早恋。”

娄语愣住，他趁机歪头，摸黑吻过来。保安就在十米开外的地方巡逻，白色的手电光在黑夜里逡巡，好像被照到就会响起通天警报的激光，而他们居然藏在这里接吻。

等保安走过去，娄语拉住闻雪时的手在夜色里往前跑，因为她更加熟悉地形，闻雪时便乖乖地任她牵着。这种感觉像一下子回到很多年前的电影院门前，他们胆大包天地偷了挂在墙上的概念海报，慌不择路地在街头奔跑。

终于，他们的双手又紧握在一起，一起胡闹，一起逃跑，他们有惊无险地翻出围墙，回到车上，两个人互相看着对方笑出来，在座位上笑得东倒西歪的。

次日，他们在葛岛正式开始拍摄，因为剧本的缘故，大都是夜戏，所以全组人都成了夜行动物。第一天还没开始拍摄，大家还有体力外出玩玩。娄语经过昨晚的“玩玩”，白天老实了很多，就在房间里闭门不出。

本身她对葛岛已经十分熟悉，根本提不起兴趣，唯一想要去的地方就是阿公、阿嬷的墓，但现在去太仓促了，她想等拍完这部戏，把情绪都整理好了再过去。

闻雪时也没出去，按照他的话说，上回该逛的都逛了，两个人便在相邻的房间里打了一下午的视频电话，直到暮色降临，准备出工。

这场戏拍的是两个人刚从别墅里出来，晃到闹市中，秦晓霜还没完全消化这个突如其来的状况，费劲地在网上搜着“穿越了应该怎么办”，搜出来一堆穿越小说。她一翻白眼，又去问答网站求助：SOS，我的前男友突然从八年前穿越到他现在的身体里，还赖着我不放应该怎么办？

底下有人回复：写手找灵感来了。

秦晓霜无奈地收起手机，某人却没心没肺地拉着她问：“你想去哪儿？”

“这不是我想去哪儿的问题啊，你不担心一下自己现在的状况吗？”秦晓霜无奈地说。

“我总不能报警吧，警察会把我送到精神病院的。说不定这也不是现实，我现在就在做梦呢。”

秦晓霜十分无语：“对，现在就是你在做梦，所以我走了也没关系喽。”

刚翻开手机想叫车，被他抓住手：“别别别，你别真走啊。万一这不是梦，我该怎么办？”

“那你就委屈点，少活八年，反正这也是你自己的身体，回不去的话干脆就这么生活下去好了。”

“我少活八年无所谓。”他深吸一口气，“可你让我怎么接受你突然不再属于我的这件事？”

秦晓霜沉默了。过了半晌，她妥协道：“那我还是努力送你回去吧。你还记得你穿越到这个身体之前在干什么吗？”

“我在一家饭店里吃饭。”

“我知道了，也许在相同的地点能触发什么机关？”秦晓霜灵机一动，“那我们现在就去那家饭店看看，说不定到了那里，你就能回去了。”

秦晓霜重新打开叫车软件，随口问：“店名是什么？”

“大满屋。”

秦晓霜打字的手停顿下来，脸上浮现出一种微妙的表情。大满屋，那家是他们成为情侣之后第一次约会吃韩餐的地方。秦晓霜看向他："你来的时候……"

"我正在和你约会啊。"

这场戏顺利地一条就过了，只需要换了场景再拍一条。这时，娄语抽离出来，去看周围，才发现周围已经站满了围观的群众。

娄语对此并不感到意外。葛岛是小地方，可就因为是个小地方，大家对大明星来这里拍戏才更充满好奇。小学那次就是一呼百应，好多人特意跑到他们学校来看。那是他们校门口史上人最多的一天，而这一次是在闹市里拍摄，更加控制不住，密密麻麻地挤满了人。为了安全起见，娄语和闻雪时一拍完就赶紧在助理的护送下去车里坐着。

快走到车边时，有个路人朝她的方向叫了一声她的名字。"娄语。"令她疑惑的是他后面跟着的半句话，"真的是你吗？你还记得我吗？"

娄语停住脚步，往声源处看了一眼。

对方见她转过头，用力地挥了下手："我是你的同班同学于永康！"

娄语听到他自报家门，这一刻才将这张脸同自己青春时代偷偷藏在心里的那张脸画上等号。居然是他？！于永康的变化太大了，记忆里他的身材非常高大，穿短袖校服时总是习惯性地把袖子卷起来，露出两截肩头，远远看过去就像一件无袖背心。运动起来，那两截肩头会充血，看上去鼓鼓的，显得很有活力，拍着球一下子砸到人群里说"你们才老土"的动作意气风发。可现在才发现，原来他的身材很平常，站在人堆里一点都不显眼，饭后散步时穿着拖鞋，被T恤盖着的肚子还能隐隐看出点啤酒肚的形状。

娄语认出他来，便伸手示意了一下。对方更激动了，还撞到了旁边的人。娄语这才注意到，他旁边还站着一个女人，应该是他的妻子或者女朋友，穿着和他同款不同色的人字拖，手里还拎着一筐刚在夜市里买的青提。她看着女人的那张脸，也在记忆里找到了一个人，画上了等号。就是那个穿着花裙子，曾在小卖部被他请吃糖的女孩。真好，看来他们终成眷属了。

娄语产生了一种很微妙的感觉。十多年前，她也是这样站在人群中望着他们，区别在于，那时她完全是局外人，他们也注意不到还有一个人在偷偷地看着。现如今，时移世易，她依然在远远的位置看着，但他们同样看见了她，以仰望者的姿态，仿佛能被她注意到是一件天大的值得雀跃的事情。

娄语向他们笑了笑，收回手，和闻雪时一起回到了车上。

于文康看着车门关上，感觉到周围多了许多注目的视线，大家刚才都看到了娄语冲着他招手了，显然是认识他的，他不禁自豪地挺起胸膛，对着旁边的女人说：“我说了呀！老婆，拍戏的那个人我看着眼熟，真的是娄语。以前是我们班的同学，没想到还记得我啊。”

女人怂恿他：“那你干脆去要张签名照吧？或者去求个合影啥的，虽然我和她不是同班同学，但我们都是校友呀，她应该也不会拒绝吧？”

“那还是算了吧……”于文康有点不好意思。

“怎么了？我觉得她人还蛮好的，都过去这么久了，应该不记得你了，但你刚才招手她都回应你了，要留个纪念也不过分吧！”

“我印象里她就是个很低调的人，总是穿着校服，很朴素的样子，也不怎么爱讲话，没架子。所以刚才也没多想，大着胆子就冲她招手了……”于文康挠挠头，“但她刚才转身过来，真的不一样了，你现在让我过去跟她说话我可不敢。”

那一瞬间，娄语冲他挥手的动作带来的冲击感不可言喻，就好像曾经习以为常，随处可见的虫蛹不知不觉间竟然蜕变成蝴蝶，她挥手，向他振翅，然后飞走了。但女人很难对此感同身受，在她的眼里，这就是一个并不熟悉的，但居然可以攀上关系的大明星。如果拍下照片，说不定能在朋友圈里炫耀一下。

“你试试呗，万一能成呢。说不定闻雪时也可以过来一起拍照！”她开始幻想，“我还没近距离见过明星本人呢，刚才远远地看了一眼，真的很……”她适时收住话头，发现自己老公的脸色变黑了。“吃醋了？大家都觉得他很帅，又不是单单我觉得。而且他虽然帅，但你是我唯一的、最爱的老公！”

于永康的脸色稍微缓和下来：“我才没吃醋呢。我的意思是，人家男的帅女的美，我俩妥妥地给人家当绿叶了。”

“好吧……你说得也有道理。”她嘟囔着，“早知道今天就打扮打扮再出门了。”

车上的娄语透过车窗，看着那两个人慢慢走远。

身旁的闻雪时终于开口问道：“老同学？”

“是……”娄语回过神，“没想到就这么碰见了。”

“现在的心情很复杂？”闻雪时开始套话了。

娄语失笑：“你想问什么就直说。”

闻雪时露出云淡风轻的表情，用不在意的只是随口一问的语气：“刚才那个人，其实就是当年让你翻墙出去的原因，对吧？”

果然瞒不过他，娄语只好坦诚地点了点头：“嗯。”

闻雪时"哦"了一声，开始低头玩手机。

娄语笑道："生气了？大家学生时代不都有过喜欢的人吗？这很正常吧。"

"我没有过。"闻雪时认真地说，"你是我第一个看到的人。"

看到，不是喜欢，也不是其他用词，而是看到，好像在这之前他的世界没有其他人一样。娄语突然不知道该接什么话。

车门突然被敲响，栗子告诉她等候的时间大概还有十分钟，娄语回复了一声"知道了"。栗子一走，车内突然陷入沉默。闻雪时还在低头玩手机，她也拿出手机心不在焉地刷着，两个手机屏幕照亮两张神色各异的脸，他们都不说话，如果此时有人打开车门，一定不会认为这两个人有什么猫腻，绝对只是坐到一起躲避外头的人流的同事罢了。

突然，这位"不熟"的"同事"闷不吭声地给她隔空投送了一张照片。娄语立刻点击接收，是那张他昨晚拍的毕业照。等等，好像哪里有点违和。

娄语定睛一看，终于发现了违和的地方，站在她身后的于永康的头居然换成了闻雪时的，看上去……嗯，很诡异。

闻雪时面无表情地问：我没找错人吧？

娄语满脑子被"可爱"两个字塞满。太可爱了，三十多岁的男人怎么吃醋的方式还能这么可爱。

娄语忍俊不禁：没找错。

闻雪时：我就知道，看你站的位置我的警报雷达就响了，果然……

娄语放下手机，克制不住地从座位上起身，整个人坐到他身上，把他搂住。

短暂地拥抱了一下，娄语很快松开手，闻雪时也只能无可奈何地抓住她还没来得及跑掉的手，放在掌心里摩挲。

娄语只好保持着一只手被他抓住的姿势，只用一只手看手机。果然，他们的路透已经被发到网上了，她刷了几条，突然愣住了。是金寰奖的官方账号几小时前发的，宣布了今年的入围名单。最佳男主演的候选名单中，闻雪时又赫然在列。那么闻雪时应该更早就被通知已经入围的消息了，她却对此一无所知。闻雪时并没有选择告诉她。但娄语能理解是为什么。那年她缺席的金寰奖……终究是扎在他心中的一根刺。那就像一道不能随意去触摸的伤口。

往事若无其事，也只是若无，娄语胡乱地滑动着手机屏幕，各种念头如飞快闪过的界面般横冲直撞。在继续若无其事地伪装下去和戳破自己已经知晓之间进行选择，短暂的沉默之后，她最终看向闻雪时，故作轻松地笑说："看我刚刚刷到什么了？"娄语晃了晃手机，屏幕上是金寰入围名单的那条微博。

闻雪时没有立刻回应，似乎是在想应该怎么说："本来想和你说的，但不确定你之后的行程……"

娄语打断他这些掩饰的说辞，吸了一口气，说："这次我去现场为你见证，好不好？"

闻雪时愣住，脸上闪过不知所措的表情，有点小心地问道："你没有通告？"

"有，但可以调整。"娄语波澜不惊地回答道。

闻雪时没应声，认真地看着她："你确定？"很轻的三个字。

"你人生里最重要的时候，当然得有一个人真心地在台下为你鼓掌。"娄语仍记得他说的这句话，原封不动地脱口而出。

"万一我没拿奖呢？"闻雪时小声问道。

"那就是你人生里失意的时候了。"娄语抽出一直被闻雪时握着的手掌，反手抓住他的手，"我更要在你的身边。"

这天拍到凌晨三点钟才收工，大家都很疲惫，剧组的人白天都老实了，待在房间里补眠，毕竟晚上又要拍摄。

娄语从房间里醒来，打开手机一看，恰好是午饭时间，醒的正是时候。

栗子已经在微信里问她午餐的事情，她刚回复完，一则短信跳进来了：来葛岛拍戏了？怎么不和爸爸讲一下？

娄语没什么波澜地回复：拍摄很忙。她并不意外他会发短信过来，就算她不联系，他们看到网上发的路透图也会知道她来葛岛的消息。好笑的是，前脚她刚打发完父亲，后脚她的母亲的短信也发过来了，责怪她居然来葛岛一声不响地不通知一下。要不然他们怎么能成为夫妻呢，还是有点默契在的。

娄语也草草地回了短信应付她，但这两个人似乎统一了战线，她的母亲发消息过来，要三个人一起吃顿饭：你好不容易回趟家，还怪想你的。

娄语面无表情地打下一行字：我也很想你们，没事先跟你们说也是怕你们失望，拍戏很忙，怕找不出来时间。

她以为这句话发出去该消停点了，没想到她妈见招拆招地道：你抽不出来时间也没事，在哪里拍摄？我和你爸过去看你也行。

这下娄语是真的无语了，看来这顿饭是躲不过去了，她妥协了：那倒不用了，现场人多眼杂，比较麻烦。我看看时间吧，还是私下见一面好了。

说是这么说，不愿意见面的情绪还是占了上风，因此，她拖到拍摄的最后一天，实在拖不了了，才将他们约出来。至于地点，他们各自的家，娄语都不想去，直接就约在了外头的餐厅。是一家面店，她打电话包了场，到达店里时她的父母都已经到了，并排坐到一起，彼此面面相觑，也没什么话好讲，见她来，一起把炮口对准她。

娄语的父亲还和和气气地掩饰着说："这么忙哦，现在才来。"

娄语的母亲则是直接喋喋不休地说："你这孩子怎么现在花钱大手大脚的，还来外面吃，吃就算了，你还包场，这顿饭得多贵啊！"

娄语坐到他们对面，摘下墨镜扔到一边，气定神闲地说："因为很想吃这家的面。"她看向她的母亲，"您还记得吗？当年高三您带我来这里吃过的。"

娄语的母亲一愣，皱起眉头："是吗？"

娄语笑着说："是啊！您说要高考了，多吃点。"

事实上，娄语动了一筷子就没再吃，这家面店在她的记忆里只有苦涩的味道。"您还说了，让我别异想天开地做梦，老老实实地去当个老师不好吗？"娄语慢慢收起笑容，"那现在，我是活在梦中吧。"

娄语母亲的面子顿时有些挂不住，强硬地说："换哪个父母都会像我这样的，我可不是要害你，是为了你好！你能走到现在也是你的运气好。"

娄语的父亲出来打圆场道："行了，那么多年前的事就别提了，你在这里拍戏待几天啊？拍完戏再来爸家里坐坐，你阿姨煮面的手艺可比这里好。"

娄语的母亲在旁边翻了个白眼，嘟囔着说："能有我好？"

娄语本来只是面无表情地听着，最后忍无可忍地说："我出来和你们吃饭不是为了重温二十年前一模一样的画面的！"

两个人停下来，表情都不怎么好看。三碗面正好热气腾腾地端上桌，娄语无语地埋头动了两筷子就停手了，她的母亲终于没再像当年那样埋头吃面，问她："怎么吃两口就不吃了？你不是想吃这里的面吗？"

娄语敷衍道："晚上上镜不能吃太多。"

"你要注意身体。"她的母亲把自己碗里的肉夹了一块到她的碗里，"来，再吃点。"

娄语无动于衷地看着碗里的肉，手机适时地响起来，是她嘱咐给栗子到时间给她打电话，她好借此脱身。于是，她站起身道："剧组那边来消息了，我得先走。单我付好了，你们要吃要聊要吵都行。"

"娄语……"她刚转身，她的父亲从背后叫住她，"爸现在不在老家住了，搬新家了，地址我用短信发给你，你拍完了戏要是有空的话可以回来看看。你阿姨和你弟弟他们都很想见见你本人呢。"

她的母亲插嘴道："别听你爸的，来我这儿。"

娄语停下脚步，回过头，波澜不惊地看着他们俩："当年，我搬去和阿公、阿嬷住的时候，你们能有现在十分之一的热情想来看看我，或者让我去你们那儿就好了。"

他们的嘴唇微微颤抖着，一起沉默下来。随即，她说："走了，你们好好保重身体。"娄语戴上墨镜，背后她的父亲又小声说："对了，提到你阿公、阿嬷，我带了个东西给你，是搬家的时候找出来的。"

娄语的神色一变，迫不及待地将东西接过来，往袋子中看去。这一眼，娄语拿着袋子的手都在颤抖，她压抑着情绪，过了好半天才平复下来，问道："不是说当年收拾遗物的时候没找到吗？"

袋子里，是一副陈旧的手套，但和记忆里有些差别，起球的地方都被认真地除掉了，看上去像没使用过一样。不过虎口处缝了一半的破洞还是昭示了这是个旧物件。父亲说："你阿嬷当年给姐妹了，手套破了个洞，她自己没办法补了，就叫她的姐妹帮忙缝好。还没缝好她就走了，那副手套也就没再缝，一直搁在人家家里。前几年人也去世了，整理遗物的时候才找到，又拿回来给我。我给忘了，一直放在家里。"

娄语怔怔地看着袋子，没说话，他们根本看不透她在想什么，整张脸被墨镜和口罩遮盖着，看不清表情，最后，她轻轻地把袋子合拢，用双手抱着，轻声说："算了，你没扔掉就好。"

娄语父亲的眉头一皱："怎么会扔掉呢？我知道那是你送你阿嬷的。你阿嬷每次见到我都要提一嘴，说你年纪那么小就懂事地知道给她买东西了，是个孝顺的孩子。"他不满地撇嘴，"现在这么有钱了，也没见你给我们买什么，越活越回去了。"

娄语的母亲拽了他一下，示意他别说了。

娄语扶了一下墨镜，笑了笑，离开了面馆。她接到闻雪时的视频请求时，正沿着海岸线在飙车，车窗半开着，海风灌进来，把墨镜下刚才涌出来的眼泪都风干了，视频电话的请求响了好几次，最后她把车子停在无人的海岸边，接通了视频电话。

闻雪时依然在房间里，看着屏幕对面她戴着墨镜坐在车里的画面，觉得很诧异："你怎么一个人出去了？"

娄语清了清嗓子："觉得房间里有点闷，所以出来透透气。"

闻雪时立刻察觉到不对劲。她说话的声音不对劲，戴着墨镜现在还不摘的姿势也不对劲。他直接说："你发我个定位。"

娄语摇头："我这就打算回去了。"

"那我去你的房间里找你了？"闻雪时说。

娄语无奈地说："好吧，我把位置发你。"

闻雪时挂断了视频电话后，不到半个小时，娄语便在车的后视镜里看到了一辆车。车子从她的车边擦着过去，又开出一段距离后停下，男人从车上下来，裹得很严实，快步往回走，拉开车门上来。

此时，娄语已经摘了墨镜，表情细看也没什么端倪了，若无其事地说："怎么了？我都说了只是来透透气，你还非要过来。"

"不想跟我说说吗？"闻雪时也不逼她，"那我就陪你坐一会儿。"

两个人就真的就这么安静地坐下来，车窗依然半开着，能听见咫尺之遥的海浪的声音，哗啦啦，哗啦啦，这个声音还和小时候听起来一样。

娄语透过半开的缝隙眺望远处，自言自语地回忆道："有一年开春的时候，阿嬷和阿公带我来海边玩。那只风筝是阿公自己做的，样子不怎么漂亮，是蓝色的大章鱼。我跑啊跑，那只风筝怎么也飞不起来。阿公说可能是自己做得不好。"她望向天空，"但其实是我跑得不够快。后来，我让自己跑得很快很快，再回头看的时候，已经看不见阿公和阿嬷的影子了。"

闻雪时轻轻地应了一声，表示自己在认真地听。他知道，她现在只是需要一个宣泄的渠道。

"有件事……我一直没告诉你，但我现在讲出来你大概也不会觉得奇怪了，我就是这样的人罢了。"娄语的手边搁着袋子，她抚摸着袋子的边缘，心平气和得像是在讲别人的事，"刚毕业那阵子，我的银行卡里连五百元钱都没有，接到阿公打来的电话，说阿嬷的身体不好了。但我为了省点钱，没有第一时间赶回去……我看到阿嬷的最后一面，是她闭着眼睛，躺在那里，再也不能对我说一个字。今天我去见我爸我妈，我爸把这个东西拿给我了，是我曾经给阿嬷买的手套。虎口的位置破了个洞，但她没力气缝了。其他起球的地方她都整理干净了，就像新的一样。"说到这里，她的声音开始哽咽，"这副破手套，她用了这么多年……我为什么不能早点给她买一副新的？我为什么不能早点飞过来见她？我知道为什么，因为我自私。"娄语逐渐泣不成声。"我根本不是你口中说的那样……明明又自私又虚荣，只想到自己，从头到尾都在牺牲我最亲近的人，之前是阿公、阿嬷，后来又是你。对不起！闻雪时，真的对不起！阿公、阿嬷，对不起！对不起……"娄语语无伦次，终于崩溃地大哭起来。

闻雪时一言不发，俯身过来抱住她，手覆上她的后脑勺，像哄婴儿睡觉似的随着节奏拍打，拍了很久。她激动的情绪终于平静下来，像凌乱的被单终于被抚平。他才试着开口说："小娄，这么多年，我也一直在想，如果那一晚我陪我爸一起去饭后散步，他是不是就会打消自杀的念头，我知道那种遗憾的力量。"

娄语还在流泪，可是听到他这么说，也伸出手，徒劳地抱住他，拍着他的后背。

闻雪时低下头看了她一眼，不由得又摸了摸她的脑袋，把她的头发摸得很乱，说："世界上总有各种不如意的事情，我们想在这样的世界里努力地活下去，想活得更好，肯定会留下各种遗憾，比如……我们都没能很好地和我们最爱的人告别，我的父亲，你的阿嬷。他们虽然不在了，可依然支撑着我们走到今天，爱不会因为一场潦草的告别就消失。所以你看，我们当年也没能很好地告别，但我们也没有停止互相爱对方。既然我和阿嬷都很爱小娄，那我可以代表阿嬷说一句，不要感到愧疚，更不要责怪自己，我们爱你，从来希望的不是你给予我们什么，唯独希望你开心。"

娄语无法说清此刻的感受。就像是一具麻木的行尸，忽然间，有人把插在她胸口的刀尖拔了出来。那块已经不痛的地方再次鲜血淋漓，可她因此而获得了知觉。久违的，鲜活的知觉，因为太过陌生，无法形容。

"我有时候真的希望你早就不再爱我。"娄语因为刚才哭得厉害，平静下来后突然开始打嗝，"这样就不用担心什么时候被你看见那么不堪的那一面……"

"然后不再爱你？"场面变得有几分滑稽，闻雪时打断她，"现在我已经全都看到了，你的担心无效。"

"你还没全部看到。"娄语皱着眉头摇头，努力平复着心情，"我其实早和周向……明说了，然后他……"

闻雪时觉得哭笑不得："好了好了，你别说了，我知道。"

娄语被这句话震惊到，讲话一下子就顺了："你知道？"

"嗯，其实周向明已经找过我了，Serein 的事，我知道。"闻雪时淡定地说。

"怪不得……"娄语反应过来，"怪不得你没和我提金寰……"

闻雪时点点头："我怕一提……你会觉得负担更重。我没想到昨天你会主动提，包括周向明来找我这件事，他是没办法了才会来找我的。这一切都证明你在为我动摇。"

"明明是我在伤你的心。"娄语终于可以和闻雪时坦白一切小心思。

“那点伤心算什么。五年前，不管过程如何，最后是我亲手杀死了你心里的那头小恐龙。”闻雪时的一只手按在她切掉胃的位置，另一只手耐心地用指腹抹掉她的眼泪，无比轻柔，“我要做的，是让你确信，它即便走向毁灭了，依旧会留有骨架，在某一日复活。”

第二十五章 降落

车子没敢在路边停太久，虽然这附近很少有车辆路过，但娄语还是警惕性极高地将车子开出去，沿着海岸线往前开，两个人都没有再接着 Serein 的话题继续往下说，娄语打着方向盘，把满腹的心绪绞进飞驰的烟尘中。趁着离拍摄还有一段时间，她干脆开得更远，就当这是一次两个人难得的兜风，在刚才那样的情绪席卷之下，他们都需要一个出口去宣泄。

车窗依然半开着，海风灌满车内，娄语没有打开电台，这辆剧组临时借的车也没有任何她平常听的歌，她兜兜转转的，将车子开到了一栋老式的居民楼附近。

娄语开车的速度慢下来，盯着某扇窗户，给闻雪时指明："那是阿公、阿嬷的房子。"

闻雪时看到日暮下亮起的灯，已经猜到房子早已易主。

"没想过买回来吗？"闻雪时问道。

"九年前就被我妈他们卖掉了，人家住了这么多年，住得好好的，还是不打扰别人的生活了。"

"嗯，那终究是一套房子。"

"那套房子还很老，很小。"她恍惚着道，"但视野很好，在阳台上可以看到海。阿公、阿嬷很喜欢海，所以他们给自己找的墓地也在能看到海的地方。"

闻雪时轻轻问道："你去看过他们了吗？是不介意的话，我也想去看看他们。"他给予的关怀并不带着压迫，"感谢他们养育出这么可爱的小娄。"

娄语悄悄地抿了一下嘴唇，极小声地说："才不可爱呢。"

车子从居民区驶离，又绕了一大圈才回到最开始的海岸线，栗子已经在发微信催促，她将闻雪时放下，兵分两路，一前一后地回到酒店。

拍摄越来越临近尾声，昨晚主要拍摄的是餐厅戏，分别把青年期和现在的戏份都拍掉。

秦晓霜带着翁煜去的那家餐厅，这么多年过去，它居然还开着。翁煜按照当时吃的东西点了份一模一样的料理，秦晓霜看着他点的东西，多年前约会时的记忆被勾起来。他们吃饭的过程和回忆不断交替，这个过程让秦晓霜倍感煎熬。

那顿饭吃到最后也无事发生，翁煜依然被困在这个时空，秦晓霜只能又问他吃饭前他去过哪里？他却反过来问她：“你不记得我们第一次约会都去了哪里吗？”

秦晓霜语塞，这反而成了对她的考题，虽然她还记得，但她对翁煜说：“忘了。”

翁煜笑笑：“你别撒谎，我刚刚一提大满屋的时候，你一下子就想起来了，不是吗？”

秦晓霜垂下眼睛，低声喃喃着道：“那在大满屋之前，是电影院吧？”

翁煜点头：“对。”

“可是看的电影都不一样了，有必要过去吗？”秦晓霜问道。

“看的电影是哪部根本不重要。”翁煜摸了摸鼻子，因为他那天一直在看她，这才是最重要的部分。

“说不定荧幕就是穿越媒介？总之，去试试吧，不然就像是无头苍蝇一样了。”秦晓霜微微叹气，打开订票软件说：“那就试试，还有最后一部放映的电影，十二点十五分……不过是恐怖片，你行吗？”

翁煜的脸色一变，嘴角抽搐着，“嗯”了一声：“怎么不行？”

结果当然还是不行。翁煜害怕看恐怖片害怕得要命，全程都紧张地抓着左手扶椅，看到最后，他直接倒抽一口冷气，把扶手摇上去抱住她，挡着秦晓霜眼睛说：“别怕啊！”

秦晓霜却已经预知到他的动作，在他扑过来时就伸手挡住了他的胸口。动作自然得让她自己都一愣，那些自以为忘记的动作不知不觉地就跑出来了，明晃晃地说着我一直搁浅在你的潜意识里。

电影结束，灯光亮起来，秦晓霜脸色不好地从座位上起身。

翁煜追上她的脚步，问：“你走得那么快干什么？你还记得接下来我们应该去哪儿吗？”

秦晓霜的脚步停顿了一下，脸色变得更难看了，原来那些以为忘却的记忆依旧清晰如昨。

这场戏是剧本的最后一集的小高潮处。工作人员正在旅馆的房间里忙忙碌碌地准备着，闻雪时和娄语一起兜了一下午风回来，两个人装作在现场才碰到，各自去做准备。

娄语在等待的时间里发着呆，栗子在旁边叽叽喳喳地说：“姐，你现在还没选好下一个入组的剧本，那咱们是不是可以放个长假了？”

她突然回过神，意识到拍摄真的要结束了。这是最后一个大夜，等到日出后，她和闻雪时就没有这么正大光明的理由，可以继续天天在一起，而这并不是最残酷的部分，最残酷的是，她必须正视那个一直被她无视的选择题。

摄像机开始转动。

秦晓霜和翁煜坐在床上，灯一黑，世界好像一瞬间就改变了。

监视器里只有一盏低照明的光源，勉强能看清两个演员的身形。闻雪时压上娄语，娄语的手摸着黑爬上他的脸，作为秦晓霜，她知道这是她与这个男人的最后一个夜晚。

那么，这会是她与闻雪时的最后一个夜晚吗?

这个念头突然闪过，她的手同时被他单手扣住，这一刹那，翁煜和闻雪时合二为一。

娄语的睫毛轻轻颤抖着，借着窗外隐下去的月光看着身上的人，这一刹那，她也与角色合二为一。

他们同时闭上眼睛，忘记摄像机，忘记剧本，忘记所有，旁若无人地接了最后一个吻，一个现阶段可以在所有人面前不用顾忌的亲吻。凌晨四点钟的风吹乱窗纱，这是一个没有星星的夜晚，却依旧照亮她无名指上的银白色戒指。

这场戏最后的镜头落在戒指的特写上。

旅馆的戏份结束，剧组赶紧转场到旅馆背后的海滩边，要赶在太阳升起前，抓紧第一缕晨曦，把剧本中的最后一场戏拍完。但因为章闵想要捕捉的光线太微妙，想要更好的效果，对于打光的要求也就越高，布置起来也就格外费劲。

现场导演让娄语和闻雪时依旧在旅馆里休息，等布置结束了再通知他们，刚好下场戏就是接着拍他们从旅馆出来的镜头。于是，等房间的人群清空，闻雪时走过去，将门彻底关上。

房内只剩下她和他，隔着一条马路的寂静的街头，剧组的工作人员正在架着灯。

闻雪时把房间的灯关掉，仿佛把外头的吵闹声也一起关掉了。娄语一直沉默地注视着他，熟悉的柑橘味，此时染上了一点海风，味道变得复杂，像这个季节下过一场暴雨后一切被混在一起，所有的东西都变得黏稠。

他们谁都没有开口聊天，透过窗户望着已经朦胧的亮起来的天光，海浪和云幕都被包裹在一种不需言明的混沌中。最后,不知道是谁说了句“天快亮了”。

海风将白纱吹起，娄语和闻雪时在最后一分钟旁若无人地接吻，然后，她轻轻擦掉他唇边的口红，对门口敲门的人喊道：“来了。”

这是最后一场戏，章闵特意将这场戏放到了最后来拍，希望他们能完全地浸入到各自的角色里。

翁煜和秦晓霜从旅馆出来时，天色将明，秦晓霜意识到时间快到了，这一整晚，秦晓霜已经忘记了自己是来帮忙的，反而在这个年轻的灵魂旁，又有了一次永远难忘的回忆。

两个人沿着海岸线沉默地走了一段距离，秦晓霜看着手机时间，冷冷地说：“这次我真的该走了。”

翁煜看着她，没有说话。

秦晓霜往后倒退，同样也看着他，挥手说：“拜拜。”

翁煜出声道：“我陪你打到车。”

“不用。我记得附近有一家便利店。”秦晓霜稍微犹豫一下,还是说了出来，“我得帮我老公带个饭团回去，他上班老是卡着点，根本来不及自己去买早饭。”

“哦……”翁煜笑笑,“那你也记得买上你的早饭。你现在还吃梅子馅儿吗？”

秦晓霜摇摇头：“便利店已经下架这款了。”

“是哦，已经是好几年后了。”

“嗯，东西变得可快了。这几年，很多行业的行情都很不好，包括航空业，你现在应该都挺少飞了，有更多的时间空出来陪女朋友吧。”

“我不会喜欢别人的，说有女友一定是骗你的。”翁煜念叨着，“毕竟你都结婚了。如果只有我停留在原地，似乎很丢脸哎……”

“那我可不知道现在的你是怎么想的？你得去问他。如果你们能碰到的话。”秦晓霜深吸了一口气，“好了，就聊到这里吧，我真的该走了。”

翁煜却很固执：“我送你到街口。”

“行。”

翁煜见她同意，笑了起来，一只手去抓她的手，很轻地握住。

秦晓霜的手正欲抽开。他低声央求道：“有始有终吧，可以吗？”我牵着你从派对上逃跑的，现在就牵着手送你回去。

秦晓霜的手便被抓在他的手心里，没有再抽出来。

他们在一片暧昧的光线中，一直走到岔路口，天边亮起来，两个人面向彼此，同时松开了对方。

“那我去那边买饭团了。”秦晓霜说。

“我……”翁煜笑得很茫然，“我不知道应该去哪里。”

秦晓霜轻声说：“不用着急，也许等我转过身，你就往前一直走，穿过这条人行横道，自然而然地，就能跨越回到九年前了。到时候，你记得要找到我，不要让我们走到这一步。”

翁煜的眼眶红了，沉默良久，点头说：“好，我能问你最后一个问题吗？”

他的神情很严肃，让秦晓霜也跟着紧张起来。

翁煜：“那梅子馅儿的饭团没有了的话，你要买什么口味的？”

“这就是你要问的问题？”秦晓霜觉得哭笑不得，她回答，“其实我已经不爱吃饭团了。”

翁煜“嗯”了一声，又问道：“那你还爱我吗？”云淡风轻地脱口而出。

秦晓霜的笑容凝固在脸上，在他的脸上逡巡。过了好半天，她才回答：“我还爱你，我只是回不到过去那样爱你了。”说完，她不再去看他的反应，大步往前走去。

远处的海浪扑到岸边，又退回去，只剩下海滩边一块深色的水渍，昭示着曾经有什么东西来过。秦晓霜眨了一下眼睛，逼退眼里的湿意，扬起嘴角，想着，翁煜啊翁煜，我们的演技都很差，只是我们都太想和彼此有一个最好的告别。

秦晓霜脚步缓慢地走到便利店门前，推开门，来到货架前，戴着戒指的手伸出来，取下冒着冷气的一枚饭团。

最后一个镜头结束。

原本在镜头里安静冷清的长街顿时变得热闹起来，现场导演大喊了一句：“杀青了！”一呼百应，大家喜气洋洋地跟着鼓掌。唯独娄语还站在货架前，没有听到任何声音似的，站了很久。

最后这个告别的镜头，娄语一直在想自己应该怎么去诠释。在拍这场戏之前，已经连续拍了好几条。章闵已经觉得可以了，但娄语觉得还不够，于是刚才那一遍，她用了最难分割的代入法，想象她拍完这场戏，就去找闻雪时，跟他坦白我没办法割舍唾手可得的大好未来。而和你在一起，也许会有更好的未来，也许会有不好的风险，我不知道。

如果是这样的话，为什么还要赌呢？赶紧让一切回到原本的轨道，就像剧中的秦晓霜，即便还爱你，我的日子已经稳定下来，不能再被打破。和你在若千年之后重逢，还能留下一段美妙的回忆，已经是我们最体面的结局。

她这么想着，章闵才拍到了绝无仅有的一幕，每个表情、每个动作都没有诉说痛苦，但握住饭团的一瞬间，哀恸像冰柜里散发出来的稀薄的冷气，向她扑去。

娄语想：原来命运已经帮她做了选择了，让她体会一把彻底没有闻雪时的人生是怎么样的。无论是电视剧，还是五年前的真实感受，这两种体验都告诉她，那真的太寂寞了。

娄语所有不堪的一面都已经完全展示给了闻雪时，这样的自己，居然依然能被爱。

娄语从便利店出来，看见闻雪时还站在街口的位置，就这么没有表情地站着，甚至没有看见她。

他也依然陷在戏中，表情沉郁。直到察觉到被人注视着，才抬眼，看到是她，紧张的神色一松，那双漂亮的眼睛在晨光里微微弯起。

娄语的心情突然就平静下来，不再摇摆，不再感到不安，也不再害怕。她掂了掂手里的道具，那个应该带给老公的饭团，此刻被她加热了，热乎乎地暖着手心，驱散了寒气。她大踏步走过去，朝着闻雪时的方向，走得特别轻快。接着，她把饭团递给他，轻松地开玩笑道："给，'老公'，我到家了。"

闻雪时迟钝地看着饭团，虽然知道娄语是在顺着剧本玩梗，但仍旧被那个称呼吓了一跳。

"接呀！"娄语见他不动，嘟囔着，"很烫的。"

闻雪时闻言失笑，压低声音说："我们的小娄心真狠啊！让我也要被烫一下？"

杀青后，娄语回到酒店倒头就睡，醒来后看见手机里塞满了周向明的未接来电，这些电话，她居然一个都没听到。以前，即便是熬了大夜也不一定能睡得这么踏实，但这一觉她什么梦都没做，意识仿佛被驱逐到了几光年之外的宇宙中，四周黑沉沉的，她却并不觉得孤独，侧过头，就能看到有一颗卫星正在安稳地环绕着自己。

看着这些来电，娄语并不着急回电话。她平静地下床洗澡，擦干头发，拉开窗帘。午后的海面风平浪静，碧空如洗，被窗框盛着，像一幅静谧的油画，她意识到，这是一个去看望阿公、阿嬷的好天气。

娄语记着和闻雪时的约定，给他发了一条消息，说：如果他醒了没有别的事，可不可以陪她去山上扫墓。

大约半个小时后，闻雪时也醒了，言简意赅地回了个“好”。

两个人照例驾轻就熟地一前一后在车上碰头，闻雪时来得迟了一点，上车时手上拎着袋子过来，里头是两块软软的蒸蛋糕和两瓶乌龙茶。

“一定没吃饭吧？”闻雪时笃定地把袋子里的食物拿出来递给她，“刚才让小川去买来的，我们一起吃一点。”

娄语接过来时就注意到了他的手指上贴了个创可贴，问：“怎么伤到了？明明昨天拍戏的时候还没有。”她又去端详他的脸，才发现他整个人都有点不太对劲……眼睛里有红血丝，看上去非常疲惫，“怎么回事？是不是又失眠了？”

闻雪时“唔”了一声：“昨晚拍的戏情绪消耗得比较厉害，确实有点睡不太着。”他缩了下手，“手没事，拿剧本的时候不小心被割到的。”

娄语心疼地皱起眉：“那你跟我说啊，你别去了，赶紧回去补觉。”

“没事”闻雪时淡淡地说，“再说，如果错过这次扫墓，就算今天睡好了，接下来半辈子都会睡不安稳。”

娄语拿他没辙，低声说：“好吧，那你在车上眯一会儿吧，反正我开车。”

“好。你先把蒸蛋糕吃了。”闻雪时嘱咐道。

为了避免闻雪时担心，娄语还是接过蒸蛋糕有一口没一口地吃了起来。

闻雪时见状也放心地开吃，结果拧开乌龙茶时用力过大，直接洒出来了。

“看吧，没休息好就是容易犯糊涂！”娄语趁机数落他，一边赶紧扭头去翻找纸巾。

然而，趁着她翻找纸巾的工夫，闻雪时神不知鬼不觉地从袋子里翻出某样东西，塞进了昨天她拿上来装着手套的袋子里。

两个人草草地解决完这顿中饭，车子开向闹市，她亲自下车在花店买了一大束从前阿公、阿嬷养在家里的山茶花。

车子远离闹市，往山上驶去，道路两旁郁郁葱葱，降下车窗，时值夏日，能闻到炎热天气中树叶的气息。蝉鸣在树丛中响着，越靠近山林深处越觉得吵闹，虽然九年未曾踏足，但记忆里的路线就像嵌在脑海里的地图，没有一丝遗忘。

越靠近墓地，娄语的腿不由自主地开始轻轻颤抖着。直到此时，她才明确地知道，自己有多恐惧来这里，她的父母都以为她已经遗忘了葛岛，但事实上，九年时间，几千个日夜，曾经的愧疚感如影随形地跟着她，让她觉得自己不配来到这里。可是闻雪时让她彻底知道了，爱不会因为没有好好告别而消失。

娄语终于决定，好好地面对那年没来得及完成的告别。

车子停到目的地，接下来的路需要徒步走上去，但已经离墓地不远了。她在车上反复深呼吸，闻雪时伸手过来，覆在她的手臂上，一言不发地轻轻拍了两下。

娄语颤抖的四肢慢慢平静下来，抱起花束，推门下车。

闻雪时跟着下来，跟在她的身后。

微风拂过树梢，娄语停下脚步，看向前方，墓地在一个月前她刚请人打扫过，但花已经枯萎了。

娄语站在几步之遥的地方，驻足许久，才慢慢走上前，闻雪时站在她的身后，目送她蹲下来把枯掉的茶花换掉，献上饱满的鲜花，轻声说："阿公、阿嬷，我是小娄啊。我现在才来看你们，对不起！"她笑了笑，"会不会认不出我了？"

回应她的，自然只有风声。

"我现在真的变得很厉害了，你们看，这是我当年拿最佳女主角的照片。"娄语把闻雪时拍下的那张照片展示到墓前，"阿嬷，你能原谅我当年没能来见你吗？我知道你一定为了等我坚持了很久。"娄语的声音颤抖着，"你当年对我说，我一定要到想去的地方，不然你会闭不上眼睛。那现在，你可以放心了。还有阿公，我现在的酒量已经好了很多，你酿的杨梅酒现在能一口气喝下一整坛呢。你不要担心我喝不到，有人会为我酿的。"她回过头看着闻雪时，笑着问，"对吗？"

闻雪时上前，走到她身边，紧张地注视着墓碑，仿佛真的有两个人正坐在他的面前，审视着他是否有资格成为她的爱人："是的，阿公、阿嬷。"他跟着她这么称呼，"我会酿杨梅酒给小娄喝。"

娄语牵着他的手，郑重地说："给你们介绍一下，这是闻雪时。"她没有给他加任何形容词，"是我这辈子唯一想带到你们面前的人，你们一定会喜欢他的。"

蝉鸣悠长，草木茂盛，阳光在墓地上筛出一块块明亮的光斑。

闻雪时的手不知道是因为紧张还是因为热才出汗，紧握的手心滑溜溜的，他扭过头来看她，再一次严肃地问："小娄，你确定吗？我不希望你后悔。"

娄语察觉到他刻意伪装出来的坦然，心头只觉得难过。她没有再回答，只是牵住他的手更用力了些。

下山的一路，娄语的步伐都显得格外轻盈。这种轻盈和当时五年前分手时的轻盈截然不同。当时娄语觉得自己整个人被抽空，而现在这种轻盈，是折磨她很久的沉疴被一扫而空的轻松。

车子又无声无息地驶回酒店，距离杀青宴开始还有一段时间，娄语走到可以看见海的阳台，终于给周向明回了电话。

周向明接起来，开场白是："顺利拍完了？"还是保持着一如既往的淡定，甚至让人疑心那一长串未接来电并不是他打来的。他只不过凑巧接到了她的这通电话。

"对。"娄语回答道。

"什么时候回来？"周向明问。

"今晚杀青宴，然后再休息一天吧，后天回来。"娄语回答道。

"别拖了，后天赶紧回来。Serein 那边计划一周后见你一面。我们飞一趟过去。这是非常关键的会议。"周向明的语气淡淡的，说出的话却如同抛下一枚炸弹。

娄语承认，这句话仍旧带给她极大的冲击，就像很多年前她抽第一口烟时，肺部感觉被灼烧的那种冲击感。它和尼古丁一样，是让人会立刻上瘾的东西，不过好在，她已经学会戒烟了。

娄语回过神，迅速地回答周向明："恐怕不行。"

周向明不以为意地问道："怎么了？之前定好的杂志拍摄我已经帮你在协调改期了。"

娄语笑着说："好，我正好要改。"

周向明终于察觉到不对劲，问道："你要做什么？"

娄语说："我要去金寰的颁奖现场。"

周向明的语气立刻冷了下来："你疯了。娄语，值得吗？你不知道你舍弃了多么重要的东西。"

"重要吗？还好吧。只是一个代言而已。比较而言，闻雪时为我舍弃的金寰最佳男主角似乎更可惜一点。"

周向明没应声，她只听到听筒那头传来"哒哒哒"的指节叩着什么东西的声音。

娄语诚恳地说："周生，我很感谢你提拔我到今天，我也知道你的出发点都是为我好。但……"

还没说完，就被周向明打断："你让我想起一次非常失败的斗蛐蛐。"他的语气已经失望到极点，带着一种死气沉沉的厌倦，"在蛐蛐决赛的前夜，我让过五关斩六将的将军住进最好的陶皿，提供最好的吃食，并且还往里面放了一只雌蛐蛐刺激将军，让它第二天能心满意足地上战场。”他“啧”了一声，“但它折在了雌蛐蛐的身上。”

娄语的胸口突然烧起一把火，逼得她迅速发问：“既然它都过五关斩六将了，为什么不能休息一场？”

周向明：“当然是因为它还有对手。”

“可是周生，我不知道你明不明白，但是现在我明白了，最凶狠和难缠的敌人从来不是别人，而是自己。我做这个决定，你也许觉得我是为了闻雪时。但其实不是。我是为了我自己。”娄语看向远处的海面，即将日落，余晖带走冰凉的蓝色，把大海涂成那么有温度的昏黄的颜色，“我和自己和解了，不管你认不认可，不管世人认不认可，我觉得我已经成为‘将军’了。”

脑海中浮现出来的，是下午在墓碑前的一幕，他们扫完墓，说了一堆话，准备离开时，闻雪时突然折返回车上，将那个装有手套的袋子拿了下来。

闻雪时建议：“既然这是你买给阿嬷的，她临走前还这么惦记，那么它最好的归宿也应该是这里。”

娄语微微一愣，点头说：“我本来还想留着做念想的。但你说得对，确实应该把它送还给阿嬷。”她把手套从袋子里拿出来时，又是一愣。

虎口的位置，那个缝了一半的洞竟然被补全了。昨天他们兜风回来后，闻雪时偷摸地从车上把手套拿回房间，杀青后休息，立刻研究着如何补好它，他的眼睛熬出红血丝，根本不是因为失眠，而是为了补手套的洞而没时间睡。

娄语的鼻子一酸，细细地摩挲着那块有些丑陋却被补全的缺口。

“谢谢。”娄语再次走回墓前，蹲下来，把不再残缺的手套放在茶花旁边，那一瞬间，这些年她空了一块的心口也被某种叫珍惜的情绪填满，不再漏风，也不再被无底的欲望裹挟。

周向明却完全无法理解，他加重语气，非常不客气地下了最后通牒：“我最后问你一遍，你飞不飞？”

娄语伸了个懒腰：“不飞了，要降落一会儿。”

周向明在电话那头无言以对，大概是觉得，她真的是不可理喻。

电话被娄语径直挂断。日头已经完全沉进海中，月亮远远地挂在天边，似乎是一轮满月，她打开手机摄像头对准这轮月亮，“咔嚓”一声拍了下来，发送给闻雪时，等了两分钟没动静，她就猜到他应该是睡着了。

杀青宴就在酒店的二楼宴会厅，剧组的上百号人坐满了大厅，现场制片正在和酒店的工作人员一起调试设备，他们临时剪了个杀青特辑，到时候放出来给大家烘托气氛。

娄语到达宴会厅时，闻雪时还没到，主桌的演员拍到现在就剩她和闻雪时，闻雪时这会儿不在，大家就全都向她开炮，应接不暇地朝她敬酒。

同样遭殃的还有章闵，作为导演，她被敬酒敬得更狠。章闵自己也敞开了喝，这是她人生中拍摄的第一部作品，等了几十年才能实现的梦想，拍摄过程中的大问题、小问题出了一堆，真正顺利杀青的这一刻，她绷着的神经终于能够放松下来，喝着喝着，突然痛哭出声。

娄语连忙放下酒杯一边抱抱章闵，一边给她递纸巾安慰道："章导，你真的很棒，这些日子你辛苦了。"

章闵平复一下情绪，拍了拍娄语的肩头："小语，谢谢。我真的真的很庆幸这部剧是你来当女主演。"她看向不远处，"还有闻雪时。你们演出了我剧本里最好的样子。"

宴会厅门口，闻雪时姗姗来迟，他慢慢向她们走近，看着这个场面心中也了然，不慌不忙地说："导演，今晚悠着点喝，别被抬回去了。"

"你迟到了还敢说我，罚酒啊！"章闵开玩笑，大家一呼百应，开始把炮火转向了闻雪时。

娄语有些担心地和闻雪时对视一眼，他悄悄摇头，示意自己休息得不错，不用担心。这点酒不算什么。她只好管住自己的眼神，转向别处。

酒过三巡，灯光暗下来，制片组特地准备的杀青特辑开始播放了。

娄语坐在台下抬着头看，第一幕就是大家坐在一起围读的画面。她看到自己和闻雪时坐在一起，位置也像现在这样，触手可及，但他们都把手缩得很紧，中间仿佛隔着一条看不见的鸿沟。

现在回过头看这一幕，简直恍如隔世，接下来是开机仪式，拍摄第一场戏，他们表演甜蜜，吵架，分手，再甜蜜，在几分钟的片花里，他们看见了翁煜和秦晓霜的人生，又从割裂的花絮里，看到他们自己，从隔阂，隐忍，试探，靠近，他们之间的距离微妙得越来越近，最后一分钟是杀青这天，背景音是此起彼伏的"杀青了"的欢呼声。

杀青特辑放完，轮到导演和他们两位主演上去给大家讲几句话，闻雪时第一个上去，他先是照例说了些场面话，最后，他看着娄语那一桌，轻轻地吐出一口气。

"谢谢导演，谢谢娄老师，也谢谢翁煜。"闻雪时举起手，"我很庆幸遇到这个角色，他对于我人生的重要程度可以说是起死回生。”

起死回生，这四个字听得章闵十分受宠若惊，上了台讲话之后更是语无伦次。娄语在台下抓过酒杯一饮而尽，因为只有她明白那四个字的真正含义。

到娄语上去时，她忍住情感的波动，笑着说：“谢谢大家并肩作战的这段日子，所有人都辛苦了。”她同样看向主桌，“导演最辛苦。”顿了一下，视线落在闻雪时身上，“以及和闻老师九年后的再次共同出演，让我获益匪浅。”说完，她转身走下台，大家纷纷鼓掌。

第二天，娄语和闻雪时为了避人耳目，又是错开买的机票离开葛岛，出发去机场前，娄语给她的父母分别发了一条消息，说自己拍完戏已经走了。顺便还下单买了一些东西送到两个人的家，但终于没有再抽空去见他们一面，这已经是她能够释怀的，她和他们之间最合适的距离。

飞机中午落地京崎，登机前娄语给周向明发了一条信息，通知他自己回来，落地时打开手机一看，他回复下午三点钟见一面，并发来了一个高尔夫球场的地址。

娄语来到高尔夫球场时，周向明刚结束和上一拨影视公司老总的应酬，整个人面露倦色，坐在休息区，有一搭没一搭地揉着额头，她在远处等了一会儿，看他稍微提起点劲儿了，才走过去，招呼道：“很累？”

周向明掀起眼皮，指着旁边的位置：“坐。”

娄语依言坐下，两个人却都不再开口，一时间微风拂过，绿草如茵，看上去是一个非常美好的午后，最后先开口的人是娄语，她主动说：“如果还是要谈 Serein 的问题，我觉得没必要再谈了。”

周向明这次没有再动气，淡淡地“嗯”了一声，接着问：“哪怕失去的不止 Serein？”

娄语：“什么？”

周向明的视线飘到休息椅旁边的小茶几上，那上面是一份影视合同，是刚刚和那些人聊的：“下面还压了一份。”

周向明示意她拿起来看。

娄语的内心已经预感到了会是什么，她挪开上面的合同，果不其然，下面压了一份她的解约合同。

“突然想起来，五年了，你的合同再过两个月就要到期。”周向明说，“解约还是续约，你心里应该已经有选择了，我好人做到底，直接帮你拿过来了。”

娄语将合同放下，微微叹了口气，说："这是你认为的我的选择吗？周生，你连最后都在自顾自地帮我做选择。"

周向明笑："难道不对吗？"

"至少在这个选择上，你确实猜错了。"娄语认真地说，"在此之前，我并没有想过和你解约。你在我心中仍然是最好的经纪人。"

周向明微微一愣，然后又恢复冷笑的表情，"既然是最好的经纪人，那我给你的建议你都不听？"

娄语将这些天酝酿在心中的话慢慢地说了出来："当年，你一直给我讲蛐蛐的例子，于是我潜意识里也认为经纪人和艺人之间的关系就像是帅和将的关系，帅在幕后坐镇，将上到台前迎接一切目光，披荆斩棘，获得胜利。但实际上，经纪人和艺人不应该是这样指哪打哪的关系吧？"

周向明："不然呢？"

娄语接着说："我认为经纪人和艺人应该是背靠背战斗的关系，更平等，也更信任对方。如果周生你能想明白这点，我认为我们还是能够继续共事下去的。当年是你递给我的合同，签下了我。所以如今，我仍然感恩，也把决定权交给你。"她反客为主，从包里拿出自己多处修改的一份续约合同，放在那纸解约合旁边，起身扬长而去。

距离金寰奖开幕式还有八天，娄语给自己放了一个史无前例的长假，她有太多"东西"需要整理，她的人生从各种意义上都进入了一个全新的阶段，一个更被自己掌控的，能和自己对话的阶段。曾经加在自己身上的枷锁，都被她一点一滴地剥掉了。那些曾经尾随着自己的遗憾，也都在那一天的告别之后彻底分道扬镳。

娄语相信，自己依然能往上走，用一种更为自由的方式，因此，这段空出来的假期，她没有选择和闻雪时一起度过，和他说"自己想一个人出国休息一段时间散散心"。

闻雪时亲了亲她的脸颊，说记得定时给他发发照片就好。

事实上，即便他们两个人想一起过假期，现在也很难成行。金寰电影节开幕在即，闻雪时有一堆相关的拍摄和采访等着他。而且两个人现在都默认，要更好地保护这段关系，因此，这部剧刚拍完，很多狗仔都会盯着他们，私人行程重合到一起很容易被发现。最后，娄语订了一张去国外海岛的机票，一身轻松地出发了。

为了不引人注意，娄语特意挑了深夜出发的航班。机场大厅果然空荡荡的，过完安检，意外地遇到航班延误。在百无聊赖地等待中，居然难得产生了饥肠辘辘的、想要大快朵颐的冲动，她沿着等候区的商店逛了一圈，最后停在机场内的便利店前，闻到了熟悉的香味，居然也在卖关东煮。

娄语喜出望外，径直走向店中，敲了敲柜台："你好，我要关东煮，碗装的。"

"要放点什么？"店员连眼皮也不抬，熟门熟路地拿起捞勺。

"嗯……扇贝、蟹粉包、竹笋、鸡蛋。"

店员麻利地把这些东西捞起来，正要舀汤，娄语又出声说："麻烦再给我来一块白萝卜吧，谢谢！"

八天后，金寰颁奖典礼现场，闻雪时坐在化妆间内，正在做最后的定妆。化妆师正将他额前漏出的碎发仔仔细细地往后梳，另一位造型师用粘毛器在他那身已经看上去相当完美的西服上来回滚，势必将任何一粒灰尘都不容下，至于为什么会这么吹毛求疵，全赖旁边大睁着眼睛盯着的丁文山所赐。

闻雪时好笑地瞥着化妆镜里的丁文山："别为难人家了，差不多就行了。"

"你不懂！"丁文山郑重其事地说，"我预感你今天晚上必定会上台拿奖，十年磨一剑啊，可不得漂漂亮亮的？"

"是吗……我觉得你还是别期待最好。"每年丁文山都会这么说，闻雪时听这话都已经免疫了。然而，他对丁文山虽然这么说，可自己此刻坐在这里，依然无可避免地感到紧张了。

等造型师们退出去，丁文山清了清嗓子："对了……那谁，她来吗？"他从看到闻雪时给自己发的微信里不带句号的时候，就察觉到了不对劲，过了半个月还是不放心，套了一下闻雪时的话，他就云淡风轻地交代了和娄语复合的事。听完后，丁文山无语地从包里掏出随身携带的速效救心丸，拧开，吞下……嗯，感觉好多了。

闻雪时此刻听到他提起娄语，神色也没什么异常，手掌却轻轻蜷起："嗯，她来了。"

"她来了？"丁文山不敢置信地看着闻雪时。

"嗯，她会来，到时候直接去观众区。我让她别来后台，这里人多眼杂，她太容易被认出来了。"

丁文山松了口气："那倒是，不然我看今晚你无论拿不拿奖都要上头条了！"丁文山看着闻雪时强压嘴角微笑的样子，想起那年自己在厕所的隔间找到他，那副吐得昏天黑地就差打电话叫救护车的模样，和现在天差地别，也忍不住跟着他开心起来，拍了一下他的背，“臭小子，趁现在没人赶紧给我笑！一会儿上台绷住！”

闻雪时瞥了他一眼：“你的嘴角咧得比我大，收收。”

快到上台的时间，闻雪时的手机振动了一下，预感到是来自谁的消息，他竟然有点不敢打开来看。时针往反方向走，这一刻他就像是五年前的自己，握着电话不知所措，害怕往事重演，会收到什么消息呢？

闻雪时失神地摩挲着亮起来又黑下去的屏幕，迟迟没点开。直到丁文山催促他快上场，他才垂下眼，按开手机。

果然是娄语发来的，没有文字，只有一张自拍照，背景是会场观众区的角落，她把自己裹得谁都认不出来，只有一双眼睛弯弯地露在外面，做着并不熟练的可爱表情，脸上还有点害羞，一只手比着拳头做着加油的手势。

闻雪时心底氤氲的雾气在这一刻消弭。

丁文山眼睁睁地看着闻雪时点了两下手机，镜子里他的表情从怔然到克制不住地弯起唇。工作人员在门外叩门提醒，他起身把手机递给丁文山，对着镜子整理了一下衣领，表情又变得沉稳。他气定神闲地拉开大门，当他坐在星光熠熠的台下，两旁的人都探头来跟他打招呼，他微笑着得体地寒暄着，任谁都看不出他其实脑子里乱糟糟的。

毕竟这一次，闻雪时比以往都更渴望正中红心，为了完成一件大事。一件当年没能完成的大事，那年本该当作求婚信物的最佳新人奖杯，如果换成最佳男主角的奖杯，将更有分量，也更配得上现在的娄语。更何况，娄语就坐在台下。

闻雪时在这方面总有一些无用的仪式感，想给予最爱的人最盛大的回馈，因此，在没有确定的结果出来前，他就像一个不敢吵醒“上帝”睡觉的人，蹑手蹑脚地打开门坐下，祈祷好运光临。

台上主持人邀请了一个又一个的颁奖嘉宾，宣布着今晚的获奖者，最佳女配角，最佳男配角，最佳女主角。

闻雪时表面带着笑，其实一个字都没听进去，意识到大家都在鼓掌后才抬起手跟着鼓掌。

接着，主持人再次和颁奖嘉宾一起上台，激情洋溢地说：“接下来就要宣布最佳男主演了，这一次会是谁呢？先让我们来看看大屏幕的入围名单。”

金碧辉煌的大厅暗下来，大屏幕里开始出现入围名单的相关电影片段。

闻雪时调整了一下僵直的坐姿，让自己尽可能地放松下来，双腿交叠，手指下意识地交握在一起，轻点在手背上的手指还是泄露出他此刻紧张的心情。

一分钟后，五个片段全部播放完。大厅重新亮起绚烂的灯光，主持人拆开密封的卡片，眉飞色舞地将嘴凑近话筒，开口前的呼吸声都被音箱放大数倍，飘进闻雪时的耳中，像台风过境前树叶被拍到窗户的动静。

闻雪时松了松纹丝不苟的领结，听见主持人开口："不卖关子了，获得本届金寰最佳男主角的是——薛叶伦。"

这个毫不相干的名字报出来时，全场都微微安静了一下，紧接着，才掌声雷动。

闻雪时坐在台下，第一时间举起手鼓掌，脸上的笑容无懈可击，忽略周围那些隐约向他聚拢的目光，似乎浑不在意，嘴角扬起恰到好处的那个弧度，只在薛叶伦上场，手握住那奖杯的那一刻，才终于不堪重负地僵住。

之后坐在典礼上的每一秒钟，对闻雪时来说都是凌迟。

老天爷好像又一次不留情面地戏弄了他，坐在台下好不容易来到现场的娄语，还有他设想的奖杯，这两者拼起来的某个蓝图，都在这个结果出来后扑了个空。他忍不住猜想：这是不是一种世间的能量守恒，自己等来了想等的人，所以想要的东西，并不能同时给予他，这么想着，他反倒觉得好受了些。如果是这样的话，他愿意承担这种失去。

晚上十点钟，典礼终于接近尾声。开场前还无比热闹的过道，此刻显得过分冷清，依稀还能听到前台涌动的人声。他走回后台，想着先掩饰好情绪再去车库。娄语肯定已经在车上了，估计在想着怎么安慰他。

闻雪时不想让娄语陪着自己难过，走到化妆间的几步路，他已经在心底拟了好几种措辞。然而，这个精心准备的谎言终究没能说出口，房间的门有所感应地从里头打开，娄语一把将他拉进去。

真的是娄语，她冒着被认出来的风险迫不及待地溜到后台，给了他一个拥抱。就着拥抱的姿势，她环着他的双手一边鼓掌，一边说："我的男朋友很棒了！我拍了好几张镜头扫到你的大屏幕照片！"

年轻时，台下高朋满座，数百人堆满假笑，网络沸反盈天，为他的意气风发喝彩鼓掌。而如今，在这个冷清的化妆间，只有一个人等在这里，眼带笑意地为他悄声鼓掌。一个迟到了五年的鼓掌。虽然这次他们未能共同分享荣耀，却共同分担了落寞，一如最初那年他们碰上的时光，总是如此，不同的是，他从她的拥抱里再也感受不到任何焦虑，惋惜，或者不忿，在她的眼里，他看到了一个威风凛凛的男人。

不论外界如何评价，你就是我心中当之无愧的最佳男主角。

闻雪时反手将她抱紧，笑了起来，他想，这世界上有那么多的人，可他在乎的，其实就这么一个。

第二十六章
银河

一年后，L 市。

娄语刚下飞机，一股暮夏残存的热浪扑面而来。又或者对于 L 市来说，十月仍然算是盛夏吧，落地六点，通关，领行李等一系列杂乱的手续办完，走出机场已经快七点，天明明该黑了，却又还亮着，这种没有任何杂质的蓝色，很难不让人回忆起《往事若无其事》杀青那一日黎明将至的海边的天空。而这一次她来到 L 市，也是和《往事若无其事》这部剧有关。

剧的后期在两个月前完成，最终定档十月中旬在全球同步上线。而作为 Peaco 和国内合作的第一部作品，《往事若无其事》剧组理所当然地被邀请参加了 Peaco 每年例行的全球放映会。

剧组的其他人早于前两日陆续到达，娄语因为要拍摄其他剧，只好赶在放映盛典礼的前一天晚上堪堪抵达。

L 市的机场里，娄语一下子就看见了 Serein，最黄金的位置，最惹眼的招牌，店面外的电子屏上是裴雅静，Serein 最新签下的全球代言人，如今是韩国风头最盛的女演员。近年来韩流盛行，她不光在韩国大放异彩，去年还依靠一部动作大女主戏风靡欧美。所以 Serein 最后选择了她，也不奇怪。

娄语想到这个位置原本可以滚动着出现自己的脸，要说没有一点可惜是骗人的。但人生很少有两全的时候，更多情况下是艰难的选择，重要的是，如何在这个过程中抓住那些对自己更重要的东西，抓住了，就不要苛责自己。她看了一眼，收回视线，毫不留恋地和滚动的大屏擦身而过。

主办方派人来接机，娄语目送着栗子顺利和对方汇合。她没和他们一起走，而是继续按照微信里某人的留言指示，摸到了地下二层的停车场。

“小娄！”那个人摇下车窗，露出漂亮的眉眼，挥手用口型对她示意。

娄语一路小跑的动作停住，故作镇定地放慢脚步，往车边走去。

闻雪时下车，亲自为她拉开车门，非常合格地执行着一个接机司机的职责。

等她上车后又绕回驾驶座，亲手为她把安全带系上，只是在刚好扣上的瞬间，他凑过来，将人压在副驾上亲了一下。

天知道，在这之前，他们已经有两个月没见了。因为各自的拍摄计划，日程总是很难对上，两个人最多只能打视频电话看看对方，但拍摄时间的不同步，导致打视频电话的机会也少得可怜，基本上都是间隔频次很长的微信聊天，刚刚见面时还彼此端着，但一上车，进入只有两个人的空间，伪装的矜持就统统滚蛋了。他吻过来，她的手自动缠上去，抓着他的后颈轻轻揉捏。

“想你了。”闻雪时模糊的呓语辗转而过。

娄语回应着“我也想你”。

两个人聊着，车子驶出国际机场，开到沿途种满棕榈树的公路上，天际线晕染着最后一抹橙紫色的晚霞，那点暧昧的光线漏过来，不偏不倚地击中闻雪时的侧脸，这一幕就像他们重逢的那日，老天爷在入夜前用光线勾勒出他的轮廓，淡到极致，也惊艳到极致。

车子驶入海滨酒店，两个人在酒店分开，虽然等会儿就是《往事若无其事》剧组的聚餐，他们需要一起参加。然而，这一年间他们仍旧保持秘密的恋人关系，所以还是特意迂回了一下，一前一后地前往海边的西餐厅。

这次受邀参加特映会的主要是剧组主创人员，章闵来了，冯慈和夏乐游来了，和他们确实是有快一年不见，除了和章闵因为补配音的关系中途还见过一面。娄语确实还蛮想念大家的，因为《往事若无其事》的拍摄在她看来是一次无比难得的机会，纵然过程有酸涩，但记忆已经将那些都过滤了，现如今只剩下美好的一面。她走到餐厅的附近，像是这么些年共事下来的残存的心灵感应，她忽然慢下脚步，看向另一个方向走过来的人。

是周向明。

作为制片人及与 Peaco 合作的最大功臣，少了谁都不会少了他。

算下来，他们也有一年没见了，自从那天在高尔夫球场分别之后，周向明一直没表态，隔了一个月，她在微信上收到了他发过来的解约合同。

娄语在给出那份打破他常规的续约合同时，其实已经预料到了这个结局。

两个人的视线在一年后短短地相撞，不再是队友，但也不算陌生人。毕竟这部剧周向明是制片人，而她是主演，某种程度上，他们还没算完全地分道扬镳，还留有三分情面。

“周生。”娄语迟疑了片刻，在他走过来时，还是脱口而出。

周向明听到这一年几乎无人再提起的称呼，怔忪转瞬即逝，点了下头，一副并不打算开口的架势。

娄语有些尴尬，却看见他在推门的时候转过身来，看向她，挑剔地扔下一句：“明天好好表现，别给我丢脸。”

娄语愣了一下，然后慢慢地笑起来：“好……当然。”

两个人先后走进餐厅，其他人都到了，除了故意拉开时间差而晚来的闻雪时。他最后一个姗姗来迟，手上还拎着一个不知道装了什么的袋子，轻松地编着谎言：“下午在酒店睡过头，抱歉。”

夏乐游拍着桌子起哄：“罚酒啊！闻哥！”

冯慈依然还是一副凡事都很小心、认真的态度：“不好吧……明天我们放映会现场直播，喝多了容易水肿的……”

章闵先举起一扎啤酒：“那我代你们喝了吧，反正我脸大，我不怕！”

闻雪时拦下章闵，往自己的空杯子里倒满啤酒，同她碰杯：“那怎么行？该喝的还是得喝，我先来吧，第一杯酒先敬导演。感谢你拍出了《往事若无其事》。”

章闵礼尚往来：“感谢你来参演。”

闻雪时喝光一杯，又倒了另一杯，转向冯慈和夏乐游：“感谢你们一起用心演绎了这部剧，合作的过程非常‘愉快’。”说到愉快时，他意味深长地扫了一眼夏乐游。

夏乐游讪讪地摸了摸鼻子。

冯慈连忙不敢怠慢地举起杯子，一边在空中和闻雪时的酒杯轻轻碰了一下，一边说：“是闻老师照顾我们，我会继续加油的。”

两个人都很给面子地一饮而尽。接着，闻雪时看向周向明，轻松地笑着说：“对了，最应该感谢周老师，是你给了这部剧新的高度，一直没来得及跟你说谢谢。”

周向明听到这句谢谢，讽刺地扬起嘴角：“分内的事儿，酒就不必了。”

“是吗？那你随意。”闻雪时毫不在意周向明喝不喝，径直抬手，一杯酒下肚。

一圈都敬完，闻雪时侧过身，面对娄语，语气和刚才敬那四个人时已经截然不同：“最后一杯，我的女主角，赏个光？”

娄语将刚才他敬酒时早就偷偷给自己倒满的杯子端起来：“那必须的啊！闻老师。”

这场聚餐没有持续很久，周向明只坐了一小会儿便离场，剩下他们几个又聊了一下这一年各自的生活，考虑到明天还要出席红毯，大家聊了一会儿就散了。

闻雪时去结账，她借着上厕所的工夫，两个人默契地磨蹭着，自然而然地落到最后，一起悄悄地溜出餐厅，走到沙滩上。

娄语缓慢地随着走路的速度调整着呼吸，能闻到海风中的咸腥味，和葛岛那种浓烈的味道并不相似，淡淡的，兴许是这里缺少了阿公阿嬷的气息，但地球是圆的，大海是共通的，也许他们的气息比飞机慢了半拍，漂洋过海，不然她怎么会看见儿时阿公曾经带自己在海边放过的那只章鱼风筝。

娄语晃晃头，那只风筝却又往自己面前靠近了一些。

“给我们小娄的首映礼物。”娄语听见闻雪时的声音，又看了看他手中确实拿着的风筝，才发现这不是自己的幻觉。

这是一只真的风筝。闻雪时从刚才一直提着的袋子里拿出来，偷摸藏了一晚上，此时现出原形。

“去年在葛岛的时候，你和我说过阿公带你在海滩边放章鱼风筝，那个时候就很想带你重新放一次。可惜那天杀青了，我也没办法在一天之内做出风筝。”

黑暗中，这只章鱼风筝看上去傻头傻脑的。

“这只风筝……是你亲手做的？”娄语问道。

闻雪时点了点头：“小娄的阿公很厉害，会酿杨梅酒，会做风筝。我都只能学到皮毛。”他将风筝的手柄递到她的手里，“刚好这次也是在海边，要不要再来放一次？”

海风模糊了闻雪时的声音，轻轻地飘到娄语的耳中：“这次你跑得多快都可以，不用有顾虑，放心地往前跑。不用担心回过头再次空荡荡的，因为我会在你身后。”

娄语攥紧手柄，轻声道：“真的好多年没放风筝了，手生，要是风筝没飞起来你不可以笑话我。”

“会飞起来的。我们两个一起放，肯定能飞起来。”

两个人又往海滩深处走些，霓虹灯离得很远，四下已经无人，她握着手柄拉开一段距离，闻雪时握着章鱼风筝的触角站在原地，两个人之间只靠一根线维系着。

逐渐地，风来了。

闻雪时松开了手，任风筝向上鼓起，升上夜空。

娄语回过头，看着身后的闻雪时，即使距离变得很远，但确如他所说的，他仍然站在她可以看见的位置，也许是她没跑得太远，也许是他又追上来了，总之她还是能看见他，他的头发和衬衣被海风吹得凌乱，眉眼带笑。

娄语突然间明白过来，他所谓的一起放风筝，根本不是他在开头帮她搭把手那么简单。分明，她就是那只风筝，而他的目光是一根悠长的丝线，只要他看着她，她就会回到他的身边。

闻雪时原本抬着头，很专心地在看娄语的风筝有没有掉下来，突然，他发现风筝在空中卡了一下，他低下头，原本一直在往前跑的人忽然转了个弯，往自己的方向冲了过来。

娄语埋怨着道："哪有人这样遛风筝的。"

闻雪时失笑，却一言不发地张开双臂，等这个兴高采烈的小狗扑到自己的怀中，很远的海岸边上，有一对白发碧眼的老夫妻慢悠悠地路过，他们没看见沙滩边已经拥抱在一起的爱人，但看见了飞翔在天际，仍然不落的风筝。

次日傍晚，Peaco 的特映会终于在曼城的海滩举行，并开启全球同步直播。大家都在关注《往事若无其事》的初次亮相，它本身具有的里程碑式的性质使这一刻显得尤为珍贵，吸引大家都来凑个热闹，而这份热情，在《往事若无其事》剧组出现的瞬间到达了顶峰。

主创六人刚好分为三组，章闵和周向明打头，冯慈和夏乐游在中间，压轴便是娄语和闻雪时。

两个人的衣服是双方团队商量过搭配好的，一黑一白。娄语穿的是拖地的月白色吊颈露背裙，颈口一圈黑水晶项链。闻雪时则穿着一身高定的黑西装，胸口点缀着一朵还沾着露水的白玫瑰。

两个人黑白交融，娄语挽着闻雪时的胳膊，从红毯的尽头款款走来。

闻雪时极为小声地从唇边溢出几个字："别紧张。"

娄语却说："那我们换个姿势吧。"

闻雪时立刻明白了她的意思。于是，他的手腕一松，手臂自然下垂，她松开挽着他的手，追着他的手下去。

经过人声鼎沸的红毯，便到了沙滩的内场放映区，夕阳，海风，露天荧幕，纯白色的沙滩躺椅，轻松得就像是一场朋友间的聚会，但架在两边的镜头和延伸过来的红毯，又提醒着娄语，这是一次全球正在观看的直播。

所有的剧组走完红毯后，放映会就正式开始了。每部剧目都会放时长三十分钟的特供片花，而《往事若无其事》尤其受 Peaco 重视，特意放在首位隆重推出。

太阳暗下，月亮皎洁，同时存在于天空。还未散尽的昏黄中，最前方的主屏幕最先跳出了两位主演的名字——

“娄语 / 闻雪时”

当年，那个只配放在片尾的演职表，和一堆人挤在一起还隔着好几个距离的名字，居然真的有这么一天，并列出现在这风光无限的大屏幕上。他们用了十一年，走到被所有人看见的前台。

可是在十一年前，那两个不曾被镜头看到的人，他们的人生中第一个被聚焦的镜头，是彼此的视线，就如深海里的两架潜水艇，那些沉底的航行岁月，是他们的探寻灯摸索到对方，照亮彼此前进的航道。

那样的目光，一眼，一辈子都忘不了。那是在人生最幽暗处，被发现，被注视的微光。

“嘭——”主创的名字消失，画面随着日落全黑下来，音箱里传来什么东西爆开的声音，震耳欲聋，接着，大屏幕又渐渐亮起来。

也是在海边，葛岛的海边。一朵烟花在空中爆开，烟花底下，站着年轻的闻雪时和娄语。

两个人仰头望着层层叠叠的烟花，光影映在他们的脸上，他呢喃着说：“你觉不觉得，烟花看上去很像是夜空被打碎后的一圈裂痕？”

她笑着说：“哪有这样触目惊心又转瞬即逝的裂痕？”

“有啊。”他侧头看她，“爱着一个人的时候。”

又一颗烟花爆开，落下后，屏幕尽黑，片名慢慢浮现——《往事若无其事》。

潜水艇随之浮出水面，铺陈在他们头顶的，是从前只在梦里出现过的银河。

番外

昨日之诗

(一)

娄语和闻雪时在 Peaco 放映会上的牵手红毯照，毫无疑问地成了当天的焦点。一同被广泛关注的还有那三十分钟的片花，国内各大平台的热度自然不用说，难得的是在“油管”上，视频的点击量也在半天内破了百万，比起国外观众对这部剧本身的关注，国内的话题更多地围绕在两位主演身上，当两个人在红毯上牵手时，弹幕上一串惊叹号及问号。

而备受关注的两位主角早就偷偷前往阿维傂翁了，千里之外的两位经纪人对此还一无所知，乐呵呵地庆祝这次首映会成功，但他们很快就笑不出来了。

娄语和闻雪时把这个消息给各自的经纪人一发，微信一退，走出了机场。他们戴上口罩，大摇大摆地逛街，在街边的西餐厅吃完晚餐，然后搭车到了火车站，就像生活在这座城市里随处可见的一对男女，准备开启一趟夜晚的旅程。

深夜，巴黎的火车站依然人来人往，每个人都行色匆匆，大家都有各自的目的地要到达。这种状态娄语非常熟悉，过去的五年时间里，她也是这样不停地辗转着，娄语真的很少单纯地享受这个过程。譬如此时此刻，他们坐上开往阿维尼翁的夜间火车，漫长的路程，只有他和她。两个人在最后一节车厢中，这趟通往法国南部的列车上人很少，灯光很暗，她靠在闻雪时的肩头，看着窗外根本无法看清的景色，只能通过一些飞快而过的突出物判断出那是一些树影。

火车前进发出轰隆隆的噪音，闻雪时在她旁边低声说：“不睡吗？”

娄语摇了摇头：“不舍得睡。”

闻雪时轻笑：“我们还没到呢，就开始不舍得了？”

“毕竟也没办法待太久，最多一天？两天？”娄语看了一眼他的手机，又有点幸灾乐祸的意味，“丁文山已经疯了吧？”

闻雪时无所谓地说：“他最近挺闲的，就当给他找点事做。”

两个罪魁祸首相视一笑。火车驶过漫长的黑夜，清晨时分到达阿维侬翁。

娄语奇迹般地在到站前几分钟自然醒来，发现自己正躺在闻雪时的腿上，脸上盖着帽子，他的手压在帽子的边缘，以防帽子滑落，阳光就会晃到她的眼睛。

闻雪时没有遮挡自己脸，车窗外的晨光便打在他的半边脸上，细细碎碎的绒毛都清晰可见，让人心痒，很想伸手去轻蹭他脸上的绒毛，那么柔软。

娄语还没行动，他的眼皮微微颤抖了两下，突然睁开了眼睛。阳光一下子溜进他的眼里，让他的瞳孔看上去比以往更加明亮、澄澈，也更动人，心脏仿佛有一瞬间不再规律地跳动，她急忙把视线移开。

闻雪时把她的脸掰回来，笑着问道："怎么突然不敢看我？"

娄语停顿了一下，老老实实地回答："被帅到了。"

闻雪时掐了掐她的脸："我连脸都没洗。"

为了证明自己没有撒谎，娄语撑住座位起身，靠近他的脸庞，飞快地在上面亲了一下。这个瞬间，检票的列车员打开这节车厢的门，刚好看到这个画面。

对此，列车员哈哈一笑，对着他们吹了声口哨，用法语对着他们说了一句听不懂的话，大概是在让他们出示车票吧，因为紧接着，他就向两个人摊开了手掌。离去时，他促狭地冲他们挤眉弄眼，刚还在检查车票的手调侃着比了个 Kiss 的动作。

时隔多年，再次踏入阿维侬翁，即便中间隔着那么漫长的岁月，但神奇的是，娄语仿佛能记得这里的一切，尤其是《昨日之诗》杀青的那一晚，他们从路边的餐厅出来后，沿途走过的长街，路过的教堂，喷泉，花园，雕塑……娄语都记得一清二楚。而这座古老的小城也如十一年前那般，时间的流逝是极为缓慢的，这一点其实与葛岛很相似。

两个人从火车站出来，决定先去酒店入住，把随身行李放下，再好好逛逛这座当年没来得及逛的小城。

闻雪时刚刚在车上时就定好了住宿，是一家有着百年历史的酒店，坐落在市区中心，出行很方便。从火车站的出站口出来，步行不到半小时就能走到。路上经过一家刚刚开门的蛋糕店，裹着糖霜的甜甜圈，松软的牛角面包，还有不可缺少的法棍……让人看了食指大动。

闻雪时笑着看她一眼，说："我们每种买一点回去吧。"

娄语："不要吧……吃不完的。太浪费了。"

"买吧，就当照顾老奶奶生意了，我们应该是头拨客人，她早点卖完就能早点休息呢。"说完，闻雪时走过去叩了叩柜台，柜台后面头发半白的老人家抬起头，吃力地听着闻雪时用英文跟她比画着自己要买的今日新鲜出炉的糕点。

老奶奶也用英文费劲地问："确定要这么多吗？"

"是的，您家的面包看起来很好吃。"闻雪时笑着点头，"我的爱人的胃不太好，很少对食物有兴趣，但她刚刚还没走到您这里时就一直频频在看向柜台，所以我想把这些都买给她。"

此时，娄语正站在店外的陈列柜前掏出手机拍照，没听见他们的对话。老人顺着他的目光看过去，会心地一笑，说："没问题，我给你们打折。"

闻雪时连忙摆了摆手："不用，不用。"

老人家却自顾自地结账，冲他眨了下眼睛："It's ok. For true love."（没关系，为了真爱）

闻雪时只能接受这份好意，但离开时还是悄悄地把该付的钱塞到了柜台旁。

最后，闻雪时一个人提着两个人的行李，娄语抱着一大袋子的面包走在街头。

快接近酒店时，两个人从转角处听到一阵热闹的音乐声，大概是某首行进曲，随即是杂乱的脚步声，一条长长的队列从小巷里拐了出来。

娄语看到队伍的一刹那，还以为自己穿越了，队伍里的每个人都穿着几个世纪前的欧洲古典服饰，有剑客，圣徒，铁匠，吟游诗人，吸血鬼，天使等，随着音乐载歌载舞，在古老的街道上行走。其中那个剑客经过他们身边时，还挥舞着手中的那把长剑冲他们比画，没有恶意地做了个刺杀的动作。

闻雪时配合地捂住胸口，身子往旁边一歪，倒在娄语身上，趁势把她抱住。

娄语窝进他的怀里，仰头笑着看着他："他们这是在干什么呢？"

闻雪时："像是某种节日游行。"

他们好奇地跟在队伍后面，跟着穿着奇装异服的阿维侬翁人走街串巷，一路走到了某座宽阔的广场，旁边就是14世纪时遗留下来的教皇宫。队伍停在肃穆的教皇宫前，分成几个小队，敲着手鼓的人没有停下，音乐声伴随着谈话声，人群放松下来，开始聊天。

队伍末尾有一个穿着白袍的人注意到他们，看到他们好奇的表情，用带着浓重口音的英文和他们解释说这是阿维侬翁举办的一个艺术活动，队伍游行一圈之后会进入到教皇宫里进行话剧表演。如果有兴趣的话，可以进来看，按理来说是需要门票的，但对方想了想，又打趣道："要不你们就这样跟我们混进来得了，跟了我们一路的两个‘小尾巴’。”

娄语受宠若惊地说：“那怎么好意思……”

“没关系！”白袍打扮的人直接取下自己头上的宽檐帽，扣到娄语的头上。

娄语有点蒙，和闻雪时面面相觑。他笑了笑：“这个白色还挺衬你的。”

盛情难却，他们便没有再推拒。作为回报，娄语从袋子里取出两个甜甜圈留下，把其余的面包连着袋子送给他。

“祝你们演出顺利！这个就当作是慰问品吧，感谢你让我们免费观看演出。”

对方是个很爽快的人，收到这袋面包，放到鼻子边嗅了嗅，感叹道：“好香，那就谢谢了！我们正好没吃早餐！”

就这样，双方完成了一次意料之外的愉快分享。

娄语的怀中虽然变得空荡荡的，却总觉得比刚才抱着面包时还要满足。她把其中一个甜甜圈丢到闻雪时的怀里。他一边伸手接过，一边看着她说：“帽子歪了。”

就在娄语以为他要把她的帽子正一正时，他反手压了下帽子，故意把她的半张脸挡住。

“喂！”娄语刚想抗议自己看不见了，就感觉到某人俯下身，趁机亲了一下她的唇。

两个人从教皇宫出来已经是三个小时之后的事情了。话剧的表演人数众多，时间很长。即便他们都听不懂法语，但演员的本能依然让他们非常投入地观看这场表演，从肢体表达里体会到演员们所传达的情感。这短短的三个小时，娄语感觉自己收获很多，一边看一边还调出备忘录把自己的观看体会记录下来，把观看表演当作了一次难得的学习。

旁边的闻雪时扫到她低头打字的动作，无可奈何地笑笑，摸了一把她的脑袋。

他们在返回酒店的路上解决了中餐，登记入住后，疲惫感一下子全都涌上来了。

窗帘已经被拉上，但酒店的窗帘并不遮光，日光依然穿过布料的缝隙盈满房间，整个房间充满了一种朦胧的橘色，看久了更容易使人昏昏欲睡。娄语忍不住打了个哈欠，往闻雪时的怀里缩进去。空调的温度设置得很低，闻雪时的怀抱就变得很温暖。

床上的两个人在这个晴好的午后，抱在一起相拥而眠。等两个人一起醒过来，日头已经落了，小城笼罩在黄昏的暮色中。落日之后，小城呈现出另一副样子，但更接近娄语记忆里的模样。

事隔多年，娄语依然清晰地记得和他散步的那一晚，街道两旁的店铺都关了门，老旧的街灯还亮着微光，他们的脚步声时而前后错落时而重叠在一起，就像他们摆着想要靠近彼此的手。

“不知道那家餐厅还在不在呢？”肚子正好在此时叫了一声，娄语怀念地掏出手机，在谷歌地图上搜索着曾经去过的那家餐厅的名字，反复搜索都没有找到。

这么多年过去，娄语也猜到那家餐厅可能已经不在了，但真的验证了这一点还是会觉得有些遗憾。

闻雪时看出她的失落，安慰道：“没关系，我们找家新的餐厅吧，米其林怎么样？”

他们不是当年手上只有两个杀青红包的穷光蛋了，现在的他们可以肆无忌惮地去最好的餐厅，点最贵的套餐，品尝到最美味的食物。这么一想，似乎确实不必觉得遗憾，非要找到那家餐最初的厅。虽然娄语的心里仍然有些怅然，但她适时掩饰住这份情绪，不想扫兴，点点头，高兴地说“好”。

两个人找了一家不需要提前预约的米其林餐厅，打电话确认之后便一起出门，一路散步过去。

娄语忽然语无伦次地指着拐角：“那个……那个是不是我们曾经去过的那家餐厅？”

闻雪时顺着她指的方向看去，一愣：“好像是。”

“奇怪，那为什么我刚才没搜到？”娄语一边念叨着一边掏出手机调出刚才的地图，恍然大悟，“好像是我记错了一个字母。”

峰回路转，原以为已经不复存在的餐厅仍旧热闹地营业着。店内传来爵士乐，闪着霓虹灯的招牌在夜色里冲他们挥手，就像他们之间的爱情，也只是弄错了一个字母，并不是消失了，他们纠正了那个字母，一切就都回来了。

娄语觉得喜出望外，摇着闻雪时的手：“不去那家店了，就在这里吧？”

“好。”闻雪时随即取消了去另一家餐厅的计划，两个人走向马路对面的餐厅。

店里的装潢还是一样的，娄语看着菜单和酒单，她看不出来变没变，因为都是法语……最后她像当年那样胡乱选了一杯酒，闻雪时跟着选完，说自己去一下卫生间便起身走了。

娄语一个人坐在位置上回复经纪人的消息，和经纪人聊完，她意识到闻雪时离开的时间有点久。

你迷路了？娄语打趣地给他发了条微信，闻雪时没有回复。她点开相机随手拍着落地窗外的街景，镜头再转回来时，对上了一只修长的手，擎着高脚杯的细柄，将一杯酒送到了她的面前。

娄语惊愕地将手机上移，闻雪时在镜头里冲她微笑，扬了下下巴。

“为这位客人特别调制的酒。”闻雪时撑着桌面，低头饶有兴致地看着她露出惊讶的神色。

娄语不免觉得好奇：“怎么突发奇想要亲自调酒？”

“你还记得吗？当年我们在这里聊天的时候，我提到我曾经在酒吧打过工，你随口说了一句好想亲口尝尝我调的酒。”闻雪时把酒杯又她面前推了一点，“一直没机会给你调，欠你一杯酒。”

娄语皱了皱眉头回忆着：“好像是有这么回事……”

娄语在喝酒之前赶紧用手机对着这杯透着粉橙色的鸡尾酒拍下纪念照，这才跃跃欲试地准备品尝。

“等一下。”闻雪时在她准备喝酒前忽然出声，“还没向你介绍这杯特调的名字。”

娄语笑着停手：“这么讲究？”

闻雪时一本正经地说：“是啊！给鸡尾酒取名字是非常重要的环节，少了就不完整了。”

“好吧，那你给它取了什么名字？”娄语问。

闻雪时收回撑在桌上的手，冷不丁地蹲下来，仰头望着她。

“嫁给我吗？”闻雪时歪了一下头，霓虹灯的流光掠过他的眼睛。

娄语原本只是随口一问，伸手就要去拿酒杯的动作停住，她愣了几秒钟，才愕然地看向他。

闻雪时望着她，非常缓慢地又说了一遍，语气非常严肃，可是没有一般求婚时大家都会拿出来的戒指。以至于娄语无法判断他仅仅是在念鸡尾酒的名字故意逗她，还是认真的。

娄语其实很清楚他的想法，过去他希望拿到金寰的最佳男主角奖杯后再来找她复合，所以在求婚这件事上，他也一定会非常慎重，她怎么也没想到，在这样一个她绝对没有预料到的场合，一个看似很平凡的夏夜，路边的餐厅，他会这么草率地向她求婚。

闻雪时见她迟迟没有回应，认真地解释：“娄语，这不是我的心血来潮。确实，我心底原本的打算是拿到奖杯再向你求婚，所以我从头到尾都没准备过戒指，抱歉，没能在这里拿出来……但是我还是决定今晚就向你求婚。看到这家餐厅像是凭空出现在我们面前的时候，我突然就觉得这是一个机会。就像当年我在车站决定弹钢琴曲向你表白，是命运给我的机会。它告诉我，不要再等下去，不要再错过这一刻。所有的形式都不重要。”

爱到极致，就是去繁就简。因为一刻也等不了了，等不了这个人居然到现在还不彻底属于自己。

“如果你愿意的话，就喝下它。”说完，闻雪时下意识地深呼吸。这一刻的紧张，是过去几年间，坐在颁奖典礼台下等待主持人宣布获奖者时所有紧张的叠加。不，甚至叠加在一起都根本抵不上这一刻。

娄语看着他，笑了一下，并没有让他的紧张多持续几秒钟，她抬手将这杯鸡尾酒干脆地一饮而尽，擦了擦嘴，评价道：“好甜。”

闻雪时看到她喝下这杯酒的那一刻，紧绷的神经在脑海中错落地绞成一团烟花，他突然有点语无伦次地说：“真，真的好喝？”

“是啊！你没先尝一下吗？那你现在试一下。”说完，娄语拉住他的衬衣领，倾身去吻他。酒液在两个人的唇舌间流淌。

闻雪时起先也愣住。他听见娄语伏在自己的肩头，哽咽着没头没尾地呢喃了一句：“我终于还是兑到那张彩票了。”

闻雪时疑惑地问道：“你还买彩票？”

娄语笑出眼泪，摇摇头，拥紧他，说：“虽然我答应你了，但我还是要说好草率。”

闻雪时急忙道：“我知道，之后我会……”

娄语打断他：“我不是怪你，反而我是想说，我喜欢这份草率。不如我们干脆再草率一点，求婚、结婚一条龙。”

闻雪时露出迷惑的表情。

娄语却已经松开他，为自己脑子里突然冒出来的这个念头感到激动不已，她摸出手机，立刻在地图上搜索婚纱店的地址，好险好险，还有一家婚纱店开着门，但也即将在二十分钟之后闭店。

娄语猛地站起来，拉着他就要出去。

闻雪时还没搞清楚状况：“不吃了吗？”

娄语推着他往前走：“赶着结婚！你怎么还想着吃。”

闻雪时怀疑她被那杯鸡尾酒灌醉了："我们现在要去结婚？"

"对！"娄语的两颊闪着绯红，的确像被酒灌醉了，语气却是前所未有的认真："这个晚上，就只属于我们两个人的婚礼。"

娄语拉着他去街头打车，赶在闭店前五分钟火急火燎地赶到了那家婚纱店，开口对店主请求："我们想买一套婚纱和西服，现成的就可以。"

店家打了个哈欠："没问题啊，如果你们能在五分钟内挑好衣服，我得下班了。"

五分钟……怎么挑得过来，这个念头刚一闪而过，娄语又觉得，其实五分钟都不需要。她真正需要的只是穿上一件象征性的衣服，好不好看都无所谓，不过她有把随便一件衣服穿好看的自信。因此，娄语点头说"好"，和闻雪时说："你去挑西装，我去看婚纱，我们五分钟后柜台见。"

说得和买菜似的，闻雪时觉得哭笑不得，和她轻轻击掌，陪她胡闹到底："行。"

娄语的时间很紧张，婚纱穿戴烦琐，她最多只有一次试穿的机会。

这珍贵的一次机会，她并没有大海捞针地去挑。而是闭着眼睛，在一排挂着婚纱的架子上摸索过去，把这个选择交给命运，她在心里默数着数字，数到九时，娄语睁开眼睛，在手停下的位置将对应的婚纱抽了出来。

这是一件第一眼看上去，可以用朴素来形容的白色婚纱，没有多余的点缀，垂顺到底。唯一的装饰是一层刺绣外纱，裙摆的部分绣的是花，大朵大朵的，穿上后旋转一圈，仿佛脚边绽开了一丛纯白色的蔷薇。

娄语看着试衣镜前的自己，这是这么多年以来她第一次穿上和拍戏无关的婚纱，完全只属于她自己。头脑在五彩缤纷的烟花炸开后变得一片空白，她只能凭借着不断地抬头、低头的动作确认——自己真的穿上了婚纱。

闻雪时会有什么样的反应呢？虽然他已经看过她穿很多次婚纱了，但这次不一样。没有镜头，没有观众，纯粹是穿给他的。也只有他。

五分钟的时间转瞬即逝，店家在试衣间门口出声询问，娄语紧张地将拉链拉到顶，拉开了试衣间的门。

门外，闻雪时就站在两步外，穿着挺阔的黑色西装，领结一丝不苟地系在最顶端，还好没挡住他喉咙上的那颗小痣，他的视线对上她，先是一愣，然后从头到脚，缓慢地移动着，似乎连裙子上的一处小褶皱都要仔细看清。

娄语被他过分认真的眼神看得无所适从，拨弄着裙子，掩饰着过快的心跳，道："又不是第一次看了。"

闻雪时听到她的声音，才如梦初醒般地回过神，眼睛弯起来。

“我们小娄真漂亮！”闻雪时笑着说。

他们直接穿着这身衣服赶在闭店前的最后一分钟结了账。结账时，娄语还和老板讨价还价，老板目瞪口呆，没见过急着结婚最后还要来砍价的。两件衣服总共刷走他们七百八十六欧元，便宜得不可思议。

这样的所谓的婚礼在别人看来绝对只是一场儿戏，但娄语没有一点开玩笑的意思。她真心地认为，准备周全的盛大婚礼不一定比现在珍贵，她很庆幸这个世界上有一个人可以和她共同感受，陪着她在这个夜晚一起发疯。不过说到底，最先挑起这个头的人也是他。他们恰巧是“一丘之貉”。

闻雪时牵着她走出婚纱店，两个人站在店门口，不太确定要前往的下一个地点。按照婚礼的流程，是需要一个场地的。比如教堂，但已经过了时间，教堂都不再对外开放，根本没有一个举办仪式的“舞台”。

然而，两个人对视一眼，都不约而同地想到了一个地方，在去那个地方之前，他们也不着急，没有打车，选择像当年那样慢悠悠地散步过去。

小城的夜晚，街头的人并不多，但一对穿着婚纱和西服的亚洲面孔游荡着，还是引起不少人的侧目，有些目光带着好奇，有些目光带着友善，有些目光只是匆匆一瞥。娄语和闻雪时的表情泰然自若，手牵着手。在这个谁都不认识他们的小城，抓紧时间做一对自在的恋人，无法无天，只求开心。

在路过当年他们遇见手风琴艺人的广场时，发生了一件意想不到的事情，有对情侣迎面路过，其中那个姑娘的怀里抱着一束玫瑰，大概是旁边的男朋友送的。在擦身而过的瞬间，她忽然抽出其中两朵玫瑰扔到娄语的怀中，祝福他们新婚愉快。

“谢谢！”娄语手忙脚乱地接住玫瑰花，心脏怦怦直跳，回过神来，冲已经往前走的情侣高声道谢。

玫瑰花还散发着馥郁的香气，娄语看向闻雪时，语气里带了点不可思议：“我觉得我们和阿维侬翁真的很有缘分。”

闻雪时也忍不住感慨地点了点头：“是。今天刚到这里，就恰好碰上他们的艺术节游行，这份运气已经很难得了。现在还意外地收到了鲜花……其实我刚才就沿途在找花店，毕竟我的新娘怎么能没有捧花呢？”

“我的新娘”，娄语突然听到这四个字无比自然地从闻雪时的口中说出来，比所有的情话都来得动人，她有些招架不住，胡乱着应付道：“其实说不定，是丘比特在下了火车后一直跟着我们，最后时刻变成人，再把箭伪装成玫瑰花射过来。”

闻雪时听着她的胡言乱语，笑意渐深，随即伸手过来摸了摸玫瑰花茎上的刺，说：“挺扎手的，果然是箭变的。”他一本正经地配合她，“真聪明，还得是我们小娄，一下子就发现了。”

娄语笑着白了他一眼：“打住，别乱哄人，我又不是三岁小孩。”

闻雪时笑着说：“既然花束有了，我就还剩下一家店要找。”

“什么店？”娄语问。

“相机。”闻雪时停顿了一下，“我想现买台可以装胶卷能冲印的。”他还是比较老派传统，想要留下需要费点功夫才能保留下来的影像。毕竟手机拍摄的照片只是一组数据，按下删除就会消失无踪。

娄语恍然大悟：“怪不得你刚才走路的时候一直在低头看导航……”

闻雪时说：“我刚才查了下，有家相机店就在附近不远处，应该有。”

娄语着急起来：“那我们走快点，万一关门了。”

闻雪时示意了一下她穿着的婚纱：“你穿这身衣服也不方便走快了。”

“那还不简单。”娄语张开手臂，脸颊因为酒的后劲儿呈现出一片坨红色，“你背我。”

闻雪时停顿了一下，谁会对一只撒娇的伴侣说不呢？还是这么可爱得无人能及的伴侣，他心甘情愿地转身蹲下来，拍拍自己的背，娄语一下子扑到他的背上，压得闻雪时踉跄了几步，他自己都没蹲稳，却立刻条件反射地伸手朝向背后，怕她摔下来。

娄语搂紧闻雪时的脖子，察觉到他的动作后心头又是一软。

闻雪时稳当地直起上身，托住她突然就毫无预备地往前跑起来，体力好得吓人。娄语被吓了一跳，像坐上了一架起航的飞机，咻的一下，风在耳边呼呼地刮着。她赶紧将手圈得更紧些，牢牢地贴在他的背上。

于是，街头的路人看到更加奇怪的一幕，穿着西服的男人将穿着婚纱的女人背起来在街头奔跑，配上两张极具有故事性的东方面孔，不禁让人浮想联翩，猜测这不会是刚从哪场婚礼中逃婚出来的吧？

不管旁人怎么想，他们自顾自地朝着目的地跑去。大约跑了五分钟，他们要找的店铺终于到了，在街道的拐角处，招牌很不起眼，橱窗里摆放着一些古董二手相机。

闻雪时气喘吁吁地停下来，脖子上系得一丝不苟的领结在奔跑中已经被她揉乱，他干脆一把扯掉领结，解开衬衫顶上两个扣，看起来活像一个玩世不恭的新郎，感觉下一秒钟转身要进的不是相机店，而是隔一个街区的夜店。

娄语从他的背上跳下来，去擦他额头上沁出来的汗，嘟囔着道："干吗要跑？"

"你都那么雄赳赳气昂昂地让我出发了，"闻雪时捉住她的手，"那我不得有点气势。"

"扣好一点！"娄语抽回手，转而将他的衬衫领口的扣子重新扣上，拍了拍他的领子。

两个人走进店里，但除了橱窗上用于展示的胶片机，正在出售的大多都是数码相机，除此之外，就是可以即刻成像的拍立得。

思索之后，他们最后入手了一台宝丽来，相纸也没有多要，只买了一包，八张。原本闻雪时担心不够，想多买一些，她却觉得八张相纸足够了。当一样东西没有数量限制的时候，往往很难被珍惜。人就是这样的生物，只有设了限，才会拼了命地去保留。青春是这样，生命是这样，爱情也是这样，而今晚对她来说，也是一个与这些庞大的东西同等重要的事物，所以她想在八张照片的限制之内，每一张照片都拍下属于她的最想珍藏下来的那一刻。

闻雪时听了她的提议，点头说好："那我们一起拍下这八张照片。"

他们选好相机出来时，街上的行人又少了一些，夜色渐深，很多店铺都已经关门，因此街道看上去显得有几分冷清，月亮升上中天，路灯的光压过月亮，铺满了石板路的街头，视野都变得清亮起来。

娄语起了兴致，指着夜空中那轮升起的月亮道："我们拍它好不好？"

"好啊。"闻雪时笑着点头，"以后别人问起来，我们结婚那天是什么天气，就可以拿出这张照片，告诉他们是个大月亮天。"

"大月亮天……"娄语笑出声，"对，大月亮天！"

于是，今晚的第一张照片，决定献给月亮，闻雪时将相机递到她手中，示意她来做拍摄者。娄语对着虚空拍了第一张照片，透过取景器去捕捉天上悬挂的月亮。

月亮虽然亮，接近满月，却不是满月。活到这个年纪，经历过这么多事，娄语越发清楚，人生大多时候的状态就是此刻的月亮，缺了一点，美中不足，却是生活的常态，她坦然地按下快门，相机亮起闪光灯，一刹那间和月光融为一体。宝丽来傻瓜似的吐出相纸，相纸上面还是漆黑一片。

娄语把第一张漆黑的相纸递给闻雪时，他很自然地接过相纸摇晃着，加速它的显影，不消几分钟，漆黑的底片中出现了一轮少了四分之一的白色圆饼，周身还散发着朦胧的光晕，呈现着宝丽来胶片特有的质感，将景色柔化，原本很清朗的月夜看上去显得有几分失真，但又因为这种钝感，显得有几分梦幻。

第一次拍照，拍得还挺好的。娄语自认为满意地轻轻弹了下照片，塞进闻雪时的西服口袋，他们继续朝目的地的方向走去，街边的酒吧和部分西餐厅还开着，放着并不吵闹的音乐，街边还有流动的啤酒车。娄语和车子擦肩而过时脚步停顿了一下，折回去买了两瓶啤酒回来。

闻雪时的眉头一皱："你还要喝？"

"婚礼当然少不了交杯酒吧？"娄语将已经其中打开盖的一瓶啤酒伸给他，"喏，来交个杯。"

闻雪时无奈地揉了揉太阳穴："鸡尾酒和啤酒混着喝，你会喝醉的。"

"喝醉了你也背我回去啊。"

"被我背上瘾了？"

娄语老实地回答："我突然想起来很小的时候去游乐园坐过的那种升降小飞机，你坐过吗？我在你的背上，然后你跑起来的时候，就是那种坐小飞机的感觉。"

听着这个评价，闻雪时觉得哭笑不得，原来自己是一个"人肉小飞机"，他还以为娄语对自己的评价会更高一些。

娄语评价完，握着啤酒瓶绕过闻雪时的臂弯，整个人快扑到他的怀里，用气声说："新郎和新娘应该是要喝交杯酒的吧？"

闻雪时配合地抬起手，让她能够轻松地绕过来。

"等一下！"娄语用一只手捧起胸口悬挂着的相机，对准这两只举到一起的啤酒瓶按下快门。

第二张照片，是两只互相挽着的手举起的呈交杯状的棕色酒瓶，他们喝下交杯酒。娄语一口气喝掉了三分之一，胸口仿佛沸腾着，不知道是不是啤酒和鸡尾酒混合在一起的反应，还是只是此刻太快乐，情绪都蒸腾成了气泡在乱窜呢。

"啊，对了！"娄语突然想起那杯被自己喝光的鸡尾酒，也应该在相纸中占有一席之地才对，她掏出手机，对着手机里刚才拍下的鸡尾酒又重新拍了一张。

第三张照片，是他向她求婚的，世界上只此一杯的鸡尾酒，已经融进了她的血液里。

闻雪时看着她拍完鸡尾酒的照片，伸手说："我也来拍一张吧。"

“好啊。”娄语把相机递给他，有点好奇地问，“你要拍什么？”

“嗯……其实没想好，但是看你拍了三张了，有点手痒。”

“那后面三张给你来拍。”

两个人拎着啤酒瓶继续往前走，娄语穿的裙子走路有点碍事，原本是两只手拎着裙摆走的，现在拎了啤酒瓶的缘故只好用单手拎着裙摆，走路的速度不自觉地慢下来。结果，闻雪时走路的速度比她更慢。

“你在……”娄语刚回过头问怎么了？眼前一道闪光灯闪过。

闻雪时在她的身后举着相机，偷拍下她回头的一幕。

娄语：“你居然偷拍。”

闻雪时抽出相纸自然地道：“不是我的意思，就是我刚举起相机，我的手就自然地按下快门了。”

娄语急忙探头去看照片，担心自己没准备好被拍得很丑。相纸慢慢显影，路灯下，穿着一身白色的婚纱的她回头看着镜头，过亮的灯光让她的脸看上去显得过分年轻，也就二十出头的模样。她一晃神，错看成了那张十年前在雪地里拍《白色吊桥》时的照片。也是趁她不备时拍下来的，同样的角度，同样嗔怪的错愕，同样满含爱意的眼睛。

“丑丑的。”娄语开玩笑地嘟囔着，她把相机从他的手上抢回来，“礼尚往来，那我也要偷拍一张你的照片。”

闻雪时挑眉：“那我接下来都得留神着点。”

“我一定会在你放松警惕的时候拍的。”娄语假装把相机挂回脖子，突然虚晃一枪，直接怼着闻雪时的脸拍了一张，然而，闻雪时却预判了她的假动作，看向镜头……做了个鬼脸。

这个鬼脸差点没把娄语吓到，要是让其他粉丝看到估计会更害怕，绝对不会敢认照片上的人是闻雪时，是那个在众多杂志图里扮酷扮帅扮优雅的男人，但不得不说，这张脸还是太被老天优待了，即便是刻意做出奇怪的鬼脸，依然还是能看出是英俊的。

闻雪时也探头过来看照片，和她的头挨在一起：“我看看，是不是特别丑。”

“你还想被拍丑啊？”

“和你配啊。”

“啊！那你就是觉得我刚才那张照片真的丑了？”

闻雪时忍着笑，飞快地看了一眼周围，把她拉进怀里亲了一口。

第四张和第五张照片，分别是两个人被偷拍的“丑照”。宝丽来转眼只剩下三张相纸，他们也快走到目的地，阿维伲翁的那座旧车站。

此时不算太晚，车站里还有候车的人，他们也不敢太放肆，坐下来装出同样在等车的样子，只不过他们身上的衣服还是让这些深夜的旅人多看了两眼，坐着等待的时间，两个人正好把剩下的啤酒喝完。

“还可以吗？”闻雪时的手掌贴上她的脸颊，察觉到手下的灼热。

娄语顺势蹭了蹭他手掌，点点头：“放心，还可以再喝一瓶。”

去把酒瓶扔掉的路上，他们路过角落的那架钢琴，它看上去还和十一年前的一样，或许已经换了一台，但样子没差，依旧是朴素的小小的一架钢琴，按下琴键就能发出令人心动的声音。

等到深夜，车站里的旅客都进入站台，消失在某个车厢里，火车站内终于只剩下他们。两个人对视一眼，走向刚才的钢琴。

闻雪时坐下来，但只坐了位置的二分之一，他拍了拍空出来的二分之一说：“小娄，来。”

娄语拿着相机站在一边，原本只想做个老实的听众，听到这话疑惑地问道：“我坐下来听，你不好弹吧？”

闻雪时：“我意思是我们来一起弹，我教你。”

娄语的手指动了动：“那会弹得乱七八糟的。”

闻雪时：“我们这个婚礼的主题不就是随心所欲、乱七八糟吗？”

好吧！娄语被说服了，兴致勃勃地挨着他坐下。

“手放上来。”闻雪时对她说，娄语依言把手放到琴键上，用食指摁了两下。

闻雪时看着她的动作笑出声，这样看着更像是一只打滚的小狗，拿出爪子在琴键上乱按，他抓住她的手指，手背覆上去，从后面环住她，说：“我教你。”

两个人的酒气染在一起，他半躬着背，把下巴放在她的肩头，两只手引导着她的指尖在钢琴上游移。动作缓慢的缘故，曲调并不流畅，磕磕巴巴的，娄语根本听不出这是什么。

娄语猜测他引导自己弹的可能是《结婚进行曲》，又或者是《梦中的婚礼》，总之，是这些在婚礼中最不能免俗却也是最为经典的钢琴曲吧。只是在这样的弹奏下很难听出来，但慢慢往下弹，还是无法和那些旋律对上号，这就应该不是弹奏的问题，而是他压根弹的曲子是别的。

娄语侧过头，对上他的眼睛，好奇地问道：“你弹的是什么？”

闻雪时笑着说：“是一首电影里的配乐。”

“我还以为会是和婚礼相关的……”娄语被勾起好奇心，坐直身体，“你先别告诉我，你弹一遍，我来猜一猜。”

闻雪时略微思考一下：“好，那你站到钢琴对面来。”

“啊？”娄语猜测他或许是想让自己看清他是如何演奏的，便站到了他所说的位置，注视着他挺直脊背，双手摆正姿势。下一秒，他起了个势，乐曲像一场不打招呼的阵雨，噼里啪啦地向她砸来。

娄语皱起眉，这次已经非常清晰，但依然听不出来是什么。

前奏一过，闻雪时停顿一下，突然抬眼看向她，接着，他弹琴的动作也慢了下来，仿佛刚才的那阵暴雨过去，现在只剩下清淡的和风，月光。

闻雪时一边弹，一边看着她：“有猜出来吗？”

娄语摇摇头：“好像听过……但想不起来了。”

闻雪时提示道：“是《海上钢琴师》里的。”

娄语：“难道是……”

“对，1900 坐在底舱里一个人觉得烦闷的时候，忽然抬头，看见了舷窗外的女孩。”就如同娄语站着的位置，闻雪时继续说，“他看见她在整理被海风吹乱的头发，那一刻，从来没体验过爱这种情绪的他就像“上帝”，不知不觉地弹了这首曲子，所以这首曲子，叫 *Playing Love.*”（《为你弹奏的爱》）

女孩路过男主角的舷窗，孤独的 1900 第一次产生了想下船融入人世间的念头。如同电影里那样，十一年前百无聊赖的片场，娄语满头是汗地站在闻雪时面前，他低头看见她，那似乎也是他这一生中，第一次觉得等待并不是那么难熬的时候。

娄语回忆起电影里的这个情节，便突然明白了闻雪时让自己站在这个位置的用意。想到这里，娄语抬手做了个敲窗户的动作，假装这座古老的火车站是一艘停泊在港口的船，闻雪时是坐在底舱钢琴前的 1900，她是停在他窗口的那个女孩，却不像电影里那样路过。她发现了他，轻轻叩响他的窗户。

闻雪时一愣，明白过来她在做什么动作之后，从钢琴前起身，做了个开窗的动作，他绕过钢琴，将她拉近，紧紧地抱住她。

“还没弹完呢……”娄语拍了拍他的背，他松开她，又重新坐下，把刚才中断的后半截弹完。

闻雪时弹琴时，一直扬着头，视线所及之处，娄语将镜头对准他，倒数第三张照片，她将闻雪时弹钢琴的画面拍了下来，美其名曰，刷新一下刚才的丑照，为我老公的帅气正名。

闻雪时松开一只手，仅用一只手指引着她，另一只手去拿她刚才放下的相机。咔嚓，倒数第二张照片，是他们互相缠绕在一起共同弹琴的手。就如同钢琴上的黑白琴键一般密不可分，交杯酒喝过，婚礼进行曲也弹完，新郎新娘早不知道互相亲吻过多少回，没有应该交换的戒指，按理说，这场婚礼应该进入尾声，但他们从火车站出来准备回酒店时，闻雪时的肚子轻轻叫了一声。

娄语这才回过神来，意识到他们其实连晚饭都还没吃，只喝了那杯酒，他就被她兴奋地拉出来，胡闹了一整晚。

“我们去吃个夜宵吧？”娄语提议道，“不然饿着肚子睡觉多难受。”

“可以。”其实对闻雪时而言，饿不饿并不重要，重要的是并不希望这个夜晚结束。闻雪时拍了拍肚子，感谢它在这个节骨眼很给面子地叫出声，给了他们将这个夜晚继续下去的光明正大的理由，只是夜已深，营业的餐厅已经很少，他们兜兜转转，终于在一条小巷子里发现一家海鲜餐厅还在营业。

闻雪时要了海鲜拼盘，娄语又点了一瓶白葡萄酒。闻雪时伸手按住酒单：“你今晚是不是有点太嚣张了？”

娄语移开他的手：“你明明也很想喝。吃海鲜不配上一杯白葡萄酒怎么行呢？”

闻雪时无可奈何地又赞同地叹了口气，已经开始思考一会儿该用背的还是抱的，怎么才能把娄语带回酒店。三种酒混起来喝，她肯定招架不住。

店内已经没有其他客人，侍者也下班了，只有老板还留在店里为他们服务。他把海鲜拼盘端上来时，非常抱歉地解释着，因为他们来得太晚了，这些海鲜不是很新鲜了，作为补偿，可以给他们打个折。

娄语连忙摆手：“没关系的。”

店家还想坚持，闻雪时沉吟着道：“那这样吧，老板帮我们一个忙吧。”

“乐意效劳！”老板说。

闻雪时把仅剩一张相纸的宝丽来相机递过去：“那就麻烦您帮忙拍我们俩拍一张合照吧。”

对啊！娄语一愣，才发现拍下来的七张照片里还缺一张他们在一起的合照，最后一张照片，确实应该留给他们两个人。

闻雪时站起身，把自己的椅子拖到娄语旁边，用一只手揽着她的椅背，做出将她圈在怀里的姿势，她也很自然地往他的方向靠过来。两个人的座位选在餐厅外面，身后的背景是古老的小城，街道很狭窄，很远的地方还能隐隐约约地能看到旋转木马，虽然已经结束营业了，但还亮着五光十色的灯。法国南部的小城就是如此，走几步就能在街头看到旋转木马，像走在童话世界里似的，作为他们婚礼合照的背景，大概是最完美的。

闻雪时把照片小心翼翼地放进口袋。

吃完夜宵回到酒店，已经过了十二点，又是新的一天了。童话里，辛德瑞拉的鞋子该丢了，一切恢复原样。娄语低头看着自己身上穿着的婚纱，生怕也“嘭”的一下就消失了。走回酒店的途中，她一直带着这种惴惴不安的心情，因为这个夜晚太美妙了，美妙得不像是真实发生过的事情，他们居然真的在计划之外举办了一场只属于他们的婚礼。

婚纱是临时讨价还价买的，玫瑰捧花是街头路人赠送的，交杯酒是在移动的啤酒车买来的，结婚进行曲是用火车站的钢琴弹奏的，连记录这些的专属摄影师也没有，他们就是彼此的记录人，不懂任何拍摄技巧，用傻瓜宝丽来拍下八张照片……还好，也多亏这八张照片，让一切有了真实感。就像看完电影后留存在手里的票根，让一切都有了余味，想到这里，娄语又伸手探向他的西裤口袋，爱不释手地把照片翻出来看。

“好丑，哈哈哈！”娄语翻到闻雪时的那张鬼脸，又忍不住笑出声。

闻雪时斜睨她一眼，趁她笑得开心时去揉捏她的脸，同样揉捏出了鬼脸的形状。她的嘴巴被他拉开，被迫找补道：“是可爱！可爱哈！”

闻雪时见她这样也哈哈笑起来，松开手，忽然弯腰将她打横抱起来。

“再让你坐一回更安全的小飞机。”闻雪时横抱着她飞快地往前跑起来，娄语惊呼一声，紧紧地搂住他的脖子，窄小的巷子里满是皮鞋和石板路飞快撞击而发出“啪嗒啪嗒”的声音，和心跳的“咚咚”声组成一首谢幕的交响曲。

这才是 *Playing Love*（海上钢琴师）的最后一个休止符。

（二）

《往事若无其事》火爆的程度超乎所有人的想象。剧里的地标不断地被人打卡，葛岛在今年一跃成为全国最热门的旅游地点。至于全球范围内，《往事若无其事》入围了 Global TV，史无前例。

这是什么奖？这可是全球举办了很多届，最具有口碑和影响力的电视剧奖项之一。随着近年流媒体的发展，网剧也一并列入了评奖的范畴。但在《往事若无其事》之前，入围该奖的亚洲作品都少之又少，但《往事若无其事》令人大跌眼镜，它不仅入围，而且一举提名最佳短剧、短剧类最佳男主角这两项核心奖项，成为本届 GLobal TV 的押注夺冠的大热门，这是在此之前绝无仅有的。

Global TV 这次颁奖晚会和往届一样，它依旧采取全球同步直播开奖的形式。Peaco 的官网还特地开设了直播的观看通道，以往国内都没什么人关注，然而这一次，网友开口闭口就是一句："GTV 的直播预约了吗？没预约的链接在这里，拿走不谢。"

《往事若无其事》是否真的能开创历史？虽然提名本身已经就是开创历史了，但如果能拿奖，毫无疑问，不仅是在国内，在全球的影视剧历史上都会永久地留下痕迹。

L 市时间晚上七点钟，京崎时间上午十点钟，GLobal TV 颁奖典礼正式开幕。这次颁奖典礼的时间正好是周末，好多人特意设置了闹钟等着看，脑子还没苏醒过来，手已经迷迷糊糊地点开了直播通道。

当冗长的走红毯环节过后，主持人走上高台，宣布典礼正式开始。重头戏就要来了，奖项分为长剧和短剧两大块，而最先颁发的就是短剧类奖项。先是从各种技术类的奖项颁起：音效，剪辑，美术，艺术指导……再接下来，是男女配角。时间已经过去快两个小时，终于轮到揭晓最佳男主角的获奖名单。

两位颁奖嘉宾拆开信封后故弄玄虚地凑近话筒："本次，荣获 GLobal TV 最佳短剧男主角的是——"

背后的大屏幕在座位中游移，居然扫过闻雪时，他正微笑着坐在台下，表情淡定，反倒是他身边的娄语看上去都显得比他紧张多了。

下一秒钟，就听主持人大声公布："Aaron Wilson！"

意料之中的结局。坐在台下的闻雪时显得尤为平静，就像上回一样，擅长处理这种情绪在这些年的锤炼中已经成为一种本能，这次颁奖典礼，他的心情比以往更加平静。不是深知这个奖有多难获得，所以他不抱希望，任何一个坐在台下的演员，他想没有一个不希望自己能获得这份殊荣，哪怕可能性微乎其微，他只是觉得，他能坐在这里，而娄语能光明正大地陪在他的身边，这已经是最好的恩赐，他并不贪心。

闻雪时注意到娄语投过来的视线，她的手不去鼓掌，反而伸过来，小幅度地牵住他，笨拙得和当年如出一辙——仿佛这不是金碧辉煌的颁奖典礼，而是以前《白色吊桥》的拍摄现场。他因为一场戏没演好被导演痛骂，她怕他受到打击，偷偷在旁边伸手牵住他。他也像当年那般，立刻伸出手将她的手牵住，两只手在座位的扶手下偷偷地牵在一起。人声鼎沸，他们又不着痕迹地松开，替台上的演员开心地庆贺。

Aaron Wilson 走上台，接过奖杯致辞，大屏幕却没有完全拍摄他，而是在他发言结束时，集中到了台下某个正在鼓掌的人身上。

主持人看向那个方向，笑着说："Hey，闻，这个掌声你也应该送给你自己。"

什么情况？全场安静下来。

"非常非常意外，我拆开信封时都被吓了一大跳。"主持人夸张地捂住胸口，"你们没想到吧？ GLobal TV 的短剧类最佳男主角，是久违了二十年的——双黄蛋！让我们恭喜另一位短剧类最佳男主角——闻雪时！"主持人用完全不熟悉的中文，完整地念出了闻雪时的名字。

聚光灯照在闻雪时呆住的脸上，那古怪的语调，听起来就像是在念另一个人的名字。总之，不像是他的。

真的是他吗？

白色的聚光灯在闻雪时的脸上来回巡游，像那些年苍白的光阴，从他的脸上掠过去。周围的喝彩声响起来，眼前是五光十色的灯光，金碧辉煌的大厅，最后是娄语喜极而泣的脸，她正紧紧地拥着他，在他的耳边大声地呼喊："去吧！我就在台下看着你！"

屏幕前的观众看着闻雪时被娄语拥抱着，魔怔似的发了半天呆。她拍了拍他的肩，他才灵魂归位一般，虽然脸上依然露出无所适从的茫然。

章闵也激动地起身和闻雪时拥抱，他张开双臂，微笑着说"谢谢"。在一系列机械的动作中，终于慢慢恢复了往常的神色，深吸一口气，缓步走上高台。

主持人眉飞色舞地将奖杯递给他，闻雪时接过奖杯，不疾不徐地将话筒调高，微微倾身，单手扶住话筒，开口道："请原谅我刚才的失态，因为我完全没有想到这个奖项会有后续，而这个后续居然会是我。真的很感谢主办方，感谢《往事若无其事》，感谢导演章闵，感谢所有的工作人员。"他的视线从看向镜头，滑过章闵，落在最后一个人的身上。不需要看向虚空，不需要确认她在不在。真好，娄语就坐在这里，刚才还给了他一个正大光明的拥抱。

"我还要特别感谢一下这部剧的女主角、我的妻子娄语。你和我共享这份荣耀。它也是属于你的。"闻雪时举起手中的奖杯，"你还记得吗？我曾经对你说过，你是我无人知晓的女主角，可是让你当我的女主角，这句话本身就是傲慢的。我更希望看见你做你自己人生中的女主角，不一定需要别人，这个别人也包括我。但我很高兴，你的人生字幕表里……愿意打上我的名字。"

大屏幕适时地映出娄语在台下流着泪含笑的脸。

闻雪时松开话筒前的最后一句话是："娄语，这一回，你愿意做我众人皆知的女主角吗？"他很干脆地走下舞台，在全世界转播的镜头前单膝下跪，将奖杯捧给她，“迟来的求婚戒指，戴上吧。”

闻雪时仰起头，头顶的聚光灯随着他移动，打在他和她之间。

很久很久以后，可能有人都忘了当年这一届颁奖典礼的获奖名单具体都有谁，但绝不会忘记这一年的最佳男主角，将他的奖杯当作求婚戒指，献给了他的最佳女主角。

番外

梦中潜艇

(一)

月明星稀，这是一个晴朗的夜晚。然而，从机舱的小舷窗往外看去，外面是一片漆黑，并没有什么不同，但闻雪时喜欢盯着这种黑沉沉的夜色看，十分专注。坐在他旁边的丁文山从电影里分神，瞥了他一眼，嘟囔着说："这到底有什么好看的？你不累吗？不如多睡一会儿。"

闻雪时淡淡地"嗯"了一声："不累。"

丁文山露出不敢置信的神色，他们刚刚拍完一部古装武侠电影，在深山老林里，条件艰苦，吃的东西清汤寡水，夜戏又多。大瓦数的灯往灌木丛中一照，像一轮月亮似的坠在那儿，引来无数蚊蝇，而被光包围着的闻雪时首当其冲。一轮拍摄下来，裸露着的皮肤都被咬了大大小小的无数个红包。

不过这样一来，从监视器里看到的画面也是真的漂亮：清风徐来，簌叶丛响，闻雪时一袭白衣，被光一照，更像是披着月光，镜头偶尔捕捉到蚊蝇往他的身上撞，好似他是天地间一处明知会赴死也要委身的漩涡。

导演看着那几个镜头爱不释手，甚至把闻雪时原本不多的戏份硬生生地加了几场后，才放他们离开。

闻雪时确实是个好苗子，幸亏自己没有放弃他，一直陪他走到现在，终于拿到了金寰的最佳新人，也算是熬出头了。到了要走上坡路的时候，丁文山却忍不住开始担心闻雪时的状态，原因自然是因为有一个陪着闻雪时走得更久的人放弃了他。具体的分手原因，闻雪时没说，只是言简意赅地说他们分开了，他提的分手。但是从他后续的表现来看，并不像是一个主动提分手的人应该有的状态。

纵然他照旧跑通告、看剧本、进组、吃饭、睡觉……看上去和以前也没什么差别，但那些细微的情绪变化根本逃不过丁文山的眼睛。不过，要让丁文山形容到底差别在哪里，他也说不上来，就觉得心头很慌——仿佛预料到一场地震要发生那般惊慌，他能听到闻雪时平静的外表下内心剧烈的挣扎声。

丁文山忧心忡忡地收起思绪，伸手到闻雪时跟前打了个响指，拉回他的注意力，说："这部戏拍完就好好休息一阵子吧！毕竟现在递过来的本子也已经很多了，咱们可以好好地挑一挑。"

闻雪时不以为然地摇摇头："我真的不累，还是尽快进组吧。不能浪费这个势头。"

丁文山默默地叹了口气。

飞机在平稳地降落，到了京崎已是深夜，两个人在机场道别。闻雪时按电梯到地下二层，在冷清的停车场找到角落里已经积灰的车子，他将行李箱扔进后座，坐进车子里，点了一支烟。打火机在寂静的车厢里轻轻一响，橘红色的烟火一闪而过，闻雪时按下半边车窗，往外轻轻吐了口烟。此时，只有零星的车灯晃过，大多数时间里，停车场仍旧很昏暗。他望着相似的虚空出神，烟燃到尽头，那张没什么变化的脸终于显出极深的倦色。

闻雪时将烟捻灭，发动车子离开。

车子驶上高架桥，又驶离，开进市区。在经过某一个分岔路口时，他下意识地将方向盘打到了右边——那条路通向的是曾经他和娄语一起租住的房子，他的身体就这么轻而易举地背叛了。

闻雪时捂住额头，在刹那间意识到自己错了。然而，本该在下一个路口调头回来的，但看着即将转红的绿灯，没有丝毫犹豫，他踩下油门，车子往那个方向头也不回地开去。

凌晨时分，闻雪时回到了他们曾经的"家"。闻雪时将车子开到小区楼下，此时千家万户都黑着灯，他唯独在意的那扇窗子也不例外。他不知道她在不在那儿，应该说，所有人都不知道她在哪儿。日程排得那么满的人，突然间就消失了，无故缺席了一场盛典。工作室语焉不详，粉丝们蜂拥到她的微博底下询问，没有得到确切的回答。闻雪时知道，这就是自己为什么会在那个岔路口没有回头，又开到这里的原因。

你在家吗？

删去。

我在楼下。

删去。

我们能见一面吗？

删去。

闻雪时盯着手机通讯录里的那个号码，指尖在短信框里流连，始终没有发出一个字。干脆什么都不发，直接冲上楼吧？在心底作出决定的瞬间，手机的顶部跳进了一则微博的推送。

娄语现身某医院，消失竟是为了秘密探访姚子戚

还没迈出去的脚停顿了一下，寂静的深夜，不知从哪儿传来一声坍塌的轰响。

隔天黎明，早起的环卫工人扫掉不知是谁留下的满地烟头，一切干净如初。黎明的阳光无差别地照射在每一寸土地上，也照进京崎的一家医院的病房内。病床上的女人面容苍白地翻了个身，阳光拉长着她瘦削的影子，映在墙上，单薄得形似一把手术刀。

（二）

柏林，夜晚。

闻雪时随剧组落地，准备出席明晚的电影节红毯。丁文山一下飞机就开始变得焦虑，比他这个要走红毯的人还要激动。到了酒店，直奔他的房间，亲自拿了好几套西装过来跟他一起挑选。

闻雪时随便瞄了一眼，拿了一套最普通的黑西装，说："就这件吧。"

"太不出彩了吧？"丁文山把另一套黑丝绒的西装拿过来在他身上比画，"你试试这套。"

"不用了。"闻雪时的话音刚落，门口响起门铃："闻老师在吗？"

是剧组的女主角。闻雪时走过去打开门，带着询问的眼神看向她："有事？"

"啊，没什么大事。"她轻轻地咬着嘴唇，快速瞥了闻雪时一眼，"就想来问问你，决定好穿哪套衣服没有？毕竟我们明天要搭档一起走红毯。"

"哦，决定好了。"闻雪时不顾丁文山劝阻的眼神，示意他将刚才自己指的那套黑西装拿给她看。

"好的，那我知道怎么选了。"她说完，犹豫着没走，"那个……一会儿要不要一起去吃饭？或者喝杯酒？"

闻雪时微微一愣，然后温和地笑着摇了摇头："我的经纪人刚才先一步预定了，如果你不介意，可以一起来。"

她有些犹豫，还是摇着头说："那……还是算了。我们下次再约吧！"带着些怨念的眼神瞥到丁文山身上，遗憾地转身离去。

门一关，丁文山就无语地翻了个白眼，说："拿我当挡箭牌，你算什么男人？"

"谁说拿你当挡箭牌的？"闻雪时挑眉，"真的请你喝一杯，去不去？"

"啧……那我考虑一下。"丁文山故意摆出为难的样子，被闻雪时无情地戳破。

"做了柏林攻略，吵着要去酒吧的人不是你吗？"闻雪时戏谑地说，"但今晚还是别去了，毕竟明天走红毯。等明天顺利走完红毯吧！我们抽空再去也来得及。"

"成。"丁文山的老脸一红。

两个人约定好，终于在离开柏林的前一晚搭伴溜出去，准备去丁文山推荐的一家店。他们在深夜时分走出酒店时，才发现下雪了。沿路的彩灯被蒙上一层淡淡的银色，雪花的冰晶折射着剔透的光，显得如梦如幻。

此情此景，偏偏是他们两个大男人共享。丁文山忍不住煞风景地感叹："我觉得，你还是请她去喝一杯算了，这景色搁我俩身上……可惜了。"他口中的她指的是女主角，他早就看出来她对闻雪时有意思，闻雪时也心知肚明。

闻雪时不咸不淡地回应："那你别去，我自己去。"

"这几年对你有意思的人倒是挺多的……"丁文山兀自念叨着，"你就真的一个都没兴趣吗？"

闻雪时斜眼看过来："你到底想说什么？"

一片雪花落到他的头上。

丁文山的语气轻下去，接近叹息："还是你一直都……四年多了。"

闻雪时诧异地眨了眨眼睛，一片雪花融化在他的眼睛附近，濡湿了他的眼角，留下一点晶莹的痕迹："这么快吗？"

"什么？"丁文山以为他一定会随便搪塞几句，但兴许是这场雪，是这辆还堵在路上没驶到他们面前的车，是这个在异国谁都不认识他们的街头，这些东西腾出几分钟的空白，让闻雪时难得没有回避。

他稍微仰起头看向夜空，漫长的沉默之后，说话间呼出一口白气："总觉得这些年过得挺快的，像是一场梦。我时常有一种错觉，现在发生的一切真的就是一场梦，我只是在楼下等她来的时候打了个盹儿。然后，她下来叫醒我，也是在一个这样的雪夜，穿着厚厚的军大衣，鼻子冻得通红，说我们快去雪地上兜风。我就对她说，我刚刚做了一个很好的梦，梦到我在柏林雪夜的街头，那里可不是光秃秃的郊外，很繁华。唯一遗憾的是梦里没有你。她听到之后就怪我为什么不带上她，她也想去看一看柏林，哪怕只是在梦里……然后，我真的醒过来，文山，那是我昨晚做的一场梦。我就想，幸好，她现在是真的也有机会可以随便来柏林的，多好。”

叫的车在纷飞的大雪中由远及近，停在不远处。

闻雪时笑了笑，轻轻抖落肩头的银白，抬脚朝大雪中亮着车灯的车走去，仿若走向深夜雪海里开过来的一艘潜艇。他义无反顾且执迷不悟地坐进其中，并不打算独自靠岸。

丁文山看着闻雪时的背影，对人间情事一向凉薄的他也终于相信了，原来世上真的有一种感情，就像这场大雪一样，可以寂静、无声、纯白，哪怕最后化了一地，消失无踪，仍留下一些湿漉漉的牵挂，让人的眼角蠢蠢欲动地发酸。他吸了吸鼻子，跟着闻雪时走进漫天大雪里，脚步很轻很轻，不忍再踩碎雪花。